KB018289

My Beautiful Girl, Indigo

인디고 서원, 내 청춘의 오아시스

My Beautiful Girl, Indigo

인디고 서원, 내 청춘의 오아시스

아람샘과
인디고 아이들이
함께 찍고 함께 쓰다

궁리
KungRee

개정판을
펴내며

어린 시절, 반쯤 그늘진 담벼락에 앉아 빨강머리 앤을 떠올리며 가슴 설레던 여린 소녀가 그로부터 한참 후에 초록 지붕의 벽돌집을 짓고 책방을 열었습니다. 그 책방의 이름은 '청소년을 위한 인문학 서점, 인디고 서원'. 13평의 작은 공간에서 시작한 책방은 그 사이 까만 벽돌이 고풍스러운 새로운 보금자리로 이사를 했습니다. 참고서와 문제집 없이 오로지 인문학 책으로만 빼곡하게 채워진 책방 안은 연둣빛 이파리가 아름다운, 수많은 초록 식물들이 숨쉬고, 언제나 은은한 음악이 흘러나오는 아름다운 곳입니다.

동화의 한 장면 같은 이곳은 2004년 8월 28일, 쪽빛 바다 푸른 향이 불어오는 부산, 남천동 골목에 자리한 인디고 서원입니다. 청소년을 위한 인문학 서점, 인디고 서원은 우리의 정신과 영혼을 일깨우는 좋은 책을 읽고 배우며, 꿈꾸고 실천하는 것이야말로 이 땅의 청소년들이 갖추어야 할 도덕적 품성, 비판적 지성, 예술적 감성을 배울 수 있는 진정한 교육이라 믿고 삶을 배우는 교육 공동체를 꿈꾸고 있습니다.

인디고 서원의 자유로운 공동체는 그동안 참 아름다운 삶을 살아왔습니다. 때론 우리 시대의 고통스러운 책무라 느낄 때도 있었지만 이 공동체는 주인이 따로 없기에 모두 자유롭게 각자의 본성을 일상의 구체적인 삶으로 행복하게 실현해왔습니다. 2004년 8월부터 "주제와 변주"라는 이름으로 청소년들이 만나고 싶은 책 속의 저자를 직접 선정하고 초청하여 저자와 함께 진실한 이야기를 나누는 소통의 장이 100회를 앞두고 있습니다. 또한 청소년들이 직접 만드는 인문교양지 《인디고잉》과 국제판 잡지 《INDIGO》를 발행하고, 2년마다 새로운 인문학 소통의 장 '인디고 유스 북페어'를 개최하고 있습니다. 청소년 인문 토론의 장 '정의로운 세상을 꿈꾸는 청소년, 세계와 소통하다(정세청세)'는 부산을 넘어 전국에서 자발적으로 모인 청소년들의 행사로 발돋움하였습니다. 그리고 '열두 달 작은 강의', '수요독서회', '인디고 위크' 등 많은 인문 · 문화 · 교육 활동들이 꾸준히 인디고 정원에서 진행되고 있습니다. 여기 이곳에서 펼쳐진 수많은 생명의 장은 참으로 놀라운 순간들을 만나게 해주었습니다. 그것의 넓이와 깊이는 이제 다양한 세계와 만납니다.

지금 이 순간에도 더 아름다운 세상을 향한 창조적 열정으로 꿈꾸기를 멈추지 않는 작은 혁명가들이 여기 있습니다. 진실과 정의, 용기와 순수를 가진 이 혁명가들이 꿈꾸는 세상은 모든 사람이 자유와 평등을 누리며 사랑과 행복의 삶을 살 수 있는 에코토피아입니다.

그러나 이 젊은 혁명가들은 일상의 아름다움과 세상의 아픔을 함께 느끼는 일을 놓치지 않습니다. 지금 옳다고 생각한 바를 실천하는 것이야말로 이들의 혁명방식입니다. 각자의 삶의 장에서 배움과 소통의 장들을 만들어내고 아름다운 연대를 통해 이들이 꿈꾸는 정의롭고 아름다운 세상은 더디게라도 반드시 올 것입니다.

책임 있는 민주사회의 일원으로 성장하고 세상을 창조적으로 변화시킬 청소년들의 깨어 있는 소통의 장을 지속적으로 열어낼 것입니다. 또한 진지하고 깊은 사유를 키우는 좋은 글을 담은 책과 잡지를 통해 꿈꾸는 청소년들을 응원하고 새로운 세대의 문화를 창조하는 역할을 기꺼이 해낼 것입니다. 더불어 사는 인간의 삶을 풍요롭게 하는 인문정신을, 오늘을 살아가는 세계의 창조적 실천가들과의 지속적인 만남을 통해 구현할 것입니다. 삶이 아름다움을 간직할 수 있도록, 착하고 진실하게 정진하겠습니다.

2018년 12월

허아람

여는 글

며칠 전 매주 가는 꽃농원에서 화분에 핀 백일홍을 샀습니다. 오랫동안 사랑했던 이성복의 시 〈그 여름의 끝〉이 생각났습니다.

> 그 여름 나무 백일홍은 무사하였습니다 한차례 폭풍에도 그 다음 폭풍에도 쓰러지지 않아 쏟아지는 우박처럼 붉은 꽃들을 매달았습니다
>
> 그 여름 나는 폭풍의 한가운데 있었습니다 그 여름 나의 절망은 장난처럼 붉은 꽃들을 매달았지만 여러 차례 폭풍에도 쓰러지지 않았습니다
>
> 넘어지면 매달리고 타올라 불을 뿜는 나무 백일홍 억센 꽃들이 두어 평 좁은 마당을 피로 덮을 때, 장난처럼 나의 절망은 끝났습니다

인디고 서원에 백일홍을 들여다놓고 제가 가진 오랜 시집을 펴보니 시집 첫머리에 이렇게 써놓았습니다.

"니나는 마치 폭풍에 좀 부서지긴 했으나 드넓은 바다에 떠서 바람과 마주하고 있는 배와도 같았다. 그리고 안목을 가진 사람이라면 누구나 그 배가 어디든 원하는 곳으로 갈 수 있으며 새로운 대륙의 해안에 도착해 큰 성공을 거두리라는 것을."

—1990. 8. 28. 루이제 린저, 『생의 한가운데』

눈물을 흘리며 질펀하게 걸어온 그 자리마다 이렇게 예쁘고 소담스런 백일홍 같은, 나의 사랑스런 아이들이 함께 서 있을 줄 몰랐습니다. 15년 동안 꼬박 나는 아람샘으로서 허아람으로 살았습니다.

저는 좋은 교사가 되려고 노력한 적 없습니다. 언제나 좋은 인간이 되길 노력합니다. 수업과 삶이 떨어져 있지 않습니다. 내 삶이 온전히 사랑이기를 그래서 그것 자체가 교육이기를 바랍니다.

잘 가르치려고 애쓰지 않습니다. 내가 이해하는 삶과 사랑이 아이들과 함께 공유될 수 있도록, 저절로 배어나도록 하는 순수함과 정직함을 잃지 않는 것, 배우기를 게을리 하거나 두려워하지 않는 것, 힘든 아이들의 일상에 좋은 어른 친구로 남는 것, 지혜로운 선배로 힘이 되어주는 것, 무엇보다 그것 자체가 내 삶의 중추가 되게 하는 것, 늘 내가 행복해야 건강해야 아이들도 그걸 느낄 수 있다는 것, 불의에 맞서 싸우는 것, 타협하지 않는 것, 이루고 싶은 공동체의 꿈을 실현하는 것, 아픔을 껴안고 어루만져주는 것, 인간과 인간의 존경과 사랑을 항시 귀한 자산으로 생각하는 것, 자연과 우주의 일원으로 최소한의 소명의식을 가지고 실천하는 것, 아름답고 평화로우며 소박하고 검소한 일상을 꾸리는 것, 큰 뜻을 품고 한 걸음 한 걸음 옮기는 순간을 가장 소중히 여기는 것.

이것이 아람샘으로서 허아람이며 지금 현재 나의 정체성을 드러내기에 가장 심원에 가까운 말들입니다. 매 순간 더 나아지려고 노력합니다. 내가 지향하는 삶의 방향이 옳은 것인지 비판하고 반성합니다. 마음이 아플 때 힘이 되는 것들은 결국 진실입니다. 살아오는 동안 많은 아픔과 절망과 상처가 있었습니다만 나 자신을 사랑하지 않은 순간은 단 한순간도 없습니다. 그런 나를 지지해주고 끝까지 배반하지 않는 사람들은 오직 눈 맑은 아이들뿐입니다. 그래서 아이들은 제 삶의 가장 소중한 동지이며 벗입니다. 아이들을 위한 삶이 아니라 내 삶이 아이들과 늘 함께였고 앞으로도 그러할 것이라 생각합니다. 그런 저의 이야기를 들려드릴까 합니다.

2005년 12월

허아람

차례 |

1

My Favorite …I

나, 아람샘

내 삶의 중추,
아람샘 소행성 B612호

2000년 11월 17일. 다음 카페에 처음 '아람샘과 함께하는 카페'가 생겼을 때 집에 인터넷이 연결되지 않아 하루에도 두어 번 PC방에 갔던 기억이 납니다. 컴맹인데다 겨우 10분도 채 이용하지 않으면서 PC방을 매일 다니다가 어느 날 진짜 카페를 만들어야겠다는 생각이 들더군요. 작지만 예쁘고 따뜻하게 만들어서 모두 모여 앉아 차 마시고 책 읽고 토론하고 이야기하는 그런 공간 말이야, 하며 9평짜리 작은 공간을 얻어 진짜 카페를 만들었습니다. 만 10년을 아이들 집과 제 집을 돌아다니면서 밤늦게 소리 낮춰 얘기하던 그 많은 시간들을 접고 비록 세들긴 했지만 이제 어엿한 우리만의 공간을 갖게 되었지요. 공간 이름도 바로 '아람샘 소행성 B612호'. 어린 왕자가 사는 별 이름으로 정했습니다. 아람 선생님의 줄임말로 아람샘이기도 하고 늘 맑은 에너지가 샘솟는 샘터라는 의미이기도 하고 이곳에 오는 모든 아이들은 어린 왕자처럼 맑고 순수한 아이들이란 뜻도 되어서 우리 모두 간판을 달고 환호성을 질렀습니다.

• • 2002. 8.15

허공에다 당신은 매일 간절한 키스를 한다. 그 입맞춤이
대지의 가슴에 닿아 그곳에서 아름다운 나무들이 태어나기를,
그 나무 아래서 사랑하는 사람과 오래 함께 머물 수 있기를 기도한다.
그것이 내 이름이다.
어느 날 당신은 창밖에 환하게 핀 앵두꽃을 보고
밤이 어디론가 사라진 줄 알았다. 당신은 그 꽃을 보면서 이유를 알 수 없는 슬픔에 눈물을 흘렸다.
눈물이 때로는 음악이 된다는 것을 당신은 알고 있다.
그래서 당신은 매일 밤 촛불을 켜 들고 어디론가 여행을 떠난다.
그것이 내 이름이다.

박정대, 『내 청춘의 격렬비열도엔 아직도 음악 같은 눈이 내리지』 중에서 〈밤의 여행자〉들입니다.

다시 나의 그대여,
늘 머리맡에 두는 시집들은 마음이 아릴 때 먹는 귀한 약 같습니다.
누구나 이렇게 간절하게 사랑하고 또 누구나 이렇게 그리워하고
말할 수 없이 외로운데도 밤의 노래를 부르지 않습니다.
다시 사랑하는 나의 그대여,
내일이면 오래오래 나는 외로울 것입니다.
그러나 나는 압니다.
눈물 고인 아름다운 눈으로 같은 곳을 바라보면
어느새 내 안에 무수한 당신이 태어나
꽃을 피우고 열매를 맺고 또한 같은 뿌리를 갖게 될 거라는 것을
영원이라는 말, 영원이라는 말……
영원이라는 말
다시 시를 써야겠다고 마음 먹은 날
그대에게 영원의 나무 한 그루 심어달라고 말할지도 모릅니다.
詩人의 꿈, 나 아직 버리지 않았습니다.

김선우 시인은 "시인은 이미 존재하는 세계와 불화하며 새로운 세계를 창조하는 이들입니다. 이들이 창조해내는 세계에는 가장 낮은 것 속에 든 가장 높은 봉우리와, 가장 거대해 보이는 것 속의 가장 작은 속삭임들과, 가장 미천해 보이는 것 속의 위대한 전언이 공존하며, 무엇보다 인간의 세상이 추구해야 할 의롭고 아름다운 것에 대한 갈망이 존재합니다. 그리하여 시인은 열망하고 두리번거리고 귀 기울입니다. 아파하고 연민하며 공경하고 분노합니다. 골방과 광장이 공존하며 사랑과 투쟁이 공존하는 시인의 거처에서 가난한 처녀의 탄식을 아파하며 모

순된 사회제도를 비판합니다."—『물 밑에 달이 열릴 때』 중에서—라고 말했습니다. 저는 시인이 되고자 하였지만 언제나 제 삶이 시이기를 하였습니다.

따귀 맞은 영혼

• • 2002.12.4

내 삶이 한없이 가난하더라도
아직도 사는 것이 죽는 일보다 더 두려워도
내 맘에 올곧은 정신과 운명과 사랑을 배반하지 않는
나 허아람이길
이렇게 나약한 나를 볼 때 어떻게 살아야 할지 암담할 때
내가 〈엔 미 칼레(나의 길에)〉 들으며 나에게 주문을 걸 때
내가 가는 길 끝에 당신이 나의 당신이기를 할 때

하루가 천년이었다고 말할 때 내 말을 알아듣는 그대들이 있으니
가없는 영혼의 사랑에 눈물이 난다.

하루가 천년의 고독이었다.

반짝이는 눈물 빛

• • 2002.12.8

오늘 수업의 화두를 찾았습니다.

물론 밤늦게 복사도 해두고 어제 산 신간들도 챙겨놓았지만

내가 여러분 수업을 앞두고 준비는 그것만으로는 안 됩니다.

온몸으로 감동하고 그것이 내 맘에 아로새겨져서

뜨거운 마음이 나도 모르게 내 몸 밖으로 번져 나오게 그래야만이

나는 수업이 행복한 것입니다. 그래서 항상 내 삶에 솔직하려고 노력합니다.

그 적극적인 에너지가 없으면 난 여러분 앞에서

단 한 마디도 할 수 없는 사람입니다.

밤새 오르골이라는 악기(실로폰 소리)로 참 좋은 연주를 들었습니다.

열망을 버리기란 얼마나 힘이 드는지

보스턴에 간 제자의 메일이 왔습니다.

내 삶의 생생한 순간을 기억하고 살아간다는 그녀가 무척 아름다웠습니다.

나를 한 줌의 소금으로 여겨주니 더욱 고마웠습니다.
꿈에 나왔던 내가 사랑하는 사람, 존경하던 선생님
열망을 버린 자의 청빈한 맑은 얼굴
나는 닦아야 할 마음자리가 아직도 형편없이 어리석은 자입니다.
나는 고독에 강하고 의지가 강한 사람이 되기 위해
애쓰는 사람이 되고 싶진 않습니다.
뜨거움이 넘쳐서 어떤 감정이든 얼굴에 기호화된 사람
나는 그런 사람들에게 쉽게 감동받습니다.
내 수업이 감동적이도록 나는 그런 수업을 위해 늘 내가 먼저 감동하는 내가 되도록
열망을 버린 슬픈 얼굴이 아니라 열망의 켜와 결이
고매하도록 곱도록 귀엽고 예쁘도록 순결하도록 웃는 사람이 되겠습니다.

푸르고 아름다운 아도니스들에게

• • 2003.3.7

내 청춘의 격렬비열도엔 아직도 음악 같은 눈이 내립니다.
이병우의 기타 연주를 들으며 내 가슴에 얼어 있던 옹이진 물길이
살살 트이기 시작하더니 마침내 그 물살은 감당하기 힘들게
돌아가신 할머니의 주검과 고달팠던 내 스물의 생애들을 이끌고 지나가니
그 속에 앉은 나는 이렇게 평온해도 죄 아닌가
오직 남에게 더 잘할 일은 무엇인가 그 생각만 나더이다.
둥글고 아름다운 소리여 음악이여.
한 길만을 순결하게 걸어온 사람들의 맑은 얼굴과
하나에 미쳐 하나밖에 모르는 것 같아도 그 하나로 인해
세상의 모든 이치를 깨닫는 도를 닦는 사람들의 외로운 聖殿.
없는 것에서 있는 것으로 그것도 사람들의 가슴에 닿아
그 마음을 아름답고 둥글게 만드는 창조적인 예술가들
그들을 생각하며 지금 여기 나를 봅니다.

젊은 아도니스들이여,
나 얼마나 여러 번 수도 없이 격렬하게 미쳐가는 나를 붙잡고
미치면 안 돼, 그래선 안 돼 하는 스무 살을 보냈는지.
아무리 마셔도 목마르고 아무리 걸어도 끝이 없는 내가 사막이었던,
찢어지고 불안하고 처절하고 외로웠던 청춘이었는지.
때론 천재처럼 지독한 두통약으로 끼니를 대신하고
세상이 나를 몰라주니 내가 세상을 버릴 수밖에 하며
오만하기 이를 데 없는 지적 허영심까지 실컷 처먹고
날밤을 새며 책 속의 그들과 사랑에 빠졌는지.
오호, 통재라, 광기 어린 내 청춘이여.
그러나 다시 한 번 나는 어리석고 형편없는 모습일지라도
어느 순간 그 광기가 되살아나 내 맘이 울렁울렁
넘치기 일보 직전의 강처럼 바다처럼 휘몰아쳐서
나를 울리고 미치고 싶고 아름다우니 죽어도 좋아 싶고
그러나 제법 견고해져서 똑바로 걸을 줄 아는
서른의 내 청춘을 봅니다.
영혼을 울리는 아름다운 음악, 음악가들
그대들도 늘 이들과 동반하시길. 때론 그들이 구원의 여인이 될 것이니
나는 늘 한 길을 걸어왔는가 걸어갈 것인가.
나는 하나밖에 모르지만 그 하나로 인해 전부를 깨닫는
도를 닦을 것인가 그럴 수 있을 것인가.
나는 없는 것에서 있는 것으로 그것도 사람들의 가슴에 닿아
그 마음을 둥글고 아름답게 만드는 창조적인 예술가가 될 것인가.

그런 선생이 인간이 될 수 있을 것인가.
또박또박 걸어가고 있겠습니다.
그대들과 나는 각각의 청춘을 살아가는 것뿐
누가 더 나은 것도 누가 더 이룬 것도 없습니다.
우리는 한없이 외로운 인간이라는 개체이니
손잡아줄 따뜻한 동지들과 마음을 나누며 눈물겨운 생애를
때론 질펀하게 때론 씩씩하게 걸어가야 합니다.

"언덕이 있었고 그 비탈진 언덕에서 나는 여러 번 굴러 떨어졌으므로, 그 상처를 위로받고 싶었을 뿐. 너의 따스한 입술로 내 속 깊은 상처를 위로받고 싶었을 뿐. 너의 상처를, 그 상처를 푸른 무덤을 다만 위로하고 싶었을 뿐."

—박정대, 〈뼈아픈 후회〉 중에서

풀꽃 편지

• • 2003.6.5

베란다에 널어둔 하얀 빨래가 더 하얀 이 시간쯤이면 조금 열어둔 창문 사이로 바람이 불어와 옹기종기 모여 앉은 나의 어린 식물 식구들은 조그마한 몸으로 하늘하늘 춤을 춥니다. 햇빛과 바람이 고마운 시간입니다. 그리고 책을 들고 그 앞에 쪼그리고 앉으면 난 그저 조금 더 큰 자연일 뿐 말없는 교감에 웃음이 납니다. 하지만 이 시간 이 따가운 햇볕 속을 뚫고 힘겹게 손수레를 끌고 지나가는 고물장사 할아버지나 상추 한 소쿠리를 앞에 두고 곱게 손질하는 길가 모퉁이 검게 그을린 할머니를 생각하면 내 생은 지나친 호사가 아닌가 하고 반성하게 됩니다. 가끔 이런 안타깝고 무거운 생애를 그래도 열심히 살아내는 사람들을 생각하면 내 마음속 따뜻한 강물이 눈물로 넘치면서 감사해, 감사해합니다. 기쁘게 살아야 합니다. 견딜 수 없이 적막한 시간들이 인간의 길 끝에 놓여 있으므로 혼자 걷는 길, 서로의 안쪽을 보여줄 순 있어도 하나가 되긴 힘든 우리는 결국 인간이라는 본질을 뛰어넘을 수는 없으니까.

가슴 설레이던 수많은 아침, 검은 밤 빛나던 달빛 별빛, 보고 싶어 미치겠어서 가슴 태우던 그리움의 시간, 그 시간들의 아름다운 증거들은 편지로 일기로 사진으로 남아서 일상을 촉촉하게 해줍니다. 그러고 보면 모든 시간은 이런 물리적 증거를 가지고 있는 것 같지만 실상 진정 기억하고 싶은 것은 지도 어디에도 없다는 시인의 말처럼 아름다운 순간 영원한 순간은 가슴속에만 살아서 만질 수도 볼 수도 안을 수도 없나는 걸 이미 알고 있습니다.

루돌프 슈타이너는 교육은 과학이어선 안 되고 그것은 예술이어야 한다고 했습니다. 끊임없이 감정 안에서 살지 않으면 어떤 예술도 습득할 수 없다고 했습니다. 교육이라는 위대한 인생 예술 속에 살려야만 하는 감정은 대우주를 고찰하고 대우주와 인간과의 관련을 고찰할 때만이 불타오를 수 있습니다. 입시교육이 아닌 진정한 전인교육을 하는 자는 늘 자신을 성찰하고 마음 그릇을 닦아야 하며 깊고 넓은 어른이 되어야 합니다. 마음에 새겨둡니다. 또 얼마 전 신문에서 본 어느 스승의 고백 가운데 교육은 가르침이 아니라 가리킴이라 했습니다. 인생의 길에서 가야 할 방향을 가리키는 것, 참 옳은 말씀이라 생각합니다. 또한 스승은 정보를 말하는 것이 아니라 자신의 경험을 말해야 한다고 하셨는데 이 말씀도 정말 동감합니다. 나는 진실하게 많이 살아서 경험을 통한 살아 있는 언어로 마음을 이끄는 선생이 되고 싶습니다.

그래도 사랑이 최고입니다. 때로는 눈물로 밤을 지새며 상처를 달래야 하지만 사랑하지 않고는 살 수 없습니다. 파스칼 키냐르의 『은밀한 생』에 이런 아포리즘이 있습니다.

"다음 여덟 가지가 사랑의 결과다. 사랑은 심장을 빨리 뛰게 하고, 고통을 진정시키고, 죽음을 떼어놓고, 사랑과 관련되지 않는 관계들을 해체하고, 낮을 증가시키고, 밤을 단축시키며, 영혼을 대담하게 만들고, 태양을 빛나게 한다. 이러한 것들은 정열적인 사랑의 효과다."

재밌어요. 적어도 정열적인 사랑에 관한 한 맞는 것 같아요. 하지만 세상에 얼마나 다양한 사랑의 얼굴이 존재하는데 이건 다가 아니죠. 내 사랑은…… 착하고 깨끗하고 아름답고 진실한, 예의 바르고 한결같고 맑고 성실하고 애틋한, 그리고 정직하고 여리지만 강하고 고결하기까지 했으면 좋겠습니다. 그리고 변치 않는 사랑, 이 부분이 제일 중요합니다. 왜냐면 이건 사랑의 본질을 뛰어넘어야 하는 부분이기 때문입니다.

2천 원에 산 석죽화가 2주 동안이나 만개하여 저들의 빛깔이 나를 환히 웃게 합니다. 고마운 일입니다. 오늘 해질 무렵도 노을의 부끄러운 미소를 보러 작은 둔덕에 오를 수 있었으면 좋겠습니다. 6월의 저녁 무렵 바람은 아름다운 청년 같아요. 밤이 오면 오늘은 초승달이 뜨겠지만 달처럼 따뜻한 미소로 내 앞에 앉은 그 누구라도 함께해줘서 고맙다고 이생에 거기 있어주어 고맙다고 말하고 싶어요. 사랑한다고요.

우리

•• 2003.8.5

사랑하는 사람에게 말도 한 번 못 걸고 그냥 물끄러미 바라보기만 하여도 좋은 그런 맘으로 여기 이곳을 들렀다 나가기를 매일 하였습니다. 오늘은 내 맘에 고맙고 부끄러운 마음 가득 넘쳐 용기를 내어봅니다. 모든 감정의 끝은 슬픔이 분명한지요. 행복해서 고마워서 미안해서 오늘은 참 슬픕니다. 삶이 깊어질수록 당당함보다는 겸허함이 훨씬 편안하고 자연스런 태도라는 생각이 듭니다. 나를 좋은 선생으로 여겨주어 기쁩니다. 늘 나는 나를 놓치지 않는 것이 몸에 배어 있는데 이번에 문득 어린 젊은 여러분들 사이에서 난 계속 눈도 못 맞추고 삐죽삐죽 쑥스러워하는 나를 보았습니다. 우습지요. 부끄럽고 수줍었습니다.

나를 위로해봅니다. 지금까지 내 삶의 질곡을 목숨 걸고 열심히 넘어왔는데 아직 마음이 에이는 상처들이 남아 있습니다. 마치 한쪽에선 어여쁜 아기가 태어나고 다른 한쪽에선 할머니가 돌아가시는 것처럼 우린 삶에서 거역할 수 없는 순리를 피할 수 없나 봅니다. 늘 단순하고 평화롭고 아름다운 순간을 꿈꾸지만 또 한편으로는 상처받지 않기 위해 독기를 품어야 하거나 짓밟히지 않기 위해 나를 부추기는 투쟁도 해야 합니다.

지금 나를 울리는 음악은 조쉬 그로번의 〈Home to stay〉입니다.

하루에도 몇 번을 생의 시소를 타는 우리, 그래도 함께, 우리, 라고 말할 수 있는 여러분이 있어 너무 다행입니다. 가만히 카페 대문의 연주곡을 들어보세요. 정말 곡의 제목 〈우리〉처럼 우리라는 말 속에 담긴 그 다정한 울타리가 보이는 듯합니다. 그 안에 있으면 난 참 행복하고 아름다운 생의 주인공인 것 같습니다. 한없이 따뜻한 기운이 모락모락 피어오릅니다. 다 여러분 덕분입니다.

다시, 환하게 웃어봅니다. 나는 정말 행복한 사람이고 행복할 수 있고 행복할 권리가 있고 행복을 줄 수 있는, 나눌 수 있는 사람이라고 마법을 걸어봅니다. 파이팅입니다. 우리!

• • 2004.3.27

그 가을 이후로 혹독한 겨울이 지나고 봄이 왔다. 잉잉거리던 내 마음 속 강물이 이제야 녹는지. 나는 지금 참 알 수 없는 눈물을 흘리면서 여기 앉아 있다. 지난 겨울 한 학생에게 최윤의 소설 몇 권을 빌려주었는데 열 번도 넘게 갖다 달라고 전화했었다. 그 학생의 어머니께도 두 달 전에 부탁드렸었다.

오늘 다시 전화했는데 까먹었다고 하셨다. 어디 뒀는지도 모르겠으니 돈으로 변제하면 안 되겠느냐고…… 나는 이성을 잃고 나도 모르게 버럭버럭 소리질렀다. 그럴 수 없으니 당장 찾아오라고 나에게 소중한 것이 당신에겐 어찌 그리 하찮으냐고. 그 어머니 지금 내게 가져오신다 했다. 내가 그렇게 간곡하게 부탁할 땐 모른 척하더니 미친놈처럼 소리 지르니 지금 가져온단다.

2층 영재학원은 주말에 쉬니 금요일이면 일반 쓰레기와 재활용 쓰레기를 입구에 내놓는다. 2년을 넘게 참고 참았다. 제발 정해진 날짜에 쓰레기 내놓으라고 말하고 싶어 미치는 줄 알았다. 오늘 말했다. 청소하는 아주머니가 그러는 모양인데 그 선생은 잘 모르겠단다. 자기가 고용한 사람이 잘 모르면 바로 말해줘야죠, 하고 말하고 싶었지만 그 말은 못 하고 지금 밖에 내놓은 거 가지고 올라가라고 말했다. 야호, 드디어 참았던 말 했구나. 와우, 허아람 대단한 걸.

하루에도 무심히 인디고 아이들 앞을 지나는 사람들 로즈마리랑 레몬타임이 살랑거리며 웃는데 나해철의 죽란시사첩 머리말과 클림트의 그림 앞에서 마음 촉촉해지는 사람은 몇 명이나 될까. 섬세하고 고요한 말투와 따뜻한 시선으로 인디고를 들어오는 사람 너무 그립다. 앞으로 인디고에선 내 숙제 및 다른 공부하는 독서실 겸 자습실로서의 공간 사용을 금한다. 책 읽어야 한다. 인디고에 대한 자세한 지침을 써뒀다.

오늘 아침 《부산일보》에 사진작가 최민식 선생님의 인터뷰에 이런 글이 있었다 "팔리지도 않는 사진을 왜 찍느냐는 질문은 내게 무의미해요. 인류의 평화, 빈곤의 추방, 인간의 존엄성이 궁극적인 나의 목표이기 때문입니다." 일흔여섯의 나이로 아직도 사람 냄새 풍기는 따뜻함을 그려내는 그 노장의 말처럼 나는 망할 때까지 망한 이후에라도 절대 내 뜻을 굽히거나 타협하거나 굴복하지 않을 것이다. 의롭지 않은 일이나 선하지 않은 일이나 진실하지 않은 일이나 아름답지 않은 일에 대하여 절대 맞서 싸울 것이다.

나는 무사처럼 용감하고 싶다. 더 이상 내가 잘못하지 않은 일에 대하여 상처받고 싶지 않다. 나쁜 일을 묵인하는 것은 더 나쁜 것이다.

늑대소년처럼 죽지 않을 것이다. 늑대에게 길러져서 더 많이 들을 수 있고 볼 수 있던 소년은 도시 속의 소음과 빛 그 자체가 엄청난 폭력이었겠지. 그래서 죽었지만 난 죽지 않을 것이다. 나 자신을 예민하고 까탈스럽다, 생각하지 않고 섬세하고 사려 깊은 나로 여길 것이다. 난 너무 많이 참고 견디며 살았지만 안으로 곪지 않았다. 항상 샘솟는 에너지로 생산적인 삶을 살았다. 난 애정결핍이었지만 넘치는 사랑을 나누는 것으로 그 자리를 채웠다. 나는 나를 더 많이 사랑하고 위로하며 살 것이다. 우직한 어리석음으로 세상에 길들여지지 않고 세상을 바꿀 것이다.

가슴 아픈 부고를 들었다. 제자의 아버지가 돌아가셨다. 난 그녀를 잘 안아 위로해야 한다. 슬픔에서 헤어나는 법을 가르치는 게 아니라 그녀 옆에서 함께 슬퍼하고 눈물 흘리는 친구가 될 것이다. 죽음에 대해선 절대 말하지 않을 것이다. 나 또한 아무것도 알 수 없으므로.

며칠 전에 열린우리당에 입당했다. 당비도 냈다. 정치활동을 전제한 것이 아니라 난 어떤 정당도 지지하지 않으면서 정치에 방관하면서 욕만 할 수 없는 일이다. 그래서 내 할 일은 하고 욕할 것이다. 그게 입당한 이유다.

내일은 수업하는 날. 감기 걸려 걱정한다. 내가 아픈 게 힘들어서가 아니라 아이들에게 미안하다. 난 전부를 건다. 내 삶의 모든 순간에 계산 따윈 없다. 모든 순간은 영원히 마지막이다. 살아 있는 동안.

사랑이 아니면 인생은 아무것도 아니다.

그 섬에 내가 있었네

• • 2005.1.4

새해 아침 저는 제주도 성산읍 김영갑 갤러리 두모악에 있었습니다. 눈에 덮인 한라산을 넘을 때 처음 체인을 달고 운전을 했는데 조심조심 미끄러지듯 내가 원하지 않아도 핸들이 돌아가는 눈길 위에서 잠시 아득하고 겁도 났어요.

까만 제주도 돌로 정갈하게 단장된 두모악의 정원. 폐교를 수리해 만들었다는 갤러리는 참 단아하고 고요했습니다. 지난해 그의 삶과 작품이 녹아 있는 책 『그 섬에 내가 있었네』를 읽고 벅찬 감동에 한참을 울며 살아 계신 동안 꼭 한 번 뵙고 싶다는 열망이 몇 번이고 마음을 이곳 두모악에 이끌었는지 모릅니다.

아름다운 제주도 그의 표현대로 'misty ecstasy to open the eyes of our spirit.' 그 속에서 한참을 평화로웠습니다. 그를 만나기 위해 잠시 자판기 커피를 마시며 기다리는 동안 순서와 상관없이 나를 제치고 아픈 그를 힘들게 하는 사람들. 그가 오직 자연과 예술을 위해 온 생명을 던지고 가난과 외로움 속에 헤맬 때 무심하고 냉담하던 세상은 이제 삶의 기한을 3년이라 선고받고 2년이 더 지난 지금 루게릭병과 싸우는 죽음 앞의 위대한 한 인간을 이제야 알아본 듯 그의 삶에 오만하고 부자연스런 관심을 보이는 듯 했습니다.

가벼운 목례와 짧은 인사, 새로 만든 인디고 다이어리를 드리고 나오는 순간 그는 곧 너무 무겁고 어두운 영혼으로 변해 내 맘에 기라앉은 것 같은, 슬프고 위대하고 힘들었더랬습니다.

"아름다운 세상을, 아름다운 삶을 여한 없이 보고 느꼈다. 이제 그 아름다움이 내 영혼을 평화롭게 해줄 거라고 믿는다. 아름다움을 통해 사람은 구원받을 수 있다는 믿음을 간직한 지금, 나의 하루는 평화롭다."

하루하루를 생의 시작과 끝처럼 매 순간 아름답고 평화롭게 살고 싶습니다. 살아간다는 건 사랑한다는 것. 이념과 철학을 앞세운 투쟁보다 자연스럽고 선량하고 진실하게 나는 살고 싶습니다. 삶을 힘겹게 견뎌야 하는 모든 순간에 그 섬에 내가 있었던 순간의 경이로움, 자연의 아름다움으로 환하게 맑게 웃는 착한 사람이고 싶습니다. 모든 지구인과 지구의 모든 생명을 귀하게 여겨달라는 새해 첫 번째 기도를 드립니다.

내게 가장 소중한 것-정의, 아름다움, 희망

• • *2006.7.25*

나는 서른여섯 살입니다. 아직도 가슴이 뛰어 잠 못 드는 밤이 많습니다. 불안이나 걱정 때문이 아니라 날이 밝으면 하고 싶은 일, 해야 하는 일에 미리 설레기 때문입니다. 나는 어른 친구를 사귀지 않습니다. 내 말에 귀 기울여줄 참된 순수를 간직한 어른이 드물기 때문입니다. 나는 기억력이 무지 좋은 사람입니다. 다섯 살 때 오이밭에서 뭐하고 놀았는지 그때 저녁놀은 어떤 빛깔이었는지, 열 살 때 내가 제일 많이 읽은 책은 『빨간 머리 앤』이랑 『케네디 전기』였고 열다섯 살에 친구 고은이를 너무 사랑해서 그 후로 열아홉 살까지 그 아이에게 보낸 편지가 수백 통이 넘는 것도, 무슨 내용으로 그 긴 편지를 써내려갔는지도 다 기억합니다. 열일곱엔 〈들국화〉란 시를 써서 백일장에서 장원했지만 〈열아홉 살 자유시〉란 제목으로 쓴 시를 더 사랑합니다. 그때 김수영의 〈풀〉을 모티프로 썼는데 꽤 좋은 시였습니다. 귀밑 3센티미터보다 길면 그 자리에서 가위질하던 규율 선생님이 미워서 군인보다 짧게 머리를 밀고 다닌 고등학교 3년 동안의 슬픈, 지울 수 없는, 지워지지 않는 억압과 타율에 몸서리치다 말을 잃어버린 그때의 내가 너무 가여워서 지금은 소녀처럼 머리를 묶고 다닙니다.

나는 내가 꿈꾸던 것도 버리게 기억합니다. 스무 살부터는 내가 꿈꾸던 일만 하고 살았습니다. 내가 꿈꾸던 수업, 내가 꿈꾸던 사랑, 내가 꿈꾸던 어른, 내가 꿈꾸던 공동체, 나는 꿈을 이루는 사람이기에 아이들에게 작은 영웅입니다. 멀고 원대하고 닿지 못하는 꿈이 아니라 내 삶에서 진실로 원하는 것들을 이루는 것이기에 언제나 그것은 현실 가능한 꿈입니다.

그래서 이룬 것 중에 여러분과도 만나게 된 소중한 그곳은 인디고 서원입니다. 참고서도 없고 베스트셀러도 없고 교육부 권장도서 필독도서도 없습니다. 13평입니다. 작고 아담한 공간에 가득한 것은 꿈꾸는 청소년들이 지속적으로 읽어왔던 책들과 식물과 책의 저자와 만나는 열띤 토론과 어려운 독거노인을 찾아가는 자발적 봉사와 동네 청소를 하는 건실한 청소년들의 쉼터 같고 샘터 같은 건강한 에너지만 충만합니다.

그리고 그곳의 꿈꾸기는 현재 진행형입니다. 꿈을 꾸고 바로 실현가능한 활동으로 시작합니다. 그 꿈이 우리 사회에서 정의롭고 아름답고 희망의 물꼬를 트는 일이라고 합의하고 나면 망설이지 않습니다. 두려워하지 않습니다. 이상주의자들의 무모함이라는 핀잔 따위에 신경쓰지 않습니다. 진실이라는 무기로 용감하게 나아갑니다. 함께 배우고 서로 가르치는 자발적인 교육의 장인 동시에 각박한 일상에 섬세하고 다정한 눈길과 손길로 격려하는 착한 청소년들이 모여 세상을 바꾸는 씨앗을 뿌립니다.

여러분이 지금 옳다고 생각하는 것을 끝까지 실현하길 바랍니다. 지금 옳지 않은 일은 지금 바꾸어야 합니다. 내일이란 시간, 미래라는 시간은 언제나 오늘 지금으로만 만날 수 있습니다. 정의로운 것을 행할 때 언제나 당당하길 바랍니다. 아름다운 것을 느낄 때 언제나 진실하길 바랍니다. 여러분이 꿈꾸고 그 꿈을 향해 올곧은 걸음을 옮기는 그 순간만이 희망입니다. 동시에 자기를 만나는 성찰의 시간과 자기극복의 눈물겨운 노력과 세계를 바라보는 냉철한 지성과 따뜻한 감성도 놓치지 말고 키우고 돌보길 바랍니다.

마지막으로 타인을 껴안고 생명 앞에 겸손하며 공생하는 지구인들로 살아가길 바랍니다. 생의 순간순간을 마지막처럼 치열하게 열정적으로 살아가길 바랍니다. 나는 여러분이 힘들 때 좋은 어른 친구로 동지가 될 수 있게 더욱더 열심히 살아가겠습니다.

살아 있는 돈키호테들

• • 《국제신문》 2007년 2월 21일자 시론

지난 1월 말 광주로 가는 길은 복사꽃 같은 눈덩이로 고속도로를 엉금엉금 기었지만 마음은 전남대 철학과에서 공부하는 대학원생들과 이 땅의 철학교육의 희망을 논하는 담론의 장을 기대하며 한껏 설레었다. 두 시간이 넘는 강의 끝에 내 맘에 가득 찬 열망과 열의의 실체는 두고라도 '이분들은 왜 철학을 공부하지?' 못내 그것을 여쭙지 못하고 잘못 든 고속도로 진입 때문에 에둘러 온 부산은 이미 자정을 넘어 있었다.

자정 뉴스를 보기 위해 켠 TV에서 '돈키호테의 아이들' 이란 자막이 눈에 들어왔다. MBC 국제시사 프로그램 〈W〉였다. 화면엔 파리의 센 강 주변에 붉은 색 텐트 수백 개가 보이고 노숙인들의 주거권을 요구하는 시민단체의 목소리도 들렸다. "자기 집 옆에서 누가 죽어가도 모르는 체하는 프랑스 사회를 그대로 보고만 있을 수 없었다. 이런 일이 벌어지고 있는 곳을 직접 찾아다녀서 프랑스 사람들에게 보여줄 필요가 있었다. 프랑스 사람들에게 더 늦기 전에 충격을 줘야 한다는 절박한 심정으로 이 단체를 만들었다."

프랑스 전역에 퍼진 이 시위에 프랑스 시민들은 그들만의 사회적 연대의식(solidarite, 솔리다리테)으로 동참했고 프랑스 정부는 시위 한 달도 채 되지 않은 1월 17일 '주거권 보장 법안'을 의결했다. 이 법안은 2008년부터 본격적으로 시행되며 2012년부터는 집 없는 사람은 국가를 상대로 고소를 할 수도 있다고 한다. 이로써 프랑스는 스코틀랜드에 이어 세계에서 두 번째로 빈곤층의 주거권을 보장하는 나라가 되었다.

그런데 정말 궁금했다. 그동안은 프랑스 사회가 오랜 기간 노숙인 문제 해결을 위한 노력을 해왔을 것인데, 그리고 정식으로 등록한 곳만 70여만 개가 넘는 다양한 사회운동단체들 가운데 이 법안을 의결하는 데 결정적인 역할을 주도한 르그랑 형제가 만든 이 단체의 이름이 왜 '돈키호테의 아이들'인지 궁금해서 견딜 수 없었다. 그래서 프로그램을 취재한 PD께 전화를 걸어 혹시 그들이 '돈키호테의 아이들'이란 이름을 지은 이유도 물어보았는지 여쭈었다.

연락이 닿은 프랑스 현지 PD는 "엉뚱해 보이지만 돈키호테의 행동주의가 충분히 사회를 변혁시킬 수 있다는 믿음을 가지고 일을 시작했다."는 얘기를 오귀스트 르그랑으로부터 들었다고 했다. 불의를 보면 참지 못하는 불같은 성격의 돈키호테, 정의가 살아 있고 개인 소유의 개념이 없었던 황금시대를 그리워하던 돈키호테, 그 돈키호테의 정신을 이어받고자 한 '돈키호테의 아이들'은 마법과 광기와 환상 속에서가 아니라 현실에서도 당당히 승리했다.

한국에도 조용한 돈키호테가 있다. 노숙인 다시서기 지원센터 임영인 소장이다. 지난해 대한성공회 성프란시스대학에 '가난한 이들을 위한 인문학' 강좌를 시작했고 지난 2월 초에는 '서울역 노숙인 무료진료소를 위한 콘서트—희망, 생명을 노래하다'를 열었다. 신부님께 전화를 걸었다. 오랜 시간 노숙인들의 인권을 회복하기 위한 노력에 존경과 감사를 표했다. 신부님께 물었다. "신부님, 왜 그들의 이름이 '돈키호테의 아이들' 이었을까요? 저는요, 노숙인의 주거권을 법으로 보장해 주는 나라와 냉소와 소외로 그들을 차별하는 나라는 『돈키호테』를 읽은 시민이 많은 사회와 그렇지 않은 사회의 차이라고 생각하는데요." 농담 같은 진담에 신부님도 동의하셨다.

집 없는 사람이 절반인 나라에 집이란 것이 재산이나 부의 축적수단으로 여겨져서 대통령은 어디서나 부동산 문제를 가장 중요한 국정업무로 거론하는 천박한 정치판에 희망은 없다. 하지만 가난한 자, 집 없는 자는 '지상의 거처' 를 원한다. 인간의 존엄을 지켜줄 최소한의 지붕을 이야기하는 살아 있는 돈키호테들은 여전히 우리에게 영웅이어야 한다. 차갑고 추악한 세계에서 미친 척이라도 하고 정의와 진실을 향해 돌진하는 돈키호테들이 더 많이 나타나길 바라는 마음에서, '모두를 위한 인문학' 강좌를 동네마다 열어갈 수 있으면 좋겠다.

어린 물고기

• • 2007.4.13

> 엄마 아직 나는 어린 물고기잖아요 어디로 갈지 모르는
> 혼자 가긴 너무 먼 차가운 바닷속
> 파도소리 귓가에 들려오는 밤이면 내 맘은 설레죠
> 저기 바다 위에 푸른 하늘이 보고픈 멀리 나는 새들의
> 날갯짓이 그리운 내 맘을 아나요
> 오늘도 난 꿈꿔요 모두 잠든 바닷속 스미는 달빛을
> —박용준 작곡, 조동희 작사, 나윤선 노래

나른한 오후, 선생님 뭐하세요?
희동이의 문자였다.
기분 좋은 오후 해야 할 일을 하고 싶은 일로 바꿀 줄 아는 나는
그러다 하고 싶은 일이 넘쳐 해야 할 일로 바뀌는 순간에도
전부를 걸어 즐기고자 하는 나는
우선 서점에 가야 했고 가고 싶었다.

그리고 사야 할 책과 사고 싶은 책을 샀다.

그리고 음반가게에 들러 나윤선의 새 음반과 김동률의 베스트 앨범과 조지 벤슨의 어쿠스틱 버전의 새 음반을 샀다.

그리고 아이스 카페모카를 사서 차에 탔다.

그 순간까지 충만한 오후의 한때였다.

음반을 걸어 제목을 보고 5번 트랙으로 넘겼다.

30초도 지나지 않았을 것이다.

눈물이 넘쳐 앞을 볼 수 없어 차를 세우고

뜨거운 내 심장의 박동과 함께 목구멍에 차오르는

알싸한 향기 같은 그러나 성스럽고 여리게 넘치는 서정의 한 조각이

그 순간 나를 미치게 아름다운 슬픔으로 몰아간 것을 깨달은 것은

그리고 7월 1일이면 다섯 살이 될 나의 어린 조카 천사 도환이에게

엄마 아직 나는 어린 물고기잖아요……

이렇게 노래가 나올건데, 도환아

너무 아름다워 들어봐

아름답다, 예쁘다, 착하다 하는 말을 제일 많이 가르쳐준 내가

아름답다, 아름답다, 아름답다 이렇게 세 번 말할 동안

도환이는 느린 피아노 선율에 맞춰 고개를 끄덕였다.

그렇게 노래가 흐르는 동안

나는 나를 만난 모든 나의 어린 물고기 같은 아이들의 목소리가 들렸다.

그리고 금빛 물고기 한 마리인 나도 여전히 차가운 바닷속 어린 물고기인 것을.

그래서 아직도 두렵고 외롭고 힘든 것을.

그러나 우리들 모두 진정 꿈꾸는 것은

저기 바다 위에 푸른 하늘을 나는 새들의 날갯짓인 것을.

갇힌 바닷속에 있어도 진정 보고 싶은 것은

모두 잠든 바닷속 낮에는 볼 수 없는

그 아름다운 스미는 달빛의 비늘인 것을.

그러니 내 꿈을 허망하다 하지 말아주세요.

그러니 내 지느러미가 언젠가 날개로 변하여

푸른 창공을 나는 물고기새가 될 수 있다는 꿈을 가지게 해주세요.

그래서 이 연약한 지느러미로 푸른 물살을 가를 때까지

내 어린 몸뚱아리를 아프게 때리는 험한 파도에 맞서 나아갈 수 있게 해주세요.

내 꿈이 우리들의 꿈이 푸른 하늘을 가를 때까지

기다리고 격려하고 사랑해주세요.

나는 갑자기 용기와 희망과 사랑으로 무장된 것 같았다.

아름다운 상상은 계속되었다.

이 노래로 연극대본을 쓰는 거야.

애니메이션도 만드는 거야.

그래서 우리 아이들 모두 입 모아 이 노래를 합창하는 거야.

세상의 모든 여리고 약한 평화의 존재를 향하여

아름다운 꿈이 현실이 되도록.

헤엄치고 달리고 나는 거야.

이번 주말 나는 나의 어린 물고기들에게
이 노래를 불러줄 것이다.
어제 슬아가 쓴 3월의 대학일기를 소리내어 읽다가
흘린 뜨거운 눈물만큼 나는
그 진정성의 목소리로 사랑을 노래할 것이다.
가슴이 뜨거운 날은 꼭 고백해야 한다.
살아 있는 모든 것의 존엄과 경이로움에 대하여
진실로 내가 살아간다는 것은 사랑한다는 것이라는
이 사소한 사실에 대한 나의 믿음이
너무 오래 그리고 영원히 유효할 것이라고.

낮에 산 박정대 시인의 『사랑과 열병의 화학적 근원』과
EBS 〈지식채널 e〉는
오늘밤 나를 또 한 번 미치게 할 것이 분명하겠지만
명징한 행복함에 생을 던질 준비가 되어 있다.
밤이 깊어도 잠들지 못한 새들이 어린 짐승들이 나의 아이들이
숲에서 내 얘기를 엿들어줄 것이기에
구름방 오늘 이 새벽은 아름다운 달빛에 스밀 것이다.

사랑은 존재의 중심을 재건한다

• • 2007.11.15

1 • 삶의 한때

마음속에 두고 있던 말이 있다.

"신념을 실천하는 것, 나의 전문 분야는 행동이다." —마하트마 간디

인간성의 힘으로 타인에게 직접 말을 걸고 사람들의 능력과 재능에 관계없이 모든 사람들에게 진실이 통하는 그런 삶의 한때를 꿈꾸었다. 그 순간 내가 어떤 대의를 실현하고 있다는 생각보다 어쩌면 누군가가 나를 비난한, 자신보다 큰 임무에 몰입함으로써 발생하는 자기-망각적 행복에 빠진 한때였다고 느낀다. 너무 행복한 삶의 순간들 가운데도 타인의 아픔에 대한 공감과 상상력을 가지고자 최선을 다했지만, 여전히 나는 모든 사람에게 좋은 사람은 아니었다. 그 사실이 그 행복을 짓누를 만큼 소중한 상처와 아픔이었는지 지금도 반성하고 있다. 자기를 포함한 인간에 대한 전인격적 이해가 가능하도록 하는 통합적 사유의 힘은 어떻게 키울 수 있을까? 피상적 일상에서 벗어나 구체적인 삶의 용

기를 갖고 행동했을 때 영적인 수준의 감동을 가지려면 어떤 더 큰 스토리가 필요할까? 창조적 자기극복을 통해 우리가 도달해야 하는 공동체의 아름다운 지향점은 어떻게 합의를 이끌어낼 수 있을까? 존 버거는 "그리고 사진처럼 덧없는 우리들의 얼굴, 내 가슴 And our faces, My heart, Brief as Photos"라고 말했지만, 삶의 한때 내가 가졌던 '하나의 본질, 하나의 현존으로 관계' 했던 시적인 삶의 한때에 대하여 나는 이제 불멸을 이야기할 수 있을 것 같다.

2 • 여기서

사랑은 존재의 중심을 재건한다. "우리는 우리 자신만의 삶을 사는 것이 아니라 우리 세기의 희망을 함께 살고 있는 것이다." —존 버거

아룬은 "네팔의 학교에서 나의 정체성을 갖게 하는 것이 교육의 본질이고 목표이며 최악의 상황에서도 낙관하는 의지를 갖게 하고 최고의 순간에도 자만하지 말라고 배웠습니다."라고 말했다. 마다브 씨는 "네팔에서 선생님과 손님은 신이다."라고 말씀하셨다. 케이트는 "교육이 자신의 삶과 아무 관련이 없다면 그것은 교육적이지 않다."고 말했다. 파머 교수는 "교육의 목표는 개인적인, 고립적인 사고에서 벗어나 우리는 누구인가, 타인과의 관계 속에서 나는 누구인가에 대한 답변을 주는 것이 교육이다."고 말씀하셨다. 지현이가 "경쟁체제, 자본주의 현실에서 희망을 갖기 힘들다. 어떻게 하면 무감각한 개인이 스스로 희망을 가질 수 있을지, 주체적 삶의 희망을 가질 수 있을지" 물었을 때 엘렌은 "희망에 대한 증거를 보게 된다면, 그런 감동의 스토리를 우리가 만들게 된다면 가능하다."고 했고 또 누군가는 "인문학 교육은 삶의 주

체적 힘을 갖게 하는 시간을 가지게 한다."고 했고 케이트는 "하루에 한 번 타인을 위한 작은 행동의 습관을 가지고, 세상이 무엇을 필요로 하는가에 맞추지 말고 나를 살아 있게 하는 것은 무엇인가 나에게 힘을 불어넣어 주는 것이 무엇인가에 집중하라."고 했다. 그리고 오사는 "나만의 멜로디를 찾는 것, 자기 자신의 고유의 능력이 무엇인지 고민하라."고 했다. 우리는 '지금, 여기서' 진정으로 진실에 맞닿으려는 가장 뜨거운 소통을 하고 있었다.

그리고 나는 집으로 돌아오는 마지막 버스 안에서 용준이로부터 슬아가 파머 교수께 오르한 파묵의 『내 이름은 빨강』을 선물했다는 얘기를 들었고 케이트가 존 버거의 『본다는 것의 의미』를 호텔에서 읽고 있었다고 들었고 나는 이 글을 쓰게 된 결정적 모방의 텍스트인 존 버거의 『그리고 사진처럼 덧없는 우리들의 얼굴, 내 가슴』의 마지막 장을 덮으면서 내년 5월엔 라일락 향기 가득한 봄빛을 누리고 싶은 끝없는 새로운 선한 욕망을 짓누르며 '한때, 여기서' 머물렀던 모든 영원한 순간은 이미 지나버린 것이라고 되뇌었다.

지상의 양식

• • 2007.12.8

저녁을 바라볼 때는 마치 하루가 거기서 죽어가듯이 바라보라.

그리고 아침을 바라볼 때는 마치 만물이 거기서 태어나듯이 바라보라.

그대의 눈에 비치는 것이 순간마다 새롭기를. 현자란 모든 것에 경탄하는 자이다.

—앙드레 지드, 『지상의 양식』 중에서

나나는 마치 폭풍에 좀 부서지긴 했으나 드넓은 바다에 떠서 바람과 마주하고 있는 배와도 같았다. 그리고 안목을 가진 사람이라면 누구나 그 배가 어디든 원하는 곳으로 갈 수 있으며 새로운 대륙의 해안에 도착해 큰 성공을 거두리라는 것을.

—루이제 린저, 『삶의 한가운데』 중에서

매 순간 죽을 듯이 울고 넘어지며 웃고 그렇게 아프고 행복했지만
그 모든 순간이 이제 기억의 창고에 갇혀버렸으니
나는 오직 현존하는 지금 이 순간 절정에 전부를 걸겠다.

본질적인 삶만을 생각하네

• • 2008.1.7

마음을 두고 왔다 아니면 영혼을 빼앗겨버렸나.
노란 벽 틈에 태양의 부스러기와 함께 아님 바람의 속살에 묻혔나.

어제 하루 첫 수업은 정말 행복했다.
나의 아름다운 세계,
아이들의 웃음소리와 진지한 숨소리가 심장을 뛰게 하는
나의 소행성 B612호.

내가 얼마나 어제 행복했는지
"그래 지금, 여기에, 세계의 본질이 있다.
할 수 있다면 우리는 해야 하네.
본질적인 삶만을 생각하네."

하지만 한국에 도착한 지 사흘째 새벽까지

나는 현관에 가방을 그냥 둔 채로 풀지 못했다.
저 가방을 푸는 순간 나는 여기 다시 살아야 하고
삶의 가장 본질적인 시간들을 흩트려놓을 것 같은 두려움 때문에

단호하게 정말 단호하게 결단내리고 싶었다.
더 머물겠노라고.
짙푸른 바다와 눈부신 태양 원색의 아름다운 거리
리듬에 춤을 추는 소녀들 때문은 아니다.
위대한 개인 알바로와 더 많은 시간을 갖고 싶었지만
그것으로 충만했다 그렇다고 말할 수 있다.
그곳에 머문 8일 동안 나는 매 순간 생의 아름다움에 집중했지만
동시에 얼마나 두려웠는지 모른다.
모두, 지나가, 모두 지.나.가.고. 있어.

그리고 문득 새벽에 깨어나 어떤 지나친 그리움에 중독되어
기침을 하고 열이 끓고 잠깐 숨을 멈추는
그런 막막한 시간들에 대한 두려움을 떨칠 수 없게 된 건
비로소 내가 무엇 때문에 생에 열광하는지 깨닫게 되었기 때문이다.

나는 소중하다. 그리고 나는 좀 더 내 삶에 집중할 것이다.
왜냐하면 나는 이제 무엇이 소중하다고 말할 수 있기 때문이다.
세속적인 얕은 천박한 어떤 방해에도 다치고 싶지 않아졌다.
나는 내가 옳다고 믿을 수 있다. 나는 무엇이 가장 아름답다고 느낄 수 있다.

그리고 나를 사랑하는 동지들이 있다.
충만하지 않은가 행복하다고 말하기에.

"나는 살아 있는 것 이외에는 아무것도 하지 않아요.
왜냐하면 아무것도 필요하지 않기 때문이죠."

내 삶의 중추

• • 2008.1.8

나는 며칠을 시간에 저항하듯 투항하듯 온몸을 던져 내 존재를 시간과 만나게 한다. 그래도 성에 차지 않는다. 사흘 만에 잠든 지난밤도 세 시간 조금 넘게 자고 눈이 번쩍 뜨였다. 이 새벽에 난 뭘 하고 싶은가 뭘 할 수 있는가 뭘 해야 하는가 달은 내 창을 지나갔다. 어떤 기억의 중추로부터 가장 멀리 있는 것부터 나는 만지기 시작했다. 지난밤에 가방을 풀었고 작년에 읽었어야 할 우편물을 정리했다. 사라의 부모님 크리스마스 카드와 나의 허피리 선생님의 새해 카드까지.

어떤 노래의 중추에 가장 가까이 있는 노래부터 나는 듣기 시작했다. 그토록 간절하게 불렀던 나의 노래 내가 만난 노래 잊혀지지 않은 노래, 기억 속에만 남은 그 노래에 다가가기 위해서 나는 조그마한 내 책상 위에 카세트테이프 플레이를 눌렀다. 벌써 2년 전이라 말해야 하는 나의 콘서트 때 연습하던 노래방에서의 내 목소리 들린다. 어떻게 저렇게 혼자 끈질기게 열심히 부르는가. 김범수의 〈보고 싶다〉는 왜 두 번 연이어 부르는가. 나는 내가 노래 부른 걸 듣는 게 좋다. 그 시간의 감정이 오롯이 되살아나기 때문이다.

《인디고잉》을 다 읽었다. 아이들은 나의 스승이다. 훌륭하고 아름답고 경이롭다.

마음이 채워지지 않는다. 만져지지 않기 때문이다. 내 삶의 중추를 한마디 한마디 만져서 느끼고 싶은데 시간은 만져지지 않는다. 그게 얼마나 슬플지 나는 알고 있었기 때문에 그게 얼마나 아플지 알고 있었기 때문에 나는 몸이 부서져라 시간에 나를 던진다. 그 순간 내 삶의 중추에서 흐르는 피를 나는 마치 이 생의 마지막 축배를 들듯 내 입술에 댄다. 떨리는 손으로 떨리는 눈으로 떨리는 가슴으로 떨리는 숨결로 눈을 감으면서.

나는 아직 바다에 가라앉은 태양을 보러 나간다.

아듀 마이 뷰티풀 모멘토.

혁명의 I……

• • 2008.6.18

5월과 6월 바람 사이로 느껴지는 생의 감각을 눈물 나도록 느끼면서 뜨거운 피가 가슴과 머리를 쳐서 몸을 앞서게 했던 순간들을 기억한다. 『희망의 경계』에서 라페 모녀의 삶의 여정을 통해 심장이 터질 뻔한 동질감과 함께 희망에 대한 의지를 되새길 때, 박경리 선생님의 몇몇 마지막 글들을 읽을 때 권정생 선생님의 삶에 머리 숙여 내 삶을 반성하고 뒤흔들 때 그것은 내 방식의 전복적 혁명의 순간이었다. 촛불집회에 단 한 번도 나가지 못했지만 촛불은 광장에서만 들어야 할 것은 아니다. 아이들의 무감각한 심장에 아이들의 무비판적 정신에 아이들의 이기적인 행동에도 매 순간 촛불을 밝혀야 한다. 아이들 스스로 이 세상 촛불이 되도록 함께 배워야 한다. 에드워드 사이드는 『저항의 인문학—인문주의와 민주적 비판』에서 모든 고정관념에 대한 저항, 모든 종류의 진부함과 부주의한 언어에 반대하는 것이 인문주의라 했다. "사람들은 정의와 평등이라는 이상에 감화되어 행동할 수도, 행동하기도 하며 또한 마찬가지로 자유와 배움이라는 인문주의적 이상은 혜택

받지 못한 이들에게 정의롭지 못한 전쟁이나 군사 점령에 대항하고 전제정치와 독재를 전복하는 에너지를 공급한다."는 말은 더욱 공감한다. 그러나 무엇보다 중요하게 주목하고 싶은 부분은 다음이다. "이 특정 공화국의 시민인 우리가 인문주의라는 것을 이해한다는 말은 그것을 민주적인 것으로, 모든 계급과 환경에 열려 있는 것으로 이해한다는 뜻이며 또한 상기와 발견, 자기비판, 해방의 과정으로서 이해한다는 뜻이다. 더 나아가 인문주의가 곧 비판이며, 이 비판은 대학 안과 밖의 사건들이 처한 상황 속으로 우리를 인도한다." '쓸모 있는 실천으로서의 인문주의', '인문주의와 비판적 실천'으로 수렴되는 에드워드 사이드의 인문정신이 지금 현재 내 신념의 실천과 맞닿아서 아이들과 함께 우리들이 가장 잘 할 수 있는 삶의 양식으로 아름다운 인간성의 본질을 지키고 지구의 모든 생명을 귀하게 여기는 삶의 주제를 캐논식으로(변화하는 감각과 의미의 조합에 언제나 열려 있는-에드워드 사이드) 변주하는 혁명의 나이고 싶다.

나 할 말 있다

• • 2008.12.10

늦게 들어와 〈마감뉴스〉나 〈시사 360〉을 보다가 가끔 피가 거꾸로 솟구치며 주먹이 불끈 쥐어지며 저 인간, 저 더러운 정치가들 죽여버릴 수 있으면 그럴 수 있으면 그래야겠다 싶은 날이 많다. 살기를 느끼는 분노가 넘치면 그것이 정의감으로 전환될 때가 많다면 나는 정말 정의를 상실한 시대에 살아남은 자의 슬픔을 지독하게 느끼는 자, 일종의 패배자이다. 정치가 썩어 부패할 때 목청껏 정의를 외치던 대학의 젊은 이들은 이제 어느 교정에도 보이지 않는다. 4 · 19혁명을 데모라 기록하는 미친 교육과학기술부나 정부의 보수 꼴통 행태는 우편향 외눈박이 눈먼 자들의 도시 그대로다. 『눈먼 자들의 도시』를 기어이 영화로 봤을 때 어떤 희망도 말할 수 없는 단 한 사람 눈뜬 자의 목격은 모두가 다시 눈뜨게 되었을 때도 여전히, 추악한 인간 본성과 절망 속에서 여전히, 인간은 존엄하며 희망과 책임의 원리로 정의와 사랑의 질서를 구현할 수 있을까, 라는 질문을 남긴다. 눈뜬 자, 눈감은 자, 눈뜨고 못 보는 자, 눈감고 다 느끼는 자, 숨이 턱턱 막히는 절망(보이는 것이 끊어짐)이 한치 앞을 내디딜 수 없게 한다.

대학생들아, 너희는 왜 데모하지 않느냐. 혁명까지는 바라지도 않는다. 왜 데모하지 않느냐. 연대와 참여 없는 지성이 부끄러워 나는 그것이 견딜 수가 없다. 너희의 불이익이 아니라 불의와 약자들의 아픔 앞에서 어쩌면 그렇게 잘 참고 나약한지 나는 그것이 아파서 참을 수가 없다. 너희보다 많이 가진 자가 어디 있느냐 대한민국 학벌위주 서열경쟁에서 살아남은 승자가 아니냐. 대학만 가면 다 되는 것으로 고등학교 마칠 때까지 침묵하고 참고 모질게 견디며 무감각 무비판으로 암기공부 기계공부 뼈를 깎으며 하지 않았느냐. 건강하고 젊은 몸, 열정 패기 용기 사랑 넘치고 충만해서 밤새 거리를 달려 지구 끝까지라도 가볼 그런 청춘들 아니냐. 이제 힘 제대로 쓰고 제대로 공부하고 산다는 게 뭔지 답할 수 있는 모험추구 자아탐구 해야 할 때 아니냐. 대학가 하나 있는 서점 하나 못 지키고 줄줄이 쓰러지는 서점들 대신 술집 옷집 게임방 온갖 유흥업소들 늘어나는 대학가. 나는 그런 곳이 상아탑이라면 거기에다 물대포를 쏘고 최루탄을 쏘아야 한다고 생각한다. 부끄럽다. 너무 부끄럽다. 나는 그런 게 치욕이고 국치라 생각한다.

제대로 열심히 살아야 한다. 스펙 때문에 학점 올리기에 목메지 말고 큰 공부하고 사람답게 사는 대학생들 좀 모여봐라. 내 뭐라도 힘이 되고 약이 되게 지혜를 나누며 아름다운 일 도모할 만반의 준비가 되어 있다.

내게 이보슈, 선배 거기 잠깐 서보십시오. 밤새 바닷가에 앉아 눈부신 태양이 떠오를 때까지 시대를 논해봅시다. 하고 먼저 말 걸어줄 젊은 정신이 나를 좀 불러주기를 간절히 바란다.

정의를 향한 그 번뜩이는 맹수 같은 눈매에 맞장 뜰 준비 되어 있다.

After meeting Howard Zinn

• • 2009.1.29

삐걱거리는 보스턴 대학의 오래된 계단과 작은 엘리베이터 앞에서 두 손을 모으고 계단 오르는 소리, 엘리베이터 버튼 소리에 숨죽이며 30분을 서 있는 동안 어떤 말할 수 없는 따뜻한 설렘이 밀려와 가슴이 뛰었다.

그러고는 엘리베이터 문이 열리고 오래되고 익숙한, 그러나 청정하고 천진한 맑은 눈의 노학자는 이내 나의 손을 잡고 그래, 너희들 왔구나. 다 준비했니, 문이 안 열렸구나. 아무도 오지 않았던 하며 큰 키에 느린 걸음으로 가장 구석진, Howard Zinn이라고 A4종이에 크게 써 붙인 그의 방으로 함께 걸어 들어갔다. 나는 편안하게 그가 앉을 수 있도록 수다스럽게 인사를 하며 가져온 선물을 풀어놓았다. 진심으로 환대한다는 것. 나는 순간 전부를 걸어 존재와 존재가 만나는, 그 경이롭고 아름다운 첫 순간의 다정함을 위해 더 환하게 웃으며 그에게 말을 걸었다.

작고 정성스러운 우리의 선물에 하나하나 응대하며 기뻐하시는 그의 얼굴에서 마음을 전한다는 것, 그리고 선물의 소중함을 한껏 느꼈다. 결정적으로 포착된, 완전한 행복함을 느끼시던 그 시간의 표피에는 오래된 그의 가족사진이 들어 있는 본인의 책이 놓여 있었다. 내가 가져도 될까, 네 물론이죠. 하지만 선생님, 이 책에는 꼭 사인을 해주셔야 해요. 당신의 이 문장이 지금 여기 저를 있게 했거든요. 그리고 차분히, 이제 우리 얘기를 시작할까. 한 시간은 좀, 선생님, 40분 동안 하죠. 너희들 괜찮겠니, 충분하겠니, 네, 시작하죠.

그분의 목소리에 표정에 몸짓에 녹아 있는 어떤 존재의 위대함에 빠져 있느라 시간과 함께 완전히 실존하고 있다고 느끼면서도 특정한 단어를 말씀하실 때 힘주어 목소리가 커지거나 음악처럼 시처럼 부드럽게 발음될 때 그분의 빛나는 눈은 목소리와 함께 말을 하고 있는 것 같아 그 순간이 또 멈추는 듯 했다. 그 시간, 질문과 응답이 오가며 그분의 정신과 영혼과 마음이 흘러나오던 그 시간, 내 심장에 박힌 그 시간의 이름은 beautiful이었다. 삶은, 그의 삶은 beautiful 그 자체였다.

우리 젊은이들이 꼭 다시 재정의하고 지켜나가야 할 소중한 가치는 무엇이라고 생각하십니까. 짧은 정지라고 생각해. 다른 사람들에게 nice한 거, 다른 이들의 입장에서 느끼고 생각해보는 거, 관대한 거, 존중하는 Kindness.

평생을 사회정의를 위해 저항하고 투쟁하며, 앨리스 워커의 말대로 그는 항상 우리와 함께 있었다, 라고 말했던 그가 삶에서 가장 소중한 가치라는 질문에 정의도, 평등도, 자유도 아닌 Kindness라니. 가슴이 울컥했다. 나의 좋은 선생님, My kind teacher. 눈물이 나기 시작했다. 그의 어떤 것도 놓치지 않고 싶던 그 시간, 한 인간의 존엄과 겸손과 아름다움 앞에서 눈물이 났다.

가르친다는 것. 그것은 바로 저렇게 따뜻하고 천진하고 아름답고 정직하고 용기 있는 사람이 지금 여기의 현실에서 인간으로서 가져야 할 사회적 책임과 이상을 향한 투쟁을 손을 잡고 함께, 젊은이들과 늘 함께 해나가는 것이라는 걸나는 이제 다시는 뵙지 못할 아름다운 선생님, Howard Zinn에게서 느끼고 배웠다.

그리고 보스턴에 머무는 일주일 동안 내리지 않았던 하얀 눈이 내리는 새벽까지, 다시 생각만 해도 눈물이 나는 어떤 아름다운 감동에 사로잡혀 글을 쓴다.

사랑과 정의를 위해 투쟁하신 선생님들께

• • 2009.4.10

세상을 살아가면 갈수록 공부해야 할 것과 공부하고 싶은 것이 더 많아집니다. 오늘 하루 해야 할 일을 다 하고 둥근 보름달을 보는 밤이면 달 사이로 바람의 향기가 느껴지고 살아서 이 달빛과 물빛 그리고 사람들과 함께 살아가는 것이 너무 행복해 눈물이 날 것 같습니다.

봄밤은 그래서 아름답고 또 짧게 잠시 꽃만 피우고 지나갑니다. 이번 봄 내내 잊히지 않는 사람들이 있습니다. 지난 겨울 일제고사 반대로 학교를 떠나야 했던 일곱 분의 선생님입니다. 그 뒤로 그분들의 사랑과 정의를 위한 투쟁의 모습들을 간간히 볼 수 있을 때마다 가슴 저 깊은 곳에서 부글거리는 감정들을 주체할 수 없어 나는 지금 여기서 무엇을 해야 하는가, 무엇을 할 수 있을 것인가. 몸과 마음이 아프게 들떠 숨이 가빠짐을 느낍니다. 그 선생님들을 사랑하는 아이들의 모습과 아이들을 사랑하는 선생님들의 안타까운 재회 장면을 보고 있으면 제게 그 모습은 20년 전 어느 봄밤과 오버랩이 됩니다.

고등학교 1학년 때 음악 선생님은 정말 윤동주 같은 분이었습니다.

서울에서 처음 부임한 우리 학교에서 인기도 제일 많은 분이었습니다. 늘 친절하시고 다정하시고 무엇보다 성악을 전공하셔서 아름다운 목소리로 슈베르트의 세레나데를 부르실 때면 사실 속으론 소리를 백만 번 질러도 아깝지 않을 탄성이 제게도 있었지만, 짧은 머리 빡빡 깎고 말이 없었던 저는 스승의 날도 선물 한번 드리지 못하고 아이들에게 둘러싸인 행복한 선생님을 멀리서 보기만 하였습니다. 2년 동안 내내 음악 수업만 기다리던 나는 3학년이 되자 같은 재단의 다른 학교로 갑자기 전근가신 선생님을 단 한순간도 잊어본 적 없이 입시를 끝냈습니다.

그리고 대학에서 며칠을 보내기도 전에 선생님께 연락이 왔습니다. 한번 만나고 싶다고. 해운대 어느 찻집이었는지 기억이 나지 않지만 선생님은 진지한 태도로 긴 얘기를 하셨습니다. 왜 갑자기 전근을 가게 되었는지, 왜 학교에서 잘리게 되었는지 누군가 한 사람은 진실을 알고 있기를 바라는 마음에서 이야기하고 부산을 떠나고 싶었다고 하셨습니다. 재단의 비리와 전교조 활동 등이 문제였다고 기억합니다. 그리고 정말 아직도 생생히 기억나는 것은 교실에서건 교실 밖에서건 항상 진실하고 열정적으로 아이들을 가르치고 사랑하셨던 모습을, 땀에 젖은 선생님의 뒷모습을, 그리고 무엇보다 그날 저에게 진실을 말씀하실 때 떨리던 목소리입니다. 그날 선생님께서 제게 한 권의 책을 사주시려고 몇 군데 책방을 돌았는데 아무데도 그 책이 없어서 선생님은 꼭 이 다음에 읽어보라고 하셨습니다. 그 책은 페터 빅셀의 『책상은 책상이다』였습니다. 그 뒤로 몇 통의 편지를 학교로 보내주셨고 곧 종교음악을 공부하러 텍사스에 가신다는 말씀을 듣고 서울로 가서 덕수궁 돌담길을 함께 걸었던 봄날을 떠올립니다. 그로부터 20년이 흘러 나도 그때의 선생님보다 더 나이가 들고 아이들을 가르치고 있습니다. 혹시라도 선생님을 다시 뵐 수 있다면, 다시 한 번 그때의 진실을 들을 수 있다면 저는 무엇이라도 할 수 있을 만큼 용기가 있다고 말씀드리고 싶습니다. 우리 음악 선생님의 존함은 김창석 선생님입니다. 그리고 이 땅에 수많은 김창석 선생님 같은 정의롭게 행동하다가 진실을 가르치려 하다가 가장 존엄한 그 자리, 아이들 앞에 서는 그 자리를 잃게 되신 선생님들께 머리 숙여 진심으로 존경을 표합니다. 여기 그래서 또 한 분의 격려 메시지를 제가 대신 전합니다. 힘내십시오.

인디고 : 교사가 가져야 할 가장 중요한 자질이나 품성은 무엇이라고 생각하시고, 또 왜 그렇게 생각하십니까?

하워드 진 : 교사에게 가장 중요한 것은 교실에서 선생님이 말하는 것과, 그리고 공동체의 적극적인 시민으로서 교실 밖에서 행동하는 바 두 가지 모두를 통해서 학생들에게 영감을 불어넣는 것입니다. 이것이 가장 중요한 이유는 시험을 통과하고 성적을 얻는 것을 넘어서는 일이고 교실과 학생, 교사를 교실 바깥의 세상과 연결해주는 일이기 때문입니다.

인디고 : 좋은 선생님에 대해 정의해주시겠습니까?

하워드 진 : 좋은 선생님은 학생들을 존중합니다. 그리고 모든 것을 알아야 한다고 오만하게 주장하지 않으며, 교육을 학생과 선생에 의해 함께 이루어지는 탐구로 만듭니다. 그리고 학생들의 말을 주의 깊게 듣습니다.

인디고 : 대학 입학, 성적, 그리고 취업에 대한 잔인한 경쟁으로 매우 압박받으며 자라난 젊은 세대인 한국의 학생들을 위해 투쟁하는 한국의

교사들에게 뭐라고 말씀해주시고 싶습니까?

하워드 진 : 저는 선생님들이 학생들의 취업과 성적에 대한 실질적인 필요를 이해한다는 것을 보여주어야 한다고 생각합니다. 하지만 동시에 단지 취업과 성적을 위해 노력하며 살기만 한다면 그저 삶은 평범해질 뿐이지만, 만약 삶의 마지막 순간에 피상적인 성공만을 위해 노력하는 것이 아니라 사회정의를 위한 투쟁의 과정에 참여했던 자신의 삶을 돌아볼 수 있게 된다면 삶은 더욱 재미있어질 것이며 좋은 기분을 느낄 수 있을 것이라는 것을 분명히 설명해주어야 합니다.

정의와 배려, 평등과 다양성의 가치를 이야기하다

• • 2009.9.30

여기, 우리가 만나는 곳

내가 사랑하는 존 버거의 소설 제목을 이 장의 제목으로 우선 달아둡니다. 그리고 그가 사랑하는 시인 나짐 히크메트의 시를 이제 나도 사랑하기 되었기 때문에 그 시를 인용하는 것으로 이 글을 시작합니다.

> 가장 아름다운 바다는
> 아직 건너지 못했어요.
> 가장 아름다운 아이는
> 아직 자라지 않았어요.
> 가장 아름다운 날들은
> 아직 나타나지 않았어요.
> 그리고 내가 당신에게 해주고 싶은 가장 아름다운 말은
> 아직 말하지 못했어요.

그 아름다운 것들은 우리를 수인(囚人)으로 삼지요.

우리를 가두어 둡니다.

나는 벽 안에,

당신은 벽 밖에.

하지만 그런 것은 아무것도 아닙니다.

가장 나쁜 일이 있다면

사람들이 -알든 모르든-

자기 안에 감옥을 지니고 다닌다는 것입니다

대부분의 사람들이 이것을 강요받아 왔지요.

당신을 향한 내 사랑 같은, 그런 사랑을 받을 만한

정직하고 열심히 일하는 그 착한 사람들이.

—나짐 히크메트 〈9-10pm. Poems〉, 존 버거 『모든 것을 소중히 하라』 중에서

'그 착한 사람들이', '용기와 사랑 외에는 거의 가진 것이 없는 사람들이' 희망을 가지고 정의로운 세상을 꿈꾸며 세계와 소통한 지 5년이 다 되어갑니다. 모든 수인들이 통쾌한 탈출을 꿈꾸듯 인디고 서원을 만든 저도 이곳에 모인 청소년들도 자유를 향해 끊임없이 현실의 벽을 뛰어넘어 왔습니다. 물론 이런 힘은 결연한 의지와 신념, 이상을 향한 투쟁 같은 말로도 설명할 수 있겠지만 그런 것이라기보다 '가장 아름다운' 것을 향한, 가장 진실하고 선한 것을 향한 본질적인 욕망 때문이었다고 정직하게 말하는 게 좋을 것 같습니다.

그 과정에 국경을 넘어 아름다운 별자리 지도를 만들 듯 인간, 그 본

연의 가치와 의미 있는 삶을 찾고자 만든 인디고 서원의 인디고 유스 북페어 프로젝트 팀에서 가장 최근에 만난 사람과 책을 소개해드리는 것으로 여기, 우리가 만나는 이 시간을 충만하게 누릴 수 있으면 합니다. (중략)

모든 것을 소중히 하라

얼마 전 인도를 다녀왔습니다. 지난번 미국 여정 때 만난 시카고 대학 법학대 학장이자 『정의론』의 저자 존 롤스의 제자인 마사 누스바움이 강력 추천한 아마티아 센을 만나기 위해서이기도 했지만 불평등을 줄이는 것이야말로 21세기 전 지구적으로 가장 중요한 가치라는 것에 팀원 모두 합의하여 인도의 다양한 활동을 하고 있는 청소년들과 학자들 그리고 평등과 다양성의 가치에 가장 좋은 대담자로 정한 반다나 시바를 만났습니다. 이번 여정을 통해 배우고 소통한 많은 소중한 것들은 《인디고잉》에 성실히 실을 것입니다. 위대한 사상가이자 정치가이자 교육자이자 인도의 현재적 삶의 뿌리인 간디, 그리고 아마티아 센과 반다나 시바를 생각하면 아직도 가슴이 뜁니다. 우리는 지금 여기 살아 있다는 이유만으로 해야 할 일이 너무 많고 책임과 열정을 갖고 우리 사회와 지구공동체를 향해 말하고 싶은 이야기를 계속 만들어나가고 실천해나갈 것입니다.

자, 이제 다시 존 버거의 책으로 돌아오겠습니다. 『모든 것을 소중히 하라』입니다.

모든 것을 소중히 하기 위한 내 삶의 방식을 다시 나짐 히크메트의 시로 마무리하겠습니다. 절망 속에서도 다시 희망을 말하는 여기, 우리가 만나는 곳, 그곳이 어디라도 다음의 시와 같은 마음이면 충분히 아름답게 싹을 틔울 수 있을 것입니다.

내가 만일 플라타너스라면 그 그늘에 들어가 쉴 테요
내가 만일 책이라면 잠 없는 밤, 지침 없이 읽을 테요
내가 만일 연필이라면
손가락 사이에서 나른히 있지만은 않을 테요
내가 만일 문이라면
선인에겐 열어주고 악인에겐 닫아걸 테요
내가 만일 창이라면, 커튼이 달려 있지 않은 드넓은 창이라면
온 도시 전체를 내 방으로 불러들일 테요
내가 만일 하나의 단어라면
아름다움을 공정함을 진실함을 요청할 테요
내가 만일 말이라면
나는 내 사랑을 나직이 말할 테요
—나짐 히크메트 〈Under the Rain〉, 존 버거 『모든 것을 소중히 하라』 중에서

묵묵히 맑고 정직하게
착하고 아름답고 진실하게 정진하겠습니다.
인디고 서원의 이름으로!

—2009년 5월 19일 사교육걱정없는세상 등대지기 강의 원고 중에서

기회의 시간

•• 2010.2.14

기회를 당연한 것이라고 생각해서 미안합니다.

당연한 것이라 생각했던 모든 것들에 대해서도 사과합니다. 내가 잘못했다면,

제발, 행복이여, 그대를 당연히 누려야 할 것으로 여겼다고 화내지 마세요.

나의 기억이 흐려지는 것에 대해 죽은 자들이여, 이해해주세요.

내가 매 순간 간과하는 이 세상 모든 것에 대해, 시간에 사과합니다.

—비스와바 쉼보르스카, 〈하나의 작은 별 아래에서〉

세상의 깊은 뒷골목을 셀 수도 없을 만큼 맨발로 걸을 수 있는 生의 기회를 가졌다.

내가 '뭘' 보았는지는 중요하지 않다.

'내'가 본 것이 무엇인지가 더 중요하다.

본 것만으로는 그 지역 사람들의 삶을 관통하는 어떤 것도 내가 보았

다고 말할 수 없는 것이다.

또한 그 수많은 길들은 내가 두 번 다시 걸을 수 없는 길이었고 설령 다시 걷게 된다 해도 예전에 걸었던 기억으로 걷게 되지 않을 것이다. (파리의 생폴(Saint-Paul)이 이젠 바디우의 사도 바울로 읽히듯이)

"(생물로서의) 인간이라는 동물이 진정한 인간이 되는 것은 진리에 참여함을 통해서, 주체가 됨을 통해서이다. 그리고 진정한 의미에서 산다는 것은 바로 이런 인간으로서의 삶만을 가리킬 수 있는 것이다."

—알랭 바디우

내 삶의 모든 순간이 '사건'을 향한 충실함으로 가득 찰 때, '우연들의 우연'으로 걷게 된 생의 깊은 뒷골목에서 만난 사람들을 사랑하고 '진실의 용기'를 계속 살 때, 나는 삶의 기회를 온전히 살아내는 '혁명의 불멸성'에 관해 자유롭게 말할 수 있을 것이다.

그전에 나는 예민한 심장의 떨림으로 온몸이 공명했던 그 모든 기억의 길들을

지금 여기, 내가 걸어가는 길 위에 다시 겹쳐놓을 것이다.

그래서 내가 걸어가야 할 새로운 길을 두려움 없이 걸어갈 生의 혁명에 대한 열정을 절대 놓지 않을 것이다.

—쿠바, 아바나, 체 게바라 혁명광장 28에서

공동선을 향하여

•• *2010.6.29*

디디에 드로그바, 시몬 베유.

6월 내내 내 영혼을 휘감던 의인들은

공동선을 향하여 선의지를 펼쳤던 강인하고 아름다운 정신의 흔적들을

시공간을 초월해 지금 여기 내 앞에 펼쳐놓는다.

그리고 나는 심장이 멈출 때까지 생의 전력질주를 다진다.

나의 좋음이 세상의 옳음과 닿아 있기를

글과 말이 아닌 삶으로 증명되기를

연민 어린 사랑, 이것만이 정의로운 사랑이다.

우리, 아람인

-내 꿈이 자란 곳

아람샘 소행성 B612호

백석 시인과 함께 밤을 지새웠고, 셰익스피어의 명문장을 영어로 읽으며 명문의 감동을 머리가 아닌 가슴으로 느꼈고, 최대한 감미로운 목소리로 시를 읊으며 감성적으로 시를 알아갔고, 평소 같지 않은 진지한 친구들의 모습에 쿡쿡 웃음도 지었다. 시험기간이라 지쳐 있던 날 선생님이 고운 목소리로 노래를 불러주시면 그 어떤 위로의 말보다 힘이 났고 우리도 질세라 답가를 부르며 다시 힘차게 수업을 시작했다. 우리의 다양한 삶의 이야기에 감동을 받아 눈물을 흘리기도 하고 유쾌하게 웃기도 하면서 서로에 대해 알아갔고 서로의 아픔도 즐거움도 함께 나누어 갔다. 때론 아름다운 그림에 취해, 음악에 취해 시간 가는 줄 몰랐다. 선생님은 진정한 지식은 사랑을 통해서만 얻을 수 있다며 수업시간이 아닌 다른 곳에서도 언제나 사랑을 느낄 수 있게 해주었고 그 속에서 우리는 많은 것을 배우고 성숙해갔다. 철없던 아이들은 그곳에서 사랑을 배웠고 행복을 느꼈다.

아람샘, 만나다

•• 이윤정

2003년 1월 11일. 유난히도 춥던 그날. 매서운 바람을 가르며 '아람샘'이라는 곳으로 향했다. 책을 너무 읽지 않아 오게 된 이곳. 다양한 독서활동으로 폭넓은 지식을 갖고 계신 부모님과는 반대로 판타지 소설과 만화책에 빠져 깊이 있는 독서를 싫어하던 나에게 제발 책 좀 읽으라며 아빠가 알아본 곳, 아람샘. 학원이라면 질색이라 꾸준히 다녀본 학원이 없던 나에게 '책을 읽는 학원'에 가라는 말은 정말 끔찍했다.

'아람샘' 역시 다른 학원과 다를 것이 없는 가기 싫은 곳일 뿐이었다. 가기 싫은 마음에 괜히 추운 날씨를 탓하며 빨개진 얼굴로 '아람샘'의 문을 열었다. 그러나 툴툴거리며 들어간 그곳은 학원이 아니었다. 조그만 방안에 있는 모든 물건은 하얀색이었고 갈색 조명 아래 유키 구라모토의 피아노곡이 흘러나오고 있었다. 인자하게 생긴 선배님은 귤을 나누어주며 다정하게 맞이해주셨다. 얼떨결에 받은 귤을 조물조물 만지며 그곳에 서 있던 나의 머릿속에 '학원'이라는 단어는 사라진 지 오래였다. 빨갛게 상기되었던 나의 볼이 어느덧 녹아갈 무렵

하얀 눈송이 같은 아람샘이 들어오셨고 우리 아람배는 항해하기 시작했다.

『모리와 함께한 화요일』, 『창가의 토토』, 『소설 속의 철학』으로 나의 독서활동은 시작되었다. 매주마다 시공을 초월하는 독서를 해야 했고, 독서 후 책의 내용을 이해한 페이퍼 작성은 쉬운 일이 아니었다. 그러나 이 3권의 책은 정말 시작에 불과했다. 매주 읽어야만 하는 책들은 늘어갔고 한 달에 평균 5권은 기본이었다. 책을 대강 읽고 넘어가는 것은 내가 즐겨 읽었던 소설책에만 해당되는 사항이었다. 선생님이 소개해주신 책 한 권을 다 읽는다는 것은, 신중히 읽은 책의 내용을 그 책에 적합한 토론주제를 통해 내 것으로 만드는 것까지의 모든 과정을 포괄했다.

선생님이 내어주신 과제는 책마다 달랐다. 선생님은 각각의 책의 특성에 따라 거기에 맞는 과제를 내주셔서, 그 책에서 꼭 생각해봐야 하는 것을 우리가 습득할 수 있게 해주셨다. 비평서를 읽을 때는 시사적인 내용과 역사적인 사실을 관련지어 세상을 보는 눈을 키웠고, 수필집들은 가볍게 읽고 자신의 생각을 논하면서도 그들의 생각에서 의미있는 인생의 교훈을 얻었다. 문학이나 예술, 역사 · 사회 등 인문학 중심의 수업에서 균형있는 지식습득을 위해 한 달에 1~2권 정도 읽었던 과학책들은 다른 아이들에게 알기 쉽게 이론정리를 해주는 과정에서 많은 과학적 지식을 얻을 수 있었다. 함께 공부하는 친구들과 나는 처음 받아보는 이런 수업형식에 처음엔 많이 힘들었다. 그러자 선생님은 "진정한 교육은 획일적이고 단선적인 교육이 아니라 모든 아이들이 통합적으로 배우고 통합적으로 사고할 수 있게 해주는 것"이라고 말하셨다. 우리는 여러 분야를 통합적으로 공부했고 이와 더불어 우리의 사고도 '통합적 사고'로 확장되어갔다. 답답한 현 교육제도 아래 이곳 '아람샘'에서 우리는 진정한 교육을 받으며 일주일에 단 한 번만이라도 다 함께 호흡하며 즐겁게 공부하는 시간을 가질 수 있었다.

친구들과 시간 가는 줄 모르고 열띤 토론을 하였고, 내가 조사해온 여러 시사적인 내용을 친구들과 공유하였고, 내 삶의 이야기를 조심스레 꺼내보았고, 또 다른 시각에서 선생님의 충고를 받았으며, 어려운 이론지식을 열심히 익혀와 친구들 앞에서 선생님이 된 것 마냥 칠판에 필기를 해가며 설명하였다. 각 수업시간은 다른 형태, 다른 내용으로 이루어졌고 언제나 수업은 즐겁게 이루어졌다. 물론 이런 즐거운 수업은 책을 읽고 거기에 해당하는 과제를 해갈 때 비로소 이루어질 수 있다는 것은 두말할 나위 없다. 그래서 우리는 늘 자발적으로 숙제를 해갔고 강제적으로 숙제를 해오게 하는 타학원과는 달리 스스로 모든 것을 해내야 했다.

매주 4~5권의 책을 읽고 이런 숙제를 해가는 것은 쉬운 일이 아니었지만 숙제를 하지 않으면 수업시간 내내 할 말이 없어 침묵을 지킬 수밖에 없었고 그 침묵의 시간은 숙제를 해오지 않아 매를 맞는 것보다 더 고통스러웠다. 나의 침묵으로 인해 그날의 수업 분위기가 흐려지는 것이, 나의 친구들이 더 많은 정보와 지식을 얻어가지 못하는 것이 더 괴로웠다. 오직 '나'를 위해 공부하던 우리가 이런 마음을 가지게 된 것은 아람샘 수업을 시작한 지 얼마 되지 않아 선생님께서 "바보같이 여기 이곳에서 마주 보고 앉아 있는 사람이 너의 경쟁자라고 생각하지 마라. 너희의 경쟁자는 눈앞의 몇 명이 아니야. 크게 생각하고 넓게 봐라. 함께 가는 거다. 나만 생각하고 눈앞의 이익만 좇기보다는 서로 꾸짖으며 서로 토닥여서 함께 가보자"라고 하신 말씀 때문이다. 참 따뜻한 충고이면서도 부끄러운 꾸짖음이었다.

그 후로 우리는 함께 나아가기 시작했다. 오로지 내가 성공하기 위해 공부하고 어떻게든 남들보다 더 많은 정보를 알아내 앞서가고자 하는 요즘 아이들과는 달리 우리는 더 많은 자료를 찾아 친구들에게 알려주고 싶어했고 더 많은 정보와 지식을 서로 공유하고자 했다. 남을 누르고 이겨야 한다는 이기적인 생각은 그곳에 존재하지 않았다. 우리는 '내' 가 잘되는 것보다 '우리' 가 잘되길 바랐다. 늘 그렇게 서로를 생각하며 공부했다. 그 속에서 미약하지만 서로가 나눠준 작은 지식들로, 한 가지 재료를 가지고 여기저기 우려먹는 말하기가 아닌, 수많은 재료를 가지고 그 재료들을 잘 조합하여 내 것으로 만들어 생각하는 법을 배웠다. 그러다 보니 나도 모르게 살아 있는 지식이 나를 채우고 있었고 더불어 남을 생각하고 아끼는 마음이 서로의 마음에서 자라고 있었다.

백석 시인과 함께 밤을 지새웠고, 셰익스피어의 명문장을 영어로 읽으며 명문의 감동을 머리가 아닌 가슴으로 느꼈고, 최대한 감미로운 목소리로 시를 읊으며 감성적으로 시를 알아갔고, 평소 같지 않은 진지한 친구들의 모습에 쿡쿡 웃음도 지었다. 시험기간이라 지쳐 있던 날 선생님이 고운 목소리로 노래를 불러주시면 그 어떤 위로의 말보다 힘이 났고 우리도 질세라 답가를 부르며 다시 힘차게 수업을 시작했다. 우리의 다양한 삶의 이야기에 감동을 받아 눈물을 흘리기도 하고 유쾌하게 웃기도 하면서 서로에 대해 알아갔고 서로의 아픔도 즐거움도 함께 나누어 갔다. 때론 아름다운 그림에 취해, 음악에 취해 시간 가는 줄 몰랐다. 선생님은 진정한 지식은 사랑을 통해서만 얻을 수 있다며 수업시간이 아닌 다른 곳에서도 언제나 사랑을 느낄 수 있게 해주었고 그 속에서 우리는 많은 것을 배우고 성숙해갔다. 철없던 아이들은 그곳에서 사랑을 배웠고 행복을 느꼈다.

시험 전날에도 갔고, 아파서 쓰러질 것 같은 날에도 갔고, 여행을 다녀와 피곤해도 갔다. 힘들고 지칠 때면 생각이 났고, 학교라는 틀에 박힌 교육에 진저리가 날 때면 생각이 났고, 스트레스가 쌓여 미칠 것 같은 날이면 생각이 났으며 진짜 공부가 하고 싶을 때면 생각이 났다. 아람샘은 그런 곳이다. 학원이지만 학원이 아니다. 서울에서 내려온 선배들과 함께 수업을 했고, 들어보지도 못한 책들, 읽어볼 생각도 하지 않았던 책들을 읽으며 나도 모르는 사이에 생각하는 나를 만들어 갔으며 진정한 지식을 쌓았다. 두 시간 동안 나는 나를 세웠다.

똑바로 세운 것은 지(知)적인 면에서뿐만이 아니다. 신발을 벗고 들어갈 때는 언제나 신발을 가지런히 정리하고 들어가고, 자기가 놀았던 자리는 말하지 않아도 깨끗하게 정리하고, 썼던 물건은 똑바로 제자리에 가져다두는 그런 아주 조그만 것에서부터 남을 배려하고 사랑하며 언제나 웃으며 즐겁고 감사하는 마음으로 사는 커다란 것까지 우리는 배웠다. 또 아람샘에서의 다양한 경험과 체험은 나의 내면을 풍요롭게 했다. 매번 방학 때 가는 엠티는 아람샘의 선배 후배가 허물없이 즐겁게 지낼 수 있는 시간이다. 옹기종기 모여 앉아 비밀이야기도 나누고, 어떨 때는 수업시간 때보다 더 열띤 토론도 하고, 서로의 상처를 어루만져주며 함께 눈물도 흘리고, 각자의 끼를 뽐내고 각자의 개성을 발휘할 수 있으며 함께 웃고 즐거워할 수 있다. 그러면서 밤은 깊어가고 서로의 정도 깊어간다. 아람샘의 엠티는 많은 것을 느끼고 배우며 서로에게 감사하고 아끼며 함께할 수 있는 동지가 있음에 행복함을 느낄 수 있다. 또, 겨울에는 함께 봉사활동을 나갔으며 크리스마스와 연말에는 각 반원이 팀워크를 발휘하여 발표를 하는 소중한 시간을 통해 한해를 마무리하였다. 같은 반 친구들의 생일에는 깜짝파티를 열어 함께 행복한 눈물을 흘리기도 하였으며 손에 손을 잡고 크게 노래를 부르며 함께할 수 있음에 감사했다. 우리는 따뜻한 정이 그리울 때면 이렇게 언제든 모였다. 어쩌면 삭막한 세상에서 이곳만이 우리가 따뜻함을 느끼며 숨쉴 수 있는 공간이었을지도 모른다.

어느덧 아람샘과의 2년 간의 수업이 끝나고 대학생이 되었다. 대학생이 된 지 불과 6개월 정도밖에 되지 않았지만 아람샘 수업의 힘은 대학에서 더더욱 절실히 느꼈다. 소위 우리가 말하는 명문대의 학생들이 시험기간에 끙끙대며 읽는 책들의 대부분이 현재 '아람샘'의 고등학생 친구들이 읽고 있는 책들이다. 높은 수능점수를 뽐내며 대학에 들어온 뒤 레포트를 쓸 때면 늘 힘들어하는 친구가 있는가 하면 심지어는 글쓰는 형식을 잘 모르는 친구들도 있다. 나는 유명한 강사의 언어영역 특강을 받아본 적도 없고 고액의 논술 · 구술 수업을 들어본 적도 없으며 고3 초반까지도 언어영역 문제집을 풀지 않았지만 우리 나라의 현재 입시체제 속에서 그 어떤 아이들보다 자신 있게 시험 치고 당당히 대학에 입학했다고 자부한다. 그 증거로 나는 대학 입학 구술시험에서 선생님과 읽었던 여러 책들과 그 속의 다양한 내용들을 떠올리면서 천편일률적인 다른 아이들과는 달리 독창적인 대답을 했다. 그뿐이 아니라 '아람샘'에서 늘 배웠던 '자발적 참여'와 '도전하고 뛰어드는 자세' 덕분에 철없던 나의 삶, 언제나 착하고 예의바르기만을 요구받았던 삶, 점수로 모든 것을 평가하는 한국이 싫다며 늘 언제나 이곳을 떠나고만 싶다고 생각했던 나의 삶에 불평만 할 것이 아니라 맞서 싸우는 법을 배웠고 사회에 나와서도 언제나 당당히 모든 것에 맞섰다. 진정한 '앎'이란 안다는 것에서 그치는 것이 아니라 실천할 때 더욱 빛을 발한다는 선생님의 말씀을 잊지 않고 있다.

그러나 나는 그 무엇보다 중요한 인생을 아름답고 풍요롭게 그리고 성숙하고 향기롭게 사는 법을 배웠다. '아람샘' 이라는 공간은 또 다른 내가 탄생한 내 인생의 변환점이며 내 꿈이 자란 곳이다. 부조리한 현실에 자신 있게 그 잘못됨을 외치는 자세와 소외되고 약한 사람에게 따뜻함을 베풀고, 사랑하는 사람에게 사랑한다고 말하고 모든 주변 사람들에게 언제나 감사하는 마음을 가지는 자세, 언제나 당당하게 살아가고 언제나 나 자신을 믿고 나 자신을 사랑하는 마음, 미성숙한 자아(自我)가 성숙된 자아로 자라 언제 어느 곳에서나 자신감 있게 살아가는 내가 될 수 있게 해준 곳. 그러나 이 모든 것이 껍데기만 번지르르한 비어 있는 행동이 아닌 알맹이가 꽉 찬 행동이기 위해서는 살아 생동하는 지식이 수반하지 않으면 안 되기에 늘 꾸준한 독서활동과 여러 다양한 학습을 했다. 아람샘은 우리에게 이 모든 것을 가르쳐주셨다.

'아람샘' 에서 나는 언어영역 점수도 쌓아갔고, 토론의 힘도 쌓아갔으며, 철없던 나의 삶을 참되게 바꾸어갔고 인생의 든든한 동지들과 아람샘의 공간 안에서 무한한 행복도 키워갔다. 획일적이고 답답한 현 교육체제에서 내 꿈은 '아람샘' 에서 발아했고 아직도 이곳에서 나의 꿈은 자라고 있다. 졸업을 했어도 언제나 찾아가는 나의 안식처 '아람샘' 에는 살아 있는 지식이 있고, 나의 가족 같은 선배와 후배들이 있고, 그 누구보다 힘이 되는 친구들이 있고, 내 인생의 영웅(Heroine) 아람샘이 있다. 나의 소박하지만 행복한 꿈은 여기 이곳 '아람샘' 의 모든 사람들과 함께 품어 키웠다. 사랑하며 감사하며 아끼며 우리 함께 세상에 희망을 던져보자. 우리는 항상 배우지 않았는가. 사랑이 아니면 인생은 아무것도 아니라고. 항상 선생님께서 말씀하시지 않았는가. 매 순간을 마지막처럼 열심히 살아라고. 언제나 '서슬 푸르게 깨어 있는 정신' (신영복, 『나무야 나무야』) 을 지니고 살고 싶다.

내 생의 가운데 있는 이들에게

•• 유진재

2008년 1월 2일 지금 시각 새벽 3시 5분.
어쩌다 여기에 들어왔을까. 참 무서운 습관이다. 어떤 행동이 습관화되면, 그 행동이 나타나기까지 가끔 기억이 안 나는 경우가 있다고 한다. 예를 들어 내가 A에게 어떤 말을 습관적으로 하는데, 가끔 그 말을 한 기억이 없는데도, A는 그 말을 들었다고 하는 경우, 가끔 학교에 도착해서 돌이켜보면 내가 온 길이 생각나지 않는 그런 등등의 경우들…… 지금 내가 여기에 어떻게 들어왔는지 잘 생각이 나지 않는다. 그저 인터넷 익스플로러라는 커다란 e모양의 아이콘을 더블 클릭한 것밖에…….

소행성 B612호에 있는 글들과 아람샘 글을 몇 개 읽었다. 내 삶의 중추, 자유로운 공동체 인디고, 살아 있는 것 이외에는 아무것도 하지 않는다, 생의 한가운데…… 다른 데서 봤더라면, 그냥 빙그레 미소, 혹은 아~, 정도의 감탄사, 고개만 끄덕끄덕 할 글일지 모른다. 그런데

Le Petit Pri nce

Il eût mieux valu
à la même heure it le renard.

Si tu viens, par ex nple,
à quatre heures de
trois heures je comme
heureux.

Plus l'heure avancera,
plus je me sentirai heure

À quatre heures, déjà,
je m'agiterai et m'inq terai :
je découvrirai le prix bonheur!

Mais si tu viens n' porte quand,
je ne saurai jam
à quelle heure
m'habiller le cœur...

Le petit prince sur
l'astéroïde B 612

왜 이렇게 가슴속을 맴도는지 모르겠다.

고1때 처음 들어와서, 지금 예비 고3. 같은 학년 친구들과 여러 행사나 인터넷상으로 친해진 선후배님들. 돌이켜보면, 모두 너무도 아름다운 한때였다. 지금 마음속에 있는 모든 이들의 이름을 다 부르고, 내 기억 속의 그들과 대화창을 열었다. 단지 백지뿐인 대화창이지만, 그건 하얀 바탕이 아니다. 검은색 바탕에 흰색 글자로 쓰인 이야기들이다. 다시 검은색 글자로 적어나갈 공간이다.

내 가슴속 호수에서 헤엄치는 금빛 물고기, 인디고 공동체. 내 호수가 말라가면, 그럴 때면 내 가슴에 지하수를 퍼올려주었던 내 삶의 중추. 나에게 소통이 무엇인지 가르쳐줬던, 연대를 어떻게 하는 것인지, 용기는 어떨 때 내는 건지, 순수는 또 무엇인지, 심장이 뛰는 것을 느끼게 해준, 그것을 열정이라 부름을 알게 해준, 인간의 가장 본질적인 모습이 사랑이라면 '사랑이 아니면 인생은 아무것도 아니다'를 가르쳐준, 살아 있는 것 이외에는 아무것도 하지 않는다는…….

나를 살아 있게 해준, 바로 여기, 아람샘, 인문학 공동체, 모두들 진심으로, 진실로 사랑합니다.

2

모두 아름다운 아이들

토토,
모리를 만나다

당신이 나의 스승인 것은 내가 당신에게서 배우기 때문이지 당신이 나를 가르치기 때문이 아닙니다.

—『새들은 과외 수업을 받지 않는다』 중에서

…

나는 이 세상에서 가난하고 외롭고 높고 쓸쓸하니 살어가도록 태어났다.

그리고 이 세상을 살어가는데

내 가슴은 너무도 많이 뜨거운 것으로 호젓한 것으로 사랑으로 슬픔으로 가득찬다.

그리고 이번에는 나를 위로하는 듯이 나를 울력하는 듯이

눈질을 하며 주먹질을 하며 이런 글자들이 지나간다.

하늘이 이 세상을 일 적에 그가 가장 귀해하고 사랑하는 것들은 모두

가난하고 외롭고 높고 쓸쓸하니 그리고 언제나 넘치는 사랑과 슬픔 속에 살도록 만드신 것이다.

초생달과 바구지꽃과 짝새와 당나귀가 그러하듯이

그리고 또 프랑시스 잼과 도연명과 라이넬 마리아 릴케가 그러하듯이

—백석, 〈흰 바람벽이 있어〉 중에서

아람샘과 함께 행복한 책읽기

아이들과 함께한 수업에서 그래도 으뜸은 책읽고 토론하는 수업이라 할 수 있겠지만 그렇게만 말하기에는 벅차고 아름다운 시간들을 뭐라 이름 붙여야 할지 난감합니다. 각자의 삶에서 온전히 풀어낸 자발적이고 주체적인 우리의 그라운드를 굳이 이름 붙이면 '아람샘과 함께 행복한 책읽기'라고 부르면 적합할까요? 최근 교육청에서 〈독서교육의 이론과 실제〉라는 강연을 하게 되었는데, 저는 독서교육은 왜 하는가?라는 제목의 글을 다음과 같이 썼습니다. 사실은 독서를 교육할 수 있는가? 아니면 독서를 교육해야 하는가?가 더 제 생각과 가까운 제목입니다.

2005년 7월 4일자 《한겨레신문》 머릿기사를 보면 '영어+과학 퓨전 논술 학교선 못 배우는데……'라는 제목으로 서울대, 사립대 '본고사형' 도입, 일반고 수업은 학원 들러리라는 비판 섞인 우려의 목소리를 들을 수 있습니다. 영어지문의 내용이 어려운 물리이론이고 그것을 풀어내기 위한 공식에는 수학이 필요하다면 그 논술문제를 풀어야 하는 학교수업에서는 물리교사가 들어가야 하는지, 영어교사가 들어가야 하는지, 수학교사가 들어가야 하는지 난감할 수밖에 없다는 내용입니다. 동감입니다. 그리고 이런 문제를 풀어야 한다면 과연 독서는 얼마나 유용한 것인지도 재고해봐야 할지도 모르겠습니다. 이러한 현실 앞에서도 온 나라가 '독서지도'에 열병을 앓고 있는 듯 독서경시대회니 독서이력서의 입시반영이니 하는 정책들을 맹목적으로 따라야 하는 우리 교육의 현실은 참으로 안타깝기만 합니다. 독서교육마저 입시의 도구로 전락한다면 책읽기의 행복함을 단숨에 포기해야 하는 막막함을 우선 느껴야 할 것이고 지극히 개별적이고 내면적인 행위인 독서가 입시지옥의 블랙홀에 빠져버릴 위험이 있기 때문에 어떻게든 독서교육만큼은 온전히 본질적인 가치와 효용이 유지될 수 있도록 해야 한다는 것이 제 생각입니다.

그런 의미에서 독서의 주체들이 단순히 어려운 독해나 사유를 잘 하기 위한 방법으로 책을 이용하는 것이 아니라 깊고 넓게 읽은 뒤 자신의 삶 속에 내면화하고 동시에 그것을 풀어내는 장(ground)을 가질 때 비로소 행복한 책읽기를 할 수 있습니다. 또한 그 책읽기가 굳이 지향점을 가져야 한다면 창의적(creative)이고 통합적(networking)으로 사고하며, 도덕적 품성을 높게 가진 개인으로 성장하여 더불어 사는 삶이라는 공동체의 일원으로 행복하게 살아가는 데 목적을 둘 수 있을 것입니다. 이것은 비단 독서교육의 목적만은 더욱 아니며 수업은 왜 하는가? 에 대한 일반적인 해답과도 크게 다르지 않다고 봅니다.

고래가 낙타를 사랑하고 있었다는 걸 아니?

• • 목정원

내가 선생님을 만나고 처음 한 일은 편지를 쓰는 것이었다.

영화 〈러브 레터〉를 좋아한다고 말했을 때, 그러면 다음 시간까지 편지를 써오되, 모든 것을 알게 된 여자 이츠키가 되어서 이미 세상에 없는 남자 이츠키에게 보낼 편지를 써오라 하셨다. 나는 그 말을 '사랑하는 마음으로 쓰라'로 이해했다. 그러므로 내가 선생님께 처음 배운 것은 그 마음이었다.

'보낼 수 없어 마음에 묻는 편지를 누구나 하나쯤은 품고 산다는 것을, 이렇게 훌쩍 시간을 뛰어넘어 너는 나에게 알려주고 싶었는지. 그래, 이 편지 역시 너무 슬퍼 네게 보내질 순 없겠지만, 문득 되돌려진 기억 속에 너를 사랑했던 내 마음을 넌 꼭 알고 가야 해.'

시간이 많이 지난 후에야 제 빛을 드러내는 것들이 있다. '그랬구나, 그게 사랑이었구나' 하는 마음 같은 것. 선생님과의 수업에서 나는 그 아득하고 하염없는 것들을 알아보는 법을 배웠다.

과거를 돌아보는 아련함도 좋지만 그저 순간순간 이게 사랑이야. 사랑이야, 이해하면서 걸어가는 삶을 살고 싶어지던 수업들. 나는 선생님과 함께 만났던 백석을 사랑하고, 선생님과 함께 나눈 화요일을 간직하고, 또 선생님이 나지막이 불러주시던 박성룡의 〈바람부는 날〉을 영원히 기억한다.

'고래가 낙타를 사랑하고 있었다는 걸 아니? 그래서 해안가 모래사장에서 고통스럽게 말라 죽어가고 있다는 걸. 물 한 방울 없는 먼지투성이의 사막을 향해 더 이상은 다가가지 못한 채.'

편지 쓰기 숙제를 내주시고, 선생님은 어느 책자에 실린 사진을 한 장 보여주셨다. 어느 외딴 해안가였는데, 고래가 떼를 지어 죽어 있었다. 몸은 바다를 등지고, 그들의 죽은 몸뚱아리 뒤로 조용히 파도가 치고 있었다. 외로워 보였다. 그리고 우리는 고래가 낙타를 사랑해서 사막을 향해 가고 있었음을 이해했다. 목이 마른 날들, 그래도 낙타를 생각하며 다가가기에 아름다운 사막을 날마다 마주하면서, 또한 낙타도 고래를 사랑했으리라는 작은 소망을 나는 품는다. 선생님과의 수업에서처럼, 우리 가는 먼 길의 모든 것들도 그렇게 사랑이기를, 시이고 음악이기를, 우리가 그것을 알아보며 걷기를 너무나 바란다.

'모르긴 해도, 우리가 알 수 없는 사막의 저 끝에는 낙타도 쓰러져 죽어 있었을 거야.'

편지를 쓰는 이츠키와 그림을 그리던 이츠키와 백석과 흰당나귀와 바구지꽃과 아름다운 나의 선생님과 함께 걸으니, 우리는 다 고래이고 낙타다.

네트워크하기 / Networking

• • 이민석

저는 고등학생이라 대부분의 시간을 학교에서 보냅니다. 하루는 언어 영역 지문을 읽고 있다가, 그 지문의 내용들과 이때까지 읽어왔던 책의 내용들이 하나하나 연관될 수 있겠다는 생각을 했습니다. 그래서 이 기회에 아람샘 수업에서 내가 해왔던 읽기 방법들을 글로 남기면 어떨까 하고 예전에 읽었던 책들을 펴놓고 글을 써 내려갔습니다.

이 방법은 선생님이 항상 강조하시는 방법입니다. 소위 말하길, '네트워크(network)' 하기, '그물망 짜기' 라고 하죠. 간단히 말하면 어떤 글을 읽으면서 어떤 내용을 접했을 때, '아, 내가 그전에 읽었던 책에 비슷한 내용이 있는데.' 하는 생각이 날 때가 있습니다. 그러면 그 책을 같이 펼쳐서 책과 책의 상관관계(correlation)를 그물로 엮듯이 엮는 것이죠. 그러면 하나의 글을 읽을 때보다 훨씬 많은 효과를 낼 수 있습니다. 일단 그 주제에 대한 사고가 풍부해지고 문제점에 대한 시야가 넓어지겠지요. 또한 어떤 한 주제를 놓고 다른 관점으로 말하고 있는 여러 책의 논점을 다 고찰해봄으로써 사고를 치열하게 할 수도 있습니다. 다른 독서를 할 때 그저 그 내용이 무엇을 말하는지만 알고 넘어가지 말고, 그 내용을 다른 책과 해보면서 내용을 심화시키고, 다양한 생각들을 정리할 수 있었으면 좋겠습니다.

제가 읽은 글의 제목은 〈인터넷 시대의 글쓰기, 해방인가 악몽인가〉입니다. 이 주제에 대해 네트워크를 할 수 있다는 것은 그만큼 이 문제에 대해서 사회적 관심이 높다는 것을 의미하겠지요. 본문을 그대로 옮겼으며, 글을 읽으면서 제가 어떤 내용과 연관지어야겠다는 생각이 든 문장은 진하게 처리했습니다.

인터넷 시대의 글쓰기, 해방인가 악몽인가

장은수

(…)

전자적 글쓰기가 갖는 혁신적 성격은 이밖에도 많이 있다. 검열자(그것이 국가권력이든, 문화권력이든 상관없이)의 손을 거치지 않고 누구나 손쉽게 공중 앞에 자신의 주장을 펼쳐낼 수 있는 민주주의적 성격, 저자와 독자의 구분이 존재하지 않으며 모두가 함께 글의 완성태를 추구해 가는 쌍방향성, **① 서두에서 끝까지 직선적으로 쓰고 읽는 종래의 글과는 달리 손쉽게 수많은 참조 텍스트들로 분기해 나갈 수 있는 하이퍼텍스트, 문자뿐만 아니라 그림, 소리, 동영상 등을 하나의 문서 위에서 구현할 수 있는 하이퍼미디어** 등이 가져온 혁신은 불과 십여 년 전만 해도 거의 상상할 수 없었던, 턱이 빠질 만큼 놀라운 혁신이다.

그런데 이러한 **② 매체적 성격의 변화를 단지 형식적 변화로 이해한다면, 우리는 전자적 글쓰기의 가장 중요한 부분을 놓치게 될 것이다.** 그리고 이 가장 중요한 부분에서 대부분의 논의들이 멈칫대면서 앞으로 나가지 못하고 있다. 그게 무엇일까? 그 희미한 윤곽선을 '지식에서 정보로' 라는 한마디로 집약할 수 있을 듯하다.

종이란 무엇인가? 그것은 기본적으로 파피루스의 기록을 대체하기 위한 정치적 노력의 산물이다. ③ **파피루스 위에 쓰여졌던 것은 거의 모조리 신에 대한 기록이다. 따라서 신의 말씀을 담은 (또는 하늘의 법칙을 담은) 경진들이 제1의 기록 대상이었으며, 그 외의 모든 지식은 입에서 입으로, 또는 경험의 축적에 의해 인간의 육체 속에 기록되었다. 중세 이전의 모든 인간적 지식들은 당대에는 전혀 기록되지 않았다.** 설사 이집트의 파피루스가 세금 납부 기록을 담고 있다 하더라도 그것은 신성 지식의 일부로서 기록된 것이지, 결코 인간적인 통치 지식의 일부로서 기록된 것이 아니다.

그러므로 인쇄 혁명이 르네상스 이후에야 비로소 문명사적 의미를 띤다고 해서 놀라지 말라. 그전에 종이 또는 인쇄술이 없었던 것이 아니라 기록 대상이 신성 지식에서 인간의 지식으로 바뀐 이후에야 비로소 종이와 인쇄술이 필요해졌던 것이다.

종이와 인쇄술의 혁명은 신성 지식에 버금가는 지식, 인류정신의 정화, 그러니까 교양(Bildung)을 가리는 기술의 발전을 촉진했으며, 그에 따라 편집자의 존재를 탄생시켰다. ④ **Bildung이란 단어는 그 어원이 보여주듯이, 인간을 인간답게 만드는 지식의 존재를 상상하는 형이상학적 열정 또는 권력 의지의 산물이다.** 이 열정 또는 의지가 바로 근대 출판업의 중심에 있는 것이다. 하지만 ⑤ **이러한 중심은 곧 주변 지식, 그러니까 종이에 실릴 수 없는 지식의 배제를 통해서만 존재할 수 있다. 따라서 신성 지식으로부터 자신을 해방시켰던 근대 지식의 전달 체계는 금세 고급 지식과 하층 지식으로 이원화하여 억압과 배제의 시스템으로 권력화한다.**

전자적 글쓰기는 바로 이러한 시스템의 해체이자 구축이다. 그것은 편집자의 존재를 부정함으로써, 그러니까 모든 지식을 표층화하여 등가로 만들면서 시작한다. 마치 화폐가 모든 것을 대체하면서 근대 경제가 열렸듯이, 질을 따지지 않는 정보라는 개념이 모든 지식을 대체하면서 새로운 지식의 경제를 만들어가고 있다. (…)

참고 도서 |

이 도서들은 제가 3년 동안 아람샘 수업에 참여하면서 읽었던 책들 중에서 위의 글과 관련된 책들만을 모아놓은 것입니다. 이 목록 외에 있는 내용은 제목을 달아놓았습니다.

① 『21세기 지식 키워드 100 』- 하이퍼텍스트
② 『미학 오디세이 3』 - 팬텀과 매트릭스
③ 『코드 훔치기』 - 10. 권력은 어디에 있는가?
④ 『철학과 굴뚝청소부』의 '니체', 『부르디외 사회학 입문』 5. 차이를 개발하자-구별의 논리
⑤ 『철학과 굴뚝청소부』의 '푸코'

〈Do the 'Network'!〉

① 서두에서 끝까지 직선적으로 쓰고 읽는 종래의 글과는 달리 손쉽게 수많은 참조 텍스트들로 분기해 나갈 수 있는 하이퍼텍스트, 문자뿐만 아니라 그림, 소리, 동영상 등을 하나의 문서 위에서 구현할 수 있는 하이퍼미디어

하이퍼텍스트, 하이퍼미디어라는 단어들은 여러 매체에서 많이 들어보았을 것입니다. 그러나 실제로 이것들이 정확하게 어떤 뜻을 가지고

있고, 어떤 성격을 내포하는지는 잘 모르는 경우가 많습니다. 이럴 때는 사전이나, 단어의 뜻을 설명해주는 책을 항상 옆에 두고 찾아봐야 할 것입니다. 『21세기 지식키워드 100』이라는 책을 봅시다. 여기서 김성도 교수님은 하이퍼텍스트의 "독자에게 다양한 선택의 기회를 마련해주는 비순차적 글쓰기로, 상호 작용적 스크린에서 가장 잘 읽힐 수 있는 것"이라고 정의했습니다. 그리고 뒷부분에는 읽어야 할 책들이라는 칸이 있어서, 하이퍼텍스트와 관련된 책들을 소개하고 있습니다. 저의 경우는 이 책을 활용해서 얻은 것들이 많습니다. 일단 단어의 정확한 의미를 알 수 있었고, 깊이를 쌓을 수 있는 책도 찾아서 읽을 수 있었습니다.

② 매체적 성격의 변화를 단지 형식적 변화로 이해한다면, 우리는 전자적 글쓰기의 가장 중요한 부분을 놓치게 될 것이다.

그렇습니다. 매체적 성격의 변화는 단지 형식적 변화로만 이해되어야 할 것이 아닙니다. 여기서는 매체의 성격의 변화가 어떻게 전자적 글쓰기에 대해 영향을 주고 또, 변화시켰는지 말하고 있습니다. 매체의 글쓰기적 성격에서 매체 전반의 성격으로 범위를 넓혀서 생각해봅시다.

『미학 오디세이 3』 309쪽을 펴면 귄터 안더스의 미디어론을 간단하게 소개하고, 현실의 예로 비추어보고 있습니다. 먼저, 보르헤스의 소설 〈지친 자의 유토피아〉의 일부분을 발췌해보겠습니다.

"나의 흥미로운 과거에서는 – 나는 말했다. 매일 저녁과 아침 사이에 망각되어야 할 수치스러운 어떤 일들이 일어난다는 미신이 팽배해 있었지요. 세계는 캐나다, 브라질, 스위스, 몽고, 유럽, 공동시장 등 집단적인 유령들로 가득 차 있었지요. 거의 모든 사람들은 이러한 플라토닉한 실체들 이전의 역사에 대해서는 알지 못했지요. 그렇지만 그들은 가장 최근의 교육자 모임, 또는 임박한 외교 관계의 파탄, 또는 비서의 비서에 의해 쓰여졌고 그 장르에 걸맞는, 조심스럽게 짜맞춘 장황하면서도 모호한 대통령 담화문들의 자질구레한 상황까지도 잘 알고 있었지요. 그것들은 읽고 나서 곧 잊혀져야 할 것들이었지요. 왜냐하면 또 자질구레한 것들이 그것들을 지워버리게 될 것이었으니까요. 모든 직무 중 정치적 직무야말로 가장 공적인 거지요. 한 사람의 대사, 또는 장관은 모터사이클과 헌병들에게 둘러싸이고, 눈에 불을 켜고 달려드는 기자들이 기다리고 있는, 길고 떠들썩한 자동차 행렬과 함께 움직여야 하는 일종의 불구자이지요. 그래서 단지 인쇄 매체를 통해 공표된 것만이 진실했다고나 할까요. 존재하기 위해서는 사진으로 찍혀야 한다는 게 세계에 대한 우리의 유일무이한 개념이었지요. 나의 그 과거에서 사람들은 순진무구했습니다. 그들은 그것을 만든 사람이 계속 좋다고 반복해서 말하니까 어떤 상품이 좋다고 믿곤 했지요."

위 글을 보면 사람들은 매일 저녁과 아침 사이에 망각되어야 할 수치스러운 어떤 일들이 일어난다는 미신을 가지고 있었다고 했습니다. 이는 밤이나 새벽 동안에는 범죄가 일어나기 마련이라는 사고가 사건, 사고를 보도하는 매체에 의해서 형성된 것입니다.

또한 위에서 실제 사물보다 인쇄된 사진과 글자가 더 사실적이었다고 하죠? 이것은 현실보다 가상이 더 실재적이 되어, 현실과 가상의 구분이 모호해진, 안더스가 말하는 상태와 아주 유사합니다.

예를 들어보겠습니다. 안더스는 텔레비전이라는 매체로 전송되는 복제영상을 '팬텀(phantom)'이라고 했습니다. 그것은 가상도 아니고 실재도 아닌 유령과 같은 존재라는 것입니다. 특히 이는 실시간 중계를 할 때 잘 나타납니다. 9 · 11 테러 때 우리는 쌍둥이 빌딩이 불타는 것을 CNN을 통해 실시간으로 지켜보았습니다. 그 거대한 빌딩이 방안에 들어와 있을 수 없다는 의미에서 그것은 '가상'에 불과합니다. 하지만 바로 그 시간에 쌍둥이 빌딩은 정말로 불타고 있었다는 것이죠. 그런 의미에서 그것은 동시에 '실재'입니다.

이렇게 매체가 발달하면서 형성된 매체적 성격은 글쓰기뿐만 아니라 우리의 인식 전반에 영향을 끼치고 있는 것입니다. 이 책에서 예를 들고 있는 것을 하나만 더 가지고 오겠습니다. 언젠가 야당과 여당의 선거운동권이 거리에서 충돌한 적이 있다고 합니다. 가벼운 몸싸움이었으나, 텔레비전 화면에 비친 양측은 모두 병원 침대에 누워서 상대방의 폭력성을 몸으로 증언하고 있었던 것이죠. 카메라가 없었다면, 아마 얼굴에 밴드 하나 붙이고 집으로 돌아갔을 사건이, 카메라라는 매체에 의해 '일어난 것(happen)'입니다. 한마디로 카메라가 현실을 복제하는 것이 아니라, 거꾸로 현실이 카메라 앞에서 자신을 연출하는 것이죠.

> 사건이 복제의 형태 속에서, 말하자면 그림으로서 중요하게 여겨질 때, 존재와 가상, 현실과 그림 사이의 차이는 사라진다. 그 사건이 원본의 형태보다 복제된 상태에서 사회적으로 더 큰 중요성을 띨 때, 원본은 복제를 닮아가고, 사건은 그것의 복제의 매트릭스가 되지 않을 수 없다. 지배적인 세계체험이 그런 대량복제에 가까워질 때, '세계'의 개념은 폐기된다. 세

계는 사라지고, 방송을 통해 생성된 인간의 태도는 '관념론적' 으로 된다.

—Günter Anders, 'Die Welt als Phantom und Matrize'

칸트는 '시간과 공간을 주관의 선험적 형식' 이라고 했습니다. 우리가 보는 세계는 실은 우리의 의식이 시공의 형식에 따라 구성한 것이라는 애기입니다. 마찬가지로 매체라는 것이 우리의 인식의 선험적 형식, 즉 매트릭스를 구성하고 있는 것은 아닐까요? 그래서 방송을 통해 생성된 우리의 태도는 '관념론적', 즉 선험적 형식의 틀에 구속된 상태로 변해가는 것이 아닐까요?

③ 파피루스 위에 쓰여졌던 것은 거의 모조리 신에 대한 기록이다. 따라서 신의 말씀을 담은 (또는 하늘의 법칙을 담은) 경전들이 제1의 기록 대상이었으며, 그 외의 모든 지식은 입에서 입으로, 또는 경험의 축적에 의해 인간의 육체 속에 기록되었다. 중세 이전의 모든 인간적 지식들은 당대에는 전혀 기록되지 않았다.

이 문장은 종이라는 대상에 역사적 통찰을 적용하여, 파피루스에서 종이로의 매체변화를 통해 지식에 대한 주체 변천사에 대해 간단히 말하고 있습니다. 저는 이 문장을 읽었을 때, 고종석의 『코드 훔치기』에서 레지 드브레의 『매개학(Mediologie)』을 떠올렸습니다. 『유혹하는 국가』의 책을 직접 읽었다면 그 책을 참조하는 것이 더 좋겠지요.

그는 그 책에서 기술혁명(매체의 발달)이 권력의 성격을 변화시키는 과정을 더듬어갑니다. 첫째는 선지자, 즉 신권의 시대인 언어권(logosphere) 시대이고 둘째는 인쇄술의 보급과 함께 시작된 문자권

(graphosphere)의 시대입니다. 마지막은 사진술의 등장과 함께 시작되어 텔레비전과 인공위성의 등장 이후 전성기를 맞고 있는 비디오권(vediosphere)의 시대입니다.

간단하게 말하면, 기술혁명이 진행됨에 따라 신권의 시대인 언어권의 시대에서 신권의 '말씀'의 자리를 이성이 물려받고, 설교의 공간을 공교육이 차지함에 따라서 정치적 논쟁이나 공교육의 보편화된 문자권의 시대로 바뀌게 되고 텔레비전, 인공위성 개발 이후 상징이 아닌 실체를 표상하는 매체의 시대인 비디오권의 시대로 진입하게 된다는 것입니다.

이에 따라서 비디오권의 매체는 정치를 근본적으로 변화시키게 된다고 합니다. 미디어에 편승하여 실체가 아닌 허구의 이미지를 창출하는데 익숙해지고, 수용자 또한 그런 것에 물들게 된다는 것입니다. 임철우의 소설 〈붉은 방〉의 한 구절을 인용해보겠습니다.

> 모든 게 그저 그렇군, 오늘도 변한 거라곤 없어. 건성으로 신문을 뒤적이며 나는 중얼거린다. 세상은 늘 그대로인 모양이다. 어제도 그랬고 그제도 그 전날에도 그랬던 것처럼. 지극히 상투적인 사건들이 역시 상투적일 수밖에 없는 언어들로 그저 그렇게 맥 빠지게 그려져 있을 뿐이다. 특대활자로 찍힌 1면의 기사들도 그렇고, 죄다 하나같이 진부하고 낡아빠진 것들에 지나지 않는다는 느낌이다.
>
> ―임철우, 〈붉은 방〉(1988)

소설 앞부분에서 '오기섭'이 혼자 말하는 장면입니다. 삶의 무기력함 속에서 허우적대고 있는 그에게 '신문 매체'라는 거대한 메커니즘은 '껍데기' 행세를 권하는 '상투적인' 틀로 비칩니다. 그런 성격을 가진 매체의 홍수 속에서 한 개인은 관념적인 틀에 갇힌 상태로 변할 수밖에 없는 것입니다. 고종석 씨도 이런 미디어의 현실 잠식의 현상을 보면서 위기감을 느끼고 있다는 것을 알 수 있습니다.

> "이런 유령들의 쇼를 벗어나 정치를 합리성의 규율 안에 가두기 위해 필요한 것이 이른바 '시청자 주권의 회복'이고, 그것은 미래의 시민운동이 가장 힘을 기울여야 할 부문 가운데 하나일 것이다."

④ Bildung이란 단어는 그 어원이 보여주듯이, 인간을 인간답게 만드는 지식의 존재를 상상하는 형이상학적 열정 또는 권력 의지의 산물이다.

이 문장에서는 명시적으로 니체의 용어가 나와 있습니다. 하긴 권력의지란 말은 니체의 말이라는 것이 무의미할 정도로 널리 쓰이긴 하지만요. (모 잡지 앞표지에 '경기도 검사의 부드러운 권력의지'라는 황당한 제목도 본 적이 있습니다.) 두 번째는 이 문장과 관련해서 부르디외의 '구별짓기'도 생각이 나더군요. 이 두 가지를 가지고 연관시켜 보겠습니다.

1 • 『철학과 굴뚝청소부』에서는 니체의 너무나도 방대한 사상 가운데 정말 '맛보기'만 소개되어 있습니다. 아람샘 수업 때 했던 책이니까 니체의 권력의지가 나오면 이 책을 다시 한 번 펼쳐봐야겠죠?

사세리오의 〈에스더의 화장실〉이라는 그림이 있습니다. 중간에 상의를 벗은 백인 여인이 앉아 있고 옆에서 시중을 드는 황인종과 흑인 여인이 있습니다. 여기서 보통 사람들은 그 세 명 중 누가 제일 예쁘다고 생각할까요? 대부분이 백인 여자를 선택할 것 같습니다. 여기서 시대를 거슬러가서 플라톤이나 소크라테스에게 이 그림을 보여준다면, 그들은 백인의 공통된 아름다움, 즉 아름다움의 '본질'을 찾으려 할 것입니다. 그러나 니체는 그 문제설정 자체를 뒤집어버립니다. 니체는 '아름다움이란 무엇인가?' 라고 하지 않고 '어떤 것이 아름다운가? 어떤 요소가 그것을 아름답게 보이도록 만드는가?' 라고 질문합니다.

경제적으로나 정치적으로나 우세한 상황에 있었던 백인들은 다른 인종에 비하여 '지배적인 힘'을 가지고 있었습니다. 이에 따라 아름다움의 기준을 백인에 두려는 '의지'가 생겨났고, 이 의지는 역으로 그 지배적인 힘을 강화시켰습니다. 니체는 바로 이 그림에서 '이 여자가 어떻게 해서 많은 사람들에 의해 아름답게 여겨지게 되었는가?' 라는 계보학적인 문제의식을 품을 것입니다. 이런 '의미'를 발견하는 것은 주어진 대상을 점령하는, 주어진 대상의 '가치판단'을 점령하고 있는 '힘'을 아는 것이죠. 그리고 어떤 것이든 지배적인 힘과 피지배적인 힘이 결합되어 있습니다. 이런 의미에서 이 의지가 힘들간의 관계를 만들어내는 것이라고 할 수 있습니다. 그래서 니체는 이 의지, 즉 어떤 지식에 대한 힘을 점유하려는(아까 미에 대한 기준을 백인 여성에 집중시키려는)의지를 '권력에의 의지'라고 하였고, 줄여서 권력의지라고 하는 것입니다.

본문에서는 이렇게 교양에 대한 인간의 지적 열망, 그리고 그를 통한 권력의 형성욕망을 니체의 용어를 빌려서 권력의지의 산물이라고 한 것입니다.

2 • 작년에 했던 『부르디외 사회학 입문』 5장을 보면 구별짓기에 관한 내용이 나와 있습니다. 본문에서 인간은 교양이라는 단어를 통해서 권력을 형성하고 그에 대한 타자를 배제하는 시스템을 권력화했다고 말하고 있습니다. 이는 부르디외가 말하는 구별짓기의 과정을 적용해서 이해해볼 수 있습니다.

부르디외에 의하면 지배자들은 문화에 의해 자신들의 지배를 확고히 할 수 있다고 합니다. 문화는 또한 위계화된 의미들의 체계입니다. 문화는 사회계급들 사이에서 변별적인 격차를 유지하는 것을 궁극 목적으로 삼는 사회집단들간에 하나의 투쟁목표가 됩니다.

한마디로 말하면 부르디외의 테제는 지배적인 문화가 지배계급의 문화임을 폭로하는 것입니다. 우리는 문화적 생산의 장은 문화가 단지 작품들의 총체가 아니라 세계에 대한 인식의 형성이고, 세계를 기술하고 이해하는 특별한 하나의 방식이라는 점을 알게 됩니다. 이런 문화적 생산은 고급 문화적 자본을 소지하고 인정받는 합법적 권위를 가진 개인들, 가령 명성이 높은 지식인들, 주요 언론인들, 조합이나 압력단체와 같이 영향력 있는 대표적 운동의 지도자들에 의해 만들어지거나 공식화됩니다. 또 이를 통해서 자신들의 지배를 확고히 할 수 있는 것이죠. 이런 부르디외의 '문화적 생산의 장'의 개념을 통해서 위 문장을 이해해봅시다.

'교양'이라는 문화 실체를 통해 사회 · 문화적 기득권층은 교양을 자신의 배타적 특성으로 형성합니다. 그리고는 그 배타적 특성을 높은 가치로 상정하면서 프티부르주아 계급들의 사회적 상승의지를 불러일으킵니다. 이렇게 신에서 인간의 이성으로의 지식변천과정에서 지식인들은 '교양' 을 통해 기득권층이 될 수 있었다는 것이죠. 그리고는 그들의 글의 문체, 글쓰기 형식 등(글쓰기의 특징을 보자면)의 아비투스들을 형성하여, 사회적 재생산을 이룰 수 있는 여건을 조성한다는 것입니다.

⑤ 이러한 중심은 곧 주변 지식, 그러니까 종이에 실릴 수 없는 지식의 배제를 통해서만 존재할 수 있다. 따라서 신성 지식으로부터 자신을 해방시켰던 근대 지식의 전달체계는 금방 고급 지식과 하층 지식으로 이원화하여 억압과 배제의 시스템을 권력화한다.

푸코는 병원을 예로 들면서, 정상과 비정상, 동일자와 타자 사이에 만들어진 경계를 보았습니다. '이성' 과 '광기' 가 공존할 수 있었던 과거와 달리 광인들은 부랑자, 가난뱅이, 게으름뱅이, 범죄자들과 함께 수용소에 갇힙니다. 그들만의 질서와 법으로 살아가던 그들이 이제는 새로운 이름의 수용소에 갇히게 됩니다. "광기란 이제 이성이 허용할 수 없는 외부가 되었고, 이성적이기 위해선 그 안에 광기가 없음을 증명해야 했다 …… 사실 인간이 사는 세계가 정상임을 증명하기 위해선 무언가 정상이 아닌 것이 있어야 하듯, 이성이 정의되려면 무언가 비이성적인 것이 있어야 하는 것이다 …… 이성의 정체성/동일성(identity)을 증명하기 위해선, 배제되어야 할 타자들이 있었던 것이다." 꼭 광인을 예로 들지 않더라도, 인류의 역사에는 자신의 우위를 점유하기 위해서 배제할 타자의 '성격' 을 생성하고, 그 성격(trait)을 가진 '타자' 를 배제하는 경우가 항상 존재했던 것 같습니다.

[1]고귀와 거리의 파토스(the distance of pathos). 고급의 지배자적 종족

이 하급의 종족, 〈하층자〉에 대해서 지니고 있는 지속적이고, 지배적인, 근원적인 감정의 총체-이것이 바로 〈우〉와 〈열〉이라는 대립의 기원이다.[2] 이름을 부여하는 지배자(master)적 권리가 아주 멀리까지 뻗쳐서 언어 자체의 기원을 지배자의 권력 표시로 간주하기에까지 이르렀다. 그들은 〈이것은 이러이러하다〉라고 말한다. 그들은 모든 사물과 사건을 한 마디 소리로써 봉(封)하고, 그리하여 말하자면 그것을 점유해 버린다.

—『도덕의 계보』, 니체

니체의 글을 보아도 마찬가지입니다. 윗문장에서는 우와 열이라는 이분법적 경계가 '고귀와 거리의 파토스'에 있다고 했습니다. 지금도 그러하지 않습니까? 현대사회에서의 우와 열의 가치체계, 즉 어떤 것은 고급스럽고 우수한 반면 어떤 것은 천하고 열등하다는 문화 · 사회 곳곳의 가치기준은 특정 사람들에게 우월적 거리의 만족감을 느끼게 하고 이 파토스는 역으로 사회에서의 경계적 가치체계를 더욱 공고히 생성합니다.

After 'Networking'

인터넷 시대의 글쓰기에 대해서, 그리고 범위를 더 넓혀서 매체 자체에 연관되는 내용을 아람샘 수업 때 했던 책들을 들춰보면서, 이리저리 연

1 하층자에 대해서 자신이 그들에 비해 우월적 거리(distance)를 가지고 있다는 감정(pathos)을 뜻합니다. 이것은 역으로 '우(優)'라는 것과 '열(劣)'이라는 것이 나누어지게 되는 근본 원인을 내포하고 있습니다.

2 니체에 따르면, 여러 가지 언어로 표현된 '좋음'이라는 단어를 어원학적으로 내려가 보면 '고귀한', '귀족적인'이 기본개념으로 자리잡고 있다고 합니다. 실제로, ethlos(좋음)이라는 그리스어를 과거로 거슬러가 보면, '고귀한'의 뜻으로 바뀌어버립니다.

결해보았습니다. 여기서 저는 본문에서 제기하는 문제의 답을 하지 않았습니다. 제 글의 목적은 책읽기의 방법 중 하나—나에게 많은 도움이 되었던—를 소개하고자 하는 것입니다. 그러나 주의해야 할 점이 있습니다. 이렇게 관련된 내용만 잔뜩 늘어놓은 것이 끝이 아니라는 것입니다. '네트워크'는 하나의 수단입니다. 목적은 이런 내용들을 생각해보고, 비판해보는 깊은 '사고'이겠지요. 이런 작업을 한 다음에, 모인 내용들에 대해서 비판적인 시각을 거치게 하여 자신의 생각을 형성해야 할 것입니다.

창조적 열정을 지닌 청소년,
아름다운 세계를 꿈꾸다

진솔하고 듣는 이에게 감동을 주고, 그로 인해 스스로 변화를 이끌어내는 피 흘리는 투쟁이 아닌, 인디고식 사랑의 혁명이 되는 거라고. 우리도 친구의 마음으로 깊이 들어가 변화와 감동을 일으키는 혁명적인 페이퍼를 쓰고 토론해야 해요.

그러기 위해선 내 삶의 구체성을 담아 현실을 정직하게 배운 대로 살아가는 것처럼, 질문에 답을 내기 위해 노력하는 진실한 그 모습을 담아내야 해요. 우리 모두 배워야 할 것이 아직 많아서 깊이 있는 글을 언제나 쓸 순 없지만, 그러기 위해 열렬히 노력한 페이퍼를 들고 수업에서 만날 수 있었으면 좋겠어요.

초콜릿 아이스크림

• • 2008.10.5

김신혜

얘들아, 안녕.

오늘 수업, 뭐라고 말할 수 있을까? 내 삶에 변화가 필요하다는 생각이 들어 초조해서 미칠 지경이었는데, 오늘 우리 반 친구들과 아람샘과 함께하고 나니 다시 안정을 찾을 수 있을 것 같아.

나는 초코 아이스크림 무지 좋아하는데, 너희들도 좋아해? 생각하기만 해도 입 안에서 사르르 녹는 그 달콤함, 정말 좋다. 그런데 이제는 그 초코 아이스크림의 달콤함이 생의 희망까지도 될 수 있을 것 같아. 우리 모두 하루하루를 견디는 때가 있잖아. 내려가기만 하는 성적 때문에, 열심히 공부하고 있는데 자꾸만 더 열심히 하라고 하는 부모님의 잔소리 때문에, 나를 불량학생으로 찍는 선생님 때문에, 사소한 말다툼으로 며칠째 서로 외면하고 있는 친구 때문에, 혹은 그보다 더 감당하기 힘든 일들 때문에 하루하루 무거운 마음을 가지고 살아가는 그런 때. 그러다가 어느 날, 나는, 혹은 우리 중 한 명이 아주아주 사소한 일일지도 모를 일 때문에 어느 순간 모든 것을 놓아버리고 저 하늘 속으로 온몸을 던지기로 마음 먹을지도 몰라. 그치만 그전에, 눈을 질끈 감고 하늘 속으로 몸을 던져버리기 전에, 아람샘에게 전화하자. "초코 아이스크림 먹고 싶어요."라고. 그 시간이 아무리 깊은 밤이라도, 아람샘은 만사를 제치고 이 세상에서 가장 맛있는 초코 아이스크림을 사주실 테지. 늦은 밤 주변에 아무도 없는 조용한 공원에 아람샘과 단둘이 앉아 초코 아이스크림을 열심히 먹다보면 내 일상이 힘들어서 눈물도 날 테고, 아람샘을 만나 반가워서 눈물도 날 테고, 아이스크림이 정말 맛있어서 눈물도 날 테지. 그러다보면 내가 왜 이렇게 맛있는 초코 아이스크림이 있는 세상을 등지려 했을까, 하는 마음도 들지 않을까? 그렇지 않다 하더라도, 마지막으로 세상에서 가장 맛있는 아이스크림 먹는 건 여전히 즐거운 일이니까. 그러니까 아람샘이 우리에게 약속하셨듯이, 우리도 약속하자. 너무너무 힘이 드는 날, 모든 걸 다 놓아버리고 싶은 날, 초코 아이스크림 먹고 싶다며 아람샘께 전화하기로.

아람샘은 언제나 너무나 크게만 보여서 의논하고 싶은 것 연락하고 싶은 것 많이 참았는데, 이제는 그러지 않을 거야. 아람샘도 우리의 사랑이 필요하시고, 우리도 아람샘의 사랑이 미치도록 필요하니까.

수업을 하지 않고 두 시간을 보낸 적은 처음인데, 열심히 써온 페이퍼 발표하지 않아서 좋았던 적은 처음이었어. 우리가 오늘 서로에게 받은 사랑, 나눠줄 수 있다면, 세상은 더 따뜻해질 텐데. 그러고 보니 나도 외로웠나보다. 일주일 내내 보는 사람은 부모님밖에 없어서 인디고에서 만나는 친구들과 아람샘에 나는 내 마음을 스스로 잘 알기 힘들 정도로 주고 있는지도 몰라. 나는 내 마음을 이렇게 줄 곳이 있는데,

내가 표현하면 함께 주는 사람들이 있는데, 그렇지 못한 사람 정말 많을 거야. 우리, 쑥스러워하지 말고 손 내밀고 말 한 마디 걸자. 나는 누구한테 해야 할지 모르겠지만 말야, 하하.

나는 초코 아이스크림, 무지 좋아하는데 앞으로는 더 좋아하게 될 것 같아. 우리 다음에 만나면 다 같이 초코 아이스크림 한번 먹을까? 하하.

아름다움은 힘이 세다

• • *2009.8.30*

고민경

정말정말 감동받았던 오늘 수업.

『아름다움은 힘이 세다』로 수업을 했는데, 솔직하게 말하자면 책을 다 읽지 않아서 숙제를 제대로 못했어. 다시 보충해야겠어. 다른 친구들도 오늘 써왔던 글들 홈페이지에 올리도록 해.

그래도 오늘 우리 반, 남자 친구들 용기 있게 발표해주어서 많이 고마웠고, 내용도 좋아서 몰입할 수 있었던 것 같아.

빌리 조엘을 통해서 음악의 아름다움을 찾을 수 있었다는 창민이의 말. 아름다웠어. 아름다움으로 위로받고 감동받을 수 있다면 우리의 영혼은 더욱더 충만해지지 않을까라고 말한 재원이가 너무 멋지고, 그 충만한 순간이 당장 눈에 보이지 않았지만 상상해보니깐 참 아름다울 것 같아. 내게 있어 반성인지, 감동인지는 잘 모르겠지만 오늘 수업 참 좋았던 것 같아. 누군가의 말을 경청하면서 생각할 수 있는 그 순간에서 난 오늘 아름다움을 느꼈었나봐. 오늘 수업 중에 있었던 말들 적었던 거야.

아름답지 않은 사회에서 억지로 아름다움을 찾으려고 노력하는 것은 힘들다. 아름다움을 창조해나가야 한다. 어쩌면 이것은 당연한 것이다. 우리는 인간이고 인간은 아름다움을 원하고 갈망한다. 다만 아름다움을 발견하려는 우리의 마음이 사회의 보편적인 분위기에 의해 차단되고 있을 뿐. 지저분하고 더러운 생활은 지금 나의 마음이 드러난 것이다. 이는 나 스스로가 아름다움을 포기한 것이다. 내가 어떻게 삶에 임해야 아름다워질 수 있을까라고 생각하며 항상 깨어 있는 우리가 될 수 있기를.

순간적인 감정에만 충실한 것은 진정한 아름다움이 아닐 것이다. 좋아하는 연예인이 입은 옷을 보고 아름다움을 느꼈지만 내가 직접 입으면 아름다운 것이 아닌 것과 마찬가지다.

아름다움은 순간과 일상에서 내가 경험한 것들에 의해 만들어진다. 누군가가 이것은 아름답다고 가르친다면 그것이 아름답다는 '사실'은 알게 되지만 그것의 아름다움 그 자체는 느끼지 못한다. 결국 내가 경험하고 느끼고 체험해서 내 몸으로 진정한 체화를 해낼 수 있어야 많이 느낄 수 있다는 것이다. 삶의 감동이 많으면 많을수록 즐거워진다. 전율과 같은 짜릿한 느낌도 아름다움이다. 그렇다. 가능한 것이다. 적어도 내가 살아가는 공간만큼은 아름다울 수 있도록 노력하자. 그 아름다움 속에서라면 누구도 부러울 것 없는 나만의 아지트가 될 수 있도록.

글을 쓰게 된다면 끝없는 영감을 불러낼 수 있도록. 천국이라고 느낄 수 있도록. 아름다움 자체의 힘을 부정할 수 없지만 아름다움을 추구하는 사람들이 이루어내는 변화의 힘은 강하다는 것을 이 책에서는 말하고자 하는 게 아닐까?

항상 아름다울 수 있는 우리가 되자.

불

•• 2009.7.12

정재윤

무언가에 대해 격렬한 감정을 느끼는 행위.

선생님은 영화 〈더 리더〉를 보고 이대로 뛰어내리고 싶은 욕망을 느끼고

한밤중에 마이클 잭슨 장례식 영상을 다 보고, 한 시대에 전 세계를 아우르던 그의 존재감에 몸을 떨고

르 클레지오의 글이 황홀해 통째 외우리라 다짐하고

안네 프랑크 하우스에 쓰여 있는 짧은 일기 문구를 보고 그 자리에서 펑펑 우는 그런 어른.

비겁한 마음인지도 모르겠지만

'아람샘이니까' 라고 나는 생각한다.

나도 똑같이 일백프로 내 감정에 충실한 몸뚱이를 갖고 태어났는데도 그렇게 할 용기가 없다.

아름다운 것에 환호하고 마음을 고백하고 슬퍼서 울고

하는 대신에 꾸욱꾹 눌러 접어서 가슴 아래께 밀어넣는다.

남 눈치 보고 내 눈치 보는 생활에 익숙해지면 자연스럽게 이렇게 된다.

어떤 노래나 글이 나를 못 견디도록 뒤흔든 적이 있는지?, 라는 물음에 '정재윤은 이것을 좋아한다'의 집합에 포함되는 그림과 노래와 글들이 머릿속을 날아다녔다.

그렇지만 '최고다'의 집합은 그냥 우울한 회색빛이었다.

나의 taste나 style 역시 내가 나의 감성을 다루는 태도에 크게 좌우되는구나, 느꼈다.

선생님의 가장 빛나던 시절 얘기를 들었다.

(이때도 사실 나는 몇 번이나 울 뻔했지만 역시나 잘 포개어 정리했다.)

함께 시가 될 수 있는 동지를 갖고 싶다는 욕심보다도

'뭐지 이건? 이렇게 아름답게 살아도 괜찮은 건가?' 하는 이상한 우려를 했다.

이제 얼마 후면 될 나의 이십대는 약간의 낭만과 적당한 열정과

어쩔 수 없는 생활의 혼합물이 될 것이라 나는 꽤 오래전부터 예상해왔고

그리고 그것이 내가 아는 선배들의 현실이었기에

선생님의 입에서 나오는 그 모든 말들이

허아람 감독 및 각본의 한 편의 영화인 건 아닐까,

믿을 수 없을 정도였다.

입을 뗄 수 없고 가슴이 아플 정도로 뛰었다.

아, 이렇게 살아야지 제대로 사는 거구나!

이것이 사람을 살게 하는 원동력이구나!

대충 3년간, 선생님의 주변에서 제3자도 그렇다고 완전한 'you' 도 아닌

제2.5자 정도쯤 되는 자리를 쭉 지켜온 나는

오늘에서야 선생님이 지금까지 자신이 만들어온 모든 아름다운 것들을

왜 그렇게 굳게 확신하시는지 이해한다, 고 말할 자신이 생겼다.

아람샘, 샘이 품고 계신 불은 정말 뜨거운 것이었군요.

오늘밤 나는 나의 청춘을 다시 생각하려 한다.

그전에 일단 르 클레지오의 연설문을 제대로 다시 읽어봐야지.

옥탑방에서

• • 2010.4.12

김상원

저 상원입니다. 감동이 사라지기 전에 더 많은 이야기를 나눌 수 있어야겠다는 생각이 들어서 제가 먼저 숙제공지를 씁니다.

어제 수업의 시작은 '좋아서 하는 밴드'라는 인디밴드의 〈옥탑방에서〉라는 노래로 시작했어요. 목소리도, 기타소리도, 가사도, 멜로디도 어느 것 하나 마음에 들지 않는 게 없었어요. 정말 아름다운 노래라고 생각했어요. 너무 감동적이었고요. 여러분 모두 가사가 좋다고 하셨죠? 그 이유를 삶의 구체성을 담아냈기 때문이라고 했어요. 그래서 진솔하고 듣는 이에게 감동을 주고, 그로 인해 스스로 변화를 이끌어내는 피 흘리는 투쟁이 아닌, 인디고식 사랑의 혁명이 되는 거라고. 우리도 친구의 마음으로 깊이 들어가 변화와 감동을 일으키는 혁명적인 페이퍼를 쓰고 토론해야 한다고요.

그러기 위해선 내 삶의 구체성을 담아 현실을 정직하게 배운 대로 살아가는 것처럼, 질문에 답을 내기 위해 노력하는 진실한 그 모습을 담아내야 한다고요. 우리 모두 배워야 할 것이 아직 많아서 깊이 있는 글을 언제나 쓸 순 없지만, 그러기 위해 열렬히 노력한 페이퍼를 들고 수업에서 만날 수 있었으면 좋겠어요. 정말!

그리고 선생님께서 대학교에 강의 갔던 이야기를 들려주셨어요. 비록 현실은 옥탑방에 사는 청년들일지언정, 마음만큼은 옥탑방이 아닌 청년들 이야기였죠. 어쩌면 그들은 내신 잘 받고 수능 잘 쳐서 명문대 가고 대기업에 취직하는 사람들에게 그동안 패배감과 열등감을 느끼며 살아왔을지도 몰라요. 하지만 사회적으로 인정받진 못해도 선한 사람들, 성실한 사람들, 이 빛나는 청춘들이 항상 어딘가 뒤떨어진 사람처럼 스스로를 비하할 필요는 없다는 거죠.

자존감을 갖고 자신이 주체가 되는 학창시절을 보내며 지성인으로서 책임감 있는 대학생활을 할 수 있는 진정한 청년들이 되라고, 또 어딘가의 그런 청년들을 격려하고 연대하는 아름다운 공동체를 만들어가자고 하셨어요.

그리고 개인적으로 저 자신에게 큰 위로가 되었던, 동시에 큰 부끄러움이 되었던 '부끄러움'에 대한 이야기도 하셨어요. 아람샘이 그동안 학생들에게 준 가장 큰 벌은 스스로 부끄러움을 느끼게 하는 것이라고. 그것조차 깨닫지 못하는 우리가 얼마나 부족한지 느끼면서 부끄러워하면서 선생님의 이야기를 들었어요. 또 애정이 있다면, 사랑한다면 공동체 안에서 얼마든지 친구들을 향해 비판의 목소리를 던져야 한다는 것, 나약하고 용기 없는 말투로 조심조심 서로 부딪히지 않으려 노력하는 것은 나와의 관계부터 따지는 이기적이고 위선적인 공동체일 뿐이라는 따끔한 충고도 들었지요. 나부터 완벽하지 못하기 때문에 누군가에게 따끔한 말을 할 수 없다는 질문에 내 스스로가 부족하다는 우울함과 나에 대한 부끄러움, 그리고 분노와 자괴감 이후에 스스로 가장 깊은 마음의 바닥에서 느끼게 되는 자기 연민과 사랑, 그것을 느끼는 게 필요하다고 말씀하셨죠.

그 과정에서 타인의 위로는 아무런 도움이 되지 않는다고, 그것은 온전히 나의 힘으로 스스로 일어서고 극복해야 하는 것이며 그것이 진정한 인간의 능력이라고요. 자기애, 개인적으로는 그런 과정을 통해 자존감이 형성되는 건 아닐까 하는 생각도 들었어요. 우리의 수업은 그렇게 두 시간을 훌쩍 넘어가고 있었습니다.

가치를 다시 묻자!

• • 2010.5.2

이다빈

드디어! 국제판 잡지《INDIGO》1호와《인디고잉》23호가 나왔어요. 짝짝짝! 국제판의 첫인상은 "검은 것은 글자고 하얀 것은 종이네." 하하. 너무 어려워 보이지만, 그렇다고 책꽂이 장식품으로만 두지 말고, 잘 모르는 단어들은 사전을 찾아보고 줄 그어가면서 열심히 읽어보자. 또《인디고잉》에 우리가 읽고 토론한 내용 많으니깐 꼼꼼히 읽어보자. 우리반 아이들의 페이퍼도 실려 있다고! 오늘 수업은『가치를 다시 묻다』! 두꺼운 책이어서…… 우리 반에서 유일하게 오윤이만 다 읽었다는! 오늘 이 책을 쓴 윤영 선배와 함께 6대륙을 다녀왔어.

『가치를 다시 묻다』는 전 세계에서 일어났던 어떤 사건에 대한 일기-그것과 관련된 공부-인터뷰-북페어팀 회의-청소년 팀 인터뷰-마지막 정리, 이렇게 구성되어 있어. 또 각 챕터 도입부에는 제목과 함께 그 부분을 나타내는 문학작품들이 있으니, 꼭 다 읽어보자고. 우리가 읽었던 책의 내용들이 많이 실려 있으니깐. 그럼 내가 필기한 것을 밑에 살짝 옮겨볼게.

정의와 희망

"현실 세계의 어떤 소식이라도 당신의 이상을 방해하도록 놔두지 말라는 것입니다. 세상에 어떤 일이 일어나더라도, 또 그 일이 아무리 끔찍하더라도, 당신의 이상을 포기하지는 마세요." — 하워드 진 선생님

현실과 타협하지 말자. 진실을 말할 수 있어야 한다. 미치광이와 성인의 차이점. 미치광이는 자신이 말하는 것은 곧 진리라 말하지만, 성인은 진리를 말하면서 "난 부족하다, 내가 말하는 것은 진리가 아니다."라 말한다. 아무도 이해하지 못한다 하더라도 진실을 말할 수 있는 것이 용기이다.

평등과 다양성

모두가 똑같은 것은 평등이 아니다. 오히려 모두가 다를 수 있을 때, 비로소 평등은 가능하다. 다양한 가치가 인정될 수 있으면, 세상은 풍요로워진다.

자유와 자기실현

우리는 돌진하는 자유를 잃었다. 오로지 주어진 선택들 속에 만족하고 있을 뿐이다. 소극적 자유란, 다른 사람이 무언가를 억압해야만 원하는 자유이고 적극적 자유란 억압 없이도 느끼는 자유이다. 내 삶을 설계하려는 의지로서 자유를 느껴야 한다.

"소비 중심의 자유에서 벗어나라" — 바우만 선생님

공동체와 민주주의

민주주의란 약자가 목소리를 낼 수 있게 하는 것이다. 계속해서 갈등하

는 것이다. 그 갈등을 통해 공존하는 것들의 공감을 통해 공생하게 하는 것. 소외된 소수자들을 보게 하는 힘이 민주주의인 것이다. 그러므로 가치로서 민주주의란 시야의 확장이다.

생명과 자연

사람은 자연을 조작할 수 있는 것이 아니다. 문명은 발전된 것이 아니다. 인간 입장에서만 생각하지 말자. 어떻게 파괴되는 것을 발전이라 말할 수 있겠는가. 죽어가는 것이 있다면 발전이라 말할 수 없다.

아름다움과 사랑

아름다움의 반대는 악(惡)이다. 아름다움은 선(善)이다. 선한 인간이 되기 위해서는 자기배려를 해야 한다. 주어진 정체성과 우리는 싸워야 한다. 시야의 결손을 없애는 것이 사랑이다.

공책에 필기한 것만 옮겨봤는데, 부족한 점이 많을 거야. 하지만 오늘 수업 못 온 친구를 위해서! 난 정의와 희망, 평등과 다양성, 자유와 자기실현, 공동체와 민주주의, 생명과 자연 그리고 아름다움과 사랑 이렇게 우리 삶 속에서 연결되어 있다는 것을 느낄 수 있었어. 너희들도 그랬지?

바둑 한 판 하실래예

• • 2010.5.24

김지원

오늘 페이퍼를 써오지 않았습니다. 그리고 바로 지난주에 우리 반과 아람샘과 했던 페이퍼 준비해오지 않으면 남아서 쓰고 가기 약속도 지키지 않았습니다. 모두와의 약속인데 어겼다는 사실에 정말 반성하고 있습니다.

왜 페이퍼를 써오지 않았고, 왜 그냥 갔는지…… 다 변명이고 핑계지만, 그래서 이유를 설명하는 것조차 정말 부끄러운 일이지만 솔직히 써보려고 합니다. 지난주에 책을 사지 못해서 페이퍼를 쓰지 못했습니다. 이것도 제가 게으른 탓이겠죠. 그리고 페이퍼를 남아서 쓰지 않고 간 것은 9시 10분에 과외가 있었고, 남아서 써도 책을 안 읽은 탓에 다 쓸 수 없다고 생각했기 때문입니다. 어떻게 할지 계속 고민하고 꾸물거리다 오늘 안에 책 다 읽고 홈페이지에 꼭 페이퍼 올리겠다고 말씀드리려 아람샘을 찾아다녔는데 만나지 못해 그냥 가버렸습니다. 정말 다 변명이고, 핑계라서 이런 거 쓰는 것도 부끄러울 따름입니다.

우리 반 친구들에게도, 샘께도 정말 죄송스럽습니다. 우리 반이라는 공동체에 제가 피해를 준 것, 수업에 최선을 다하지 않은 것, 준비를 해오지 않은 것, 책임을 다하지 않은 것, 모두의 약속을 어긴 것 정말 부끄럽고, 반성하겠습니다.

그래서 제 잘못의 책임을 지기 위해 어떤 것을 할 수 있을까 생각해 보았습니다. 우리 반을 위해 무엇을 할 수 있을까, 도움이 될 수 있을까, 어떤 벌을 받아야 할까 하고 생각하던 중에 오늘 수업 오기 바로 전까지 있었던 바둑대회가 떠올랐습니다.

바둑. 많이 생소하실 겁니다. 혹시 『고스트 바둑왕』이라는 만화를 들어보셨는지요? 요즘 기원도 자꾸 줄고 바둑인도 계속 줄어들어 위기를 맞고 있습니다. 기본적으로 바둑은 집을 많이 짓는 사람이 이기는 게임이고, 좀 더 거창하게 말하자면 돌의 효율을 겨루는 게임입니다.

가로 세로 19줄씩이고 교점이 총 361개, 그래서 경우의 수가 무궁무진합니다. 매번 새롭고 다른 판이 나오게 됩니다. 장기나 체스는 경우의 수가 바둑보다는 극히 작아 컴퓨터가 체스 세계 챔피언을 이긴다고 하죠. 반면에 바둑은 영영 그런 시대가 안 올거라고 해요.

제가 바둑을 처음 접한 건 초등학교 1학년 겨울방학이었습니다. 왜인지는 모르겠지만 동네에 바둑교실이 하나 생겨 어머니께 보내달라고 했던 게 기억납니다. 운명적인 만남! 하여튼 그 이후로도 인연이 계속되어 초등학교 6학년 때까지 바둑을 공부했네요. 바둑에서는 정말 많은 것을 배울 수 있는 것 같습니다. 흔히 바둑을 인생에 비유하곤 합니다. 그만큼 바둑에서는 통찰력, 분석력, 집중력, 판단력, 신중함, 인내심 등을 배울 수 있었습니다.

용준 선배와 샘께서 공부에 대해 설명해주셨죠. 공부는 엉덩이가 한다고 하셨는데, 바둑도 정말 그렇습니다. 좀 다른 의미일 수도 있지만 비슷합니다. 대국을 할 때나 혼자서 기보를 놓아보고 하는 것 모두 엉덩이가 필수입니다. 그런 엉덩이가 없다면 공부와 바둑은 모두 하기 힘들 거예요. 저도 바둑 둘 때처럼 공부해야 하는데…….

그리고 이 엉덩이를 바탕으로 우리가 수업에서 배운 '플로우'를 할 수 있습니다. 정말 엄청난 집중 상태. 오늘 대회에서 정말 오랜만에 그런 플로우의 기쁨을 느낄 수 있었습니다. 4강전이었는데 하루 종일 이미 5판 두면서 온몸의 힘은 빠질 대로 다 빠졌고, 엉덩이가 정말 아팠음에도 그마저 모르는 몰입, 플로우 상태. 그 플로우는 스스로의 플로우이기도 했지만 상대와의 플로우이기도 했습니다. 지금 다시 생각해봐도 가슴 뛰는 그 뜨거웠던 플로우의 순간. 그때는 정말 바둑판 위에는 흑과 백뿐이고 이 세상에는 저와 상대밖에 없는 듯한 그런 느낌입니다. 주변에는 아무 것도 보이지도 들리지도 않는. 지금 생각해도 짜릿하고, 승패와 관계없이 정말 재미있는 대국이었습니다. 참 그 플로우 상태란 정말 내가 깨어 있고 살아 있다는 느낌을 줍니다.

바둑과 우리 수업을 그나마 연관시켜 우리 반 아이들과 나누고 싶었는데 도움이 됐는지 모르겠네요. 스스로 주는 벌로는 부족합니다. 책임을 다하지 못한 저에게 벌을 주세요. 청소라든지 물 주기라든지 적당한 벌을 주신다면 지키겠습니다. 다시 한 번 모두에게 정말 죄송하고, 반성하겠습니다.

혁명의 길

• • 2010.6.19

고민경

수업시작 전 우리는 축구 이야기로 흥분하기도 하고, 웃기도 했지. 시험기간이지만 나이지리아전은 반드시 보고 말리라 다짐도 함께하면서.

오늘 수업은 디디에 드로그바라는 축구선수의 이야기로 시작했어. 디디에 드로그바. 내가 이 선수에 대해서 아는 거라곤 코트디부아르 사람이며, 첼시에서 뛰는, 내 남동생이 엄청 좋아하는 선수라는 것밖에는 없었어. 오늘 이야기를 들으면서 '우와' 라는 감탄사와 함께 다시 생각해보게 되더라고.

그의 이야기를 살짝 찾아보았어.

• 코트디부아르가 건국 최초로 월드컵 본선 진출하는 데 핵심적 역할을 함(9경기 예선전 중 10골 득점).

• 코트디부아르의 내전 종식에 대해 대국민 호소. 그로 인해 코트디부아르 건국 최초로 내전이 한 달간 멈춤.

• 10년 이상 지속된 코트디부아르 내전 종식

• 꾸준한 자선활동과 아프리카의 문제점에 대해 경각심을 불러일으킨 공로로 유엔개발계획 홍보대사로 임명.

• 디디에 드로그바 협회를 설립, 아프리카 지역의 의약품 및 식음료, 유소년 시설등의 지원 시작.

• 개인 재산 60억을 조국 코트디부아르 종합병원 건설 자금으로 기부.

그에 대해서 찾다가 EBS에서 방영된 〈지식채널e〉와 비슷한 영상도 봤는데, 마지막에 '축구를 전쟁이라고 하지만 그는 축구로 전쟁을 멈췄다' 라는 말이 나오던데, 왠지 모르게 찡하더라. 이번 월드컵에서 포르투갈이랑 하는 거 봤었는데, 앞으로 이 멋진 선수를 눈여겨볼 거야.

참, 오늘 온 친구들은 책 선물을 받았지! 『평행과 역설』. 다니엘 바렌보임과 에드워드 사이드가 함께 쓴 책인데, 다니엘 바렌보임은 이스라엘 국적의 유대인, 에드워드 사이드는 팔레스타인계 미국인이래. 전쟁과 예술, 가장 대조적이면서도 극적인 이 두 개가 만나 조화를 이루는, 멋진 오케스트라를 탄생시키는 프로젝트를 담은 책이라고 해. 게다가 이 책은 아람샘이 북페어를 열어야겠다고 마음먹게 만든 책이었다고 해! 시험 끝나고 열심히 읽어봐야지!

오늘 『지속가능성 혁명』 하면서 책 이야기도 나누고, 설명도 들었는데, 제대로 읽지도 않은데다가 어려운 것도 많아서 다음주까지 다 읽어서 짧게 수업 한 번 더 하기로 했으니깐 맡은 부분 준비 잘 해오자.

그리고, 수업하면서 우리가 얼마나 뒤처진 정보 속에서 허덕이고 있는지, 현재 내가 어디 있는지도 모른 채 힘들다고 어린아이처럼 징징대고 있었는지, 얼마나 비전이나 꿈도 없이, 생각도 없이 편안하고 느긋하게 살아왔는지 알았어. 지속가능성 혁명이 이미 이루어지고 있었지만, 이러한 생각을 가지고 살아가는 사람들의 존재도 모르고, 이 혁명이 왜 이루어져야 하는가에 대해서도 출판된 지 5년 후에야 자각하는 것이 우리 현실임을 알았어. 그러니깐 우린 어렵다고 손 놓고 있을 때가 아니라는 거지.

출발지점 자체가 너무 늦은 우리이기 때문에 안목과 정보력 면에서 귀를 더 쫑긋 세워야 해.

진짜 왕자, 진짜 거지

• • 2010.7.10

송정한

오늘 아람샘 수업시간에 '경쟁'에 대해 열띤 논쟁을 펼쳤습니다. "경쟁은 서로 발전하기 위해서 꼭 필요하다."라며 얘기하는 친구들과 "경쟁은 서로에게 상처 입힐 뿐이다."라고 주장하는 친구들로 나뉘었습니다. 이렇게 열정적으로 논쟁하다 보니 우리들이 가장 많이 시간을 보내는 학교에 관련한 이야기가 나왔습니다. 저는 "지금의 학교는 약육강식의 작은 사회다."라고 말했습니다. 힘센 아이들은 다른 아이들로부터 특권을 얻지만, 우리들이 흔히 말하는 찌질이는 친구들 사이에서 좋은 먹잇감이 됩니다.

그러자 아람샘은 "우리가 경쟁을 이야기하기 전 현실을 똑바로 보자. 그리고 왕자와 거지에 비유해 진짜 왕자와 진짜 거지를 알고, 어떻게 하면 진짜 왕자와 진짜 거지가 서로 우정을 나눌지 생각해보자."라고 말했습니다.

여기에서 진짜 왕자란 공부도 잘하고 가진 것도 많지만 약한 친구를 절대로 무시하지 않으며 마음이 착한 학생을 말하겠죠. 그리고 진짜 거지는 말 그대로 정말로 힘이 약하지만 겸손하고 정직한, 순수한 사람이라고 할 수 있을 것 같아요.

본론으로 돌아와서 우리가 어떻게 하면 진짜 왕자와 진짜 거지가 진짜 우정을 나누는 세상을 만들 수 있을까요? 세상에는 진짜 왕자, 가짜 왕자, 진짜 거지 그리고 가짜 거지가 있습니다. 진짜 왕자는 '잘 사는 집안에 공부도 잘할 뿐더러 친구도 많고, 남을 배려하는 마음이 뛰어난' 사람이지만 가짜 왕자는 '잘 사는 집안에 공부만 잘할 뿐, 친구도 없고 성격도 더러운' 사람입니다.

또 진짜 거지는 '집은 가난하지만 친구도 많고 성격도 좋고 항상 정의를 위해서 싸우는' 사람이지만 가짜 거지는 '가난한데다가 약한 척하고 항상 강자들에게는 아부하며 약자에게는 함부로 대하는' 사람입니다. 우리가 앞으로 진짜 왕자와 진짜 거지를 알아보고, 진짜 왕자와 진짜 거지의 진정한 우정을 나눌 수 있는 방법에 대해서 잊지 말고 고민하도록 해요.

순간에 집중하기

• • 2010.6.17

고민경

늦어서 미안해. 최근에 몸살감기로 며칠을 앓는 바람에 컴퓨터를 못했어. 민지랑 동시에 걸리는 바람에 다른 사람한테 연락도 했어야 했는데 정신이 없었당! 아무튼 다들 감기 조심합시다.

"평화로운 사람들은 온전함을 품고 진화한다."

오늘 수업에서 빠르고, 날카롭고, 매력적일 수 있는 편협함에 대한 이야기도 들었고, 그런 편협함을 극복하기 위해서, 그랬어야만 하는 세계, 그래야만 하는 세계 안에 갇혀 있지 않기 위해서, 좀 더 자유로워야 한다는 이야기도 했지.

모든 가능성에 열려 있고, 모든 것에 열려 있는 아마추어리즘의 태도를 가지고 있는 지식인이 영원한 소년이자, 자유로운 사람일 수 있대. 나는 잘 진화할 수 있다고 믿고, 열린 희망을 품는 것. 내 안에서 꿈틀대고 있는 잠재능력이라는 가능성을 외면하지 않고, 결코 '나'라는 존재를 단정지어서는 안 돼. 인생은 죽을 때까지 결코 평가할 수 없는 거래.

선생님께서 영혼의 빨래는 죽을 때까지 할 수 있기 때문에 깨끗하게 바람에 흔들리는 우리가 되자고도 하셨어. 나를 믿는 것이 물론 자기합리화를 말하는 것은 아니야. 무엇보다도 중요한 것은 내 삶을 속이지 않고, 나 자신을 잘 보는 것이기 때문이지. 모른다는 것을 인정하는 태도 역시 주체로 나아가는 방법일 테니 말이야.

선생님의 말씀 들으면서 많이 찔리기도 했고, 공감하기도 했고, 반성하기도 했어. 나는 나 자신을 속이고 있다는 사실을 알았지만, 거기서 멈추고 자꾸만 나를 단정짓고 있었다는 생각이 들어. 좀 더 솔직한 삶을 살고 싶어. 그리고 평화로운 사람으로 진화하고 싶어.

모두들 각자 '마음의 평화'를 찾자. 딴 생각은 안 돼. 오로지 집중력만으로 그 순간에 임할 수 있는 것. 그것은 전혀 서두루지 않는 편안함과도 같으면서도 무서운 힘을 지니고 있는 것이 '집중력'이라고 하셨으니 말야. 우리 반 앞으로 정말 잘해야겠다는 생각이 팍팍 드는군!

이 말들을 단순히 좋은 말로만 남기지 말고 정말 살아내고, 내 몸으로 체화할 수 있는 우리가 되자.

우리가 살고 있는, 바로 지금

• • *2011.3.27*

이동헌

안녕 친구들? 라벤더 블루반 3학년 이동헌이라고 해. 처음 올려보는 숙제공지라 좀 어색하네.

본격적인 숙제공지에 앞서서 먼저 너희에게 할 말이 있어. 제발 숙제공지를 처음부터 끝까지 한눈팔지 말고 다 읽어줘. 너희가 이 글을 읽고 있는 바로 이 순간, 이 찰나의 순간 너희를 있게 하는 최후의 인간은 바로 이 글을 쓴 나, 이동헌이야. 부모님도, 선생님도 아니고 바로 나라고! 이 글을 읽는 이상 너희 앞에 있는 것은 컴퓨터 모니터이기 이전에 내 얼굴이다. 내 두 눈을 똑바로 쳐다보고 집중해줘. 숙제공지는 그날그날 수업의 총정리이자 최후의 기록이라고 생각해.

그럼 이제 진짜 숙제공지를 시작할게. 오늘은 『창조적 열정을 지닌 청소년, 아름다운 세상을 꿈꾸다(창열아세)』를 읽고 가장 와닿았던 주제 하나를 선택해 요약하고 질문에 답을 하는 것이 숙제였어. 조수현 양이 발표한 프랑스의 단체 '돈키호테의 아이들'에 대한 이야기와 정성훈 군의 '매스컴에 의해 왜곡되고 있는 진실을 꿰뚫어볼 수 있는 눈을 기르려면 어떻게 해야 하는가'에 대한 발표를 들어보았지. 거리의 노숙자들을 위해 텐트를 치고 그들처럼 생활하는 모습을 보고 프랑스 정부는 '주거권 보장 법안'을 의결하게 되었다고 해. 이처럼 사회를 구성하는 것은 개인이니, 개인이 바뀌고 행동해야만 사회가 변한다는 것이 수현이의 주장이었어. 그와 더불어 이 챕터의 비하인드 스토리도 다 함께 들어보았지? '왜 하필이면 돈키호테냐'는 질문에 그 단체는 대답하지 않았지만, 그것은 아마 그들이 『돈키호테』를 읽고 영감을 얻었기 때문이겠지? 자신이 옳다고 생각하는 정의에 서슴없이 몸을 내던지는 돈키호테를 읽었다면 그의 투지에 반드시 감명받았을 테니 말이야. 이것이 바로 문학의 힘인 거야.

또 언론에 의해 뒤틀리고 감추어지는 우리 사회의 진실을 직시하지 못한 채 가십성 기사만 좇는 청소년들의, 한국 국민들의 태도를 반성해 보았어. 국가에 의해 살해된 인간의 수가 100년 동안 2억 331만 8천 명이라는 사실이, 아직도 국가폭력과 공권력 남용이 공공연하게 행해지고 있다는 사실이 보이지 않는 거대언론에 의해 숨겨지고 있다는 거야. 우리의 삶과 사고를 지배하는 언론은 분명 그 권력의 방향을 진실과 정의를 위한 것으로 바꿔야겠지.

참, 그 끔찍한 침묵을 깼던 법에 대한 질문도 잊어서는 안 되겠지? 올바른 정의 실현을 위해 법을 위반하는 행위가 정당하냐는 질문에, 선생님께서 법은 어떤 사회에서 최소한으로 지켜져야 하는 정의를 실현하는 장치이기 때문에, 법보다 한 단계 높은 정의를 실현하기 위해 때로는 그 틀을 벗어나야 한다고 답해주셨어. 이 문제는 하워드 진 선생님이 심도 있게 다루셨고, 금태섭 선생님의 『디케의 눈』에 자세히 나와 있으니 관심 있으면 참고하도록 해.

자, 이제부터 내가 진짜 하고 싶었던 말을 해볼게. 오늘 아람샘 말씀을 제대로 들었다면, 숙제 확인했다고 바로 끄지 말고 끝까지 다 읽어 주길 바랄게. 우리 두 반은 지지난주부터 교육과 청소년 문화에 대해 토론을 해보았어. 이번 토론이 여느 때와 다른 점이 있었다면, 바로 우리가 직접 실천하고 행동할 수 있는 방안을 논의했다는 것이지. 마음만 먹으면 내일부터 실천할 수 있는 그런 방법들 말이야. 그러면서 구구절절 이야기했어. 우리는 감수성이 있어야 한다느니, 행동력이 있어야 한다느니…….

그런데 나 자신을 돌아보자고. 아람샘 수업을 들으면서 우리는 피가 끓어오를 정도로 무엇인가를 이루고 싶어서, 바꾸고 싶어서 자발적으로 뭔가를 제안하거나 시작한 적이 있었을까? 수업시간에 침묵하는 우리에게 교육 문제를 청소년 스스로의 힘으로 개선하고, 청소년 문화를 개선하기 위한 혁명을 주도할 자세와 자격이 갖추어져 있을까?

우리는 우리의 목소리를 세상에 전할 수 있는 환경이 이미 갖추어져 있어. 언제든지 인디고 서원 홈페이지에 하고 싶은 말을 하면 돼. 그런데 왜 아람샘 홈페이지에서만 그 목소리가 맴돌게 하고, 인디고 서원 홈페이지는 다른 강의들만 홍보하는 게시판으로 만들어버렸을까. 아람샘 수업에서 읽었던 그 많은 책들을, 마음속에 담아뒀던 그 많은 이야기들을 왜 자꾸 머리에 넣어놓게 되는 걸까.

사실 나는 인디고 서원 홈페이지에 우리가 세상에 하고 싶은 말들을 마음대로 할 수 있는지조차 몰랐어. 진짜 멍청한 일이지. 자기에게 주어진 권리가 뭔지도 알지 못한 채, 청소년들이 감수성을 가져야 한다고 주창하고 있었으니! 그런데 이젠 우리 스스로 약속하자. 우리가 알고 싶은 것들, 바꾸고 싶은 것들, 문제의식을 갖고 있다면 서슴없이 세상에 던지자고. 인디고 홈페이지의 R통신, S통신, 자유게시판이라는 이 작은 통로들을 통해서 말이야. 끊임없이 연대하자고. 숙제공지에 다는 덧글뿐만 아니라, 네이버에 우리 반 카페를 만들든 정세청세 홍보 트위터에 참여하든 어떻게든 합심해야 무슨 일이든 할 수 있으니까. 마지막으로 자긍심을 가지자고. 청소년 앞에 닥친 이 많은 문제들과 모순점들을 해결할 수 있는 사람은 나 말고는 없다고 생각하자. 청소년들을 억지로 끌고 가는 보수적인 교육제도에 저항할 수 있는 사람은 오직 나뿐이라고 생각하자. 그러면 아람샘 수업 도중에 '다른 사람이 발표하겠지' 하는 생각으로 입을 다무는 일은 절대 없을 테니 말이야.

지금뿐이야. 선생님께서 말씀하셨듯이 과거와 미래를 물리적으로 증명할 수 있는 방법은 없어. 일단 하고 싶은 말, 제기하고 싶은 문제가 있다면 망설이지 말고 indigoground.net으로 직행하자. 만약 카페를 만들고 싶거나, 덧붙이고 싶은 말이 있다면 덧글로 달아줘. 잊지 마. 우리가 살아가는 시간은 바로 지금 이 순간이야.

•2897

ce 2004

3

인디고 서원

청소년을 위한 인문학 서점,
인디고 서원

책 읽던 아이들은 다 어디로 가고 이 땅의 청소년들은 무한경쟁 속에 내던져져서 마음과 정신과 영혼의 성장은 돌보지 못한 채 온전하게 꿈을 꾸지도 못한 채 혼돈의 시간을 헤매고 있습니다. 이런 척박한 현실에서도 문학은 여전히 가장 오랜 영원을 지닌 인류의 교육과정이며 자아 성장의 훌륭한 매체이며 동반자입니다. 인문학의 위기라는 표피적인 현상과는 반대로 오늘날이야말로 살아 있는 사유의 주체가 될 수 있는 전인(全人)적인 인간이 필요한 시대입니다. 인디고 서원은 꿈꾸는 청소년을 길러낼 것입니다. 하늘을 나는 공상의 꿈이 아닌 역사에 발붙이고 살아 있는 사유, 비판적인 사유를 할 수 있는 책을 통해, 청소년 각자가 자신의 삶의 주인이 될 수 있는 정신의 토양을 제공할 것입니다.

젊은 동지들에게

무더운 여름 내내 더울 틈도 없이 13평 남짓한 공간에서 아름다운 꿈을 짓는 동안 그 어느 순간 놓치지 않고 나와 동행했던 자들은 바로 『틱낫한에서 촘스키까지』의 61명, '사상과 행동을 통해서 세상에 변화를 일으키는' 사람들이었습니다. 마음이 아릴 때 먹는 귀한 약처럼 힘들고 고된 순간마다 나를 딛고 또박또박 걸어가게 해준 책이었습니다. 그들은 아도르노식의 계몽주의자도 진보주의자도 아닌 제게는 살아 있는 아름다운 영혼의 전형들이었습니다. 아름다운 존재의 현현……. 그들은 나를 선동하여 세상 속으로 뛰어들게 한 공범자이면서 동시에 멀고 하염없는 꿈을 꾸게 하는 시인들이기도 했습니다.

그들의 이름 앞에는 권력 중심의 어떤 직함이 아닌 그들 삶의 중추가 되었던 정신이 반영되어 있습니다. "삶과 죽음의 과정을 생생하게 의미하며 살아가는 삶을 옹호하는 사람(스티브 레빈, 온드리아 레빈), 전세계의 다양성과 지역문화 옹호자(헬레나 노르베리-호지), 인간에 적합한 규모를 옹호하는 사람(존 팝워스), 사회정의를 위한 불굴의 투사(게리 델가도), 뛰어난 설득력으로 협동정신을 옹호하는 사람(라이앤 아이슬러), 사라져가는 식물 종 구조자(케니 오수벨, 니나 시몬즈), 생태교육 옹호자(프리초프 카프라), 글로벌 경제체제에 맞서 싸우는 운동가(에드워드 골드스미스), 대지에 기반을 둔 공동체 옹호자(첼리스 글렌디닝), 영혼의 비밀을 밝혀내는 사람(제임스 힐먼), 강압적인 노동윤리에 대한 사려 깊은 비판자(톰 호지킨슨)." 이들은 제각기 다른 삶의 양식을 가졌음에도 불구하고 한 가지 중요한 자산을 공유하고 있습니다. "그것은 미래에 대한 희망입니다. 우리의 삶에서 한층 폭넓은 의미와 더욱 커다란 기쁨을 찾아낼 수 있으리라는 희망, 인간한테 짓밟혀 폐허로 변한 지구를 원상 회복시킬 수 있으리라는 희망, 정치와 인종에서 적대관계에 있는 사람들 사이에서도 갈수록 서로에 대한 애정이 늘어나리라는 희망, 가장 강한 자가 아니라 가장 약한 자의 복지를 성공의 척도로 삼는 사회와 경제체제에 대한" 희망입니다.

이들의 희망 속에서 저의 희망을 바라봅니다. 언제나 내 삶은 제도권으로부터 가장 멀리 있으면서 자연에게 가장 가까이 있고 싶었습니다. 하지만, 이제 저의 희망은 영적으로 강해졌습니다. 견고한 제도권의 세계관을 바꾸면서 '자발적인 참여와 따뜻한 일상', '최소한의 차이를 존중하는 작은 공동체를 이루어내는 것' 입니다. 거대 권력이 만들어낸 자본주의 문화에 맞서, 작고 소박하지만 진실을 지켜내고자 하는 용기 있는 자리를 만들어내고 싶습니다. 콜린 그리어의 말처럼 "도덕적인 삶은 올바른 삶이 아니라 의식이 깨어 있는 삶, 세상의 괴로움을 인식하고 이를 줄이려고 노력하는 삶"을 살기 위해 치열한 일상의 전사가 되고 싶습니다.

그럼에도 불구하고 이 한 권의 책 속에 사람들, 특히 노암 촘스키처럼 '경건하고 따뜻하며 세심하고 온화한 마음씨'로 내 삶을 둥글고 아름답게 빚어내는 인간이고 싶습니다. 우리는 한없이 외로운 인간이라는 개체이니 손잡아줄 따뜻한 동지들과 마음을 나누며 눈물겨운 생애를 때론 질펀하게 때론 씩씩하게 걸어가야 합니다. 9월입니다. 가을국화 향기 가득한 저녁 들길을 걸을 수 있으면 좋겠습니다. 그 바람의 완벽한 애무를 느낄 수 있다면 온전히 행복하다 말할 수 있겠습니다.

아름다운 것은 멀고 하염없었다

책 한 권이 세상을 바꾼다면 그 자체가 혁명이겠지만 '작은 실천이 세상을 바꾼다'는 말은 절대 진실입니다. 『틱낫한에서 촘스키까지』를 읽고 생애 처음으로 간 유럽에서 정작 서점을 해야겠다고 작정한 순간은 돌아오는 비행기 안에서 짧은 메모를 쓰던 때였습니다. 6개의 대학 도시마다 딸린 대학 도서관과 서점을 70군데 이상을 본 것이 큰 힘이 되었으며, 그때 제가 느낀 것을 적은 이 짧은 메모에서 드디어 인디고 서원이 탄생하였습니다.

나는 누구인가? 나는 한국인인가? 나는 동양인인가? 나는 아시아인인가? 나는 세계인인가? 나는 지구인인가? 영혼의 영겁의 시간에 지금 이 生의 정체성은 무엇인가? 자기 정체성을 부인하고자 하는 인간들은 어떤 콤플렉스에서 비롯한 것인가? 제 나라에서 열심히 피땀 흘려 번 돈으로 양놈들의 대단치도 않은 유물들, 약탈하고 정복하며 피 흘리고 뺏은 것들을 세계 유물의 중심인 양 구경하러 모여든 사람들,

내가 루브르에서 흘린 눈물은 그들이 소유한 작품에 감동하여 운 것이 아니라 내가 그것들을 보는 미적 안목을 갖지 못해서가 아니라 그들이 빚은 조각이, 회화가 그들의 문화를 이해하지 않고는 아무것도 아니라는 점, 세계인 모두가 감탄하는 모나리자나 모네나 쿠르베는 우리의 미륵반가상이나 돌부처의 어진 미소나 다를 것이 없다는 생각, 왜 서구의 그것이 우리의 미적 기준과 문화의 교양의 잣대여야 하는가, 언제부터 세계인으로 살아야 수준 높은 삶이라고 여기게 되었는가, 예술은 당대의 삶에 얼마나 기여할 수 있을 것인가, 그러면서 영원히 아름다울 수 있을 것인가.

소르본에서 옥스퍼드에서 스트라스부르에서 하이델베르크, 그리고 프랑크푸르트에서 그 대학 앞의 수많은 아름다운 서점에서 한숨과 경탄으로 헤매면서 '인디고 서원' 은 우리 아이들을 위해 책 읽는 공간의 아름다움과 철학 서점, 문학 서점과 같은 특성과 전통을 고수하고 자부하는 그런 긍지의 지적 공간이 되어야겠다는 생각, 누구라도 손에 책을 들고 음악을 듣고 꽃을 사고 식물을 가꾸고 차를 마시는 일상의 풍요를 누릴 권리와 책임을 가져야 된다는 생각, 영혼과 정신의 사막 같은, 메마르고 천박한 존재방식을 무시하고 공격할 수 있는 용기, 꿋꿋함을 가질 것.

'도덕적인 삶은 올바른 삶이 아니라 의식이 깨어 있는 삶, 세상의 괴로움을 인식하고 이를 줄이려고 노력하는 삶' 이라 하지 않았던가. '정의 대신 불의가 세상을 지배할 때 저항은 의무가 되어야 한다(페트라 켈리, 『희망은 있다』)' 고 하지 않았던가. 어디로 눈을 돌려도 그렇게 웃어주던 잔디 속의 예쁜 들꽃과 그들과의 아름다운 조우 속에 내 안의 평화가 넘쳐나던, 그것만이 너무너무 부럽고 행복했던 순간이었다.

수많은 국가나 인종을 보면서 인간은 누구라도 각자의 내면과 덕성을 밖으로 드러내고 다닌다는 것, 드러내려 하지 않아도 드러나는 것인데 그렇다면 이 자유는 고귀한 영혼의 반향들이 빚어내는 것일까? 아니면 타인의 시선의 감옥에 내 스스로 얼마나 굴욕적으로 길들여 왔던가, 나는 내적으로 그것을 항상 무시한다 하면서도 그러지 못했던 것은 역시 사회 분위기를 탓해야 할까. 한국에서 아무리 열심히 영어를 공부해도 영어권에서 태어나 자란 사람보다 영어 못할 것이고 들뢰즈나 푸코의 철학을 아무리 열심히 공부해도 들뢰즈나 푸코를 뛰어넘지 못한다. 그렇다면 독창적인 사유와 깊이 있는 통찰력으로 삶과 인간과 문화를 이해하는 힘이 필요하고 그것이 곧 학문의 길이어야 한다. 따라가면 안 된다. 올바른 가치관을 가지고 세상을 바라보는 결단, 용기가 필요하다. 열정적으로 원대한 영혼을 꿈꾸라. (2004. 7. 1.)

돌아오는 비행기 안에서 단숨에 써내려갔던 이 짧은 메모만 가지고 다음날부터 인디고 서원을 구상하기 시작했습니다. 이름도 고민하지 않고 나도 모르게 인디고 서원이라 이름 붙여놓았더군요. 창조적인 열정, 생각들은 반드시 실천할 수 있는 에너지와 능력이 없으면 그냥 사라지고 말 것이기에 정신을 외재화하는, 물리적으로 바꾸는 일을 무척이나 즐거워하면서 일을 시작했습니다. 그로부터 한 달 뒤, 서점의 모습을 갖추고 제가 좋아하는 2와 8이라는 숫자의 결합이 절묘한 8월 28일, 드디어 인디고 서원을 열었습니다.

2004년 8월 28일 오전 8시 인디고 서원을 열다

떨리는 마음으로 눈물나게 아름답게 선언합니다.

인디고 서원 오늘 문을 엽니다.

사랑하는 아람샘 동지들,

오늘이 있게 한 건 모두 그대들 덕분입니다.

진심으로 고맙습니다.

인디고 서원을 열며

한 소녀가 제 앞에 나타납니다.

시간을 헤엄쳐 어린 시절에 가닿으면 반쯤 그늘진 담벼락에 앉은 빨강머리 앤과 하이디와 십오 소년 표류기의 브리앙 그리고 간디와 헬렌 켈러와 케네디와 김구 선생께 끝없이 말 걸고 대화한 한 소녀가 제 앞에 나타납니다. 깜박이는 두 눈으로 세상은 여전히 상상력과 천사 같은 마음, 정의와 용기와 신념만으로 살아갈 수 있는지, 그리고 아름다운 꿈을 꾸고 그 꿈을 향해 푸른 날갯짓을 힘차게 한다면 그 꿈을 이룰 수 있는 곳인지 물어옵니다.

책 읽던 아이들은 다 어디로 가고 이 땅의 청소년들은 무한경쟁 속에 내던져져서 마음과 정신과 영혼의 성장은 돌보지 못한 채 온전하게 꿈을 꾸지도 못한 채 혼돈의 시간을 헤매고 있습니다. 이런 척박한 현실에서도 문학은 여전히 가장 오랜 영원을 지닌 인류의 교육과정이며 자아 성장의 훌륭한 매체이며 동반자입니다. 인문학의 위기라는 표피적인 현상과는 반대로 오늘날이야말로 살아 있는 사유의 주체가 될 수 있는 전인(全人)적인 인간이 필요한 시대입니다. 인디고 서원은 꿈꾸는 청소년을 길러낼 것입니다. 하늘을 나는 공상의 꿈이 아닌 역사에 발붙이고 살아 있는 사유, 비판적인 사유를 할 수 있는 책을 통해, 청소년 각자가 자신의 삶의 주인이 될 수 있는 정신의 토양을 제공할 것입니다.

다시 한 소녀를 만납니다. 이 소녀의 꿈을 듣습니다.

"나는 이 책을 읽으면서 무언가 굉장한 기류에 빨려 들어가는 기분을 느꼈다. 그 느낌은 어찌 보면 전 세계 인구 중 극소수라고 할 수 있는 인물들이 뿜어내는 열정과 신념이 나에게로 이전되어 나를 선동하는 것과 같아 보였다. 나는 이들의 말에 나 스스로가 새로운 인간이 되는 기분이었고 나를 깊이 감동시킨 이 사람들에 대한 커다란 자긍심마저 들 정도였다." 여태껏 쪽빛 새내기들과 읽은 책의 대부분은 이런 미래에 대한 희망과 자신에 대한 믿음을 지닌 사람들의 이야기였으며, 나는 그 사실을 여기서 가장 극대화하여 느낀 것이다. 분명 이런 사람이 남아 있기 때문에 아직 지구는 살 만한 곳이다. 그리고 이 사실에 기뻐함과 동시에 한국이 이런 가치 있는 삶의 주인된 사람이 나고 자라기에는 부적절한 곳이라는 걸 새삼스레 깨달을 수밖에 없었다. 미래에 이 나라를 지고 갈 기둥이라는 아이들은 그야말로 정말 중요한 걸 보는 눈을 태어난 순간 차단당하는 것이 아닌가. 물론 우리가 지금 바꿀 수 있는 것은 아무것도 없다. 하지만 과연 미래에도 여전히 그럴까? 프랜시스 무어 라페는 전국의 지역공동체운동 기록자이자 공공생활 장려자이다. 그녀는 식습관의 변화가 세계의 변혁을 일구어내리라는 신념으로 『작은 지구를 위한 다이어트』를 발간하였고 그 책은 수많은 미국 대중을 일으키는 계기가 되었다. 그녀는 참여를 가장 중요시하는 가정에서 자랐으며, 그것은 그녀에게 커다란 영향을 미쳤다. 대학원마저 자신의 신념을 위해 중퇴했으며 실제로 그녀는 각고의 노력 끝에 그 신념을 위한 첫발을 내딛을 수 있었다. 라페는 결코 특별한 태생이 아니었지만, 그녀의 신념이 이룬 조그마한 사건들은 인류의 내일에 조금씩 보탬이 되었다. 그리고 나는 우리도 그녀처럼 작은 일에서 세계를 구원할 수 있으리라 믿는다. 난세는 영웅을 필요로 하는 법, 그녀는 그녀가 사는 고장의 작은 영웅이었으며, 우리는 우리들이 꿈꾸는 세상의 영웅이 될 수 있을 것이다. 서로가 서로의 영웅이 되는 세상, 나 스스로 나의 왕국을 다스리는 인간들이라면 무엇이 무섭겠는가?(『틱낫한에서 촘스키까지』를 읽고, 중3 최지원)

소녀와 함께 이제 인디고 서원의 아름다운 꿈을 꿉니다.

가까운 미래에 동네마다 빼곡히 들어선 학원과 교습소 자리에 도서관과 작은 책방들이 세워져서 학교를 마친 이 땅의 청소년들이 도서관과 작은 책방으로 몰려와 자신이 읽고 싶은 책을 읽고 옹기종기 나무그늘에 모여 앉아 열띤 토론을 하고 늦은 밤 별에게, 달에게 자신의 꿈을 새겨 넣을 수 있는 그런 날을 꿈꿉니다.

또한 가난하고 소외된 지역에는 눈길 한 번 주지 않는 저 거대하고 오만한 서울의 문화인들께 인디고 서원의 이름으로 청할 것입니다. 대형 서점에서 책을 홍보하기 위해 온갖 상술을 동원한 지방 사인회가 아닌 작고 소박하지만 진실을 알고자 하는 청소년들의 진지한 대화와 토론의 자리에 기꺼운 마음으로 와주십사 하는 그런 당당하고 용기 있는 초대를 통해 우리가 정말 만나고 싶은 아름다운 분들을 모실 것입니다.

마지막으로, 『틱낫한에서 촘스키까지』에 나오는 전 세계 61명의 선생님들 중 인디고 서원이 뽑은 최고의 영웅에게 한국에서도 부산, 이 조그만 바닷가 마을의 인디고 서원으로 모셔와 어떻게 꿈을 이루셨는지, 생생한 목소리로 들을 수 있는 어렵고 하염없는 꿈을 꿉니다. "아름다운 것은 언제나 멀고 하염없었다"는 시인의 말처럼 멀고 하염없는 꿈을 그 언젠가 이룰 수 있는 그날까지 인디고 서원은 청소년을 위한 인문학 서점으로 영원히 존재할 것입니다.

2004년 8월 28일 허아람

아름다운 영혼들의 자유로운 공동체, 인디고 서원

잠깐, 멈추는 순간마다 눈물이 납니다. 삶의 기쁨 때문입니다.

3년 전, 작고 예쁜 텃밭에 꽃씨를 뿌렸습니다. 메마르고 척박한 땅이었지만 이른 봄이었기에 씨앗은 충분히 생명을 잉태할 거라는 믿음의 마음자리는 굳고 강건하였습니다.

그리고 이제 초록지붕의 집—바람의 길, 우주를 담은 집에서 연둣빛 여린 잎들을 봅니다. 모든 생명의 나무는 제각기 켜와 결이 다르므로 제 삶의 성장속도에 맞춰 천천히 느리게 또는 올곧고 품 넓게 자랄 거라는 걸 압니다.

인디고 서원의 자유로운 공동체는 그동안 참 아름다운 삶을 살아왔습니다. 때론 고통스러운 의무라 느낄 때도 있었지만 이 공동체에는 주인이 따로 없기에 모두 자유롭게 각자의 본성을 일상의 구체적인 삶을 행복하게 실현해왔습니다. 그것은 참으로 놀라운 순간들을 만나게 해주었습니다. 그것의 넓이와 깊이는 이제 세계와 만나기 시작했습니다.

지금 이 순간에도 더 아름다운 세상을 향한 창조적 열정으로 꿈꾸기를 멈추지 않는 작은 혁명가들이 여기 있습니다. 진실과 정의, 용기와 순수를 가진 이 혁명가들이 꿈꾸는 세상은 모든 사람이 자유와 평등을 누리며 사랑과 행복의 삶을 살 수 있는 에코토피아입니다.

그러나 이 젊은 혁명가들은 일상의 아름다움과 세상의 아픔을 함께 느끼는 일을 놓치지 않습니다. 지금 옳다고 생각한 바를 실천하는 것이야말로 이들의 혁명방식입니다. 각자의 삶의 장에서 배움과 소통의 장들을 만들어내고 그 아름다운 연대를 통해 이들이 꿈꾸는 정의롭고 아름다운 세상은 더디게라도 반드시 올 것입니다.

"어린 영혼들이 자라나 이 세상의 시가 되고 음악이 될 때까지 그는 그들과 함께 오래도록 꿈을 꾸지"

시 속의 체 게바라처럼 저의 꿈도 그러합니다.

"생의 가장 깊은 곳으로 흘러가는 소리 없는 음악들"에 귀 기울이며

"사랑은 보이지 않아도 들려오는 혁명"이듯

"그래 지금, 여기에, 세계의 본질이 있다"

"할 수 있다면 우리는 해야 하네"

"본질적인 삶만을 생각하네" (박정대, 『사랑과 열병의 화학적 근원』 중에서)

이것이 바로 제 삶의 방식입니다.

또박또박 걸어가는 生의 한가운데 아름다운 영혼들과 자유로운 공동체를 만들어 살아갈 수 있게 되어 나는 오래오래 더 기쁘게 행복할 수 있습니다. 이 행복을 더 많은 이들과 함께 할 수 있으면 좋겠습니다.

진실하게, 만날 수 있으면 좋겠습니다.

2007년 8월 28일 허아람

인디고 서원의 대의

• • 박용준

대의를 세우는 것. 우리가 나아가고자 하는 방향을 설정하는 것. 그리고 그것을 향해 나아가는 것. 우리는 이제껏 이상향을 그리고, 그것을 갈구하며 달려오지 않았다. 그러한 유토피아적 방법은 우리의 스타일이 아닐 뿐더러, 그러한 거대한 의미를 설정하는 것은 어디로 튈지 모르는 우리의 가능성을 유토피아라는 언어의 감옥에 가두어버리는 결과를 가져올지도 모른다. 오히려 우리는 인디고의 방향을 정하는 것 그 자체도 거부하고자 한다. 교육개혁, 사회운동, 대안학교 등과 같은 거대 의미의 노예가 되고 싶지 않다. 이생의 순간순간 속에서 끊임없이 변화, 발전하도록 우리를 놓아두는 것. 그것이 바로 우리의 스타일이다.

대의가 분명하지 않았음에도 또한 제도권 교육 속에 있었음에도 불구하고 우리는 이미(독서토론을 통한) 교육의 본질 속에서 일상의 작은 실천들을 해나가며 존재(행복)했고, 그것이 지금의 인디고 서원을 만들었다.

일상의 작은 실천들이 각각의 별처럼 밤하늘을 수놓으면 떨어져 있던 별들이 자연스레 모여 아름다운 별자리(발터 벤야민)를 만들어내는 것. 서로 떨어져 각자의 자리에서 빛나다가, 그것들이 함께 모여 전에 없던 새로움을 창조해내는 것. 이 자발적인 연대가 바로 우리가 생을 꾸려왔던 방식이다.

굳이 우리의 지향점을 말하자면, 물질적 · 정신적 빈곤이 여전하고, 폭력적 제도와 관행이 우리의 삶을 옥죄고 있는 현실에서 억압을 억압으로 느끼지 못하게 하고, 암울한 현실을 체감하지 못하게 조작하는 침묵의 문화를 깨뜨리고(파울루 프레이리, 『페다고지』), 이 땅의 청소년들에게 잃어버린 자유와 희망을 심어주는 것. 억압으로부터 자유로워져서 자신의 영혼을 마음껏 표현하고, 자신의 꿈을 당당히 실현할 수 있는 기회(그라운드)를 마련해주고자 하는 것이다. 그들의 유예된 꿈과 희망을 이제는 '이끌어내' 되찾아주어야 한다.

우리 모두는 이 땅에 교육의 본질적 모습이 정착되기를 갈망하고 있다. 그것은 독서토론-대화라는 작은 교육적 실천을 통해 청소년들의 도덕적 품성(인성)과 예술적 감성, 그리고 비판적 지성을 키울 수 있는 교육의 모습일 것이다. 책 자체는 이미 모든 인간의 선생님이며 그것의 중요성을 언급하는 일은 새삼스럽다. 다만 책을 통해 우리 아이들이 마음으로 감동하고 영적으로 성숙하며 지적으로 깊어질(강수돌) 수 있도록 도와주는 사회적 환경과 인식의 부재를 채워주는 일이 필요한 것이다. 이 목마름과 굶주림이 우리를 결속할 수 있도록 해줄 것이며, 원대한 꿈을 이루게 하는 원동력이 될 것임을 믿는다.

"나 혼자 꿈을 꾸면, 그건 한갓 꿈일 뿐이다. 하지만 우리 모두가 함께 꿈을 꾸면, 그것은 새로운 현실의 출발이다."

—훈데르트 바서

사랑의 챔피언 열정의 대마왕

1 • 청소년 인문 도서만을 위한 서점을 내겠다고 생각하시게 된 계기는 어떤 것이었는지요?

: 인문학의 중요성을 새삼 언급할 필요는 없을 것 같습니다. 무엇보다 청소년 시기에 가장 중요하게 영향을 미칠 분야임에도 청소년을 위한 인문학 서점을 한국에서는 찾아보기 힘들었습니다. 제가 청소년 시절 꿈꾸던 공간이 어른이 되어서도 존재하지 않기에 제가 하기로 마음먹었습니다. 이 일의 구체적인 계획과 실천은 한 달이 채 걸리지 않았습니다.

2 • 추천도서는 어떤 기준으로 선정하시는지요? 언뜻 보아도 어른들도 쉬 접근하기 힘든 깊이 있는 책들이 많은데, 청소년들이 이를 충분히 소화하는지요. 책을 많이 읽어온 학생과 초보 독자 학생들을 위한 도서 구분이 따로 되어 있는지요.

: 좋은 책의 기준은 사람마다 가치관과 철학에 따라 다르겠지만 저

의 경우는 아름다운 감성, 비판적 지성, 도덕적 품성을 키울 수 있는 책을 우선으로 읽습니다. 제가 어릴 적부터 꾸준한 독서를 지금까지 게을리 하지 않았기 때문에 단숨에 선정된 기준은 아닌 것 같습니다.

책을 많이 읽지 않은 학생들을 위한 책은 쉬운 책이 아니라 누가 읽어도 제가 제시한 위의 세 가지 큰 범주의 가치를 쉽게 얻을 수 있는 좋은 책인 경우입니다. 그런 책은 해마다 조금씩 다르긴 하지만 늘 정해두려고 합니다. 지속적인 책읽기를 한 경우는 청소년 스스로 자신이 읽고 싶은 책을 선정할 수 있는 안목이 생겨서 선택합니다.

3 • 두 달에 한번씩 '주제와 변주' 라는 세미나를 열고 계십니다. 진중권, 한홍구, 장영희, 성석제 씨 등 많은 명사들이 초대되어 청소년들과 함께 토론하고 고민하는 시간이었는데, 이 세미나를 처음 개최하게 된 배경이랄까 발상 및 기획의 시발점은 어떤 것이었는지요? 주로 어떤 분들을 초대하고 계시며, 지금까지 초대된 강사들과 학생들의 반응은 어떠했는지요?

⋮ 책보다 귀한 가르침은 사람에게 배우는 것입니다. 시대의 좋은 어른들을 청소년들이 직접 만날 기회는 지역의 경우 어렵습니다. 책을 읽고 더 깊은 토론을 하고 싶은 열망에 자연스레 저자를 초대하기로 했습니다. 두 달 동안 읽고 토론했던 10권의 책 중 가장 만나고 싶은 저자를 학생들이 선정합니다. 또 학생들이 직접 초대의 메일을 드리면 망설임 없이 많은 선생님들이 응답해주셨습니다. 학생들의 반응은 매회마다 다릅니다만 그건 역시 오시는 선생님의 태도와 인품 그리고 학생들을 향한 사랑에 따라 달라집니다. 지금까지 스물한 분이 다녀가셨고 저 개인적으로도 참 의미 있고 감사한 시간이었습니다.

4 • 최근 청소년 인문 잡지를 학생들과 함께 발간하셨는데, 이 잡지는 어떻게 이루어지게 된 것이며 내용과 기자 구성은 어떻게 이루어져 있는지요?

： 『세상을 바꾼 대안기업가 80인』을 읽은 새벽에 갑자기 떠오른 생각입니다. 다음날 아이들과 의논하니 모두들 청소년의 주체적인 목소리를 낼 수 있는 잡지를 만들자는 의견에 동의했습니다. 인디고 서원이 추구하는 삶의 방식에 따라 주제를 여섯 개로 나누었습니다. 그 내용은 '나를 만나다, 꿈꾸지 않는 자는 청년이 아니다, 세계와 소통하다, 행복한 책읽기, 더불어 실천하다, 사랑이 아니면 인생은 아무것도 아니야'로 구성되어 있습니다. 기자 구성은 저와 함께 아람샘이라는 공동체에서 수업하는 학생들에게 기자 신청 공지를 하고 신청서를 받았습니다. 총 10명의 중고등학생 기자와 10명의 대학생 기자로 창간호를 만들었습니다.

5 • 꿈을 가지는 것, 꿈을 포기하지 않는 것에 대해 많이 말씀하십니다. '꿈'이란 단어에 대해서는 내려놓은 지 오래되었거나 꿈과 현실은 다른 것이라며 체념적이 된 어른들이 많습니다. 어떻게 하면 진정한 꿈을 꿀 수 있고 어떻게 그 꿈을 이루어낼 수 있다고 생각하시나요? 아람 선생님은 어떻게 그런 꿈을 꾸게 되셨고 이루어 오셨는지요?

： 저는 제 삶을 지독하게 사랑합니다. 저는 사랑의 챔피언이자 열정의 대마왕입니다. 제 삶이라고 말하는 순간 저는 아람샘이라고 하는 정체성에서 벗어날 수 없습니다. 아이들과 함께 수업하고 살아온 지 올해로 17년째입니다. 이 땅의 청소년을 위해 교육혁명을 위해서가 아니라 제가 선택한 그래서 꾸준히 걸어온 제 삶을 이루는 모든 것들을 한결같이 뜨겁게 사랑하는 것 그 삶이 제게는 꿈꾸는 것이자 현실입니다.

꿈을 이루는 것이 가능한 것을 보여주는 자, 그런 삶을 먼저 산 자가 선생(先生)이기 때문입니다.

6 • 꼭 거창하게 말하고 싶지는 않습니다만, 자연스럽게 하나의 문화운동으로 자리 잡아 가고 있다는 생각이 들 만큼 인디고 서원의 활동은 인디고 청소년들과 학부모들의 삶과 가치관에 영향을 미치고 있다고 생각합니다. 책이 유통되는 하나의 서점에 그치지 않고, 독서수업과 MT, 책 읽기 캠페인, 청소 캠페인, 독거노인 돕기 활동, 학부모 독서회 등 삶으로 자연스럽게 뿌리내려지는 열매들을 보면 알 수 있는데요. 그 원동력은 어디에 있다고 보시는지요?

： 저와 아이들이 꿈꾸는 세상은 더불어 모두가 행복한 세상입니다. 서점은 문화적인 측면에서 그것을 실현할 수 있는 좋은 공간입니다. 그래서 우리가 정말 좋다고 생각하는 것, 정의로운 가치를 실천하는 것은 당연한 일입니다. 그 원동력은 매우 단순합니다. 순수하고 착하고 정의로운 사람들이 모여 함께 나아가기 때문입니다. 이들이 모여 꿈꾸는 일이 서로 닮아있기 때문입니다. 그리고 아이들의 대장인 제가 진실하고 정의로운 것 앞에서는 망설임이 없습니다.

7 • 대형 서점과 온라인 서점들의 대거 등장으로 인해 소형 서점은 상당수 잠식당한 상황입니다. 가격이나 마케팅 경쟁에서 현저히 뒤질 수밖에 없는 소형 서점들이 차별성을 가지고 다시 일어날 수 있을 방법에 대해 어떻게 생각하시는지요?

： 대한민국 서점의 가장 큰 문제점은 유통의 불합리와 자본의 논리에 의한 책의 경쟁에 있다고 봅니다. 지금의 문제점을 개선하지 않고서

는 아무리 차별화된 특성화 서점이라도 어려울 거라 예상합니다. 대형 서점에서는 깎아달라고 요구하지 않으면서 동네 서점에서 정가제로 팔면 비싸다고 말하는 소비자들의 잘못된 의식도 문제입니다. 전반적인 문제해결이 우선이라고 봅니다. 인디고 서원의 경영도 그런 의미에서는 상당히 어렵습니다.

8 • 서점과 독서토론 운영의 가장 기본적인 철학이랄까요. 그런 것이 있다면 무엇인가요? 그리고 그런 가치관에 가장 큰 영향을 준 작가나 저술이 있다면 어떤 것인가요?

: 제 삶의 방식과 태도와 크게 다르지 않습니다. 불의에 맞서 싸우는 것, 타협하지 않는 것, 이루고 싶은 공동체의 꿈을 실현하는 것, 아픔을 껴안고 어루만져주는 것, 자연과 우주의 일원으로 최소한의 소명의식을 가지고 실천하는 것, 아름답고 평화로우며 소박하고 검소한 일상을 꾸리는 것, 큰 뜻을 품고 한 걸음 한 걸음 옮기는 순간을 가장 소중히 여기는 것. 이런 삶의 방식과 태도를 가지고 모든 일에 임하려고 노력합니다. 에밀 졸라의 『나는 고발한다』와 같은 책을 읽으면 가슴에 뜨거운 것이 차오릅니다. 그리고 저는 매일 시집을 읽고 신간을 발 빠르게 구해 읽는 독서인이기도 합니다.

9 • 의미 있고 가치 있는 일과 비즈니스를 동시에 한다는 건 쉬운 일이 아니라고들 말합니다. 이것은 한편으로는 이 둘을 분리해서 생각하는 전제 아래 살아가기 때문이기도 할 텐데요. 자금이 돌아야 하는 서점의 대표이자, 책이라는 매개를 통한 하나의 공동체를 이끌어나가시는 대장으로서 이 두 가지를 병행하는 데 따르는 어려움이 있다면 어떤 것인지요? 그리고 어떻게

그것을 극복해 나가고 계시는지요?

⋮ 특별한 어려움은 없습니다. 두 가지 일을 따로 생각하지 않기 때문입니다. 저와 함께 일하는 사람들 거의 모두 저의 제자들입니다. 서로 배우고 가르치는 자발적인 교육의 장이 곧 우리의 사업장이기에 그들은 늘 함께 가야 합니다. 재정적인 어려움을 제외하고는 물론 큰 어려움입니다만 윤리적 소비를 할 수 있는 더 많은 지지자들을 기대하며 알차게 꾸려나간다면 점점 나아질 거라고 믿습니다.

10 • 앞으로 단기 또는 장기적 계획을 통해 이루어 나가고자 하는 꿈이 있다면 무엇인가요?

⋮ 1무(40평)의 겸손한 땅에 건축가이자 시인 함성호 씨와 함께 집을 지을 계획입니다. 제가 직접 시공하려고 합니다. 도시 한가운데 꿈의 공간, 시적 공간에서 더 많은 꿈을 꿀 수 있도록 노동하는 1년을 계획 중입니다. 《인디고잉》의 더 많은 독자를 기대합니다. 정직하고 바른 청소년 언론으로 성장하고 싶습니다. 그리고 또 다른 많은 꿈들은 매일 매일 태어나고 성장할 것이므로 그때마다 온맘을 다해 그 순간을 살 것입니다.

Humanities Bookstore for Youths
Sowon

그라운드에 씨 뿌리다

책읽기를 잘하면 시험을 잘 본다, 책을 읽어야 정신이 성숙한다, 이젠 독서이력제니 뭐니 하며 다시 괴로운 책읽기를 만들려는 제도와 싸웁니다. 그래선 안 됩니다. 책읽기조차 아이들을 점수의 감옥에 가두는 일은 결코 없어야 합니다. 교육청에서 정한 획일적 목록에 온몸으로 반기를 듭니다. 그것은 정신의 획일성에 가장 직접적인 영향을 미치는 무서운 폭력입니다. 우리가 함께 읽은 책읽기는 세상의 다양한 책읽기의 목록 중 일부일 뿐이고 절대적으로 제일 좋은 목록이란 없습니다. 더 중요한 것은 책을 읽고 난 아이들이 제 삶의 장(ground)으로 풀어낼 수 있어야 합니다.

책의 유용성, 효용성에 관한 얘기는 하지 않겠습니다. 저는 다만 책 읽고 사유하고 토론한 아이들이 각자의 삶 속에서 얼마나 주체적으로 살아가는지 착하고 정의롭게 성장하고 있는지 그 삶의 장을 보여드리고자 합니다. 인디고 서원은 저와 함께 행복한 책읽기를 하고 행복한 삶을 살아가는 청소년들의 모습을 만날 수 있는 곳입니다.

www.indigoground.net

착하고 아름답고 씩씩한 어린이처럼 걸어온 지난 22년 동안 저는 척박한 입시교육의 현실 속에서도 청소년들과 함께 행복한 책읽기를 하였습니다. 그때의 아이들도 맑고 아름다웠고 지금의 아이들도 착하고 아름답습니다. 이제 세상 밖으로 걸어 나갑니다. 올곧게 자란 그때의 아이들과 지금도 한결같이 눈 맑은 아이들과 함께 씩씩하게 이 생을 걸어갑니다. 보이기 위한 길로는 절대 가지 않습니다. 걷다 보니 모두가 모인 작지만 진실하고 행복한 자리일 뿐입니다.

책읽기를 잘하면 시험을 잘 본다, 책을 읽어야 정신이 성숙한다, 이젠 독서이력제니 뭐니 하며 다시 괴로운 책읽기를 만들려는 제도와 싸웁니다. 그래선 안 됩니다. 책읽기조차 아이들을 점수의 감옥에 가두는 일은 결코 없어야 합니다. 교육청에서 정한 획일적 목록에 온몸으로 반기를 듭니다. 그것은 정신의 획일성에 가장 직접적인 영향을 미치는 무서운 폭력입니다. 우리가 함께 읽은 책읽기는 세상의 다양한 책읽기의 목록 중 일부일 뿐이고 절대적으로 제일 좋은 목록이란 없습니다.

더 중요한 것은 책을 읽고 난 아이들이 제 삶의 장(ground)으로 풀어낼 수 있어야 합니다. 지금 우리 현실은 오직 시험장에 가서나 겨우 말해 보는 것으로 끝납니다.

책의 유용성, 효용성에 관한 얘기는 하지 않겠습니다. 저는 다만 책 읽고 사유하고 토론한 아이들이 각자의 삶 속에서 얼마나 주체적으로 살아가는지 착하고 정의롭게 성장하고 있는지 그 삶의 장을 보여드리고자 합니다. 인디고 서원은 저와 함께 행복한 책읽기를 하고 행복한 삶을 살아가는 청소년들의 모습을 만날 수 있는 곳입니다.

여기는 www.indigoground.net입니다.

지지해주세요

"인디고 서원은 사회적 희망과 책임이 만들어낸 아름다운 탄생이라 볼 수 있습니다. 그러나 있는 현실과 있어야 하는 현실 사이의 너무 먼 거리는 늘 우리를 힘들고 목마르게 합니다.

이 땅의 교육과 메마른 삶의 조건들에 단비 같은 역할을 할 인디고 서원을 지지하시는 분이라면 누구라도 힘이 되어주실 수 있습니다. 특히 출판사에 계신 분들은 좋은 독자가 이미 확보되어 있는 (책 읽는 아이들이 진솔하게 후기도 쓰는) 인디고 서원에 좋은 책이 나오면 소개해주시고 보내주시길 희망합니다. 좋은 책 유통의 많은 문제점을 어떻게든 극복하기 위한 다양한 논의는 꼭 있어야 한다고 생각합니다. 또한 학교에 계신 선생님들, 독서지도에 뜻있는 분들이 함께 토론하고 정보를 공유하는 공간을 만드십시오. 기꺼이 인디고 서원도 함께하겠습니다. 그 외에도 인디고 서원을 지지해주시는 많은 분들의 따뜻하고 자발적인 참여를 부탁드립니다."

늘 존재해야만 했던 것임에도, 어디에나 있어야 하는 것임에도 불구하고 인디고 서원은 작고 소박하고 지역성을 띤 이유로 오프라인의 현실 공간은 힘든 점이 많습니다.

운영에 있어서 이윤을 남기고자 유료화를 결정한 것이 아니라, 이 땅의 교육환경에 조금이나마 변화를 일으키고자 꿈을 현실로 만든 공간인 만큼 지속적으로 유지되는 것이 무엇보다 중요하다고 생각합니다. 그러기 위해서는 홈페이지 기본 운영비는 자생적으로 생겨나야 하고 이윤이 발생한다면 반드시 아름다운 참여를 통해 사회에 환원되어야 마땅합니다. 그래서 인디고 서원은 유료회원이 내신 회원비는 연말정산을 통해 전액 공개하고 쓰임의 내역을 투명하게 공개할 것입니다.

인디고 서원은 여러분이 내신 회원비로 산간과 오지 및 소외된 지역의 눈 맑고 착한 아이들에게 좋은 책 보내기 운동을 지속적으로 할 것입니다. 이것이 홈페이지 운영의 유료화가 사회참여와 책임의식을 실천할 수 있다는 점에서 정당하다고 생각합니다.

유료회원은 매달 추천도서 및 아람샘과 행복한 책읽기의 모든 자료를 자유롭게 보실 수 있습니다. '아람샘과 행복한 책읽기'는 22년 간 독서토론수업의 내용과 그 결과물입니다. 독서토론뿐 아니라 청소년들의 자발적이고 주체적인 삶의 모습들과 글들을 통해 행복한 수업을 공유하실 수 있을 것입니다.

첫째, 일반회원이 있습니다.

일반회원은 오직 관심과 사랑만 있으시면 됩니다. 일단 온라인상을 통해 인디고 서원의 활동을 함께 꾸려나가실 수 있고, 인디고 서원의 아름다운 참여 및 나눔의 행사들을 같이 할 수 있습니다. 인디고 서원 고정 세미나인 '주제와 변주'에 참여하실 수 있습니다.

둘째, 자료회원이 있습니다.

인디고 서원이 나누고자 하는 독서프로그램 및 추천도서에 관한 자료를 받고자 하시는 분을 의미합니다. 물론 자료회원 분들도 일반회원이 받는 모든 혜택을 받으실 수 있습니다.

인디고 서원은 도서정가제를 지지합니다.

인디고 서원은 도서정가제를 지킵니다. 우리나라 서점 수는 1997년 5,170개에 이르던 것이 2009년 2,846개로 거의 절반 이상 감소했습니다. 이중 50평 미만의 소형 서점은 2003년 3,123개에서 2009년 2,242개로 큰 폭으로 감소했습니다. 이제 우리의 일상에서 자연스럽게 책과 만나고 사유하면서 성장하는 문화공간으로서 서점은 거의 사라지고 소수의 대형 서점과 인터넷 서점만이 우리가 서점이라고 부르는 전부가 되었습니다. 많이 팔리지는 않아도 꼭 필요한 양서를 쓰는 작가와 좋은 안목으로 숨은 작가를 찾아내어 책을 출간하는 출판사 그리고 좋은 책을 선별해서 판매하는 서점은 도서정가제가 지켜지지 않는 한 자본의 힘을 가진 덩치 큰 출판사와 서점에 의해 영영 사라질지도 모릅니다. 이것은 우리 삶의 다양성과 가능성을 자본에 내어주는 것에 다름 아닙니다.

책의 가치를 온전히 인정해줄 때 또다시 좋은 책이 세상에 나와 눈 밝은 독자를 만날 수 있습니다. 좋은 책을 펴내는 출판사, 좋은 책을 선별하여 판매하는 인문학 서점이 생명력을 갖기 위해서는 자본의 힘으로 운용되는 유통시장에서 정가제 판매라는 기본적인 제도가 지켜져야 합니다. 이런 취지에 공감하며 정가로 책을 사는 것은 눈앞의 손익을 뛰어넘어 공정한 소비로 더 나은 세상을 만들어가려는 윤리적인 삶의 태도이자 실천입니다.

꿈꾸지 않는 자는 청년이 아니다

• • 이민석

아직도 내 목소리는 끄떡없는데. 인디고 서원이 문을 연 첫날 우리들의 첫 번째 주제와 변주를 마치고 집으로 가는 도중 나도 모르게 한 말이다. 사실 다리도 아프고 짐도 무겁지만 동복셔츠의 구석구석에 숨어 있는 단추를 하나하나, 차분히 뀐 것처럼 시작이 홀가분하다니까. 오늘, 13평 남짓이지만 미적 아우라가 물씬 풍기는 인디고 서원에서, 20명이 넘는(일반인도 2명이 참관하였다) 친구들이 다닥다닥 붙어서 자신의 의견을 발표하고 서로의 강의도 들었다. 아, 나는 힘이 난다. 사유하고, 사유한 것을 친구들에게 전하고, 그 내용에 대해 토론하고, 토론한 것을 다시 나에게 끌어들여 그것을 책-기계의 관계로 외부를 만드는 것. 이 값진 활동을 아람샘 친구들만이 아닌 전국에 있는 모든 아이들과 할 수 있을 것 같다.

오늘 행사(주제와 변주 : A Theme and Variations)에서 우리는 『틱낫한에서 촘스키까지』라는 책에서 참고하여 인디고 서원에 초대하고 싶은 분 소개하기와 이진우 군의 미셸 푸코의 경계 허물기, 내가 발표한 발터 벤야민의 언어이론, 크게 세 가지에 대해 이야기하였다. 그러고 보니 세 가지 주제가 통일이 안 된 것 같기도 하다고? 천만에 말씀. 지금 생각해보니까 모두가 의도적으로 기획하기라도 한 것처럼 잘 짜여진 세미나였던 것 같다. 알다시피, 푸코와 벤야민은 철학이나, 미학 책에 잘 알려져 있는 인물들이다. (벤야민은 그 사람의 뛰어난 생각에 비해 평가가 잘 되지 않은 부분도 있지만) 푸코에 대한 발표에서는 푸코의 세 시대의 사상을 폭넓게 다루었고, 벤야민도 그의 전체적인 미학에 대해서 설명하였다. 그만큼 우리의 이야기들은 자칫 인디고 서원, 청소년을 위한 인문학 서점을 여는 그날에 대학생들이나 교수님들을 따라하는 학구적 세미나로 끝날 수도 있었다. 그러나 우리의 이론에는 항상 실천이 따라야 하는 법. 『틱낫한에서 촘스키까지』로 우리는 우리의 생각이 외부로 나가는 힘을 다시 배우고 다짐했다.

『틱낫한에서 촘스키까지』에서 발표한 구절이 생각난다. '인간은 세계-내-존재, 즉 읽은 책의 숫자만큼 나의 여러 자아를 형성할 것이 아니라, 그것을 외부로 끌어내야 된다, 기계로 이용해야 한다……' 이 문장은 이진경 씨가 적은 글에서 발췌한 것이다. 하이데거가 말한 세계-내-존재(In-der-Welt-sein), 들뢰즈, 가타리가 말한 외부, 책-기계의 것들을 원본 텍스트의 1차 독해 없이 바로 한국인이 번역한 글을 그대로 읽고 받아들인다. 그리고 그 단어를 다른 상황에서, 문체가 다른 글로 나는 친구들 앞에서 발표한다. 이 상황에서 벤야민의 시뮬라크르 미학이 갑자기 튀어나오는 것은 논리의 비약인가. 유사(resemblance)의 관계가 중요하지 않은 상사(similitude)의 시대가 다시 실감나는 것은 너무 끼워맞추려는 수작일까.

사실 인디고 서원은 부산에서 잊혀졌던 서점 문화의 현전(presence)이다. 거대하고 상업적인 메이저 서점들, 값이 싸고 편한 인터넷 서점에 의해 사실 우리 청소년의 독서 문화에 한몫을 하고 있었던 친근한 동네 서점들이 한낱 자습서나 문제집을 파는 곳으로 전락해버린 지금, 나와 같은 고등학생들이 읽을 수 있는 것이라고는 수능에 필수적인 문학집, 어떻게 선정되었는지 아무리 봐도 어리둥절한 대형 서점의 청소년 추천도서 목록, 그리고 논술학원의 잘 편집된, 알맹이만 쏙 들어 있어 1,600자 원고지를 채우기 쉬운 논술/구술 대비서 등. 나는 억울했다. 책을 읽을 때마다 이상하게 쳐다보는 아이들. 자습시간에 책 읽지 말고 넘기는 문제집 풀라고 강요하는 선생님들. 이게 아닌 건 분명한데, 나는 고등학생이다. 수능을 너무도 잘 쳐야 하고, 내신관리도 철저하게 해야한다는 생각이 내 독서에 대한 정당성을 무참히 짓밟는다. 이렇게 책에 대한, 서점에 대한 모든 것이 입시 위주로 바뀐 지금, 지금의 서점들은 우리가 추구하는 서점의 시뮬라크르(simulacre)들이다. 그것도 너무나도 더럽게 베낀 복제들이다. 들뢰즈나 보드리야르, 푸코의 시뮬라크르 개념을 선취한 벤야민이 아직 아담의 언어, 즉 자연과 미메시스(mimesis)할 수 있었던 그 언어를 은밀히 갈망했던 것은 그가 단지 유대인이었기 때문이었을까.

이런 힘든 내 상황(아마 많은 친구들이 괴로워하고 있을 것이다)에서 인디고 서원은 반가운 소식이다. 아니 반가운 정도가 아니라 나는 이제 오늘이 역사의 한 부분으로 느껴진다. 학생들이 가방에 잘 포개어 꽉 채워 들고 다니는 것이 문제집과 자습서가 아니라, 자신의 생각과 열정을 키워줄, 꿈을 이루어줄 책들이 될 그날이, 학생들이 토론이라고 하면 새삼스러워지고 아주 특별하다는 듯 생각하지 않고 서로의 생각을 자유롭게 나누게 될 그날이 힘들고 고된 생활에서 벗어나 가끔씩 마음을 가라앉혀 주는 곳에서 차분하게 책 읽게 될 그날이 곧, 부산, 인디고 서원에서 시작할 것만 같다.

'꿈꾸지 않는 자는 청년이 아니다' 라는 말이 있다. 나는 진정 청년이고 싶다. 그래서 이 날이 오랫동안 두근두근 거리고 힘이 되줄 거라는 확신이 계속 내 허리를 꼿꼿이 세운다!

마지막으로 인디고 서원에 새겨져 있는 이정우 선생님의 문장을 소개하고자 한다.

"진리는 보이지 않는 것을 보여주는 것이다. 진실은 보려면 볼 수 있는 그러나 사람들이 보려고 하지 않는 것을 보게 해주는 것이다."

열두 달
작은 강의

"여보세요? 거기 아람샘 논술학원이죠?" 저는 꼭 이렇게 대답해드립니다. "아람샘은 논술학원 아닙니다." 네…… 좀 퉁명스러웠나요? 하지만 저는 아람샘이라는 공간에 학원이라는 명칭을 붙이는 것 자체도 싫은데 논술이라는 말까지 붙으니 화가 안 날 수가 없죠. 이렇게 서원에 아람샘 문의전화만 4~5통씩 오니 저희도 일일이 다 설명해드리기 힘들었습니다. 그래서 인디고 서원이 추구하는 인문학 수업에 대한 이야기를 나누기 위해 마련한 시간이 학부형 무료 세미나 '열두 달 작은 강의' 입니다.

열두 달 작은 강의를 소개합니다

•• 조주영

아람샘께서 인디고 서원을 연 지 어느덧 7년이 다 되어가는군요. 그동안 서원에서 여러 가지 해프닝도 많이 일어나고 재미난 일도 많았지만, 서원의 가장 골칫거리는 서원 운영에 있는 것이 아니었습니다. 문제는 바로 이리저리 소문을 듣고 서원으로 문의전화가 오는 것이었습니다. 문의전화가 오면 좋은 거 아니냐고요? 서원에 관한 문의전화면 좋았을 테죠. 그 전화들은 바로 '아람샘' 을 물어보는 내용이 대부분입니다. 전화도 꼭 이렇게 옵니다. "여보세요? 거기 아람샘 논술학원이죠?" 저는 꼭 이렇게 대답해드립니다. "아람샘은 논술학원 아닙니다." 네…… 좀 퉁명스러웠나요? 하지만 저는 아람샘이라는 공간에 학원이라는 명칭을 붙이는 것 자체도 싫은데 논술이라는 말까지 붙으니 화가 안 날 수가 없죠. 이렇게 서원에 아람샘 문의전화만 4~5통씩 오니 저희도 일일이 다 설명해드리기 힘들었습니다. 그래서 인디고 서원이 추구하는 인문학 수업에 대한 이야기를 나누기 위해 마련한 시간이 학부형 무료 세미나 '열두 달 작은 강의' 입니다.

내면을 밝히는 혁명 - 열두 달 작은 강의 후기

• • 서미경

어릴 때부터 잘 잊어버리는 나는 40대 중반으로 가면서 그 증상이 심해지고 있다. 나의 가치를 또 묻고, 나를 읽으면서 확인하지 않는다면 생동감 없는 잠자는 삶(죽은 삶)을 살 것 같다. 그러나 내가 원하는 삶은 죽음과 마음의 고통을 두려워하는 죽어 있는 삶이 아니라 죽음과 고통을 맞이하는 생동감 있는 삶을 사는 것이다.

열두 달 작은 강의를 열어주신 허아람 선생님의 열정적인 표정과 생동감. 세포 하나 하나가 열정과 환희에 찬 듯한 모습이 그녀를 젊게, 그리고 행복하게 보이는 이유이리라.

"잠에서 깨어날 때 너무나 행복한 느낌으로 일어나고, 잠을 잘 때 는 모든 게 감사한 마음으로 잠이 듭니다." 강의 중에 허아람 선생님이 한 말이 머리 속에서 계속 울린다. 가치의 중요성을 묻는 강의는 나에게 생기를 돌게 했지만, 마음 한켠에는 무딘 내 감각이 있기에 걱정도 되었다. 보통사람의 경우는 지금 가진 것에는 '당연함' 으로 대하며 일상을 바꾸는 것에는 두려움과 귀찮음 등 고정관념이 가득했으며 일상을 벗어난 문제들은 두려움, 고통, 아픔 등이 따른다는 부정적 반응을 보이는 경우가 많다. 나 역시 그러한 부분이 많았다. 따뜻함보다는 차가움이 내 가슴속에 많고, 그로 인해서 고통과 좌절, 두려움, 수치감 등을 느끼기가 어려웠다. 지금도 어려운 부분들이 많다.

지난날 나를 보면 늘 긍정이 넘쳐서 문제로 생각해야 될 것까지 합리화 · 정당화하기도 했었다. 즉, 고통을 느껴야 나의 몸세포가 환호하는 행복의 선물을 받을 텐데, 불행하게도 나의 가슴은 늘 무뎠다.

고통이 깊을수록 삶을 보는 시야가 넓고 깊을 것이고 내 삶의 현실감각과 사회를 보는 시선에서 새롭게 깨어날 텐데, 그리고 타인의 고통을 같이 느낄 수가 있는 마음이 열릴 것임을 머리로는 아는데 가슴은 아직도 조금씩만 열리고 있다. 두려운가보다.

나를 잠시 본다. 이런 두려운 나는 어떻게 주입되었을까 추측해본다. 마주하기 싫고 회피하고 싶은 것들을 대면해야 하는 괴로움, 수치감, 두려움을 바라보고 인정해야만 내가 '현실이다' 라고 믿고 있는 것에 대한 의문을 가져보게 되고 가치를 새롭게 묻게 될 것이기 때문이다. 또한 내 내면을 밝히는 혁명이 시작될 것이기 때문이다.

나는 청소년 때 나의 정체성을 찾지 못한 것이 너무나 아쉬웠다. 왜냐하면, 30대 후반에 나를 찾는 여행을 하고 내면과의 연결에 집중하는 시간들이 내 기대와 달리 시간이 오래 걸리기 때문이다. 앞으로도 시간이 많이 필요로 할 것이다.

그 동안의 시행착오를 생각하고 젊은 내 청춘을 돌아보니 안타까움과 아쉬움도 크다. 엄마가 된 후로도 마찬가지다. 시행착오를 그만큼 덜 하고 아이와 함께한 시간들을 더 즐겼을 텐데……(아이들에게 참으로 미안하다. 삶의 가치와 철학을 가지지 못한 엄마였기에.)

그나마, 학부모가 되어 교육의 의미를 알려고 노력했던 부분이 있어서 다행이었다. 그러나 학부모가 되어서도 교육의 현장을 보니 껍데기만을 위한 교육이어서 마음이 아프다. 스스로 생각하고, 고민하고, 분석하고 성찰하는 교육을 왜 실천하지 못하는지도 안타깝다.

사람은 개인적 존재이면서 사회적 존재이다 보니 가치관이 확립되기까지는 외부 사회의 영향을 받을 수밖에 없다. 그러하기에 제대로 된 공교육이 절실히 필요하다고 본다. 문제해결방식도 다양하게 접근할 수 있는 방법이 많은데도 보통 '한다', '안 한다', '좋다', '나쁘다' 등의 두 가지 방법 외에는 생각을 하지 못하는 경우가 많다. 왜 우린 그렇게 책임과 의무에 눌려서 삶을 즐기지 못하고 있을까? 왜 교육은 경쟁만을 위해 앞으로 달리기만 할까?

물음을 가지고 고민하는 시간의 중요성을 이 작은 강의에 참여하면서 더욱 절실히 느껴본다. 청소년 시기에 공부보다도 중요한 이 의문과 질문을 가지는 것이 중요함을 다시 새긴다. 그리고 많은 사람들에게 알리고 싶다. 인디고 서원의 아이들과 허아람 선생님의 기쁨과 행복의 영향력이 전국으로, 나아가 세계로, 점점 더 많은 나비효과가 일어나기를 기대하고 바란다.

Ecotopia

수요독서회

수요독서회는 '인디고 서원을 지지하며, 책읽기를 좋아하고 행복한 나눔을 통해 삶이 새로워지기를 원하는 어른들의 모임' 입니다.

| 수요독서회의 규칙 |

수요독서회는 틀이 있는 듯 없는 듯 자유로운 것, 그 점이 가장 중요한 특징인 것 같습니다. 자유롭고 자발적인, 능동적인 주체로서 지속적으로 참여하실 수 있는 새로운 회원들을 언제나 환영합니다.

1. 매월 2주, 4주 수요일 7시에 인디고 서원에서 합니다.(약간의 변동은 가능)
2. 책읽기를 좋아하고 나눔을 원하는 어른은 누구나 참여할 수 있습니다.
3. 참석자의 호칭은 '샘' 으로 합니다. ('샘' 은 샘물처럼 새로워지려고 노력하는 존경스러운 분이라는 뜻임. '선생님' 의 줄임말이 아님)
4. 책의 선택은 아람샘이나 독서회원들의 추천을 받아서 다수가 원하는 것으로 합니다.
5. 정해진 한두 권의 책을 미리 읽어옵니다.
6. 정해진 책은 인디고 서원에서 구입합니다. (인문학 서점을 살리는 취지)
7. 토론은 물 흐르듯 자유로우나 산만하지 않아야 하며, 사회자의 지시에 따릅니다.
8. 사회자는 그날의 후기를 인디고 홈피의 수요독서회란에 올려야 하고, 회원들은 글을 통해서도 서로 소통할 수 있습니다.
9. 독서와 토론의 깨우침은 가능한 한 실천으로 되살리려고 힘씁니다.
10. 수요독서회 날에는 되도록 저녁식사를 에코토피아에서 합니다(식사 값의 수입은 네팔의 도서관 건립에 기부됩니다).
11. 인디고 서원의 취지에 공감하며 활동을 원하는 사람은 서원의 여러 행사에 자원봉사도 할 수 있습니다.
12. 친절과 사랑으로 모두 행복한 일상의 혁명을 꿈꾸는 동지애를 나눕니다.

아름다움, '나' 답고 '우리' 다울 때 피어나는 꽃

• • 2007.3.29

윤지영

"아에이오우 아에 이오우 아에 이오우~ ♬"

어린 시절 음악시간에 대한 그리움을 노래했던 어느 가수의 노래 첫구절처럼 서원 안 여기저기서 목소리를 다듬는 소리가 들려옵니다.

"음……음…… 아…… 아……" 그리고는 시작되었지요.

"앓는 소리 앓는 노래, 아이고 아이고 아야 아……"

목소리의 빛깔과 높낮이도 서로 다르고 시를 읽어내려가는 박자 또한 조금씩 어긋났지만 시낭송을 마친 모든 분들의 얼굴엔 약간의 쑥스러움과 함께 기쁨의 빛이 흘러내렸습니다. 얼마 만에 소리내어 읊어본 시였던가요? 사는 일에 쫓기고, 사람들의 말에 시달리다 보니 시읽기는 고사하고 시집 한 권 손에 들기가 버거웠던 일상들. 어느새 우리는 말랑말랑한 감수성으로 충만한 사춘기 소년, 소녀가 되어 콩닥거리는 마음을 서로 나누고 있었습니다.

꼬장꼬장한 딸각발이 선비 같은 이오덕 선생님. 단순함으로 무장한 그분의 시에서 인위적인 우리들의 글쓰기와 자기 살핌 없는 삶을 발견하고서 부끄러움에 얼굴이 화끈거렸습니다. 어린 시절 시골에서 자라셨다는 강양미 선생님은 이름도 다 외우지 못할 수많은 산딸기가 시 속에 나올 적마다 그때 보았던 산딸기들이 눈 앞에 아른거렸다 하셨지요. 시골에 있는 시댁에서의 몇 년이 고달프셨다던 박숙향 님도 이제는 흙 묻은 손으로 어린 손자를 끌어안으시던 시어머니의 마음을 다 헤아릴 수 있을 것 같다며 눈물을 글썽이기도 했습니다. 다음번 시골에 내려가는 날엔 세월에 오래된 옛집 같은, 거칠고 투박하지만 온기 가득한 시어머니의 두 손을 꼬옥 잡아드리면 어떨까요.

도시에서만 자란 사람에게도, 시골에서 자랐던 사람에게는 더더욱 산과 강이 한데 어우려진 시골 마을들은 마음 깊이 새겨진 우리 모두의 고향은 아닐런지요.

누구에게나 있기 마련인 근원을 알 수 없는 절절한 그리움. 그것이 우리네 시골 작은 마을마다 숨겨져 있다는 것을 이오덕 선생님이 말씀해주셨다면, 그것은 또한 '우리의 것'에도 깊게 배어 있다는 것을 『나는 내 것이 아름답다』를 통해 최순우 선생님은 말씀해주셨지요. 실체를 알지도 못하는 유러피안의 여유로움과 뉴요커의 화려함을 매체를 통해 끊임없이 강요당하는 이때에 '내 것, 우리의 것'에 대한 선생님의 사무치는 마음 앞에서 우리는 또 한번 낯뜨거워짐을 느꼈습니다. 그러나 깊은 밤, 이불을 뒤집어쓰고 읽어 내려간 글 속에서 낯설지만은 않은 풍경에 잊고 지낸 옛 친구를 다시 만난 듯 반갑고 애틋한 그리움마저 느꼈던 것은 앉아 계셨던 분 모두 '한국'이라는 이 조그만 땅덩어리에서 그 누구도 아닌 한국 사람으로 자라나고 지금을 살아가고 있는 한국인이기 때문이었겠지요.

어느 분의 말씀처럼 이오덕 선생님은 시골 깊은 산자락을 너무 사랑하셨고, 최순우 선생님은 문화유적이 많은 서울을 아주 사랑하셨지요. 그래서 언뜻 보기엔 서로 어울릴 것 같지 않은 두 분이지만 자신의 삶을 보살피고 사랑하여 '나답게 살아가는 일'의 중요성을 말씀하신 이오덕 선생님과 오늘의 우리가 있기까지 긴 세월 면면히 이어져 내려온 '우리다운 것, 내 것'에 대한 아름다움을 말씀하셨던 최순우 선생님은 어찌 보면 가장 가까운 곳에 자리하고 계신지도 모르겠습니다.

4명이 넉넉히 앉을 수 있는 식탁에 10명이 넘는 분들이 모여 앉아 있느라 두 시간이 조금 넘는 시간 동안 많이 불편하셨겠지만 뒷자리로 조금 물러나 지켜보던 제 눈엔 그날 함께 자리했던 모든 분들이 이제 막 피어난 봄꽃 같아 보였습니다. 봄볕처럼 따뜻한 서원의 조명 아래 올망졸망 피어난 벚꽃 말입니다. 꾸밈없는 담백한 시와 소박하나 깊은 맛을 지닌 우리 것에 대한 아름다움에 눈을 뜨게 되어 우리 모두가 한 송이 꽃으로 피어날 수 있었던 것 같습니다.

다음 모임은 4월 11일 수요일 오후 7시. 읽어오시면 좋은 책이 4권이나 되네요.

『가난한 사람들을 위한 은행가』(무하마드 유누스, 세상사람들의책)

『혼자만 잘 살믄 무슨 재민겨』(전우익, 현암사)

『성공하는 사람들의 아름다운 습관, 나눔』(박원순, 중앙M&B)

『희망의 인문학』(얼 쇼리스, 이매진)

4권 중에서 읽고 싶은 책 한 권만 읽어오시면 됩니다. 물론 다 읽어오시면 더 좋고요. '나눔'에 대해 진솔하게 이야기 나눌 수 있는 좋은 시간 되리라 생각합니다. 망설이던 분들 있으시면 편안한 마음으로 언제든지 참석해주세요.

우리의 삶을 바꾸는 실천

• • 2009.11.6

김지현

우선 너무 늦은 후기 죄송합니다. 지난 모임 참 좋은 시간이었죠? 많은 생각도 나누고 구체적인 실천의 모습들도 생생하게 잘 보여주셨답니다. 개인적으로는 약간은 부끄러웠던 자리기도 했습니다.

실천윤리학자 피터 싱어의 『물에 빠진 아이 구하기』. 책을 읽고 당장 실천하지 않으면 안 될 것 같은 마음, 꼭 그런 마음만 먹고(실천은 아직 하지 못한 채) 사회를 보았는데, 사회자의 자리가 머쓱할 만큼 여러 샘들의 실천하시는 모습을 보고 많은 생각과 용기를 얻었습니다.

그래서 이 책의 후기만큼은 내가 꼭 실천을 하고 당당하게 쓰리라 마음속으로 약속을 했고, 변명이지만 그래서 이렇게 늦어져버렸네요.

냉큼 '말일마다 특정 금액이 자동이체로 기부가 될 것이다.' 라는 저의 선포에 함께 사는 동거인은 왜 그 금액이냐고 되물었습니다. 그래서 제가 그랬죠. 수입의 5%라고. 저의 설득력은 부족해서, 책을 넌지시 건네봐야겠습니다.

지난 수요일 오랜만에 많은 분들이 오셨습니다. 반가운 얼굴들도 많았고요. 화기애애한 분위기 속에 많은 이야기들이 오고 갔는데 아마 마음과 머릿속에 다 간직하셨으리라 생각하고 제가 몇 가지만 간추릴게요.

1 • 왼손이 하는 일을 오른손이 알게 하라!

어찌나 좋은 일들을 많이 하고 계시는지 이 부분에서 이야기꽃이 활짝 피었있죠? 틈틈이 기부할 곳이 생길 때마다 하시는 분들에서부터 여러 구호기관을 통해 정기적으로 기부하는 샘들도 많이 계셨습니다. 해외결연을 통해 외국의 아이를 도우면서 편지나 선물도 주고받으시며 작은 보람과 큰 기쁨을 느끼고 계셨구요. 꼭 해외만이 아닌 지역사회(구청)등의 다양한 채널을 통해 일상적인 기부 사례도 많다는 것을 알려주셨습니다. 특히 금전(?)이 아닌 시간을 내어 봉사를 하거나 주위에 소외된 계층을 찾아가 말벗 되어주기 등 소소하지만 정말 중요한 일들도 하고 계셨습니다. 내 삶이 곧 기부라도 당당하게 말씀해주신 청년샘도 정말 멋졌구요. 참으로 가슴 훈훈하고 따뜻한 말씀들이었습니다.

어느 샘께서 그러셨죠? 겸손을 미덕으로 생각하는 우리 같은 유교문화에서 기부하는 행동을 알리기가 껄끄러운 경우도 있을 거라고요. 하지만 이렇게 서로 이야기를 나누고 정보를 교환하니 실천하는 용기도 불끈 생기고 다음에 기회가 생기면 다양한 경로를 통해 서로 나누며 살아야겠다는 생각을 한 자리였답니다.

2 • 내 생활을 바꾸는 기부

일단 기부를 시작하면 스스로의 생활을 되돌아보게 된다는 이야기들도 있었습니다. 페트병에 담긴 생수를 소비하는 대신 수돗물을 끓여 마시고 돈 아껴서 더 필요한 곳에, 더 필요한 사람들을 도와줘야겠다는 생각도 했습니다. 정기적 기부를 위해 불필요한 소비를 줄이고 또한 계획적인 소비를 하여 잉여의 돈이 생기면 일시 기부도 하신다는 샘도 계셨죠. 왕창 벌어서 더 많이 기부했으면 좋겠다는 샘도 계셨으니, 이래저래 기부는 개인적인 경제활동에도 영향을 미치게 되네요. 특히 아이들에게 좋은 교육을 위해 다양한 모습으로 기부활동이 이루어지는 몇몇 이야기들은 참 재미있었습니다. 아이들에게 멀리 있는 가난한 친구들에게 선물을 보내도록 하면서 택배비가 더 들어 비효율적으로 보이지만, 그래도 교육적인 효과가 있다고 말씀하셨을 때 미래의 그 아이들이 더 아름다운 기부를 할 수 있는 아름다운 사람으로 자란다면 참 세상이 좋겠다고 상상했습니다.

3 • 기부는 다양한 방식으로, 그리고 또 다른 기부

기부의 필요성과 당위성 외에 기부 단체에 대한 고민들도 있었습니다. 약간의 종교나 정치색을 띨 수도 있고, 기부단체의 운영방식의 투명성에 대해서도 고려해야 하지 않나 하고요. 하지만 저 같은 경우 그런 고민들과 의심으로 인해 망설이고 있었지만 지금 당장 해야 하는, 그리고 한번 해보고 이야기를 나누는 것이 더 필요하다는 여러 샘님들의 말씀에 의심 그만하고 바로 실행했습니다. 독서의 힘! 수독의 힘! 입니다.

나누는 문화에 대해서도 이야기가 나왔습니다. 1:1로 주고받을 때 절대 수직적이지 않은, 평등한 나눔과 배려가 필요하다고. 그래서 중간자 역할이 중요하다는 말씀에 전적으로 동의했습니다. 도움을 주는 입장에서가 아닌 도움을 받는 입장에서의 관점도 중요하고 그에 따른 배려도 중요하다고 생각합니다. (학교에서 집안형편이 어려운 학우에게 도움을 줄 때 공개적인 형식으로, 그리고 그런 알려짐이 부끄러워 힘들어도 말

못하는 아이들도 있다고 하셨을 때 평등한 위치에서의 나눔이 정말 중요하다는 걸 알았어요.)

또 개인이 직접적으로 도움을 줄 수 있는 방식과 지역사회의 여러 구성원들이 연합하여 도움을 제공할 수 있는 좋은 아이디어들도 나왔습니다. (구청과 교사가 연계하여 불우 아동을 돕는 형식) 또한 개인이 아닌 사회적인 제도를 바꿀 수 있는 정치기구에도 관심을 가져야 한다는 말씀도 해주셨습니다. 복지시스템이나 시민단체 등에도 기부를 할 수 있는 것이지요. 정치헌금의 이동에 따라 정책이 결정될 수도 있다는 예에서 말씀해주셨듯이, 보다 나은 사회를 위해서는 정치에 대한 무조건적인 거부감보다는 생활 자체로써 꾸준한 관심을 가지고 지켜보면서 기부 같은 적극적인 활동도 필요할 것 같습니다.

4 • 마지막으로 참고 사이트

어느 샘께서 이 책은 모두에게 던지는 반성문이라 하셨죠? 아마 다른 분께는 더 열심히 하라는 격려문이었을 수도 있겠네요. 스스로 발동 걸려, 뒤적뒤적한 사이트들입니다. 우리가 하고 있는 기부활동에 대해 보다 더 자세히 아셔서 널리널리 퍼트려주세요. 선한 의지를 많이 퍼트려주세요! 피터 싱어 선생님도 실천하는 우리를 보고 흐뭇해하시겠죠?

www.goodpeople.or.kr | 굿피플

www.givestart.org | 굿네이버스

www.chest.or.kr | 사랑의열매

www.lifeshare.co.kr | 생명나눔재단

www.peopledream.or.kr | 시민주권모임

www.unicef.or.kr | 유니세프

www.worldvision.or.kr | 월드비전

http://cafe.daum.net/stopcjd | 언론소비자주권 국민캠페인

www.beautifulfund.org | 아름다운재단

www.jts.or.kr | 정토회

www.compassion.or.kr | 컴패션

www.womenfund.or.kr | 한국여성재단

www.kfem.or.kr | 환경운동연합

다른 좋은 곳도 있으시면 알려주세요!

그럼 조만간 또 뵙겠습니다.

우화의 강
BRAZIL

청년들의
저녁식사

돈키호테는 아무리 잘 봐주어도 미친 사람이다. 풍차를 보고 거인이라고 하며 달려가고 주막을 성이라고 하며 현실의 사실들은 상관없이 자신만의 세계에서 꿈을 꾸고 현실을 바라보며 살아간다. 하지만 우리는 돈키호테가 현실에서 끝없이 좌절하면서도 자신의 꿈을 절대로 버리지 않고 있음을 볼 수 있다. 돈키호테가 바라보는 세상처럼 우리들의 세상에서 간교한 요술이 진실을 흩뜨리려 한다 해도, 꿈을 꾸고 노력하는 것은 숭고하게 남을 것이기에, 나는 타인의 아픔에 함께 아파하지 않고 함께 꿈꾸려 하지 않는 정상인보다는 미친 사람이 되고 싶다.

청년들의 저녁식사, 시작

• • 2009.3.5

김재한

안녕하세요. 김재한입니다. 어떤 식으로 이 모임을 이끌어나갈까 생각하다가, 아람샘께 조언을 구했습니다.

일단 우리의 키워드는 책과 영화와 청년정신으로 하는 것이 좋을 것 같습니다.(물론 선남선녀들의 만남도 포함). 청소년들이 우리의 미래고, 어르신들이 이미 인생을 많이 경험해보신 분들이라면, 청년들은 그 사이의 교량역할을 할 수 있으리라고 봅니다. 제일 중요한 부분이라고 볼 수도 있죠. 청년정신이라는 것에 대해 이야기해보고 싶어요.

우리 청년들의 저녁식사도 인디고 서원의 큰 가치와 함께 가는 것이기 때문에, 그 대의를 따르는 것을 기본으로 하는 것이 좋겠습니다. 서원과의 방향이 어긋나지 않게, 가슴속에 담고 살아가야 할 근본적이고 인간적인 가치들을 이야기하고 재정립하는 것입니다.

청년들의 저녁식사는 소통의 장입니다. 주변에 곧고 올바른 가치들, 지켜야 할 것들, 우리가 인생을 잘 살아가기 위해 이야기하고, 통하고, 나누어야 할 장들이 부족하다는 것이 청년들의 저녁식사가 생긴 이유일 것입니다. 이런 이야기를 나눌 그 재료들을 어디서 가져오나? 이런 이야기들을 문학과 영화로 시작하는 것이 어떨까 합니다.

과거나 지금이나, 물질이나 환경들은 급격하게 변하지만, 우리 자신이 변하지는 않을 것이라 생각합니다. 우리들이 추구해야 하는 것들도 크게 변하지 않았을 것입니다. 그래서, 한 달 기준으로 하나의 문학을 다루었으면 좋겠습니다. 영화화된 문학을 찾아 고르고, 첫 만남에서는 책에 대한 이야기를 나누고, 두 번째 만남에서는 영화를 보는 거죠.

우리가 책을 선정할 때, 염두에 두어야 할 것이 인문학과 청년정신입니다. 인문학은 매우 광범위하기 때문에 청년정신으로 범위를 좁히면 더 좋을 것입니다. 청년정신은 사회적인 이슈나 문제들에 대해서 이야기를 나누는 것도 좋지만, 앞으로 우리 사회가 어디로 나아가야 할지, 어떻게 우리의 인생을 가꾸어나가야 할지 알려줄 수 있는, 늙어서도 잃어버리지 말고, 꼭 간직할 수 있는 가치들을 통해서 알아갈 수 있겠지요? 이것들을 알려주는 문학작품을 선택해야 한다고 생각합니다. 여기까지가 제 소견인데, 어떠신가요?

청년으로 살아가는 시간

• • 김수란

인디고 서원 유일의 20대 모임으로서, 모임이 자리를 잡아나가는 현 시점에서 모임의 정체성을 명확히 규정하여 이를 우리 스스로의 나침반으로 삼아야 할 필요성이 있습니다. 모임의 정체성은 우리가 함께 공유하고자 하는 청년정신, 인문학, 또는 가치의 문제와 멀지 않은 곳에서 규정되어야 할 것이며, 우리의 논의가 인디고 서원의 정체성 테두리 안에 있다는 것 역시 잊지 않아야 할 것입니다. 또한 정체성을 논의하는 데 있어, 우리가 현재의 모습에 만족한다면 정체성을 논의할 필요조차 없겠지요. 이 자리가 모든 '청년'에게 열려 있고, 이 모임이 이어지기를 바랄 때 정체성 논의가 필요한 것입니다.

'청년들의 저녁식사'가 다루고자 하는 것

인문학적 가치를 담은 책 중에서도 '문학'에 그 범위를 한정짓기로 합니다. 또한 우리가 다루는 책의 연장선상에서의 영화 역시 그 범위에 넣기로 합니다.

'청년들의 저녁식사'의 정체성과 '청년정신'에 대하여

현 시대의 청년기는 자기 자신에 대해 가장 많이 고민하는 시기이며, 또한 경쟁적 사회질서 앞에 내던져져 스스로의 가치에 대해 시험받는 가장 괴로운 시기입니다. 이에 우리는 먼저, 청년에게는 빵뿐만 아니라, 장미도 필요하다는 것에 생각을 함께합니다.

우리는 마음속에서 우러나지 않은 의무감이 아닌, 자발적 연대와 유대로 모여, 꿈꾸고 실천하고 기획하고 해낼 수 있는 '청년'으로서, 청년기를 '꿈과 현실의 기로'가 아닌 '꿈을 현실에 접목시키는 시기'로 만들어갈 것입니다. 우리는 끝이 보이지 않는 바다에 뜬 채 생존을 위해 손발을 휘젓지만은 않을 것입니다. 진실로 이야기할 수 있고, 나의 이야기를 들어주는 사람이 있는 이곳에서, 나의 심장소리에 귀 기울일 것입니다.

우리는 '옳은 가치'에 대해 고민하고, 이를 지향하며, 실천할 수 있는 정신을 지닐 것입니다. 감히 아직 꿈꿀 수 있는 청년으로서 함께 나란히 서고자 합니다. 이에 '청년들의 저녁식사'를 "문학을 통해 인간을 발견하고, 실천하는 청년으로 살기 위한 장"으로 규정하고자 합니다.

여기서의 실천은 모임에서의 실천만을 의미하지는 않습니다. 이곳에서 생각을 나누고 가치를 공유하며 각자의 삶에서 절실한 무언가를 찾아나가고, 이를 삶에 투영하는, 우리 모임을 통한 실천을 말합니다. '청년들의 저녁식사'는 인문학적 가치를 이야기하는 유쾌한 소통 속에서 청년으로서의 용기와 확신을 얻어 우리 청년의 삶으로 가져가는 과정입니다.

불가능한 꿈을 꾸는 돈키호테처럼, 척박한 땅을 적시려 스미는 빗방울이 되려 합니다. 한 줄기 물길을 이루기 위해, 당신과 함께 앉아 이야기를 나누고 싶습니다. 모두 함께합시다. 어서 오세요.

미친 사람 그리고 나

•• 2009.9.10

조주영

꿈

"나는 자유로운 몸이 된다는 희망을 단 한 번도 버린 적이 없으므로, 알제리에서 그토록 바라던 자유를 얻을 수 있는 다른 방법을 찾으리라 생각했습니다. 골똘히 생각하여 실천에 옮겼던 일이 의도한 대로 좋은 결과를 가져오지 않을지라도 곧바로 포기하지 않고, 설혹 그것이 실낱같은 것일지라도 의지할 수 있는 것이라면 또 다른 희망이 있는 듯 믿거나 찾아보기도 하곤 했지요."

현실

"나는 기사도가 번성하였던 가장 행복스런 시대를 다시 부흥시키지 않는 오늘날의 잘못을 일깨워주려고 애쓸 뿐이요. 그러나 타락한 우리 시대는 편력 기사들이 왕국의 방위와 처녀의 보호와 고아의 구호와 교만한 자의 징벌과 겸손한 자의 보상을 도맡아 두 어깨에 둘러매던 시대처럼 그럼 큰 축복을 향유할 자격이 없습니다. (…) 요사이는 태만이 근면을 이기고,

게으름이 노력을 이기며, 악이 선을 이기고, 젠체하는 것이 용기를 이기며, 이론이 무술의 실천을 이깁니다."

—미겔 데 세르반테스, 『돈키호테』 중에서

1•

인디고 서원 청년 모임인 '청년들의 저녁식사'에서는 여름 동안 장기적인 계획을 짰다. 『돈키호테』 완역본을 읽고 〈돈키호테〉 뮤지컬을 함께 보고 마무리로 〈돈키호테〉 발레공연까지 보는 '돈키호테 프로젝트'였다. 첫 모임을 가지기 전 나에게 돈키호테는, 이제 사람들이 어린왕자의 보아뱀 그림을 보고 모자라고 대답하지 않고 보아뱀이 코끼리를 삼킨 것이라고 하는 것처럼, 미친 사람일 뿐이었다. 가슴에 와 닿지도 않는 의미를 가져다 붙여 이상주의자로 탈바꿈시켰다는 생각만 들었다. 책을 다 읽고 처음 모인 날 우리는 돈키호테가 미친 사람인지 이상주의자인지에 대해 열띤 토론을 했다. 그리고 미친 사람이 아니라면 왜 미친 척을 하는 건지 왜 사람들에게 미친 사람으로 보이는 건지 그리고 미쳤다는 것은 어떤 것인지에 대해 이야기를 했다.

이야기를 끝낸 후 함께 뮤지컬을 봤다. 뮤지컬 내용은 감옥에 갇히게 된 세르반테스가 그곳에서 돈키호테 공연을 통해 변론을 하고 감옥을 나가는 내용이었다. 감옥 안에서의 공연은 꿈도 희망도 없는 창녀인 알돈자가 꿈과 희망과 정의를 부르짖는 돈키호테와의 사랑을 통해 둘시네아가 되어가는 모습을 그렸다. 돈키호테 책에 담긴 꿈에 대한 이야기를 연기와 노래로 잘 담아내어 가슴 졸이며 보았다. 발레 공연은 돈키호테보다는 다른 두 연인의 사랑이야기 위주였는데 난생 처음 보는 스페인 발레는 정말 아름다웠다. 하지만 책 『돈키호테』의 이야기 재미와 의미를 담고 있지는 않아서 이름이 왜 돈키호테인가 의문이 들었다.

2 •

'꿈꾸지 않는 자는 청년이 아니다' 나는 과연 진정 청년일까?

나는 미친 사람이 되고 싶었다. 다른 사람과 똑같아 보이고 싶지 않았고 남과 다른 나에게서 자유를 느꼈다. 하지만 나는 미친 사람이 아닌 단지 그들과 다른 사람일 뿐이었다. 왜냐하면 나는 돈키호테처럼 꿈을 가지고 있지 않았기 때문이다. 아니다. 꿈은 있었다. 나 혼자만 어떻게 잘 되겠다는 꿈. 하지만 나의 꿈은 현실에 순응하며 타인을 볼 줄 모르며 세상을 나 혼자만 살아가는 꿈이었다. 냉혹한 현실에서 다른 사람의 삶보다는 나의 삶을 몇 배는 더 중요시 하며 살았다. 그 순간 어떤 이의 삶은 나보다 몇천 배 더 배고프고 힘들고 아팠을 것이다. 현실 속에서 타인을 보고 이해하며 함께 꿈을 꾸는 것은 바보라고 생각했다. 하지만 속은 다른 사람과 소통하지 못해 고립되고 외롭고 아팠다. 내가 꾸는 꿈은 세상은커녕 나 하나도 더 성장시키지 못하는 꿈이었다. 그건 꿈이 아니었다. 꿈은 현실을 뛰어넘을 수 있는 꿈을 꿔야 한다. 꿈은 나 혼자만의 이야기가 담긴 한 페이지가 아니라 모두의 꿈을 담을 수 있는 책이 되어야 한다. 나의 이기적인 꿈은 한 페이지는커녕 한 단어 한 글자도 담지 못했다. 이제 다른 사람과 소통할 수 있는 꿈을 꾸려 한다. 하지만 그 순간 현실이라는 벽에 부딪힌다. 지금의 세상은 꿈을 꾸는 사람을 이상과 환상 속에 살며 현실을 직시 못하고 현실에 등 돌린 사람처럼 바라본다. 문 안에서 잔치가 벌어질 때 문 밖에서는 배고픔에 지치고 죽어가는 이 미쳐 돌아가는 세상에서, '정상인' 들은 꿈을 꾸고 꿈을 쓰고 꿈을 사는 사람을 '미친 사람' 으로 본다. 그리고 시간 낭비, 헛된 꿈이라며 비웃는다. 하지만 눈앞에 잘못된 것이 보이는데 침묵하고만 있어야 할까? 옳지 않는 진실이 번성하도록 가만히 놔두어야 할까?

그러기에 나는 미친 사람이 되고 싶다. 돈키호테는 아무리 잘 봐주어도 미친 사람이다. 풍차를 보고 거인이라고 하며 달려가고 주막을 성이라고 하며 현실의 사실들은 상관없이 자신만의 세계에서 꿈을 꾸고 현실을 바라보며 살아간다. 하지만 우리는 돈키호테가 현실에서 끝없이 좌절하면서도 자신의 꿈을 절대로 버리지 않고 있음을 볼 수 있다. 돈키호테가 바라보는 세상처럼 우리들의 세상에서 간교한 요술이 진실을 흩뜨리려 한다 해도, 꿈을 꾸고 노력하는 것은 숭고하게 남을 것이기에, 나는 타인의 아픔에 함께 아파하지 않고 함께 꿈꾸려 하지 않는 정상인보다는 미친 사람이 되고 싶다. 뮤지컬에서 '정상인들' 에게 돈키호테는 말한다.

> "세상이 미쳐 돌아가는데 누구를 미치광이라 부를 수 있을까? 꿈을 포기하고 이성적으로 살아가는 것이 미친 짓일 것이오. 쓰레기더미에서 보물을 찾는 것이 미쳐보이나요? 아님 너무 똑바른 정신을 가진 것이 미친 짓이오? 그중에서도 가장 미친 것은 현실에 안주하고 꿈을 포기하는 거라오."

Ecotopia

에코토피아

"혁명의 목적이 무엇입니까? 그것은 분명 사람들을 행복하게 하자는 것입니다. 행복한 나날의 일이 없이는 행복이란 불가능한 것입니다."

—윌리엄 모리스 『에코토피아 뉴스』 중에서

에코토피아(ecotopia)는 생태주의(Ecological)와 이상향(Utopia)을 합친 말로 생태적 이상향을 뜻합니다. 더 아름다운 세상을 만들어나갈 오늘의 작은 혁명가들에게 좋은 먹거리를 제공하고자 하는 작은 식당의 이름입니다. 에코토피아는 책을 읽으며 윤리적이고 친생태적인 삶을 살고자 고민하던 인디고 아이들이 직접 기획하고 이름 지은 식당입니다.

작은 혁명가를 위한 작은 식당

에코토피아는 생태적 이상향을 꿈꾸는 공간입니다.

에코토피아(ecotopia)는 생태주의(Ecological)와 이상향(Utopia)을 합친 말로 생태적 이상향을 뜻합니다. 더 아름다운 세상을 만들어나갈 오늘의 작은 혁명가들에게 좋은 먹거리를 제공하고자 하는 작은 식당의 이름입니다. 에코토피아는 책을 읽으며 윤리적이고 친생태적인 삶을 살고자 고민하던 인디고 아이들이 직접 기획하고 이름 지은 식당입니다.

에코토피아는 채식식당입니다.

손쉽게 먹을 수 있는 인스턴트 음식인 햄버거에 들어간 육우 사육을 위해 열대우림이 파괴되고, 결국 우리 지구를 황폐하게 하고 있다는 '햄버거 커넥션'. 이러한 반-생태적인 고리를 끊는 것, 그것이 바로 '채식'입니다. 단순한 기호의 문제가 아닌, 지나친 육류 섭취로 인해 발생한 문제를 해결하기 위한 윤리적인 운동인 것입니다. 즉, 채식은 생명과 평등, 공동체와 정의를 실천하기 위한 방법입니다. 에코토피아는 바로 이러한 가치들을 실천하고자 합니다. 에코토피아는 채식 외에 유기농, 지역재료, 제철 음식을 요리합니다.

혁명의 진원지, 에코토피아

> "혁명의 목적이 무엇입니까? 그것은 분명 사람들을 행복하게 하자는 것입니다. 행복한 나날의 일이 없이는 행복이란 불가능한 것입니다."
>
> —윌리엄 모리스, 『에코토피아 뉴스』 중에서

혁명은 매일매일, 조용히 조용히 나부터 해야 합니다. 지금보다 소박하게 살게 되기를, 나보다 이웃을 먼저 생각하게 되기를, 이 땅의 아이들이 입시에 눌려 고통받지 않고 맘껏 자신의 꿈을 밀고나가게 되기를, 이 지구에서 함께 공생하는 삶이 지속될 수 있기를 꿈꾸고 실천하는 것이지요.

말할 수 없는 자들의 작은 목소리가 진실로 꾸준히 다가가면 그 목소리가 전해질 것이라는 것을 믿습니다. 에코토피아가 이 자리를 지킴으로써 정의로운 세상을 꿈꾸고 새로운 역사를 만들어 낼 수 있다고 믿습니다. 그리고 마지막으로 이 믿음으로 에코토피아를 지켜야 한다는 것을 그리고 세상이 바뀔 것이라는 것을 믿습니다.

남김없이 먹는 식당입니다

음식물 쓰레기 처리비용 4천억 원, 식량자급률 30%, 사료용 곡물수입 의존도 96%, 사료용 곡물수입 비용 연간 2조 원. 오늘날 우리의 현실입니다. 하루에 1만 5천여 톤의 음식물 쓰레기가 발생하고, 그 가운데 1만여 톤 이상은 매립, 1~2천 톤 정도는 재활용됩니다. 그러나 음식물 쓰레기는 80% 이상의 수분을 함유하고 있어 분리수거나 처리과정에서 수질오염물질을 만들어내고, 매립처리할 경우 악취가 발생하며, 고농도 침출수가 발생하여 대기, 수질, 토양, 지하수 오염을 유발합니다. 소각처리 시에도 수분함량으로 인해 불완전연소로 유해물질을 배출합니다.

각종 오염문제를 거론하시 않더라도 지금, 이 순간에도 지구 어느 편에서 누군가는 기아와 질병으로 고통받고 있습니다. 타인의 고통에 대한 상상력을 발휘하여 그것을 내 것으로 껴안기에 음식을 함부로 남길 수 없습니다. 쌀 한 톨에 물과 햇볕과 바람과 흙의 정성, 그리고 농부의 땀방울이 스며 있다는 것을, '나락 한 알 속에 우주'가 들어 있음을 알기에 한 톨의 작은 우주 하나도 함부로 버릴 수 없습니다.

• 모든 수익금은 네팔 타나훈 지역의 도서관 건립을 위해 쓰입니다.

• '나눔 밥상'

나눔 밥상은 에코토피아에서 한 달에 한 번 할머니, 할아버지께 무료급식을 하는 행사입니다. 사회에서 소외된 할머니, 할아버지께 인사를 드리면서, 또 소박하지만 따뜻한 밥 한끼를 대접하며 '나눔'이 무엇인지 실천합니다. 이 기획은 단순히 노인을 위한 봉사활동이 아닙니다. 우리가 사회에서 함께 살아가고 있는 소외된 자들에 귀 기울이는 것이고, 오랜 세월을 통해 축적한 지혜를 공유하는 생명의 교감입니다. 또 이렇게 나누면서 더 많은 사람들이 행복해질 수 있다는 것을 경험하는 것, 또 그 사람들의 행복이 나에게 또 하나의 행복으로 돌아온다는 것을 만드는 하나의 문화입니다.

내가 에코토피아에 가는 이유

•• 2010.3.2

권지현

저는 에코토피아에서 자원봉사를 하고 있는 학생 권지현입니다. 수능을 마치고, 넘치는 시간을 주체할 수 없어 무작정 집에서 나서 발걸음을 하게 된 에코토피아! 이 예쁜 곳에서 자원봉사를 하다 보니 1,2월이 지나고, 벌써 3월이네요. 에코에서 보낸 시간은 행복했고, 지금도 정말 행복합니다.

에코에서 일하면서 조금 뜻밖에도 사람들이 음식을 먹는 모습 말고도 열띤 토론을 하시는 모습이나 이야기를 나누는 모습, 회의를 하는 모습들을 볼 수 있었습니다. 그런 모습들을 보면서 제가 이번에 깨닫게 된 사실이 있습니다.

인디고 서원에서 일하는 분들이나 학부모님들이 이야기하는 것을 듣게 되면 (일부러 들으려고 한 건 아니에요……), "왜?"라는 물음을 참 자주 하십니다.

우리는 왜 이 회의를 해야 하는가, 우리는 왜 이 책을 읽어야 하는가, 나는 왜 그 사람을 만나야 하고, 왜 그곳으로 가야 하는가…… 이 '왜'

라는 질문에 답할 수 있어야 지금 하고자 하는 일의 목적을 잘 달성할 수 있다는 말은, 제가 어떤 일을 하더라도 꼭 명심해야 할 말이 되었습니다.

너는 왜 에코에 오니?

에코토피아에서 자원봉사를 하며 여러 번 이 질문을 받았습니다. 그때마다 "재미있어요. 일하는 거"라고 했었는데 좀 더 구체적이고 분명하게 이 질문에 답을 할 수 있어야겠다는 생각이 듭니다. 그래서 자신한테 물어봤습니다.

나는 왜 에코에 가지?

첫째 이유는, 사람들이 보고 싶어 갑니다. 에코에서 일을 하면서 많은 손님들을 만나요. 그중 자주 뵙는 분들도 계시죠. 카레가 정말 맛있는지, 아님 먹는 양이 정말 많으신지, 매번 두 그릇을 드시는 분. 항상 녹차 라떼를 드시는 분. 그분이 멀리서 오시는 것이 보이면 벌써 우유를 데울 준비를 한답니다. 또 토, 일요일이면 학생들이 우르르 옵니다. 그 학생들과 짧게나마 대화를 나누기도 하죠. 언뜻 보면 싸우는 것 같아 보이기도 하는, 열띤 토론을 하시는 학부모님과 선생님들. 그중 한 분에게는 고추장 없이 나물이 많은 비빔밥을 드려야 되죠.

그리고 함께 에코에서 일하는 인디고의 소녀, 소년분들…… 내가 무척 닮고 싶은 소녀, 거침없는 솔직함과 따스함, 그리고 정말 예쁜 두 딸을 가진 어른 소녀. 부담스러운 큰 눈, 큰 키를 가진 소년, 언제나 노래를 흥얼거리는 소년. 예술을 사랑하는 소녀, 영화 〈멋진 하루〉를 좋아하는 소녀. 웬수 같은 입이 문제라던 소녀, 커피를 좋아하는 소녀.

알게 모르게 나와 공통점이 많은 소년, 얘기가 잘 통하는 소년. 나의 옷과 신발을 점검하던 소년, 한꺼번에 호두를 다 먹어버릴까 걱정되는 소년. 한국 정장(=한복)을 입고 다니는 소년, 나의 선배이자 교수님인 소년.

이분들이 보고 싶어 갑니다. 더 잘해드리고 싶고, 편안하게 해드리고 싶은 마음에 갑니다. 함께 있을 때면 웃음이 나고, 장난치고 싶고, 즐거운 마음에 내 다리가 에코로 향합니다.

두 번째 이유는, 에코는 나에게 과제를 주기 때문입니다.

에코에서 자봉을 하고 집으로 돌아오는 길이면, 에코에서 있었던 일들을 다시 되돌아봅니다. 오늘은 어떤 실수를 했었는지, 내가 한 행동 중 누군가를 불쾌하게 한 행동은 없었는지, 새롭게 배운 것은 무엇이 있는지 하나하나 떠올려 봅니다. 또 잘한 행동, 즐거웠던 일들도 떠올리며 혼자 피식 웃기도 합니다.

이렇게 생각을 해보다, 혼자서 풀리지 않는 고민들도 있습니다. 가령, 손님이 음식을 사드시지는 않고, 그냥 좀 앉아 있다가 가도 괜찮겠냐고 묻는다면 어떻게 대답해야 할까……저는 이런 고민들이 에코에서 자봉하면서 얻는 소중한 과제라고 생각합니다. 문제들에 대해 함께 일하는 동료에게 의견을 물어보기도 하고, 부모님께 여쭤보기도 하며, 조금씩 답을 찾아갑니다. 이런 고민과 경험을 가질 수 있게 해주는 자원봉사의 기회에 오히려 감사합니다.

세 번째 이유는, 에코토피아에서 내 꿈을 실천할 수 있기 때문입니다.

고1때 『희망의 밥상』을 읽었습니다. 그리고 평소 먹는 음식을 새롭게 보았습니다. 내 입으로 들어가는 이 음식이 어디에서 났는가, 어떤 과정을 거쳐 우리 집 식탁 위에 오게 되었나, 내 몸에 이상을 일으키지는 않는가, 자연을 파괴하진 않는가. 그 이후로 밖에서 먹을 때도 어떤 음식을 먹어야 할지 까다로워졌습니다. 고기를 넣지 않고, 내 고장에서 난 재료, 유기농 재료로 음식을 만드는 곳, 그런 곳이 없을까 궁금했습니다. 번화가로 나가 주위를 둘러봅니다. 여길 가보고 저길 가봐도, 맥도날드, 베스킨라빈스, 스타벅스, 던킨도너츠…… 어딜 가도 똑같은 음식점뿐입니다. 이것들이 없는 거리가 없습니다. 내가 발을 들이고 싶은 곳이 없습니다. 그래서 계획했습니다. 나 스스로 식당을 열겠다고.

이러한 제 꿈을 그대로 실현하고 있는 곳이 바로 에코토피아입니다. 그래서 에코토피아에 갈 때마다, 제가 그토록 원하던 식당을 벌써 열린 것 같은 기분이 듭니다. 에코를 제가 연 식당이라 착각하고 자원봉사을 하러 갔었는지도 모릅니다. 아마 앞으로 제가 열게 될 식당은 에코를 많이 닮아 있을 것입니다. 아니 어쩌면 에코토피아 제2호점일지도 모르겠습니다.

이상 세 가지 정도로 '내가 에코에 가는 이유'를 적어봤습니다. 속으로만 품고 있던 이유들을 이렇게 글로 적어보니, 꿈을 이루겠다는 열정이 더욱 끓어오릅니다. 앞으로도 에코에 자봉하러 꾸준히 가려고 합니다. 그래도 괜찮겠죠? 여러분도 함께하시면 대환영입니다.

무엇입니까? 그것은 분명 사람들을
나날의 일이 없이는 행복이란 불가능한
open
PM

4

Indigoground

주제와 변주

Theme and variations

5월에 하는 음악 수업 중에 김정환 시인이 쓴 『음악이 있는 풍경 I』의 1장 제목은 '주제와 변주' 입니다. 1998년인가 이 책을 처음 만났을 때 시적인 문체와 어우러진 음악해설이 너무나 맘에 들어 그 이듬해부터 수업하기 시작하였습니다. '주제와 변주' 는 음악의 형식 이름이지만 우리 삶의 어디에나 주제는 있기 마련이고 개인에 따라 다양한 변주는 이루어지는 것이니 참 어울리는 멋진 이름이라 생각하던 중 아람샘 수업을 하는 모든 학생들이 다함께 모여 토론의 장을 한번 만들어야겠다는 생각으로 첫 번째 '주제와 변주' 를 하게 되었습니다.

학생들이 자발적으로 주제와 변주 준비위원회를 만들고 우리가 함께 읽은 책 중 가장 만나뵙고 이야기 나누고 싶은 선생님들을 정하고 그리고 그 뜻을 진실하게 전할 편지를 써서 메일로 보냈을 때 참 좋은 이 땅의 어른들이 흔쾌히 기꺼이 우리의 초대에 응해주셨습니다. 진실하고 순수한 학생들의 초대에 바쁜 시간을 쪼개어 다녀가신 선생님들 또한 한결같이 진실하고 순수한 마음으로 오신 게 분명했습니다. 그렇지 않고는 매번 우리의 자리가 그렇게 진지하고 행복할 리가 없습니다.

아름다운 당신

•• 2003. 5. 23

야사 하이페츠의 연주로 들었던 비탈리의 〈샤콘느〉는 현으로 절망을 빚어내어 그 슬픔의 감정의 심장을 도려내고 머리털이 쭈뼛 서는 최후의 순간까지도 음악은 위대하고 아름다운 성역임을 알게 해준 최초의 곡이었습니다. 아름다운 당신, 이라고 당신은 이번 주 편지 써야 합니다. 어떤 음악을 들었는지 사랑하게 되었는지 정말 궁금하군요.

아름다운 당신, 5월입니다. "웬 아이가 보았네 들에 핀 장미화……" 슈베르트 곡인가요. 나는 지금 노래 부릅니다. 두 손을 앞으로 모으고 아이 때처럼 노래를 부르던 행복한 순간 속에 다시 가봅니다.

교정에 들장미가 아직 환하게 피어 있나요, 메마른 교정에 샘물 같은 동무랑 나란히 걸으며 미래에 펼쳐질 아름다운 삶에 대하여, 혹은 존재의 본질이나 영혼에 대하여 눈물 흘리며 대화하나요, 누군가를 미치도록 사랑하게 되면 난 이렇게 해야지 하며 달콤하고 사랑스런 설레임도 갖고 있나요, 매일 편지 쓰나요, 행복하나요.

진중권의 독설 속에서도 빛나는 예지를 볼줄 아는 아름다운 당신, 『한계전의 명시읽기』에서도 아름다운 시 한 줄로 마음에 꽃을 심는 당신, 이 모든 순간이 우리 생의 아름다운 연주임을 알고 있는 당신, 나와의 협주를 귀하게 여겨주는 당신, 힘들어도 그 수고로운 노동을 감사히 여길 줄 아는 당신, 세상을 향해 정의로운 걸음을 용감하게 내디딜 줄 아는 당신, 웃음과 눈물이 넘치는 속살 고운 감성의 당신, 5월의 여신이 축복할 것입니다. 나의 아름다운 당신.

'주제와 변주'는 음악의 형식 이름이지만 우리 삶의 어디에나 주제는 있기 마련이고 개인에 따라 다양한 변주는 이루어지는 것이니 참 어울리는 멋진 이름이라 생각하던 중 아람샘 수업을 하는 모든 학생들이 다함께 모여 토론의 장을 한번 만들어야겠다는 생각으로 첫 번째 '주제와 변주'를 하게 되었습니다.

학생들이 자발적으로 주제와 변주 준비위원회를 만들고 우리가 함께 읽은 책 중 가장 만나뵙고 이야기 나누고 싶은 선생님들을 정하고 그리고 그 뜻을 진실하게 전할 편지를 써서 메일로 보냈을 때 참 좋은 이 땅의 어른들이 흔쾌히 기꺼이 우리의 초대에 응해주셨습니다. 진실하고 순수한 학생들의 초대에 바쁜 시간을 쪼개어 다녀가신 선생님들 또한 한결같이 진실하고 순수한 마음으로 오신 게 분명했습니다. 그렇지 않고는 매번 우리의 자리가 그렇게 진지하고 행복할 리가 없습니다. 다녀가신 선생님과 초대할 선생님께 보낸 저의 유일한 두 글은 학생들의 마음과 다르지 않습니다.

"주제와 변주(Theme and Variations)는 한 달에 한 번씩 개최하는 인디고 서원 고정 세미나의 이름입니다. 대형 서점의 저자 사인회나 책을 홍보하기 위한 것이 아니라, 지역에서 문화적으로 소외된 청소년들을 위한, 작고 소박하지만 진실을 알고자 하는 청소년들의 진지한 대화와 토론의 자리입니다."

우리 삶을 변혁하는 것이다

•• 2004.7.19

이민석

저는 오늘 외도에 다녀왔답니다. 아주 행운이었던 것 같아요. 우리 모두가 토요일에 한 사유들과 그 소중한 이야기들을 도시의 삭막함과 번잡함에 방해되지 않고 너무나도 아름답고 깨끗한 섬에서 다시 한 번 정리하고, 음…… 내면화라고 해야 할까요? 나의 주제에서 생겨난 새로운 변주들을 내 삶의 기초들로 쌓고, 행동하기 위해서 많은 생각들을 했습니다.

어제 토론 중에 나왔던 이야기이지만, 여러분, 지행합일이라는 말 아시죠? 말 그대로 말했던 것을 나의 생활에 직접 실천한다는 것인데, 그게 얼마나 어려운 일인가요? 마찬가지로 깊은 생각이나 성찰이 없는, 다짐이나 내면화가 없는 담론은 그 시간의 추억, 기억에 유리되어 우리의 실천 속에서 우러나오지 않습니다.

우리가 장장 여섯 시간 동안 가치관 등 여러 가지 논제에 대해서 토론했다고 해서, 여러 사람의 의견을 듣고 내 공책에 적었다고 해서 그걸로 행복한 시간이었다, 아깝지 않았던 시간이라고 덮어두거나 하나의 지나간 과거로 생각하지 마십시오.

우리의 여섯 시간 동안의 이야기는 과거이자, 현실이자, 미래가 될 것입니다. 여러분의 어느 행동에도(사랑에도, 일상에도) 가치관이 반영될 것이고 또다시 그 행동들은 여러분의 새로운 변주를 만들어내어 여러분의 주제(Theme)를 더욱더 풍성하게 할 것입니다.

들뢰즈가 책은 '외부'를 갖는다고 말했죠. 그렇게 보면 당위적으로 책은 그 각각의 피부와 접속하여 작동하며, 그때마다 상이한 효과를 생산해야 합니다. 그래서 그들은 말합니다. 책은 '기계'라고. 따라서 책을 읽는 것보다 더 중요한 것은 그것을 '기계'로 이용하는 것이라고.

우리도 우리의 논의나 사유를 어린왕자의 그 비밀스러운 노트에 그 페이지 하나하나에 가두어놓지 맙시다. 마르크스는 이렇게 말할지도 모르겠군요. "우리는 지금까지 우리 삶(주제)을 여러 가지 방식으로 해석해왔다. 그러나 중요한 것은 그것을 변혁(변주)하는 것이다!"

아람샘,
인디고 그 반가운 이름이여

"화초는 느낌도 움직임도 사람에 미치지는 못하지만, 본래의 성품과 기르는 묘법을 터득하지 못하고, 습하게 할 것을 마르게 한다든지 차게 할 것을 따뜻하게 하면 반드시 시들어 죽을 것이니 어찌 다시금 아름답게 피어나는 화초의 참 모습을 볼 수 있겠는가? 하찮은 식물도 이러하거늘 어찌 사람의 천성을 어기어 그 마음과 형체를 괴롭힐 수 있겠는가? 내 이제야 양생하는 법을 알았노라."

삶에서도 가르침에서도 가장 중요한 것은 '나'를 아는 일입니다. 가장 쉬운 듯하면서도 가장 어려운 일이기에 전 평생을 이 일에 골몰하고 있습니다.

대학에서 학생들을 가르치는 제가 청소년을 위한 인문학 서점 '인디고 서원'과 그 진한 사랑을 이해하고 따르는 '인디고 아이들'에게 부러움을 가지는 이유도 다름이 아닙니다. 우리 삶에서 가장 중요한 것들을 나보다 미리 알고, 유유히 헤엄쳐 나가는 것 같아서 때론 부끄럽고 때론 부럽습니다. 때론 격랑과 싸워야 할 때도 있겠지만 그 또한 앞서가는 자들만이 누릴 수 있는 특권이오니 생채기를 훈장으로 여기고 버텨 나가셨으면 합니다. 스스로 정한 방향대로 열심히 책을 읽으며, '나'를 찾고 나의 미래를 발견하시기 바랍니다.

꽤나 오래 아람샘을 찾았습니다. 그 세월 동안 아람샘은 맑고도 깊은 본연을 잃지 않고 있네요. 그 샘물이 대한민국을 풍요롭게 하리라 확신합니다. 이 샘물을 마신 사람들 가운데, 한여름에 문을 꽁꽁 닫고 앉아 "앞선 사람들의 글을 읽으니 나도 모르게 온몸이 시원해지는" 느낌을 얻는 사람들이 많이 나올 것으로 믿습니다. 맑은 샘, 아람샘과 지혜의 눈 '인디고 아이들'이 배움의 맥을 이루고, 흙탕물 세상의 흙들을 가라앉히어 지혜롭고 맑은 이 시대의 동량이 되어가길 바랍니다.

아람샘에서 늘 한 수 배우는, 황병익 드림

여러분은 진정 살 만한 가치가 있는 삶을 살아가리라 믿어요.

여러분을 만났던 일이 내게 너무도 아름다운 기억으로 남아 있어요. 이 말을 관례적인 표현으로 받아들이지 말아주시길. 나는 여러분을 만나고 나서 교실붕괴, 공교육의 종말 등 우울하게 회자되는 이야기들이 얼마나 과장된 위기담론인지를 깨닫게 되었어요. 여러분이 내게 보여주었던 것은 오히려 주체할 수 없이 넘치는 희망이었어요. 조금 논리를 비약시키자면 중등학교가 문제가 아니라 대학이 문제라는 생각이 들었다는 거지요.

어쨌든 최소한 한국의 중등교육은 인디고의 벗들의 그 빛발치는 가능성을 꺾어놓을 만큼 엉망은 아니라는 것, 그것만으로도 나는 아직 공교육에 희망을 갖게 되었어요. 그러나 영민한 우리 인디고 벗들이 누구보다 잘 알겠지만, 아직도 한 사람의 주체적 영혼으로 성장해 나가는 도정에 도사리고 있는 함정들은 너무도 많지요. 능력을 계량화하고, 인격마저 서열화하는 경쟁지상주의의 산업사회에서 인디고 벗들처럼 탁월하면서도 순수한 영혼들이 입을 상처, 당할 고통을 생각하니 가슴이 답답해져 오네요. 그러나 여러분은 또한 슬기롭고 현명하니 그런 장애들을 지혜롭게 잘 돌파해나가리라 믿어요.

어쨌든 여러분은 축복받은 사람들이에요. 타고난 능력도 능력이지만 그런 능력을 찾아서 밝혀주고 자극해서 키워주는 인디고를 만났으니까요. 좋은 선생을 만나는 것은 인생의 가장 큰 행복 중 하나예요. 여러분이 바로 그런 행운아예요. 앞으로도 여러분을 가르칠 많은 교사들을 만나겠지만, 아람샘 같은 선생을 만나는 행운은 오지 않거나 오직 드물게만 온다는 것을 곧 깨닫게 될 거예요. 나는 아람샘의 눈빛을 보는 순간, 어떤 비범함을 느꼈어요. 평범한 교사들에게는 찾아볼 수 없는 어떤 결기 같은 것, 그런 것을 느꼈어요. 그 결기는 아마도 세상의 타락한 교육을 향한 어떤 분노였던 것 같아요.

아무튼 여러분은 어떤 점에서 인생의 가장 치열한 성장기에 좋은 선생을 만나 가르침을 얻고, 뛰어난 인디고의 벗들을 만나 관포지교를 나눌 수 있다는 것, 이 행운을 나중에도 두고두고 축복으로 느낄 거라고 확신해요.

그리고 여러분에게 부탁하는 것은 인디고를 끝까지 지켜달라는 거예요. 그 정신을 지키고 그 전통을 지켜내야 해요. 여기에는 한 개인의 문제를 넘어서는 상징적 맥락이 걸려 있어요.

입시지상주의에 내몰려서 모두가 서울대학교라는 골인 지점을 향한 트랙에서 정신없이 달리기를 하는데, 여러분은 인문학의 고전들에 대한 다양한 독서체험, 자유로운 사색, 서정적 감성의 교환, 창의적인 논리로 맞부딪치는 토론 등 그야말로 전인적 교양과 총체적 비전으로 무장한 아름답고 향기로운 인간의 길을 천천히 내딛고 있죠. 그런 용기를 가진 여러분에게 나는 마음으로부터 우러나오는 힘찬 갈채를 보내드릴게요.

나는 여러분의 삶의 행로에 관심이 많아요. 확신컨대, 어디에서 어떤 모습으로 무엇을 하며 살아가든 여러분은 삶을 주체적으로 음미하면서 즐겁고 행복하게 살아가리라 확신해요. 소크라테스가 말했던 것처럼 여러분은 진정 살 만한 가치가 있는 삶을 살아가리라는 것을 어쨌든 나는 의심하지 않아요. 인생에서의 진정한 승리는 우선 살 만한 가치가 있는 삶을 사는 데서 찾아야겠죠.

인디고 벗들, 하고 호명하고 보니 너무도 반가워 주절주절 이야기가 길어졌네요. 인디고 개원 일주년을 다시 축하드리고, 아람샘, 그리고 용준 군을 비롯한 모든 인디고의 벗들에게 건강과 행운이 깃들기를 빌게요.

이왕주 드림

인디고 서원 한 돌을 축하하며

저는 지난 8월 20일, 처음으로 인디고 서원을 방문하여 우선 저의 서재와 같은 서원이 너무나 반가웠습니다. 물론 저의 누추하고 어지러운 서재보다는 훨씬 아름답고, 게다가 완벽하게 체계적으로 정리되어 있었지만, 그곳에 있는 책들이 부분 제 서재에도 있다는 의미에서입니다.

따라서 같은 책들을 읽고 있고 같은 생각을 하고 있다는 점에서 너무 반가웠습니다. 여러분이나 저나 외로운 처지이기에 더욱 그러했습니다.

그러나 더욱 반가웠던 점은 일반인이나 대학생은 물론 중고등학생 독자들을 최초로 만난 것입니다. 그런 똑똑한 어린 독자들이 있다는 사실에 저는 지금도 너무나 감격하고 있고, 돌아온 지 이틀이 지난 아직도 그 흥분을 가라앉히지 못하고 있답니다. 정말 너무 고맙고 반가웠습니다. 사실 저는 가령 『젊은 날의 깨달음』이라는 책이 어린 독자들에게 관심의 대상이 되고 있다는 사실을 처음 알았습니다. 저자로서 평생 처음 느낀 보람이었고, 앞으로 더욱 열심히, 더욱 좋은 책을 써야겠다는 결심을 하게 했기에 너무나 고맙습니다.

사실 누구나 그곳을 방문한 사람이라면 다 당연히 느꼈듯이 인디고 서원은 저 역시 어린 시절부터 꿈에 그린 이상적인 서원이었습니다. 서원을 만든 사람들의 마음과 생각과 철학이 담겨 있는 가장 이상적인 서점이었습니다. 그동안 우리 서점 문화의 천박성에 분노한 것을 처음으로 달래고 그러한 서점들이 더욱 많아지기를 충심으로 빌었습니다. 저는 인디고 서원이 미래 서점의 이상이 될 것을 조금도 의심하지 않습니다.

그것은 무엇보다도 허아람이라는 훌륭한 독서인이자 독서운동가인 분을 중심으로 여러 진지한 젊은 독서인들이 함께 동참하여 10여 년 이상 가꾸어온 꿈의 결실이라는 점에서 더욱 빛났습니다. 우리가 흔히 문화운동이라는 말을 하지만, 여러분들이 지난 10여 년 함께 책을 읽고 그런 서점까지 만들어낸 것은 참으로 어려운 문화운동의 모델이 아닐 수 없습니다. 그래서 인디고 서원의 한 돌을 맞은 축하이지만 여러분의

10여 년 독서문화운동에 대해 진심으로 축하를 드립니다.

저는 그 독서운동이나 인디고 서원이 지금처럼 작은 규모로 더욱 알찬 내실을 기하시길 진심으로 빕니다. 물론 규모를 더욱 크게 키워서 더욱 많은 독서인을 양성하는 것도 바람직한 일이겠지만 도리어 독서문화운동의 상징으로서 우뚝 서는 것이 더욱더 바람직한 일이 아닐까 하는 바람에서입니다. 앞으로 인디고 서원의 발전에 대해서는 당연히 여러분이 판단하시고 결단하실 일이지만, 지금까지 그런저런 문화운동에 조금 관여해본 경험에서 말씀드리자면 무엇보다도 마음이 맞는 동지들이 함께 대화하면서 양보다도 질을 추구하는 것이 바람직하지 않을까 하는 노파심에서입니다.

이미 많은 외부인이 경탄했듯이 여러분이 이루신 일은 정말 대단한 것입니다. 이 척박한 우리의 교육풍토나 문화풍토에 대해 가장 아름답고 의미있는 저항의 결실, 창조의 결실을 보여주시고 있습니다. 그것은 무엇보다도 제가 참석한 모임에서 사회를 본 중학생 독자를 위시하여 많은 중고등학생들이 너무나도 진지하고 성실하며 똑똑하게 독서로 인한 내면의 충실을 저에게 보여주었기 때문입니다. 그 어린 독자들이야말로 우리 미래의 주인공들입니다.

제가 쓴 평전의 주인공들 중에는 그들이 중고등학교 시절에 톨스토이를 비롯한 당대의 위대한 사람들과 편지를 나누고 대화를 한 사람들이 있습니다. 저는 그런 경험을 한 적이 없지만 이제 여러분은 그런 경험을 충분히 하고 계십니다. 물론 저 같은 저자야 그런 사람들에 포함되지 않겠지만 여러분은 언젠가 세계적인 저자들을 자주 만날 수 있으리라 믿습니다. 벌써 인디고 서원에서는 그런 계획을 세워두고 있다고 알고 있습니다.

입시지옥이니 출세지옥이니, 컴퓨터니 인터넷이니 하여 진지한 책읽기와 생각하기와는 너무나도 멀어지고 있는 이 사막 같은 시대에 인디고 서원은 정신의 오아시스로서 찬란하게 빛나고 있습니다. 물론 그만큼 더 어렵고 힘든 길을 겪어왔고 앞으로도 더욱더 그럴지 모르지만 여러분이 지핀 불길의 광휘는 결코 쉽게 사그러지지 않을 것입니다.

2005. 8. 22. 박홍규 드림

과거와 미래가 한데 어울려 꽃으로 피어나는 곳

인디고? 저는 미래가 그저 꿈으로만 있는게 아니라 살아 숨쉬는 곳이라는 생각을 했어요. 우리는 흔히 '청소년이 우리의 미래'라고 하지요. 그래 놓고는 지금 당장 급한 게 아니니 자꾸 미룹니다. 청소년은 미래가 아니라 현실이고 그들을 위한 일은 미래가 아니라 지금 해야 하는 것이지요. 미래를 위해 이렇게 하자고 떠들기만 하는 일이 인디고에서는 현실로 벌어지고 있지요. 그래서 너무나 아름답고 가슴 뿌듯했어요. 책은 사실 과거지요. 일단 저술하고 출판하는 데 시간이 걸렸으니까요. 하지만 책은 또 미래이기도 하지요. 미래를 준비해주니까요. 그 과거와 미래가 한데 어울려 꽃으로 피어나는 곳, 그곳이 바로 인디고라고 생각합니다. 다시 한 번 축하해요.

최재천 드림

진정한 꿈과 진리의 지킴이가 되어주세요

아름다운 청년들의 홈, 인디고 서원 1주년을 축하합니다. 여러분과의 만남을 아직도 소중하게 기억합니다.

손에 삽히고 눈에 보이는 것만을 추구하는 시대에 인문학의 힘을 믿는 여러분이 있어 고맙고 마음 든든합니다. 진정한 꿈과 진리의 지킴이가 되어주세요.

장영희 드림

이 세상에는 나를 알아주는 벗이 있어 아무리 멀리 떨어져 있다 하더라도 이웃과 같다

세상을 아름답고 살기 좋은 세상으로 만드는 것은 거창한 이념이나 치열한 투쟁이 아니라 어쩌면 담장 밑에 핀 민들레 한 포기처럼 한 모퉁이에서 제 역할을 충실하게 하는 것인가 봅니다.

부산의 한 작은 서점이 일으킨 민들레 꽃씨 하나가 꽃을 피워 여기저기 꽃씨를 날려 보내더니, 이제는 온 동네, 온 고장, 온 나라, 온 세계에 민들레 꽃 천지로 만듭니다. 여러분들의 몸짓이 그 어느 춤꾼의 춤보다도 아름답습니다.

원래 의미는 조금 다르지만 약간 변형시켜 시구 하나를 소개합니다. 왕발이라는 당 초기 시인인데 그의 시에 이런 구절이 있네요.

海內存知己, 天涯若比隣. 이 세상에는 나를 알아주는 벗이 있어 아무리 멀리 떨어져 있다 하더라도 이웃과 같다는 말입니다. 원래는 지방관으로 발령받아 떠나가는 친구에게 준 시인데, 의미를 확대시켜 본다면 세상 어디라도 알아주는 사람이 있고 뜻이 통하는 동아리가 있다는 말로도 생각해볼 수 있겠네요. 공자도 德不孤, 必有隣 "덕은 외롭지 않아, 반드시 어울리는 사람이 있으니!"라고 했지요.

여러분의 세상을 밝히려는 젊고 풋풋하고 열정이 넘치는 기운이 이 세상을 아름답게 만들고 그런 꿈을 꾸는 온 세상 사람들과 동아리를 맺고 어깨를 겯고 나아가게 되었습니다. 늘 여러분의 몸짓이 아름답게 펼쳐지고 고운 마음씨가 지구촌 여기저기 꽃씨를 퍼뜨려 활짝 꽃 피우는 것을 지켜보겠습니다.

여러분이 정말 아름답고 고맙습니다.

김태완 드림

〈주제와 변주〉 다녀가신 선생님

1회	인디고 서원
2회	이왕주 선생님
3회	진중권 선생님
4회	최재천 선생님
5회	한홍구 선생님
6회	박정대 신생님
7회	김용석 선생님
8회	강수돌 선생님
9회	박홍규 선생님
10회	김선우 선생님
11회	조병준 선생님
12회	황경신 선생님
13회	윤정은, 박기범 선생님
14회	도정일 선생님
15회	김홍희 선생님
16회	정재서 선생님
17회	김상봉 선생님
18회	김곰치 선생님
19회	박삼철 선생님
20회	성석제 선생님
21회	문중양 선생님
22회	함성호 선생님
23회	김정애 선생님
24회	연극 〈19그리고80〉
25회	박원순 선생님
26회	이상욱 선생님
27회	조국 선생님
28회	브라이언 파머 선생님
29회	강신주 선생님
30회	이득재 선생님
31회	남효창 선생님
32회	장회익 선생님
33회	강소연 선생님
34회	강영안 교수&브라이언 파머 선생님
35회	김태완 선생님
36회	김용규 선생님
37회	고미숙 선생님
38회	임헌우 선생님
39회	차병직 선생님
40회	김영준 선생님
41회	이근식 선생님
42회	장은주 선생님
43회	연정태 선생님
44회	도법 스님
45회	류점석 선생님
46회	소래섭 선생님
47회	김지은 선생님
48회	전중환 선생님
49회	강양구 선생님
50회	로렌스 앤서니 선생님
51회	임지현 선생님
52회	김민아 선생님
53회	최형선 선생님
54회	강우근 선생님
55회	채운 선생님
56회	백승종 선생님
57회	김기현 선생님
58회	정희재 선생님
59회	홍순관 선생님
60회	함규진 선생님
61회	김민웅 선생님
62회	Ink팀
63회	고규홍 선생님
64회	김용관 선생님
65회	남종영 선생님
66회	최성각 선생님
67회	강영준 선생님
68회	김연수 선생님
69회	오동준 선생님
70회	설흔 선생님
71회	박영택 선생님
72회	박종무 선생님
73회	모리 겐 선생님
74회	정혜윤 선생님
75회	장하성 선생님
76회	오종우 선생님
77회	최원석 선생님
78회	나태주 선생님
79회	김중미 선생님
80회	김영미 선생님
81회	안애경 선생님
82회	채인선 선생님
83회	김상욱 선생님
84회	김영란 선생님
85회	이한음 선생님
86회	윤구병 선생님
87회	이혜정 선생님
88회	이고잉 선생님
89회	이태용 선생님
90회	하지현 선생님
91회	이현우 선생님
92회	이만열 선생님
93회	김진택 선생님
94회	박솔 선생님
95회	김정후 선생님
96회	목수정 선생님
97회	창신강 선생님
98회	정은 선생님

Royals

정세청세

"청소년은 어떤 권력과 이익에 얽매이지 않은 정직한 생각을 할 수 있는 유일한 세대입니다. 청소년들이 인문학을 통해 서로의 생각을 나누고 배우며 소통하는 것은 더 좋은 세상을 만들기 위한 혁명의 시작이라고 생각합니다."

정세청세는 인디고 서원에서 주최하는 '정의로운 세상을 꿈꾸는 청소년, 세계와 소통하다'라는 이름의 청소년 토론 행사입니다. 2007년, 부산에서 시작한 이 행사는 5년이 흘러 2011년, 전국 12개 도시에서 같은 날 같은 시간에 진행되고 있습니다. 정세청세에서는 나 자신과 세상을 보는 눈을 키우는 다양한 영상을 함께 보고 자유롭게 토론합니다. 청소년 스스로 자발적이고 주체적인 개인으로 성장할 수 있는 토론과 실천을 통해 아름답고 정의로운 세상을 향한 가슴 벅찬 희망과 용기를 가슴에 품고 민주시민으로 성장하고자 합니다. 상대방을 이기기 위한 토론이 아니라 다양한 의견을 서로 존중하고 연대하여 공감하고 공생하는 가치를 실현하고자 노력하는 진정한 소통을 배우는 장이 바로 정세청세입니다.

우리가 꿈꾸는 정의로운 세상이 바로 이곳, 정세청세에서 시작됩니다.

정의로운 세상을 꿈꾸는 청소년, 세계와 소통하다

• • 윤한결

새의 운명이 나는 것이라면
물고기의 운명이 헤엄치는 것이라면
우리의 운명은 꿈꾸는 것이다

새의 세상은 하늘이고
물고기의 세상은 물속이며
우리의 세상은, 우리의 꿈이 닿는 곳.

새에게는 날개가
물고기에게는 지느러미가
우리에게는 소통과 연대의 힘이 있으니

꿈꾸는 청소년들이여 모여서 함께 꿈꾸자
새는 날개로써 하늘을 날고

물고기는 지느러미로써 물속을 헤엄치고

우리는 맑고 정직하고 간절한 목소리로 세상을 바꿀지니

우리는 이 땅의 눈 맑은 청소년들일지니

우리의 꿈과 열정이 변화를 만든다

•• 2007.10.23

김지현

청소년끼리 모여서 뭘 할 수 있을까, 좋은 이야기들을 나눌 수 있을까, 뭘 실천할 수 있을까 하는 물음과 걱정들이 처음엔 끊이질 않았습니다. 하지만 지금까지 제가 경험한 정세청세는 늘 새롭고, 열정적이고 꿈과 희망이 넘쳤습니다. 동영상을 함께 보며 같이 울고 웃고, 처음에 동그랗게 조별로 모였을 땐 어색했지만 시간이 지날수록 차츰차츰 친해지고, 격려도 해주고, 조언도 해주고, 이런 자연스러운 만남이 제겐 너무나 좋았습니다.

전 정세청세의 조별 토론이 끝날 무렵, 마지막으로 오늘 모임에 대해 돌아보는 시간이 가장 즐겁습니다. 처음엔 우리가 부딪힌 현실 앞에 무기력해지고, 좌절하지만 그러면서도 늘 꿈과 희망을 잃지 않는 청소년이 되겠다고, 오늘 느낀 걸 바탕으로 조그만 실천이라도 꼭 하겠다는 그런 친구들의 다짐을 들을 땐, 정말 이 세상에 혁명이 일어날 것만 같은 느낌이 듭니다.

현실이 너무나 거대하고 완강하게 버티고 있는 것처럼 느껴지지만,

정세청세를 다녀가는 수많은 친구들의 결심을 들으면서, 우리가 사회에 나갔을 때, 곧 몇 년 지나지 않아, 이 세상은 더 나은 세상으로 변할 수 있을 거란 생각을, 아니 확신을 갖게 되었습니다. 반드시 그렇게 될 것입니다. 지금 이 모임에 참여하는 우리가 그 변화의 주체로, 변화의 물결에 앞장설 것이기 때문입니다.

올해 우리에게 정세청세는 이제 두 번이 남아 있습니다. 남은 시간 동안 더 많은 친구들과 함께, 열정적으로, 뜨겁게, 서로 소통했으면 하는 바람입니다. 그리고 내년에도, 내후년에도 정세청세는 계속될 것입니다. 이젠 부산만이 아닌 전국의 청소년들이 모여 토론하는 문화가 활성화되어 더욱 많은 사람들과 멋진 꿈을 꾸는 세상을 만들어나갔으면 하는 바람입니다. 우리가 믿음을 잃지 않는 한, 계속 꿈을 꿀 것이고, 변화를 향한 우리의 발걸음도 작지만 조금씩, 조금씩 커져나갈 것입니다.

레인보우 운동

•• *2008. 6. 27*

박영하

정세청세 제3회에 참가한 후 저는 여러 곳에서 일명 레인보우(무지개) 운동을 펼치고 있어요. 저희 조에서 실천하려는 것들 중 몇 개와 청소년들이 실천하기 쉬운 몇 가지를 뽑아 총 7개의 운동으로 되어 있죠.

첫 번째, 급식 남기지 않기!

저희 반, 1-9반, 1-6반, 1-5반, 1-7반 모두가 동참해준 운동. 디카로 찍을 수 있었으면 좋겠지만, 저희 학교는 가지고 가지 못하게 해서요.

두 번째, 세 칸 운동

이건 정말 쉬운 운동인데, 말 그대로 휴지를 한 번에 세 칸씩만 사용하는 거예요! 저희는 학급휴지를 사용하는데, 세 칸에서 한 장 늘어날 때마다 벌금 500원! 총무가 돈을 너무 좋아해서 정말 눈에 불을 켜고 휴지를 지키는데 완전 무서워요!

세 번째, 창문 냉방 운동

학교에 있는 선풍기, 에어컨 등을 켜지 않고 창문을 이용하여 냉방하는 운동이죠. 저희 학교 모든 반이 실천하는 운동인데, 저희 학교는 산 속에 있고(시원해요!) 창문도 10개가 넘어서 모두가 참여해주고 있습니다. 처음엔 짜증도 냈었지만, 이젠 익숙해져서 바람이 얼마나 시원한지 알게 되었다고 하더라고요.

네 번째, 지각하면 벌칙휴지 5개 줍기

선도부에서 반가워하는 운동이에요. 지각하면 저희는 운동장을 순회하며 휴지(쓰레기)를 5개 주워와야 해요. 선착순 한 명이 먼저 5개를 주워오면, 나머지는 모두 다시 돌아가 그 두 배, 세 배의 쓰레기를 주워야 하죠. 좀 가혹할지도 모르지만, 지금은 그것 때문에 쓰레기도 줄고, 지각생도 줄고. 일석이조라니까요!

다섯 번째, 물통쓰기

저희 학교 각층엔 정수기가 2대씩 설치되어 있지만, 종이컵이 없어요. 대신 개인 물통을 쓰도록 해요.

여섯 번째, 차로 등교 금지

차로 등교하면, 선생님께 걸려요! 차를 타지 않으면 석유 값 걱정 끝! 덤으로 매연으로 인한 대기오염 걱정 끝!

마지막 일곱 번째는, 이 모든 것 열심히 실천하기!

이 모든 걸 머리로만 알고 있는 건, 누구나 할 수 있는 일입니다. 정세청세에 참여한 정의로운 세상을 꿈꾸는 청소년이, 다 함께 잊지 않고 열심히 실천해보는 것은 어떨까요?

2008년 정세청세의 마지막, 그리고 시작

• • 2008. 12. 22

정세청세 기획팀

오늘로 올해의 정세청세를 모두 끝났습니다. 사실, 내년에도 계속 할 것인데, 행사를 끝낸다고 표현하는 것이 이상하기도 하지만 어쨌든 2008년도의 기획팀으로서는 가장 기억에 남고 의미 있는 시간이길 바라는 마음이 생기는 것은 어쩔 수가 없었습니다.

마지막, 그리고 시작.

항상 마지막과 시작이라는 말은 의욕과 욕심과 그리고 열정을 불러 일으키는 것 같습니다. 정세청세 처음 시작할 때의 기획팀, 그리고 정세청세에 참여했던 모든 사람들을 생각해보면 지금의 마음과는 달리 해보고 싶은 것도 많았고 그래서 신선한 반면 어렵고 서툰 것도 많았습니다.

그러나 이제는 아침 9시 반에 모여서 준비하는 것이나 토론하는 것이 꽤 익숙해졌지만, 어쩌면 하나하나에 더 세심하게 신경 쓰지 않는 모습이 된 것 같아 부끄럽기도 합니다. 그렇기 때문에 마지막이란 말은 다시 시작할 수 있게 하는 힘을 가진 것이라 생각합니다.

늘 시작이 있으면 마지막이 있듯, 마지막이 있어야 시작이 있는 것 같습니다. 여러분도 오늘 처음 참여했든, 여러 번 참여했든, 좋은 친구를 만났든, 조원들이 별로 마음에 들지 않았든, 하고 싶은 말을 다 하고 왔든, 그렇지 않았든 세 시간 동안의 시간이 헛되지 않고 '새롭고' '강렬한' 기억으로 자리 잡을 수 있기를. 그래서 언제나 떠올리며 시작과 마지막을 잇는 and의 힘을 가지시길, 그리고 8회 정세청세에 참여한 모든 분들은 항상 잊지 않고 여러분을 부를(calling you) 수 있는 존재들로 살아가셨으면 합니다.

올 한해 수고한 우리 정세청세 기획팀원들, 올 한해 우리에게 관심을 가져준 많은 좋은 어른들, 청년들 그리고 무엇보다 올 한해 정세청세에 참여한 모든 청소년 여러분 감사합니다. 반가웠습니다. 즐거웠습니다. 저는 이러한 감사함과 반가움과 즐거움으로 우리가 정말 작더라도 변화를 일으킬 수 있으리라 굳게 믿습니다.

오늘 정세청세 괜찮았습니까? 여러분은 최고였습니다. 여러분을 늘 calling you하는 정세청세가 되겠습니다. 고맙습니다.

2009년, 정세청세의 또 다른 시작입니다

•• 2009.4.8

이윤영

2007년, 제가 고등학교 3학년 때입니다. (무려 2년 전의 일이 되었군요.) 그 당시 각 학년에 하나씩 프로젝트가 있었습니다. 그때, 한 해 후배였던 고2반 친구들이 '정세청세'를 기획했었지요.

아람샘과 수업하면서, "너희 반이 낸 책으로 정세청세를 같이 하자. 부산에서 부산 서울로, 부산 서울 대구로 이렇게 돌멩이가 연못에 던져져 동심원이 점점 퍼져나가듯이, 그렇게 점점 퍼져나가는 거야, 10명 남짓 모인 지금 이 교실에서 이야기되는 것이 100명의 아이들과 함께, 전국의 1천 명이 넘는 아이들과 함께 그렇게 전 세계 아이들과 함께 이야기된다면 세계가 어떻게 변하지 않을 수 있겠니 그거야말로 혁명이 아니겠니? 어때, 재밌겠지?" 라고 했던 것이 오늘 문득 기억이 납니다.

그때 온몸을 타고 흐르던 전율을 이제야 기억해냈다는 것이 참으로 무심하고 어리석다는 생각이 듭니다. 사실, 세계가 어떻게 변하지 않을 수 있겠냐라는 말에 몸서리치게 감동했던 것과 동시에, 가능하지 않을 것이라 생각했습니다. 저와 제 친구들이 해내기에는 너무나 거대한 일이고 또 막연한 일이라는 생각이 들었기 때문입니다.

하지만 그렇게 꿈만 같았던 일이, 이제 며칠 후면 현실이 되어 이루어집니다. 전국 6개 도시에서, 같은 날 같은 시간에 같은 영상을 보고 청소년들이 정의로운 세상을 꿈꾸며 세계와 소통하는 모습.

나와 같은 고민을 하는 친구들이 전국에 수백 명이 있다는 사실, 그리고 풀리지 않을 것 같은 고민들이지만 그 고민을 함께 해결해나갈 수 있는 청소년이 수백 명이라는 사실, 그렇게 세상에 혼자가 아니라 정의로운 세상을 만들어나갈 사람들이 수백 명이라는 사실. 그 사실이 우리의 삶을 얼마나 용기로 충만하게 할지는 감히 상상도 하지 못할 정도인 것 같습니다.

저는 정세청세의 6개 도시 동시진행이 쉽고 간단하고 아무렇지 않게 이루어진 일이 절대 아니라는 것을 알게 되었습니다. 정의로운 세상을 꿈꾸다 보니, 더 많은 친구들과 함께 꿈꾸어야 함을 깨달았고, 그 소통이 세계를 향해야 하고, 공존 가능한 것이어야 함을 깨달았기에 인문학적인 정신을 바탕으로 펼쳐져야 함을 언제나 마음속에 끓어오르는 열정과 바람으로 지니고 있었던 힘에 의해서 천천히 피어나는 것임을 알게 되었습니다.

여러분도 그 시간과 공간 속에 함께하시면서 온몸으로 그 변화와 흐름 속에 역동적이며 능동적인 주체가 되길 바랍니다. 그래서 함께 꿈을 꾸고 꿈을 소통하고 또 만남을 이어나가 세계를 변화시키는 그런 순간을 끊임없이 함께 만들어나가는 정세청세에서 만날 수 있었으면 좋겠습니다.

순천 가는 길

• • 2010.11.21

유진재

2010년 제7회 정세청세가 열리는 날. 새벽 어스름 속에 길을 나섰다. 아직 문을 열지 않은 가게들을 지나서 여기는 시외버스 터미널. 몸과 마음 사이의 분주함 속에 나는 왜 순천으로 가고 있는 것일까.

어느덧 1년이 다 되어간다. 차창 밖으로 무심히 하루를 시작하는 풍경 속에 문득 순천팀이 생각났다. 별로 보진 못했지만 정이라도 든 것일까. 구빈, 준태, 경원, 달래, 영석이. 첨엔 참 불안하기도 했다. 원래 하던 친구들이 빠져나갔고. 기획팀원 하겠다고 한 아이도 연락두절.

다른 지역에 비해 기획팀원의 숫자도 부족했고, 다들 바빴으며 팀내에서 싸움도 있었다. 돌아보면 우여곡절이 많았지만 그래도 어떻게든 1년을 잘해낸 이 아이들이 대견하다.

정.세.청.세

정의로운

세상을 꿈꾸는

청소년

세계와 소통하다

부산에서 처음 정세청세를 할 때의 설렘. 눈을 바라보고, 묻는 말에 대답하는 가장 기본적인 규칙, 평소엔 가슴속에 담아뒀던 조심스러운 말들. 뜨거운 가슴으로 하게 되는 새로운 생각, 그리고 그 생각을 실천으로 이어갈 신념, 그리고 언제나 함께 있을 친구들. 잘 안될 때가 참 많았다. 생각보다 호응이 적었을 때도 있었고 토론이 안 될 때도 있었다. 어떻게 하면 조별 토론을 잘할 수 있을까, 이번에 전체 토론을 무엇으로 하면 좋지, 주제는 뭐지? 어떤 이야기를 할까, 롤링 페이퍼는 해? 그렇게 사소한 것까지 고민하던 시간들. 이제는 외롭고 힘들게 혼자 하는 것이 아니라, 전국에서 함께하고 있구나.

갇힌 정체성에서 벗어나 스스로 마음과 영혼의 주인이 되는 것. 가슴 안에 있던 정의로운 세상에 대한 꿈을 나누고 거기로 나아가는 것. 어떻게 살아가야 하는지, 무엇이 진정으로 가치 있는 것인지, 아이들이, 청소년들이 이야기하기 시작하는 것.

이게 우리의 혁명방식. 서로 배우고, 함께 꿈꾸기.
그리고 실천하고, 나누기.
이것이 인문혁명이다.
그러므로 나는 혁명가다.

앞으로 우리에게 필요한 실천

• • 2011.1.18

신혜인

신생 지역 기획팀 여러분과 새로 들어온 기획팀 친구들에게 말씀드리겠습니다. 솔직히 제가 이 이야기를 조언하기에 주제 넘다고 여러 번 생각했습니다. 그러나 저도 많은 시행착오를 겪었고, 제 조언으로 여러분의 발전에 기여하고 싶다는 마음 때문에 글을 올립니다.

우선 책임감입니다. 아무리 열정적이어도 중간에 가면 분명히 나태해지는 경우가 있습니다. 한 회, 한 회, 조금이라도 나아지는 것이 진짜 발전이고, 엄청난 성과입니다. 너무 조급해하거나 슬럼프에 빠지지 마세요.

정세청세 조장 역할을 하다 보면, 진행을 매끄럽게 하지 못해 토론의 흐름이 잘 흘러가지 않을 때의 심정은 정말 바늘방석에 앉은 것 같습니다. 반면에 잘 진행될 때는 천군마마를 얻은 것처럼 그렇게 자랑스러울 수가 없습니다. 모두 각자가 준비한 만큼인 것 같습니다. 내가 얼마나 생각했는지, 고민했는지, 자신감을 얼마나 충전해왔는지에 따라 달라지는 거죠!

지금부터 말하는 건 정말 중요한 이야기입니다. 솔직히 처음에는 의지에 불타서 카페활동을 열심히 하지만, 나중에 개학하고 시험만 있으면 카페가 휑합니다. 가끔씩 두 달이 되어가도 글이 5~6개 올라오는 경우도 있습니다. 우리가 기획팀인 이상 단순히 우리의 사정으로 인해서 이런 저조한 참여도는 앞으로는 생기지 않았으면 합니다.

마지막으로 우리 모두 같이 정청을 이끌어갔으면 좋겠습니다. 모두 같이 회의하고 의견 나누고, 서로 간에 멋진 토론을 해서 모두가 함께 잘 해갔으면 좋겠습니다. 단순히 자신의 지역을 넘어서 모두가 같은 팀이라고 생각해서 여러 목소리를 듣고 싶습니다. 혹시 지역 내에서 문제가 생겼을 때, 물론 그 문제는 지역 내에서 해결해야 하지만 다른 지역사람들이 얼마든지 조언을 해줄 수도 있다고 생각합니다. 어떤 지역은 잘 되고, 어떤 지역은 뒤쳐지는 것을 조금씩 서로 도우며 줄여 나갑시다.

하나 더 추가해서 정세청세에 대해서 어떤 이야기라도 좋으니까 서로 고민하고 의견을 나눌 수 있는 대화를 들었으면 좋겠습니다. 그래야지 모두가 '아, 이런 의견도 있구나' 하고 고민하고 성장할 수 있으니까요. 다양한 의견은 다를 뿐이지 틀린 것은 아니지 않습니까? 정세청세를 하다보면 같은 이야기가 많이 겹칩니다. 아마 우리가 할 수 있는 범위가 한정적인 탓도 있겠죠. 새로 참가한 사람들을 위해 같은 내용을 다른 말로 이야기하는 것도 좋지만 새로운 아이디어를 내야 되는데 그 문제를 다함께 풀어나가는 것도 좋을 것 같습니다.

정세청세 기획팀 노하우

•• 2011.1.19

구빈

안녕하세요. 순천 기획팀 구빈입니다. 정세청세 기획팀의 어려운 점과 해결방법에 대해서 이야기를 나누었어요. 그 이야기를 다른 분들에게도 알려드리고 싶어 이렇게 글을 올립니다.

1 • 토론 시간이 부족한 것

항상 문제가 되는 것이 토론과 발표물 만들기 활동을 할 시간이 부족하다는 것입니다. 이에 대한 대안으로는 참가자들에게 영상을 먼저 보고 오기를 권하거나 행사가 시작되기 20~30분 전에 먼저 와서 영상을 볼 수 있게 하자는 의견이 나왔습니다. 그러면 바로 토론을 시작할 수 있도록 할 수 있으니까요.

2 • 처음의 어색함

매 회마다 처음 만나는 분들도 있고, 다시 만나는 분들도 있는데요. 그래도 어색하신 분들을 위해 기획팀원들이 먼저 인사를 나누거나 벽면에 전 회의 발표물 만들기 활동들을 붙여놓아 먼저 온 참가자들이 보실 수 있게 하면 좋을 것 같습니다. 한 해 정세청세의 주제들은 매 회마다 연관이 있으니, 전 회의 결과물을 본다면 토론을 할 때 연관지어 얘기할 수 있을 것 같아요. 그리고 기획팀원들이 약간의 유머를 준비해 분위기를 자연스럽게 그리고 어색하지 않게 만드는 것입니다.

그러나 가장 중요한 건 분위기를 자연스럽게 하되 느슨해지거나 지루해지도록 해서는 안 된다는 것입니다. 그라다보면 토론보다는 주제에서 어긋난 얘기를 더 많이 할 수 있기 때문입니다.

3 • 조 구성

팀장들은 매 회마다 조를 짤 때 나이별로 할지 아니면 나이에 상관 없이 할지 고민하게 됩니다. 연령별로 조를 짜는 것은 비슷한 경험을 토대로 토론을 할 수 있다는 점에선 좋은 것 같습니다. 그러나 제 생각에는 나이가 적거나 많다고 해서 수준이 높고 낮다고 생각하지는 않습니다. 제가 지금까지 바라본 결과 어린 학생들 중 저보다 대단하고, 더욱 더 열정적인 학생들을 봐왔습니다. 그 아이들을 통해 스스로 반성도 해보기도 했습니다. 그러므로 조를 짤 때는 나이를 적절하게 섞어서 조를 편성하여, 나이가 많은 학생 얘기를 어린 학생들이 듣고, 또 형들의 이야기를 동생들이 알아갈 수 있도록 우리가 더 노력하는 것이 맞다고 생각합니다. 나이는 그저 숫자뿐인 것 같습니다.

4 • 규칙

규칙은 지역의 특성을 살려 정하는 것이 좋을 것 같습니다. 지역마다 진행 방식과 사고 방식이 다르기 때문입니다. 규칙을 한 가지로 정해놓는다면 모순되는 지역이 꼭 나오기 마련입니다. 그러나 차이가 큰 규칙을 정한다면 분리된 듯한 느낌이 들기 때문에, 큰 틀을 전국 기획팀과 함께 정하되 세세한 부분은 지역에서 정하도록 하는 것이 좋을 것 같습니다.

5 • 홍보

가장 어렵고 중요한 것이 홍보입니다. 저희 지역(순천)은 작년과 재작년 학교에 포스터를 붙이거나 공문을 보내거나 도서관에서 홍보, 지역신문에 기사를 실어 홍보를 했습니다. 그러나 포스터나 공문은 선생님과 학생들의 관심이 적어 효과를 그리 크게 얻지 못하였고, 지역신문 역시 인지도가 낮고 구독자층이 어른들이라 효과가 크지 않았습니다. 그나마 도서관에서 홍보하는 것이 가장 효과가 컸습니다. 그러나 이 경우는 대개 어머니들이 반강제적으로 신청을 한 것이기 때문에 토론을 할 때 조용히 있거나 몇 마디 안 하고 심지어 딴 일을 하는 경우도 있었습니다.

그래서 제가 느끼게 된 것이 있는데요. 우리는 평소 인원을 채우기에 급급했습니다. 그래서 참여신청을 바란다는 문자를 보낼 때 순간의 친밀함을 이용해 권유하였습니다. 그러나 문자를 받는 입장에서는 그게 압박처럼 느껴졌을 수도 있다고 생각합니다. 그러므로 홍보도 물론 중요하지만, 정말 스스로 정말 꼭 오고 싶은 분들을 신청 받아 조금 더 밀도 있는 정세청세를 만들 수 있도록 노력해야 한다고 생각합니다.

그러므로 우리는 더욱더 준비를 열심히 해오시는 분들의 시간을 아깝지 않게 하고, 나중에 다시 참여하고 싶도록 하고, 그 분들이 다른 사람들에게 소문을 낼 수 있도록 최선을 다해 진행할 것 같습니다. 소문보다 좋은 홍보는 없잖아요.

LUCKY
MAKER

찾아가는 정세청세

청소년기는 나 자신이 의미 있는 존재라는 자존감을 느끼고 나만의 꿈을 갖는 것이 중요한 시기라고 흔히들 말합니다. 이런 시기에 집안사정이 넉넉지 않다는 이유만으로 자존감을 훼손당하고 꿈조차 가난해지는 청소년들에게 '나'에 대해 생각하고 미래를 꿈꾸게 하는 프로그램이 있습니다. 그것이 바로 '찾아가는 정세청세'입니다.

찾아가는 정세청세는 청소년들이 생활하고 있는 작은 공동체에서부터 소통의 불씨를 만들고 키워나갈 수 있도록 정세청세 기획팀이 직접 공동체에 찾아가 함께 정세청세를 진행하는 것입니다. 여건상 정세청세에 참가하기 어려웠던 친구들도 정세청세를 경험할 수 있는 기회를 제공하여 물리적인 시간과 공간의 한계를 뛰어넘어 더 많은 청소년들을 '소통의 장'으로 불러 모읍니다. 현재 저소득층을 대상으로 이루어지고 있는 교육현장을 살펴보면, 인문학을 바탕으로 '나'에 대해 이야기할 수 있는 기회는 그리 많지 않습니다. 서울 송파구의 '무지개빛청개구리 지역아동센터'에서 아이들과 함께 생활하고 있는 엄미경 선생님은 공부방 아이들에게 가장 필요한 것은 '자존감을 회복하는 것'이라고 말씀하십니다. 인문학을 공부하면서 '나'와 내 주변의 사람들, 그리고 이 사회에 대해 이야기하는 기회를 가지는 것이 이 행사가 나아가고자 하는 방향입니다. 이 과정을 통해 참가자들은 내가 하는 일 역시 내 주변의 사람들에게 영향을 끼친다는 것, 그리고 이 사회에 기여할 수 있다는 것을 깨닫게 됩니다.

찾아가는 정세청세는 대한민국에서 살고 있는 모든 청소년들에게 평등하게 열린 문화의 장이 되고자 합니다. 현재 진행하고 있는 서울시 송파구 무지개빛지역아동센터의 청소년들, 부산시 북구사회복지관의 아이들뿐만 아니라 더 많은 청소년들이 가슴 뛰는 소통의 기회를 가질 수 있었으면 좋겠습니다.

청소년 인문학 캠프 - 영혼의 선장, 운명의 주인

'정세청세'는 청소년을 위한 인문학 서점, 인디고 서원에서 주최하여 2007년부터 열리고 있는 '정의로운 세상을 꿈꾸는 청소년, 세계와 소통하다'라는 이름의 청소년 토론 행사로, 새 시대를 열어갈 주역인 청소년들이 모여 함께 고민하고 토론하는 청소년들의 자발적이고 주체적인 배움의 장입니다. 겨울방학을 맞아 특별히 소외 지역 청소년을 위한 행사로 새롭게 기획하여, 청소년들이 자존감을 회복하고, 수혜계층이 아니라 한 명의 인간으로서 삶의 당당한 주체로 거듭나게 하는 인문학과 토론의 장에 즐겁게 참여할 수 있도록 2박 3일 동안의 캠프를 기획했습니다. 입시교육을 위한 스펙이 되는 인문학이 아니라 진정한 나를 찾아가는 특별한 시간이 될 것입니다.

| **프로그램** |

1 • 강의 | 꿈꾸지 않는 자는 청소년이 아니다

2박 3일 캠프의 첫 번째 프로그램으로 캠프의 주제인 '내 삶이 가치 있는 이유'에 대한 주제로 청소년 시기에 인문학을 접하고 공부하며 가져야 할 꿈과 용기에 대해 이야기합니다.

2 • 대담 | 노엘, 자유가 되다

아프리카에서 가난하게 살아가지만 시를 읽으며 자신의 꿈을 키우는 노엘의 이야기 『물에 쓴 글씨』를 통해 자유로운 인간이란 무엇인지 이야기 나눕니다. 노엘과 같이 어려운 환경에 처해 있더라도 또는 노엘보다 풍요로운 생활을 하고 있더라도 '내 삶이 가치 있는 이유'에 대해 고민하고 답함으로써만 진정한 삶의 자유를 누릴 수 있다는 주제로 문학비평가 박대현 선생님과의 대담형식으로 진행합니다.

3—1 • 모둠토론 | 정세청세 2 우리가 꿈꾸는 정의로운 세상
: 사랑하기-정의

3—2 • 전체토론 | 세상을 바꾸는 아이디어 : ○★△ 플레이어

'정의로운 세상을 꿈꾸는 청소년, 세계와 소통하다'라는 말의 준말인 '정세청세'는 모둠별로 진행되는 청소년 토론회입니다. 캠프기간 중 둘째 날에 열리며 EBS 〈지식채널e〉 영상을 보고 토론을 합니다. 이 자리에서 청소년들은 모둠으로 모여앉아 주제에 대해 함께 고민하고, 자기 안에 있는 생각을 나눕니다. 이번에는 '선택하기-자유'라는 주제로 이야기할 것입니다. 스스로 '영혼의 선장, 운명의 주인'으로 살아가는 주체적인 개인이 되기 위해서 우리는 어떻게 해야 할까요? 우린 지금 진정 자유롭게 살고 있나요? 자유롭게 살아가려면 어떻게 해야 하나

요? 어떻게 하면 단 한 번밖에 없는 우리의 삶을 가치롭게 살아갈 수 있을까요? 이와 같은 물음들을 함께 나누는 자리가 될 것입니다. 정세청세에 이어서 '세상을 바꾸는 아이디어' 시간 동안에는 지금까지 캠프를 진행하면서 생각했고, 정세청세에서 토론한 내용을 바탕으로 창작물을 만들어서 발표하는 시간입니다. 토론을 정리하고, 또 그것을 표현해내는 작업에 함께 참여하고, 그것을 모두가 보는 앞에서 발표하는 활동을 통해 모두의 내적 성장을 도모하고, 지금까지 나눴던 논의를 이야기에 그치는 것이 아니라 구체적인 실천으로 이어갈 것입니다.

4 • 활동미션 | 어린왕자와 함께 나를 찾아 떠나는 여행

캠프 둘째날 오후 시간은 조별로 몸을 움직이며 미션을 수행하는 활동미션으로 이어집니다. 노엘이 자신의 삶을 '시' 를 통해 가치 있게 만들어갔듯, 지금 이 캠프에서 '내 삶이 가치 있는 이유' 라는 물음을 마음속에 담고, 그것을 찾고 있는 참여자 모두는 노엘입니다. 그런 노엘에게 소행성 B612호의 어린왕자가 찾아옵니다. 그리고 어린왕자는 노엘들에게 앉아만 있지 말고 여행을 떠나자고 하네요. 어린왕자를 따라서 노엘도 우주의 소행성들을 찾아갑니다. 어린왕자가 자기의 별을 떠나 다른 소행성들을 여행하며 여러 사람과 만나고 많은 것을 느꼈듯이 청소년들도 조원들과 함께 '내 삶이 가치 있는 이유' 를 주제로 준비된 다양한 활동미션을 수행하면서 친구들과 마음을 나누고 협동하는 법을 배웁니다.

5 • 주제토론 | 사막별 아래 두런두런 둘러앉아

이틀 동안 여러 가지 프로그램을 통해 '내 삶이 가치 있는 이유' 라는

주제로 보고 듣고 느끼고 생각한 내용들을 친구들과 함께 나눕니다. 어린왕자가 지구별의 사막에 불시착하여 여우를 만나고 비행기 조종사를 만나서 자신의 이야기를 하듯이, 청소년들은 서로 자신의 삶과 꿈에 대해 이야기하는 시간을 가집니다.

6 • 글쓰기 | '내 삶이 가치 있는 이유 - 내가 믿는 이것' 에세이 쓰기

7 • 라디오쇼-슈퍼스타I | 제 친구들하고 인사하실래요?

'내 삶이 가치 있는 이유' 를 주제로 캠프기간 동안 토론한 내용을 학생들 스스로 되돌아보고 점검하는 시간입니다. 토론하며 배우고 익힌 내용을 자신의 앎으로 사유하는 시간입니다. 저녁식사 후 이어지는 '라디오쇼' 에서는 『제 친구들하고 인사하실래요』의 저자 조병준 선생님과 함께 자신이 쓴 에세이를 친구들 앞에서 낭독하는 무대를 가집니다. 그리고 캠프 마지막 날 밤의 추억을 만들 수 있는 즐거운 장기자랑 시간 '슈퍼스타 I' 로 꾸미는 신나는 공연시간도 마련됩니다.

8 • 전체토론 | 엘 시스테마

베네수엘라에서 일어난 음악교육혁명인 '엘 시스테마' 에 관한 영상을 보고, 이번 캠프를 마무리하는 이야기를 전체적으로 함께 나눌 것입니다. 첫째 날과 둘째 날까지는 우리 모두가 노엘로서 '내 삶이 가치 있는 이유' 를 찾았다면, 이번 프로그램을 통해서 나뿐만 아니라 내 곁에 있는 이들의 삶에 대해서 고민하면서 정의롭고 행복한 우리 세상을 만들어가기 위해 우리는 어떤 실천을 할 수 있을지 논의할 것입니다. '엘 시스테마' 가 베네수엘라를 변화시킬 수 있었던 것은, 그 프로그램에

참여한 사람들이 성장하여 자신이 배운 것을 끊임없이 다른 아이들에게 나누려는 노력에 있는 것을 보고, 이날 우리 역시 '나눔'에 대해 생각할 것입니다. 지금까지 배운 것을 돌아가서 우리는 어떻게 내 곁에 있는 이들과 나눌 수 있을까요?

9 • 프리마켓

앞의 프로그램에서 '나눔'을 이야기했다면, 이번에는 그것을 실천하는 하나의 방법으로 프리마켓에 참여하게 됩니다. 시장은 원래 돈을 주고 물건을 사고파는 방식이지만, 프리마켓에는 돈이 아닌 다른 방식으로 교환하는 법을 배우게 됩니다. 이 같은 시도를 통해서, 소비의 욕망을 부추기는 시대에 살고 있는 우리가 어떻게 하면 주체적이고 지혜로운 소비를 할 수 있을지, 또 어떻게 하면 물질이 넘쳐나는 지금 시대에 쓰던 물건을 버리고 새 물건을 추구하는 욕망에서 조금 물러나 가진 것을 나누고, 세상을 이롭게 하는 소비를 할 수 있을지에 대해 고민할 것입니다.

운명의 주인, 영혼의 선장

송진석

I wanna thank you 처음부터 지금까지 만난 인연들.

I remember 절대로 잊지 않을 게요, 인디고.

수많은 꿈꾸는 작은 노엘들.

그렇기에 난 지금 부를게 이 노래를.

솔직히 말할게 들어줘요. 이 고백을.

사실 난 그저 정세청세를 쓸데없는 짓이라고 여겼고,

나는 전체를 그냥 작은 모임이라 여겼어.

난 한마디로 인디고에 반(反)했어.

하지만 지금은 나 인디고에 반했어.

그렇게 새 출발을 해 부산의 밤에서.

이제야 알았어, 엘 시스테마 새로운 혁명을 느꼈어.

사실 많이 놀랐지, 수많은 청소년들과 함께 한다는 것,

아직도 가슴이 벅차 작게 속삭이는 소리조차,

삶의 가치를 찾으며 인생을 살아가며.

자신을 노래해 모두가 소통해.

스스로 선 자들, 영혼의 선장들,

그들이 바로 인디고 아이들.

I wanna thank you 인디고 그 모든 사람들.

절대로 잊지 않을게 그 모든 사랑을.

그 모든 운명의 주인들, 영혼의 선장들.

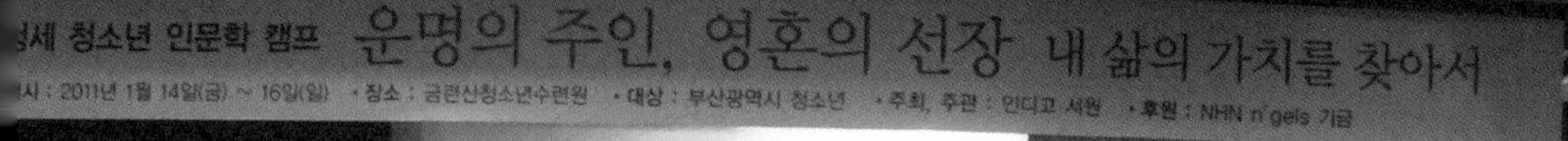
청소년 인문학 캠프 운명의 주인, 영혼의 선장 내 삶의 가치를 찾아서
2011년 1월 14일(금) ~ 16일(일) · 장소 : 금련산청소년수련원 · 대상 : 부산광역시 청소년 · 주최, 주관 : 인디고 서원 · 후원 : NHN n'gels 기금

BONJOUR

2010 인디고 유스 북페어
Indigo Youth Book Fair 2010
2010년 8월 18일(수)~22일(일)

공동선을 향하여

Toward the Common Good

2012 인디고 유스 북페어
Indigo Youth Book Fair 2012

2012년 8월 24일(금) – 26일(일) 장소: 벡스코BEXCO, 하늘연극장

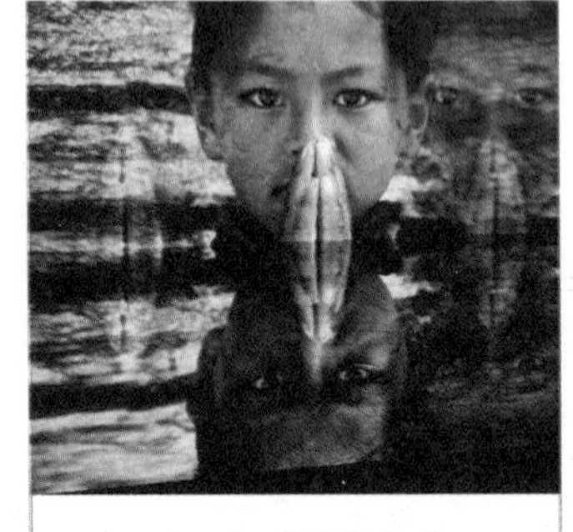

새로운 세대의 탄생

2014 인디고 유스 북페어
Indigo Youth Book Fair 2014

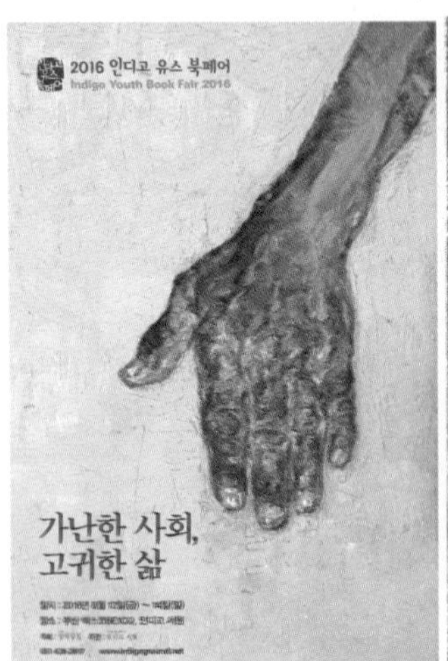

인디고 유스
북페어

인디고 유스 북페어는 책을 매개로 한 인문문화의 소통 및 교류행사로서 새로운 방식의 문화의 장(ground)을 창조하고자 한다. 따라서 기존의 도서전(Book Fair)처럼 자본의 상업적 논리가 개입된 책의 판매 및 홍보 위주의 거래, 형식적인 교류나 배타적인 행사진행방식을 단호히 거부한다. 그리고 올곧은 시대정신과 세계관의 형성이야말로 청소년의 사명이라는 신념에 따라, 인디고 유스 북페어의 진정한 주체는 청소년임을 단호히 천명한다.

우리는 청소년의 창조적 열정(creative passion)에 기대를 건다. 전 지구적인 변화의 물결은 청소년의 창조적 열정에서 흘러나와 지구인들의 가슴에 정의로운 꿈과 용기로 스며들 수 있다고 믿기 때문이다. 이 프로젝트를 통해 우리는 더 많은 청소년들이 자신의 꿈과 희망을 이루기를 기대하고 공정하고 평등한 기회를 갖게 되기를 희망하며, 우리 모두의 삶 곳곳에 인간적 가치들이 스며들어 아름답고 정의로운 생의 꽃을 피울 수 있기를 열망한다.

새로운 혁명의 지도를 그리다

평등과 자유를 신념으로 한 공동체적 삶의 지향은 인간이 간직한 가장 윤리적인 욕망이다. 정의로운 신념으로 진실한 양심을 지키며, 새로운 희망을 품는 것. 그리고 내면의 가장 본질적인 가치들에 다가가는 것. 이것이야말로 이 시대의 미래를 짊어질 청소년들이 반드시 길러야만 하는 덕목이다. 그리고 이 덕목은 인류의 재산인 책을 통해 정의로운 지성들과 소통함으로써 얻을 수 있는 가치 있는 윤리라 할 수 있을 것이다.

인디고 유스 북페어는 책을 매개로 한 인문문화의 소통 및 교류행사로서 새로운 방식의 문화의 장(ground)을 창조하고자 한다. 따라서 기존의 도서전(Book Fair)처럼 자본의 상업적 논리가 개입된 책의 판매 및 홍보 위주의 거래, 형식적인 교류나 배타적인 행사진행방식을 단호히 거부한다. 그리고 올곧은 시대정신과 세계관의 형성이야말로 청소년의 사명이라는 신념에 따라, 인디고 유스 북페어의 진정한 주체는 청소년임을 단호히 천명한다.

우리는 청소년의 창조적 열정(creative passion)에 기대를 건다. 전 지구적인 변화의 물결은 청소년의 창조적 열정에서 흘러나와 지구인들의 가슴에 정의로운 꿈과 용기로 스며들 수 있다고 믿기 때문이다. 이 프로젝트를 통해 우리는 더 많은 청소년들이 자신의 꿈과 희망을 이루기를 기대하고 공정하고 평등한 기회를 갖게 되기를 희망하며, 우리 모두의 삶 곳곳에 인간적 가치들이 스며들어 아름답고 정의로운 생의 꽃을 피울 수 있기를 열망한다.

인디고 유스 북페어 자체가 전혀 새로운 스타일이듯, 우리의 프로젝트 진행 또한 기존에 없었던 방식이 될 것이다. 종래의 북페어는 대표작가의 선정기준이 단순한 인지도나 대중적 인기도에 편향되어 있었으며, 이 땅의 미래를 이끌어나갈 청소년들의 순수한 열정과 희망조차 자본과 권력에 의해 가려져 있었던 것이 사실이다. 즉, 진정한 의미에서 주체가 되어야 할 이들은 항상 대상화된 타자들일 뿐이었고, 진정한 소통은 전무했다고 보아도 과언이 아니다.

그래서 우리는 인터넷을 비롯한 신문, 잡지 등과 같은 매체나 기존의 자본 및 권력 등에 의해 조성된 베스트셀러와 그 작가들을 선택하지 않는다. 우리는 진정성(sincerity)을 간직한 인문주의를 자신의 삶 속에서 풀어내고 실현하고 있는 전 세계 6대륙의 청소년과 작가, 지성인, 실천가를 직접 찾아내어 그들과 소통하기를 꿈꾼다. 세계의 다양한 문화와 인종, 그리고 절박한 문제의식을 공유하여 인류가 나아가야 할 방향과 그 실천을 모색하고자 한다. 우리는 이들을 단순히 '선정'한 것이 아니라 '발굴' 하고 소통하려 노력함으로써 인류의 새로운 가능성을 찾고자 한다. 제각기 속한 공동체의 고유한 문화를 가장 깊이 이해하는 동시에 인류 보편의 가치를 구현하고 있는 이들과의 연대를 통해 우정과 사랑의 인류공동체를 실현하는 것이 우리의 궁극적 사명이기 때문이다.

인디고 유스 북페어는 시야의 결손 없이 세상의 불의를 마주하고 정의로운 세상을 향해 온몸을 내던지기 위해 끊임없이 노력하는 진정한 인간들이 모인 공공의 장이 되고자 한다. 그것은 근엄하고 경색된 거대한 대의가 아니라, 보다 아름답고 선하게 살고자 하는 순수한 삶의 윤리적 욕망으로 충만한 전 세계 창조적 실천가들을 위한 장이 될 것이다. 아름다운 가치를 찾아가는 과정이 우리가 세상의 진실과 본질적인 가치를 향해 다가가는 길일 것이며, 이러한 문화적 연대의 장이야말로 오늘날 우리가 처한 전 지구적 문제들을 해결할 수 있는 의미 있는 실천의 동력이 될 것이다. 그리고 보다 인간적인 가치로 무장된 아름답고 새로운 혁명의 지도를 그릴 수 있는 창조의 시발점이 되리라 믿는다.

우리가 인디고 유스 북페어를 하는 이유

• • 인디고 유스 북페어 프로젝트 팀

왜 '북' 페어인가? 왜 행사 참가자들이 책을 읽어야만 하는가?

김미현 : 이반 일리치는 우리가 숙고하지 않은 채로 익숙하게 사용하는 도구들과 제도에 대해 끊임없이 새로운 인식의 관점을 제공합니다. 그의 책에는 교육, 학교, 의료, 보건, 생태, 환경, 성별, 젠더 등 광범위한 주제로 그와 나눈 대화들이 소개되어 있습니다. 이 모든 영역을 아우르는 그의 사상들은 공통된 사유 방식을 가지고 있는데 이는 도구와 그 도구를 사용하는 인간의 사회적 관계에 대한 주목입니다. 그리고 각각의 도구가 만들어내는 사회적 관계에 대한 해석의 기준은 철저히 그것이 인간의 존엄성을 위한 것인지 그렇지 않은 것인지에 두고 있습니다. 우리가 더 나은 세상을 위한 변화의 가능성과 현 시대에 대한 고찰을 위해 '책'을 선택했다면, 그 도구의 의미는 무엇인지 고찰해볼 필요가 있을 것 같습니다.

생활예술을 중시한 윌리엄 모리스에게 건축은 생활예술을 꽃피울 수 있는 가장 중요한 예술공간이자 예술 그 자체였고, 건축을 다루듯이 책을 만들었던 그의 삶에서 책이란 건축 못지않게 중요한 생활예술 즉, 쓸모와 아름다움을 동시에 겸비한 도구였음을 알 수 있습니다. 화가, 디자이너, 시인으로 시작했으나 사회주의자, 아나키스트, 사상가로 진화하는 삶을 살았던 모리스의 삶에서 이미 '책'은 자신이 꿈꾸는 유토피아를 세상에 알리고 설득하는 쓸모 자체였습니다. 생활예술에 대한 그의 고민은 우리 삶의 구조의 변화, 즉 가치관의 변화로 이어집니다. 이를 위해 그는 자신의 생각과 주장을 알리기 위해 평생에 걸쳐 여러 잡지를 창간하고 만들고 펴냈으며, 글을 기고하고 그것을 바탕으로 책을 펴내는 활동을 합니다.

한편 일리치는 책 탄생 이전에 문자의 탄생에 주목하며 구술문화에서 문자문화로 넘어가는 과정에서 책은 이야기를 보일 수 있게 함으로써 완전히 새로운 종류의 질서와 권위를 반영할 수 있는 '정신의 거울'이 되었음을 주장합니다. 이는 새로운 도구의 발명 수준이 아니라 사람들이 살아가는 사회적 · 심리적 공간을 정의하는 새로운 방식이라는 것이지요. 그러므로 책이란 오늘날의 세계를 발견하고 파악하는 데 가장 중요한 도구이며, 이것은 변화를 모색하는 중요한 시작이기에 그 자체로 우리의 삶인 동시에 쓸모입니다. 책을 이용한 좋은 쓸모, 좋은 실천을 모색하는 일이란 그 어떤 실천의 방식보다 근본적이고 본질적인 행위가 될 수 있을 것입니다.

그렇다면 책을 잘 읽고 실천을 모색하는 것이란 무엇일까요? 이반 일리치가 12세기의 생 빅토르 위그를 통해 타인을 추구하는 것을 가능하게 하는 존재론적 치료기법으로써 '거룩한 글 읽기'를 강조한 것에서 답을 찾을 수 있습니다. "글 읽기에 대한 모든 기법은 각기 상응하는 정신상태를 이끌어낸다는 점"에 주목한다면, 북페어의 참여를 위해 선정도서를 읽고 글을 쓰는 행위 그리고 책을 매개로 해외의 실천가와 학자를 찾아 인터뷰하는 과정이 '가치를 다시 묻다' 라는 주제에 이르게 하는 형식을 담보하고 있는지 염두에 두어야만 할 것입니다. 책에 적힌 이론에만 매몰되는 '학구적 책읽기' 가 아닌 '거룩한 책읽기' 를 할 수 있어야 한다는 것이지요. 모리스가 책을 건축처럼 생각했듯이 우리는 어쩌면 책을 읽고 실천하는 것으로 예술을 실현할 수 있을지도 모릅니다. 단, 그때의 예술이란 인간 근본과 본질을 향한 쓸모 있는 실천이어야 할 것이며 우리는 이를 위해 인간에게 새로운 도구 이상으로 인간의 본질에 영향을 주는 좋은 책을 찾고, 잘 읽고, 실천할 수 있어야 할 것입니다.

국제 행사로 진행하는 까닭은 무엇인가? 그 거대한 규모는 정당한가?

이다정 : '지구촌 사회' 라는 말에서 드러나듯, 오늘날의 사회는 우리가 할 수 있는 한 가장 큰 규모로 확대되어 있다고 할 수 있을 것입니다. 편리한 교통수단을 통해서 세계 곳곳을 둘러볼 수 있으며 위성통신을 통해 세계 곳곳의 상황을 집안에서 확인할 수 있는 세상. 우리는 지나치게 거대화되어버린 이 세상을 지나치도록 불공정하게 배분된 권력과 자본이 지배하고 있다는 것을 알고 있습니다. 레오폴드 코르는 "작은 규모의 세상은 사회의 잔혹성과 전쟁만을 해소하는 것이 아니다. 억압과 독재의 문제까지도 해결해줄 수 있다. 권력으로 인해 발생하는 모든 형태의 문제를 해결할 수 있는 것이다."라고 말했습니다. 그가 말한 바대로, 우리에게는 우리가 감당할 수 있는 한도 이상으로 거대해진 이

사회의 형태와 크기를 조정하는 일이 절실합니다.

그러나 우리가 꿈꾸는 더 나은 세상은 언제나 윌리엄 모리스가 꿈꿨지만 실현할 수 없었던 에코토피아처럼 요원하게만 보입니다. 수많은 보통 사람들이 그저 바라는 것은 행복한 삶을 살자는 것인데 그것조차 쉽지가 않습니다. 그것은 우리 삶의 전반을 지배하는 이 사회의 틀이 어긋나 있기 때문이라 생각합니다. 자본주의체제 아래 부유할 수 있는 자는 소수일 수밖에 없고, 그렇지 않은 자들이 행복할 수 있는 가능성을 아예 없애버리고 있는 사회. 이 사회체제를 극복해내기 위한 고민의 시작은 거대한 이 사회의 형태와 크기를 어떻게 조정할 것인가에서부터 시작됩니다. 각자 지역의 특성에 적합한 삶이 가능할 수 있는 아주 작은 사회, 각 사회들이 공동선을 향할 수 있도록 연결하고 협력할 수 있는 지구 공동체라는 인간사회에서 가장 큰 규모의 사회, 나아가 우주 전체를 볼 수 있는 시각까지 가질 수 있어야 합니다. 다양한 규모에서, 다양한 형태로 자신이 속해 있는 사회를 인지할 수 있고 살아갈 수 있는 능력을 필요로 합니다. 그렇기에 각자의 영역에서 창조적이고 윤리적으로 활동하는 사람들이 함께 서로의 존재를 확인하고 연대할 수 있는 지도를 새롭게 그리는 것이 필요합니다. 인디고 유스 북페어는 그런 지도를 지향하고 있는 것이지요.

이소연 : 세상을 더 좋은 곳으로 만들려는 수많은 기획들 중에서 북페어는 어떤 의미가 있을까요? 북페어 팀이 많이 받은 질문 중 하나, 왜 굳이 6대륙을 도는지, 차라리 그 돈으로 기부를 하는 편이 낫지 않느냐는 그 질문들을 극복할 수 없다면 우리의 프로젝트는 없어지는 것이 맞겠지요.

물론 인문적 연대를 구축하고 문화를 창조하는 것은 당장에는 남반구 아이들의 가난을 퇴치하는 것보다 덜 급하게 여겨질 수도 있습니다. 하지만 남아도는 재화와 서비스에도 불구하고 여전히 세계는 가난을 방치하고 있습니다. 우리에게 당장의 가난만큼이나 시급한 문제가 있다면 그건 이 사회의 신념과 스타일이 어디를 향하는지 보는 것이라고 생각합니다. 돈과 권력으로 가난을 막을 수 있지만, 더 장기적이고 근본적으로 가난을 겪고 있는 한 사람, 한 영혼에게 경제적으로 환산할 수 없는 가치가 있다는 것을 알게 하는 것도 필요합니다.

김재한 : 하지만, 그와 같은 사회는 혼자만의 힘으로 건설할 수가 없습니다. 나와 너, 모두 함께 이루어가야 하는 것이기에 '공동성'이라는 개념이 중요합니다. 사회를 이루는 구성원들이 모두가 스스로 참여하고, 의견을 표현할 수 있는, 그리고 개인이 존중되는 사회여야 하지요.

한지섭 : 그것을 가능하게 하는 공동의 작업이 주는 행복은 타자와의 연결, 가슴속 깊은 곳에서 느껴지는 동질감에서 시작됩니다. 이러한 노동은 노동이 주는 기쁨뿐 아니라, 그 속에서 얻어지는 인간적인 관계에 의해서 더 큰 가치를 지니게 되는 것이지요.

박용준 : "아름다운 자연 속에서 모두가 자유롭고 평등한 이웃과 정을 나누고 무엇이든 스스로 결정하는 자치를 누리며 소박하게 사는 사회" 그리고 그 속에서 멋진 삶. 자유로운 노동과 예술적인 삶의 아름다운 조화에 기반을 둔 모리스적 유토피아 사회는 어떻게 가능할까요? 가능성의 근원에는 예술이 위대한 개인의 업적이 아니라 공동체 구성원들

의 공동작업의 결과라는 점을 인식하는 것으로 가능합니다. 공동예술, 공동생산, 협동, 동지애 등 연대의식을 갖고 지속적인 공동체를 형성하는 것, 다시 말해 제작에서의 공동성이 예술적인 공동체 형성에 결정적인 계기가 될 수 있다는 것입니다. 결국 모리스의 예술 민주화의 기획은 단순한 예술에 대한 향유와 소비계층의 확대를 의미하는 것이 아니라, 창조와 생산 과정에 민중의 참여를 증가시키면서 예술을 통한 사회 변혁, 예술의 정치화가 가능하게 되는 것을 의미합니다. 이를 통해서 궁극적으로 공동선(commonwealth)에 도달할 수 있게 되겠지요.

이를 통해 이루고자 하는 것은 무엇인가?
어떻게 그 목표지점에 도달하고자 하는가?

이윤영 : 지금 우리의 시대는 고도의 생산력을 자랑하고 있지만, 실제 삶들에 필요한 생산력은 고갈되어버렸습니다. 지금 살아가고 있는 세상의 현실에 기반을 두고 내가 행복을 느낄 수 있는 방법들을 찾아가고 만들어가는 것이 삶이라면, 현재 우리의 삶은 그저 만들어진 것들 속에서 소비하기만을 추구하고 있습니다. 이반 일리치가 진단했듯이 "목마름(본질적인 욕망)이 콜라(구체화된 필요)가 필요한 상태"로 인식될 뿐입니다. 이러한 '구체화된 필요'에 의해 무한한 생산능력을 잃어버렸다는 것은 우리 스스로가 더 잘 알고 있습니다.

이렇게 구체화된 필요는 한 모금의 콜라가 또 한 병의 콜라를 원하게 되듯, 점점 더 그 구체적인 필요만을 욕망하도록 우리를 괴롭힙니다. 실제 살아가고 있는 세상의 실태와 현황에 별로 관심 없는 우리는 오로지 구체화된 필요를 충족시키기 위해 열심히 살아갑니다. 그 결과 우리 사회나 세상의 크기와는 무관하게 너무나 비대해진 소비들을 해내고 있지요. 살아 있는 생명, 그 생명을 살아 있게 하는 존재들의 가치가 '불필요한 필요(지나친 소비, 지나친 편리)'와 교환될 수 있는 까닭은 우리가 가치를 오로지 글자 그대로의 '값어치'로 환산하기 때문입니다. 콜라 한 병은 1천 원이라는 값어치가 있지만, 멸종하는 동식물은 그 어떤 가격도 책정되어 있지 않지요. 그러므로 값어치가 없습니다. 그러므로 가치가 없습니다.

이런 식으로 획일화된 가치체계 속에서 많은 존재들은 "당연히 받아오던 대우를 더 이상 받지 못"합니다. 우리는 누구인지도 모르는(어쩌면 자기 자신일지도 모르는) 실체에 의해 생산할 수 있는 능력과 가능성을 펼칠 수 있는 권리를 거의 완전히 빼앗겨버렸기 때문입니다. 이미 만들어진 것들을 구매하기만 되는 현실에서, 혹은 재산을 많이 갖는 것이 잘살 수 있는 유일한 조건이 된 현실에서 각각이 가진 능력이 무엇인지는 별로 중요하지 않기 때문입니다. 그런데 우리가 이 권리를 빼앗겼다고 자각하지 못하는 까닭은 콜라의 청명함이 너무나 강하기 때문에, 우리에게 요구되는 필요가 너무나 구체적이고 경험 가능한 것이기 때문입니다. "관리 받으며 자란 허깨비들"인 우리는 "조작된 실체"인 세계를 인지하지 못하고 있습니다.

중요한 것은 이러한 세계를 조작한 실체를 추상화해서는 안 된다는 것입니다. 내가 닿을 수 없는 저 정부가, 상대하지 못할 저 선진국이, 보지도 못한 조상들이 그랬다는 자조는 여전히 내 혀끝으로 느껴지는 시원한 콜라를 이길 수 없습니다. 실체가 없는 적에 비해 나의 온몸으로 느껴지는 그 구체적인 욕구와 욕망을 떨칠 수 없기 때문입니다. 결국 우리에게 필요한 것은 단호한 결심과 실천입니다. 목마름을 해결하기 위해서는 콜라가 아니라 물이 필요하다는 것을 추구하기 위해서는 콜라 병을 깨트리는 결단이 필요한 것입니다. 당연한 것을 획득하기 위해서 그러한 '극기'의 방법을 취한다는 사실이 아이러니하지만, 무력한 소비적 자아를 깨트릴 수 있는 것은 소비하지 않는 자아밖에 없습니다.

우리가 버리는 것은 콜라 한 병이겠지만, 얻게 되는 것은 엄청난 생산과 생명의 능력일 것입니다. 이러한 능력을 되찾기까지, 자유를 되찾기까지의 극기는 제약과 고통이 아니라 진정한 자유를 향한 발돋움임을, 그것 자체가 자유임을 느낄 수 있어야 합니다. 그럴 수 있는 유일한 방법은 그 극기를 체험하고 인내하는 것뿐입니다. 그 외의 어떠한 결심과 맹세도 유효하지 않습니다. 실현되지 않는 것은 없는 것이나 마찬가지이기 때문입니다.

결국 살아 있는 존재로서, 그 존재를 살아가는 주체로서 자신의 능력과 가능성을 펼치기 위해서, 다시 말해 '살아 있기 위해서' 끊임없이 묻고 그 물음에 답하여 실천하는 것. 그것이 '가치를 다시 묻다'입니다. 편협하고 배타적인 바깥의 법에 복종하는 것이 아니라, 온전한 주체가 되어 스스로 삶을 살아가는 명령을 만들고 따르는 것, 이를 통해 모든 생명과 함께 살아갈 수 있는 보편을 확장하는 삶이 가능한 사회를 만드는 것, 바로 그러한 정의로운 세상을 만들고자 하는 것이 인디고 유스 북페어입니다.

우리는 왜 인디고 유스 북페어입니까?

• • 2008.8.10

이윤영

곧 있으면 다가올 북페어 준비가 한창 진행 중이라 111권의 북페어 추천도서들이 쌓여 있는 서원의 3층 회의실에서, 2008년 8월 9일, 북페어가 11일 남은 토요일 회의를 시작했습니다. 북페어가 코앞에 닥쳤는데도 여전히 프로그램의 정확한 모양이나 진행방법이 정해지지 않았기 때문에, 다들 그것으로 회의시간을 보낼 것이라 생각했습니다만, 우리는 오랜만에 다시 가장 근원적인 질문에 봉착했습니다. 왜 북페어를 해야 하는지, 북페어를 통해서 우리는 무엇을 할 수 있는지에 대한 물음입니다. 북페어를 시작하는 바로 그때부터, 북페어를 실질적으로 준비하고자 다짐했던 약 한 달 전쯤까지 지겹다고 생각할 만큼 토론하고 논의했던 바로 그 물음말입니다. 북페어 팀원으로서 북페어에 대해 잘 모르는 사람들에게 설명해야 하는 순간이 많았고, 그것들이 반복될수록 더 자신 있고 유창하게 북페어를 설명하고 있다고 생각해왔지만, 그것이 예전에 북페어의 의미를 찾았을 때만큼 가슴을 울리는지를 다시 한 번 묻는 그 회의에서 북페어 팀원 중 그 누구도 쉽게 답을 하지 못하였습니다.

어김없이 12시를 훌쩍 넘긴 회의가 끝나고 왠지 모를 찝찝한 마음으로 집에 돌아왔습니다. 마침 집에는 저를 두고 모두 휴가를 떠났기 때문에 3일째 아무도 없었고, 그날이 바로 나홀로 집의 마지막 날이었습니다. 그렇게 아무도 없는 집에 도착한 저는 새벽 1시가 넘은 시각에 미친 척 청소와 빨래와 설거지를 했습니다. 솔직하게 고백하자면, 저는 평소에는 청소하는 것을 별로 즐겨하지 않아 한번에 몰아서 청소를 하는 편입니다(그래서 늘 어머니께 혼나곤 하죠). 혼란스러운 질문이 던져진 회의가 있는 그날 아침, 아무도 없는 3일 동안 문을 열어놓고 청소를 안 했더니, 바람을 따라 들어온 먼지 때문에 몇 발자국 걷고 나니 발바닥이 새까매질 정도로 바닥이 더럽다는 것을 깨달았습니다. 그래서 어차피 오늘은 늦게 들어올 것이니, 다음날 아침에 청소를 해야겠구나, 하고 나갔었는데, 왠지는 모르겠지만 그 늦은 시각에 굳이 하고 싶더군요. 그렇게 시작한 걸레질을 하다, 문득 어머니께서 정리 잘 안 하는 저에게 자주 하시던 말씀이 생각났습니다.

"쓰고 나면 제발 좀 치울 수 없니." 그러면 저는, "어차피 나중에 쓸 건데 안 치워도 돼." 그러면 어머니는, "그럼 나중에 밥 먹을 건데 지금 왜 먹고, 내일 밤에 잘 건데 오늘밤은 왜 자는데! 이 문디야, 빨리 안 치우나!"

세상에서 제일 싫어하는 말 중 하나입니다. 적절하지 않은 비유라고 생각하기 때문입니다. 그런데 그날, 너무나 더러운 바닥을 닦다 보니 '어차피 더러워질 거 지금 청소하는 것이 소용없다.' 라는 생각 때문에 청소를 하지 않아 결국 내 발이 더러워졌고, 그 발이 닿는 곳까지 더럽혔다는 생각이 들더군요.

그리고 북페어입니다.

이 세상의 모든 것은 탄생하고 소멸합니다. 어떤 가치든, 어떤 생물이든, 어떤 물건이든 탄생이 있었기에 존재하며, 존재한다면 마모되고 흐려지는 것이 이치입니다. 그렇기에 우리가 북페어를 준비하면서 끊임없이 토론하고 공부했던 그 본질이 아무리 옳은 것이라고 할지라도 계속해서 그것을 새롭게 하지 않으면 마모되고 흐려지는 것은 당연합니다. 아무리 바닥을 열심히 닦아도 내일이면 또 먼지가 쌓이듯이.

어쩌면 북페어 자체가 청소된 공간이 아니라, 청소하는 행위일지도 모릅니다. 즉 잘 차려진 공간과 시간이 아니라는 것입니다. 흐려져가고 사라져가는 인문학적 상상력, 꿈을 실천하려는 용기, 인간에 대한 믿음과 사랑. 그런 것들이 더러워지고 마모되고 소멸되어감에도 내가 엄마한테 대답했듯 "어차피 지속적이지도 못할텐데, 그런 것들 이야기해서 뭐해."라고 하는 사람들이 자신의 더러워진 발을 보게 하는 장. 그래서 더러운 발로 소박하고 순수한 사람들과 자연을 더럽히는 이 세상의 많은 문제를, 자신의 발을 닦는 것은 해결책이 아니라는 것을 인식하는 장. 또 함께 청소하자고 말하고, 청소하는 그런 장. 신성한 노동으로서의 북페어.

내일도 어김없이 설거짓거리와 빨랫거리와 청소할 것들이 생기겠지만, 분명한 것은 오늘 깨끗히 한 그릇과 옷과 바닥으로 다시 살아갈 수 있는 것입니다. 사람들은 너무나 쉽게 더러워진 그 모습만을 바라보고, 청소되어 깨끗해진 덕분에 살 수 있다는 바로 그 점을 간과합니다. 그래서 청소하는 것에 대해 허무함이나 무력함을 느끼는 것입니다. 그러나 그렇지 않다는 것을 알게 된 이상, 나에게 누군가 "그래서, 너희가 말하는 인문학이 할 수 있는 게 뭔데."라고 물어도, 다시 살아갈 수 있게 하는 그 힘이 있어 살아갈 수 있는 것이라고 말할 수 있습니다. 당신이 오늘 살아갈 수 있는 것은 내일 먹을 밥 때문이 아니라 오늘 지금 먹은 밥 덕분이라고 당당하게 똑바로 말입니다.

김지현

이스라엘과 팔레스타인을 대표하는 지성인 다니엘 바렌보임과 에드워드 사이드는 아랍과 이스라엘 음악가들을 한자리에 모아 하나의 오케스트라를 만들었습니다. 그들은 갈등과 대립상황을 전쟁이 아닌 예술로 해결하고자 했습니다. 서로 다름을 넘어 인간적인 감수성으로 함께 감동하며 하나 될 수 있는 자리를 마련해서 소통하고 공존하는 평화의 힘을 발휘하게 했습니다.

우리는 너무나 섣불리 "대안은 없다"라고 말하며 현실에 순응하기에만 급급해 있는 것은 아닐까요? "시장가치를 넘어선 곳에 인간적인 가치가 있습니다. 우리는 신념으로 무장했으니 불신과 의혹, 비판을 두려워하지 말아야 합니다." 우리보다 더 가난하고 힘겨운 삶 속에서 살아가고 있는 아이티의 청소년은 희망과 존엄한 삶을 추구하며 제3의 길을 굳건한 신념으로 걸어가고 있었습니다. 세계가 제시하는 통계자료, 빈국이라는 꼬리표에 주눅 들지 않고 당당하게 살아가고 있습니다. 우리의 남북분단보다 더 팽팽한 긴장 속에 있고 언제 어디서 전쟁이 발생할지 모르는 팔레스타인과 유대인 사이의 평화공존을 향한 시도가 펼쳐지고 있습니다.

우리는 과연 어떠한가요? 현실이 전부이고 현실은 결코 변할 수 없는 공고한 체제라고 믿으며 창조적 열정을 발휘하지 못하고 있는 것은 아닐까요? 희망을 포기하고 제3의 길을 모색하지 않는 것은 이미 일어나고 있는 새로운 희망의 물결들, 소리 없이 조금씩 울려퍼지기 시작한 새로운 시대적 흐름에 반하는, 비전과 전망 없는 어리석은 행동일지도 모릅니다. 희망을 향한 용기 있는 선택을 할 수 있는 용기와 자유가 우리 안에 내재되어 있다는 것을 모두가 잊지 말았으면 합니다.

박재연

인디고 유스 북페어팀의 여정은 마치 진정한 자유를 찾아 떠난 돈키호테들 같았다. 하지만 그들이 모험을 떠난 세상에는 자유를 방해하려는 한 가지 요소가 있었다. 자본주의라는 거대한 풍차가 있었던 것이다. 그 풍차의 바람을 받은 결과 온 지구는 날이 갈수록 피폐해져 갔다. 더 이상 꿈꾸지 않는 청소년들이 늘어났고 세계의 기업가들은 오로지 자본의 축적과 기업의 이익을 위해 무분별히 자연을 훼손하기 시작했고 지구의 온도는 자꾸만 상승했다.

용기 있는 돈키호테들은 더 이상 가만있을 수 없었다. 이젠 풍차로 돌진해야만 했다. 다만 맹목적인 공격이 아닌 무언가를 가슴속에 소중히 품고 풍차 안으로 걸어 들어갔다.

유럽에선 팔레스타인과 이스라엘의 두 소년 소녀가 주고 받은 희망의 편지를 소설로 써 내려가기 시작했고 캠핑카 하나만 타고 전 세계를 돌며 지구를 인터뷰하며 더 좋은 세상을 꿈꾸었다. 남아메리카에선 정권을 둘러싼 내전에 상처받은 아이들이 모여 자신을 이해하고 타인을 존중하는 마음을 배우기 위해 춤을 추기 시작했다. 아프리카에선 기아와 HIV환자를 세계에 알리기 위해 연극과 구술 시를 읊었고 양질의 교육을 받지 못하는 아이들을 위해 무료로 교과서를 만들었다. 아시아에선 정의로운 소통을 위해 새로운 매체를 만들었고, 북아메리카에선 개인의 선택이 전 지구적 변환을 일으킬 수 있는 기반을 마련했다. 그리고 호주에선 단 3일만 없어도 살 수 없는 '물'의 소중함을 깨우치기 위해 전 세계에서 아이들이 아이들을 가르치는 능동적인 교육의 장이 열렸다.

전 세계의 돈키호테들은 각기 다른 방법들이었지만, 모두 삶에서 실천하며 사랑을 하는 것은 같았다. 그리고 그들은 생명의 장을 열기로 했다. 서로의 생명의 에너지를 북돋아주기 위해서.

그들은 대한민국, 부산이라는 마을에 모이기로 했고, 그들의 노력과 더불어 앞으로는 청소년들이 죽은 풍차를 변화시켜줄 돈키호테들이라는 것에 동의했다.

그 장의 이름은 '인디고 유스 북페어'였다

북페어의 공공성에 대하여

•• 2008.7.3

이윤영

"북페어는 어떤 공공의 장이 되어야 하는가"라는 화두가 북페어 팀원에게 던져졌습니다. 청소년을 비롯한 모두에게 열린 공간이 될 북페어에서 그 열린 공간의 의미란 무엇이며 어떻게 생명의 장으로 만들 것인가. 행사를 주체하는 팀원들이 이것을 확고히 하지 않으면, 북페어의 본래 의미와 참여하는 모든 사람들이 온전히 느끼고 나눌 수 없기에, 반드시 짚고 넘어가야 할 사항이었습니다.

공공성이란 무엇인가?

"공공영역은 문제제기의 장이며, 그 장은 멀리 떨어지지 않고 삶의 현장에서 열리며, 구성원들이 소외되지 않고 자발적으로 참여하고 연대하는 공간"

"참된 공공영역은 싸움을 통해 나 이외의 다른 세상을 만나며, 사람은 사람들 사이에서 살아간다는 것을 깨닫게 하는 곳이다. 공공영역은 정치적이고 인간적이며 문화적인 삶의 터전이다." -『왜 공공미술인가』, 박삼철

이러한 정의에 따르면 북페어는 공공영역으로서 충분한 기능을 할 수 있을 것입니다. 우리가 선언문에서 공통되게 이야기하는 부분이기도 한, 즉 북페어를 관통하는 하나의 특성인 타인과의 만남 / 소통 / 삶의 현장 / 자발적 참여 / 실천이 공공영역의 특성과 완벽하게 일치하기 때문입니다. 우리가 로시나를 만나 화두가 됐었던 '일상성'이라는 것과 늘 우리가 강조하는 '보통 사람(common person)'이 본질적으로 북페어에서 이루어질 수 있음을 확인할 수 있는 것 같습니다.

참여자의 공공의식

> "공공성은 개체가 연대하는 '관계의 그물망'이다. 나 이외의 사람들과 연대하기 위해서 나를 절제하는 것이지 나의 욕망이나 자유를 억압하는 것이 아니다. 차이가 '동시적'으로, 그리고 '복수적'으로 공존하는 '차이의 네트워크', 다시 말해 개체의 의지가 존중되고 그들의 관계가 인간적으로 살아 있는 차이의 결집이 공공성의 진정한 의미다."
>
> —『왜 공공미술인가』, 박삼철

오직 그 시간을 통해서만 공유하고 창조할 수 있는 것들이 생산되어야 하기에, 흐름을 끊는 질문이나 대답을 저지할 수 있어야 합니다. 물론 모두가 존중되어야 할 의견들이겠지만, 개성과 다양성으로 간주하기에는 같은 시간과 공간과 참여하는 인간 모두에게 불편함을 주는 순간이 분명히 있을 수 있습니다. 북페어는 '나 이외의 사람들과 연대하기 위해' 존재하는 공공의 장소이기 때문에, 무조건적인 차이의 존중(무차별)은 타인의 존재를 배려하지 못한 것이므로 차이의 존중이 될 수 없습니다. 그렇기에 진정한 공공성의 장이 되기 위해서는 우리에게

'차이가 존재' 할 수 있도록 신경 쓸 의무가 있다고 할 수 있습니다. 여기서 중요한 것은 행사를 여는 주체자인 우리의 태도와 마음가짐일 것입니다. 당연히 그렇지 않겠지만, 오만하게도 차이를 두는 것이라는 명분하에 차별을 행할 수 있을 테니, 그땐 공공성이란 이름으로 정당화될 수 없을 것입니다.

p.s. : 한나 아렌트는 공공영역을 "생명으로 살아가는 것, 자신의 세계를 갖는 것, 이 세계를 말과 행위를 통해 다른 사람과 공유하면서 함께 사는 것"이라고 정의합니다. 즉, 살아 숨쉬며 타인과 공유를 통해 함께 살아가는 공간이 공공영역이라는 것이지요.

열정과 냉정 사이

• • 2008. 3.19

박용준

여러분 오늘은 D-154, 그러니까 정확히 딱 22주, 그러니까 우리가 회의를 11번 하고 나면, 북페어가 시작된다는 말이네요. 음. 제 삶의 화두는 자주 변하지만, 이번 주의 화두는 '열정과 냉정 사이' 입니다.

왜 인간의 열정이란 이리도 쉽게 식어버리는 것일까요. 이건 의식의 문제가 아닌 것 같습니다. 열정은 의식하지도 못하는 사이에 그냥 식어버리니까요. 그렇다면 우리는 의지로써 이 식어버린 냉정을 열정으로 바꾸는 것은 과연 가능할까요? 인간의 마음은 참 좀처럼 쉽게 움직이질 않지요. 내 마음인데도 말이지요. 그렇다면 이 마음에 영향을 주고 변화를 이끌어내는 것은 과연 무엇일까요.

> "누군가를 사랑하라고 자기 자신에게 강요할 수는 없다. 그러나 당신이 사랑하지 않는다는 것이 당신의 내부에 사랑이 없음을 뜻하는 것은 아니다. 다만 사랑을 방해하는 무엇이 있음을 뜻할 뿐이다. 병을 거꾸로 아무리 흔든다 해도 만일 그 병이 마개로 막혀 있다면 마개를 따지 않는 한 병

속에서는 아무것도 흘러나오지 않을 것이다. 사랑도 같은 것이다. 당신의 영혼은 사랑으로 가득 차 있는데 당신의 죄가 입구를 막고 있기 때문에 사랑이 흘러나오지 못하는 것이다. 당신의 영혼에 붙어있는 먼지를 깨끗이 털어내라. 그러면 당신은 모든 인간, 당신을 적이라고 부르며 미워하는 인간마저도 사랑하게 될 것이다."

—톨스토이 할아버지

영혼의 빨래는 죽어서도 한다는 아람샘과 허피리 샘의 대화가 생각나네요. 영혼에 붙은 이놈의 먼지들, 깨.끗.이. 털어내야겠지요. 그렇다면 이 영혼의 맑음은 어떻게 체크할 수 있을까요.

"아침과 봄에 얼마나 감동하는가에 따라 당신의 건강을 체크하라. 당신의 마음속에 자연의 깨어남에 대해 아무런 반응이 일어나지 않는다면 이른 아침 산책에 대한 기대로 마음이 설레 잠에서 떨쳐 일어나지 않는다면, 첫 파랑새의 지저귐이 전율을 일으키지 않는다면 눈치채라. 당신의 봄과 아침은 이미 지나가 버렸음을……"

—헨리 데이비드 소로 삼촌

아, 영혼의 맑음, 싱싱함, 건강이란 바로 이런 것이었군요! 아침과 봄에 얼마나 감동할 줄 아는가! 이것 역시 대장님께 늘 혼나는 것이네요. "자, 봄이야, 가서 목련 보고 와."

이렇게 오감을 열고 세상을 향해 돌진하는 자, 온몸을 열어 세상을 흡수하려는 자, 자연의 아름다움과 인간의 위대함을 배우려는 자만이 행복할 수 있겠지요.

"나는 이 세상을 강자와 약자, 성공한 사람과 실패한 사람으로 나누지 않는다. 나는 이 세상 사람들을 배우는 사람과 배우지 않는 사람의 두 부류로 나눈다. 세상에는 배우는 사람들, 자신의 주변에서 일어나는 모든 일들을 하나하나 살피며 관찰하고 겸허한 자세로 받아들이는 사람들이 있다. …… 중요한 것은 성공했느냐, 실패했느냐가 아니라 배우는 사람이냐, 배우지 않는 사람이냐는 것이다."

—벤자민 바버

캬- 그렇다면 전 강자도 아닐테고, 성공한 사람도 아닐테고, 다만 배우는 사람이기에 아직은 존재의 이유가 있겠네요. 다행입니다. 하지만 더 겸허해지고, 더 하나하나 살필 줄 알고, 더 부지런해져야 하겠습니다.

"하루도 태만하게 보내지 마라. 운명은 장난을 좋아해 모든 일을 우연으로 보이게 하다 갑자기 우리를 급습한다. 우리는 늘 머리, 기지, 용기를 가지고 언제 닥칠지 모를 운명의 습격에 대비해야 한다."

—발타자르 그라시안

이 무서운 운명의 습격!

"우리를 위해서 머물러주는 것은 아무것도 없다. 이것이 우리에게는 자연스러운 상태인 것이다. 게대가 우리의 바람과는 전혀 다른 엉뚱한 상태인 것이다. 우리는 견고한 지반과 흔들림 없는 땅을 발견하여 그곳에다 높은 탑을 쌓고 싶은 열망을 갖고 있다. 하지만 우리의 기반은 흔들흔들 기우

뚱거리고 대지는 갈라져서 깊은 암흑이 입을 벌린다."

—파스칼 큰형님

아, 우리의 자연스러운 이 불안정한 상태! 하지만 입을 쩍 벌리고 있는 저 심연의 깊은 암흑 속으로 빨려들어가 버릴 수많은 없는 노릇이지요. 신념과 용기와 희망과 자신감으로 헤쳐나가야지요.

"신념이 있으면 언제나 젊고, 의심이 있으면 늙습니다. 자신을 가지고 있으면 젊고, 두려움을 가지고 있으면 늙습니다. 희망을 품으면 젊고, 절망을 품으면 늙습니다. 모든 사람의 마음 한가운데는 녹음실이 있는데, 이 녹음실에 아름다움과 희망과 용기와 자신감의 말이 가득 차 있으면 우리는 젊을 수 있습니다. 하지만 전선이 다 끊어지고 당신의 가슴에 절망과 회의의 목소리가 뒤덮일 때, 오직 그때서야 비로소 당신은 늙게 되는 것입니다."

—더글러스 맥아더

이래서 철학자들이 금방 늙나봐요. 철학자들은 의심만 하는 존재들이니까요.

"어떤 사람을 만나게 되면 당신은 당장 그 사람을 해석하기 시작한다. 그리고 그에 관한 관념을 만들기 시작한다. 그 관념은 그대의 이미지이다. 그 사람은 중요하지 않고, 오직 그대의 관념만 존재할 따름이다. 그 사람은 멀리가버린다. 관념은 점점 더 선명해지고, 인간은 잊혀진다. 그러면 그대는 그 관념과 더불어 살게 된다. 어떤 사람과 얘기를 할 때 그대는 정말로 그 사람이 아니라 그에 대해서 당신이 만들어놓은 관념과 얘기하는 셈이다."

—라즈니쉬

거 참, 인간은 이렇게 해서 관계의 진정성을 만드는 데 실패하고 마는 것 같습니다. 진정한 '나'와 '너'는 왜, 이렇게 만나지 못하는 것일까요. 우린 서로 같은 꿈을 꾸고, 서로를 이해하고, 또 서로를 보듬고, 또 서로를 사랑하고 있는 거 맞습니까.

"사랑할 줄 아는 사람은 남에게 조언하는 것을 매우 조심스럽게 생각하는 법입니다."

—앨랜 로이 맥기니스

정말 조심스러워요. 사실 여러분 열심히 하자고 이야기하는 그 순간까지도 조심스러운 것이 사실이죠. 진짜. 이 마음 알죠. 이거 해라 저거 하자 할 때에도 사실 진짜 노파심 많이 갖게 되거든요. 괜한 말하는 건 아닌가 하고요. 하지만 이 말만큼은 해도 되겠지요.

"여러분을 움직이는 힘은 무엇입니까
여러분은 무엇을 할 때 행복합니까
여러분의 영혼을 채우기 위해 탐험하고 싶은 분야는 무엇입니까
이 물음에 답할 수 없다면 여러분은 끝없는 허무의 나락에서 뒹굴다가
결국 미지의 길 위에서 횡사하게 될 것입니다.
…

여러분은 어떤 꿈을 지녔습니까
아니, 여러분은 어떤 꿈들을 지녔습니까
만약 여러분이 지니고 있는 그 꿈이 어떤 것인지 아직 모르고 있다면,
지금 당장 찾아내십시오!" - 블레어 언더우드

지금 당장 자신의 꿈을 한 마디씩 적으면서 서로에게 사랑을 확인합시다!

+

이건 사족인데, 헤밍웨이가 셋째아들 그레고리한테 이런 말을 했다고 하네요. "아들아, 네가 정말 좋아하는 일을 하는 한 네가 무엇을 하는가는 별로 중요하지 않다. 네가 생각하기에 가치 있고 의미 있는 일이라면 말이다. 소견 좁은 놈들이 무슨 말을 하든 간에 이 세상에 가치 있는 일들은 많다. 돈에 대한 걱정은 하지 마라! 새를 관찰하는 일이 좋아서 새만 바라보고 있다 실패한다면 내가 먹여 살려주마! 네가 정말 무엇을 하고 싶은지 생각해보거라."

캬-난 여기서 "내가 먹여 살려주마!", 여기서 확 오네요. 이것저것 생각이 많은데, 정말 우리 북페어가 우리를 먹여 살려줄 수 있는, 우리를 정신적으로 풍요로운 뚱뚱한 돼지로 만들어줄 것이라는 확신이 듭니다. 자, 열공합시다. 열정적으로ENTHUSIASTIC!

¿Que consiguio
JULIO que LUCHO
dijera?

가치를 다시 묻다, 새로운 시대의 가치혁명을 위하여

• • 2010.3.26

이윤영

짧게라도 1년간의 2010년 인디고 유스 북페어 여정을 담은 『가치를 다시 묻다』를 펴내는 이 순간을 기록하고자 합니다. 집필하느라 수고한 것을 위로받고자 함이 아니라, 지금 이 순간을 기록하는 것이 중요하다는 생각이 문득 들었기 때문입니다.

최종 교정을 다 본 뒤, 인쇄만 남겨놓은 이 시점에 그 어떤 후련함도, 상쾌함도 아닌 이상하게도 결연한 마음이 들어 몸을 고쳐서 걷게 됩니다. 몇 달간, 그리고 요 며칠간은 극도로 중압감을 주기도 했었던 책 작업을 마치고 나면 속이 뻥 뚫릴 것 같은 후련함으로 세상 떠나갈 듯 소리치며 기쁠 줄 알았는데, 예상을 빗나가 기분이 너무 이상합디다.

팀원들에게 괜히 장난스럽게, 선생님에게는 좀 더 마음을 가다듬고, 마지막으로 함께 책 작업을 한 한결이에게는 매일 구박해서 미안한 마음을 듬뿍 담아 문자를 보내고 나서 저는 저에게도 어떠한 메시지를 보내야 한다는 생각이 들었습니다.

사람이 어떤 것을 알고 있고, 어떤 마음을 품고 있으며 어떤 것을 보고 듣고 느끼는지에 따라 행동과 결과, 그 삶이 변화할 수 있는지를 스스로 너무 많이 느껴버린 작업이었습니다.

비교도 되지 않겠지만, 전태일 열사가 병사들이 노파의 밀린 빨래를 해주는 모습이 아름답다고 말한 것처럼, 그 모습을 아름답다 말할 수 있는 전태일이 아름다운 것처럼, 사치스러우리만큼 풍족한 프로젝트를 하는 우리가 어떻게 정당성을 갖출 것인가의 문제를 당장 교정이 시급한 판국에 펼칠 수 있는 우리 팀이 아름답다 생각을 했습니다. 우리가 가진 '청년'이라고 하는 유일한 특권은 바로 무한한 긍정과 성찰의 순간들을 놓치지 않는 것, 그것을 성실히 해나가려는 개개인의 노력과 더불어 하나의 공동체로서 늘 그것을 공론화한다는 것에 있음을 늘 상기해야 함을 앞으로도 잊지 맙시다. 그 속에 자유와 민주주의, 다양성과 생명이 있으며 희망이 역동하고 있음이 느껴지니 그 아름다움에 전율하지 않는 순간, 우리는 죽은 삶을 살게 될 테니까요. 그 아름다움을 맹종하거나 우월하다는 의식으로 굳어지지 않도록, 차라리 그러한 생각이 아예 우리의 사고와 삶의 방식에는 있을 수 없는 것이 되도록 끊임없이 성찰하는 것이 바로 가치혁명이겠지요.

책 전체의 내용, 그래서 우리가 해야 하는 가치혁명, 가치를 다시 묻는다는 모두가 처음부터 끝까지 한 글자도 빠지지 않고 읽은 후 회의에서 더 이야기했으면 좋겠습니다. 제가 주저리주저리 너무 많이 하는 것은 글쓴이의 횡포니까요. 자제하겠습니다.

마치 몸에 큰 변화가 생긴 것처럼, 어른이 된 것처럼, 그렇게 의연한 마음은 500쪽이나 되는 내용들을 세상에 던졌기 때문에 우리가 끌어안아야 하는 책임과 자유겠지요.

여러분 모두에게 진심으로 고맙습니다. 선생님 몰래(도대체 왜 몰래

하려고 할까요) 머리말에 그래도 우리 팀에게 제일 고맙다는 말 쓰려다가, 쓰는 것이 더 웃긴 것이라 관뒀습니다. 절대 제가 이 책을 다 썼다고 생각하지 않습니다. 타자를 치거나 문장을 만들어내는 노력은 좀 더 했을지는 모르겠지만, 책에서 전하고자 하는 내용은 우리 모두의 목소리입니다. 그 목소리를 다 담지 못한 것에 오히려 미안합니다.

정말로 고맙습니다. 이제 정말 가치를 다시 물어 새로운 시대의 가치 혁명을 가능하게 하는 아름다운 팀이 됩시다. 고맙습니다.

5

세계와 소통하다

INDIGO+ing
Vol.01
Vol.02
Vol.03
Vol.04
Vol.13
Vol.15
생명의
아름다움
I have A dream
Vol.21
Vol.23
Vol.24
Vol.33

청소년이 직접 만드는
인문 교양지,

《INDIGO+ing》

지금 이 순간에도 더 아름다운 세상을 향한 창조적 열정으로 꿈꾸기를 멈추지 않는 작은 혁명가들이 여기 있습니다. 진실과 정의, 용기와 순수를 가진 이 혁명가들이 꿈꾸는 세상은 모든 사람이 자유와 평등을 누리며 사랑과 행복의 삶을 살 수 있는 에코토피아입니다.

그러나 이 젊은 혁명가들은 일상의 아름다움과 세상의 아픔을 함께 느끼는 일을 놓치지 않습니다. 지금 옳다고 생각한 바를 실천하는 것이야말로 이들의 혁명방식입니다. 각자의 삶의 장에서 배움과 소통의 장들을 만들어내고 그 아름다운 연대를 통해 이들이 꿈꾸는 정의롭고 아름다운 세상은 더디게라도 반드시 올 것입니다.

정의와 용기와 순수, 그리고 열정으로

• • 이슬아

청소년을 위한 '잡지'를 들여다보면 늘 일정 부분을 논술과 대학 소개에 할애하고 있습니다. 교과서와 문제집의 활자에 시달리다 눈을 돌려 찾게 된 그곳에도 역시, 청소년=수험생이라는 등식이 성립하고 있습니다. 청소년으로서, 청년으로서 우리가 꾸는 꿈은 좋은 대학에 입학하는 일만은 아닐 것입니다. 나는 누구인지, 어떻게 세상을 살아갈지, 정의가 아닌 것들에 대해 어떤 태도를 취해야 할지, 나는 어떤 어른이 되어야 할지. 이런 것들을 치열하게 고민하고 좀 더 나은 세상을 꿈꾸는 이 시대의 청소년들을 '수험생'이라는 이름으로 현실에 발 묶어버릴 수는 없는 일입니다. 이 땅의 많은 청소년들이 실제로 시험점수 1점에 웃고 울지만 그것이 결코 그들의 전부는 아닙니다.

세상의 불의에 대해 분노하고, 심지어 어떤 친구는 그런 불의에 대항하여 자신이 할 수 있는 일이 고작 공부밖에 없다며 울음을 터뜨리기도 합니다. 그런가 하면 내일을 예측하기 힘든 삶의 현장에서 힘들게 살아가는 친구들도 있습니다. 불의에 분통을 터뜨리다 사회로 뛰어나가 열심히 정의를 외치는 친구들도 있습니다. 처한 상황은 각각 달라도, 우리는 모두 치열한 삶을 살고 있습니다. 삶의 문제를 지금, 이곳에서 고민하는 것, 그리고 정면으로 부딪치는 것이 우리에게 필요한 태도입니다. 과거에 했던 고민들을 현재에도, 미래에도 놓치지 않고 뜻을 굳건히 하지 않으면 오래된 그림에 색이 바래듯 흐려지고 말 것입니다. 어쩔 수 없다는 '상황 논리'를 넘어, 실천을 위한 마음을 갖고 한 발짝 나아가야 합니다. 그러나 앞으로 나간다는 것은 쉬운 일이 아니기에, 더욱이 혼자서 발걸음을 떼는 것은 무수한 용기를 필요로 하기에, 그런 내 삶의 치열한 태도를 다른 이와 공유할 수 있는 장이 필요합니다. 바로 그 장이, 《인디고잉》이었으면 합니다.

우리 삶에서 마땅히 추구해야 하는, 그러나 현실적으로 추구하기 힘든 일상의 행복들을 진실하게 풀어내고자 합니다. 나를 만나고, 세계와 소통하고, 더불어 실천하는 것, 우리가 사랑하는 것들을 자유롭게 이야기하는 것. 무거운 책가방을 든 채로 땅만 보고 걷다 하늘을 올려봤을 때, "힘내!"라고 말해주듯 시원하게 불어오던 바람과 답답한 마음을 뻥 뚫어줄 것 같은 푸르른 하늘의 상쾌함을 담아내고 싶습니다. 진지하지만 결코 무겁지 않으며 냉철하고 이성적이지만 따뜻한 마음을 함께 나누고자 합니다. 각자의 사유와 다른 느낌들을 나누고, 어느새 잃어버린 내 삶을 다시 내 것으로 만들 수 있는 자유로운, 내가 앓고 있는 생각들을 함께 앓고 고민할 수 있는, '우리'의 힘으로 더 큰 일을 해낼 수 있는 장. 비록 서툴러도 몸과 마음으로 익힌 깨끗하고 정직한 글로 그런 장을 이뤄내고자 합니다. 그리하여 우리는 권위를 통해 진실과 정의를 실현하라는 사회와 타협한 어른들의 가르침보다, 진실과 정의를 통해 사랑을 나누는 방법을 택할 것입니다.

비록 작고 소박하기는 하지만, 새로운 것을 시도한다는 것은 언제나 두근거리는 일이기에 이 글을 쓰는 지금도 심장의 두근거림이 손끝까지 짜릿하게 퍼져오고 있습니다. 누군가의 가슴에 청소년의 열정으로 불꽃을 당길 수만 있다면 그것으로도 충분히 좋은 잡지라고, 헛된 일이 아니었다고 말할 수 있을 것 같습니다. 꿈을 꾼다는 것은 그 자체로 스스로에게 에너지를 주는 행위이며, 날마다 꿈을 꾸는 우리는 언제까지나 젊은 청년입니다. 어떠한 이념이나 이해관계에도 휘둘리지 않고, 순수하게 그러나 용감하게 꿈꾸고, 내 삶의 터전을 이끌어나가고, 우리의 장을 펼쳐보고자 합니다. 필요한 것은 깨어 있는 삶을 살고자 하는 태도, 진심으로 감동할 줄 아는 가슴, 올곧게 '나'를 세우고자 하는 의지. 그리고 우리의 권력은 오직 정의와 용기와 순수, 그리고 열정입니다.

유진재 : 죽은 청소년의 사회에 살고 있는 청소년들의, 청소년을 위한, 청소년에 의한 잡지이다. 미래에 대한 비전을 가지고 현실에 당당히 맞서는 당당한 청소년, 꿈과 이상과 희망으로 똘똘 뭉쳐 있는 청소년이 담겨 있다. 언제나 현재 진행형으로 살아가며, 현재를 즐길(카르페디엠) 줄 아는 청소년들에서 희망을 본다.

이민석 : 여태까지 우리가 청소년 시절을 즐기고 때로는 고민하고 사유하는 모습을 담은 잡지는 없었다. 이제는 《인디고잉》이 '보이지 않았던' 청소년들을 수면 위로 끌어올릴 것이다.

박은빈 : 박지성의 그라운드가 축구장이라면 청소년들의 그라운드는

《인디고잉》이다. 《인디고잉》은 그런 우리들의 소망과 주체성이 늘 살아 있는 곳이며 늘 세상과 소통하며 꿈을 실천하려는 발걸음들이 존중받는 곳이다.

한지섭 : 산에는 나무가 살고, 바다에는 꽁치가 살고, 내 마음엔 《인디고잉》이 산다.

김민성 : 《인디고잉》은 파란 하늘에서 신나게 뛰어놀고 싶어하는 우리 청소년들의 억압된 현실을 마음껏 풀어주는, 가슴 뿌듯한 잡지이다.

이윤정 : 《인디고잉》은 청소년들의 순수한 마음과 생각이 담겨 있는 청소년을 위한 진정한 청소년 잡지. 청소년들의 시각으로 청소년들의 느낌으로 청소년들의 입으로 보고 말하고 느낀 세상 이야기가 담긴 이 잡지야말로 이 시대 청소년들의 공감의 장.

주성완 : 《인디고잉》은 잘되어야지요. 청소년들이 그들 또한 세상의 가장 중요한 주체임을 알 수 있기 위해서.

박용준 : 진실과 정의가 승리하는 세상에 살고 싶다. 힘에 부치고, 적자 내면서도 또 이렇게 잡지를 만드는 도전을 하는 건 바로 그 무모한 꿈 때문이다. 하지만 바로 여기에서 그 꿈에 대한 희망을 발견할 수 있다. 사람들아 책 좀 사가라. 나와 같은 꿈을 꾸고 있다면(꿈은 이루어져야만 한다).

강지희 : 스무 살이 되어 소년의 시절을 반납하고 나면 이렇게도 영원한 소년에의 목마름을 느끼게 되는 시간이 있습니다. 삶은 매 순간 열정적이어야 하지만, 소년의 시기의 '청(靑)' 소년의 푸르른 그 열정으로 소년을 반납한 후에 느껴지는 이 타는 목마름을 덜 느끼도록, 늘 꿈꿔야 합니다, 영원한 소년은. 《인디고잉》은 그러한 청소년들의 열정의 소통의 장입니다.

이소연 : 청소년들은 빨갛고 뜨거운 것(존재)들이다. 세상을 향해 솔직한 목소리를 내고, 내 안의 작은 소리 하나에도 귀를 기울이게 만드는 《인디고잉》은 청소년들의 마음속에서 존재하는 중력과도 같은 그런 것이다.

김유민 : 어른들이 아닌 청소년. 우리의 눈과 귀와 입이 있는 진정한 우리의 얼굴 같은 존재. 진실한 청소년 잡지 《인디고잉》.

김태완 : 서툴고 부족하지만 우린 《인디고잉》에 젊음을 기록한다. 어느 시대이건, 젊은이들은 그 시대의 힘이니깐.

이해미 : 꿈꾸지 않는 자는 청소년이 아니죠, 꿈꾸어보아요, INDIGO+ing에서.

자신을 만나고 싶은가요? 그러면, INDIGO+ing에서 찾으세요.
세계와 소통하고 싶다면, 그것도 INDIGO+ing에서 얘기해봐요.
더불어 실천하고자 한다면, 당연히 INDIGO+ing에서 나눠야죠.
사랑하고 싶으신가요? 그럼, 살며시 INDIGO+ing을 넘겨보세요.

꿈, 나와 세계, 나눔과 행복, 그리고 사랑. 이 모든 것이 《인디고잉》에 있습니다.

류성훈 : 《인디고잉》의 '잉' 은 단순한 진행형을 뜻하는 것이 아니다. 앞에 be동사가 없으니까. 모든 '시제' 를 무시, 동시에 포함하는 단어다. 과거에는 진행되고 있었고 지금은 진행 중이며 안 보이는 미래에도 진행되고 있을 be동사 없는 INDIGO + ing.

《인디고잉》 기자에게 띄우는 편지

• • *2009.6.5*

이윤영

멀리 부산에서 날아오는 전파에 아람샘의 목소리가 들려옵니다. 오늘은 편지들을 소개하시네요.

오늘 라디오 방송의 주제는 '편지'. 아람샘을 좋아하는 라디오 DJ는 "편지를 쓰고 싶게 하시네요." 합니다. 저도 문득 편지를 쓰고 싶어 북페어 카페에 잠시 들렀다, 아람샘 홈페이지 잠시 들렀다, 누군가를 향한 메일 창에 들렀다, 결국 이곳으로 와 편지를 씁니다.

저는 지금 《인디고잉》 18호에 실릴 칼럼을 쓰고 있습니다. 나도 여러분처럼 마감을 지키지 못한 못난 기자라서 오늘도 컴퓨터 자판 앞을 떠나지 못하고 이렇게 떠돌고 있습니다.

최근 《인디고잉》이 위기다! 하고 선포한 적이 있습니다. 《인디고잉》에 이제 청소년의 목소리는 없다고 외친 적도 있습니다만, 신경 쓰지 마십시오. 《인디고잉》은 아직 건재하니까요. 그러나 최근, 《인디고잉》 작업할 때마다 마감이 안 지켜지는 것은 둘째 치고, 재학생 여러분 자리를 챙겨주느라 이리저리 살펴야 하는 편집팀의 어려움이 이만저만이 아닙니다.

여러분도 여러분 나름대로의 노력과 애정과 사랑으로 《인디고잉》 기자를 하고 있을 것입니다. 그리고 그 마음이 표현되지 않을 때, 혹은 나의 게으름으로 그 애정과 사랑이 아무것도 아닌 것처럼 되어버렸을 때 속상하고 슬프고 미안하고, 또 무력해지는 것도 잘 압니다. 그래서 여러분의 목소리를 좀 더 담아내지 못하는 선배로서의 나의 역할 때문에 대해 여러분에게 미안한 마음이 듭니다.

여러 번 지적당했던 회의시간의 무거움, 기사 분담의 수동성, 마감시간을 지키지 못하는 것, 기획안을 만들어내지 못하고, 맞춤법을 틀리며, 서로 소통이 잘 되지 않는 것. 이 모든 것은 원래의 《인디고잉》에 담고자 했던 큰 가치보다 소소한 것들이 분명한데, 우리는 이 소소한 것들에 매일 눌려 힘겹게 이 과정을 겪고 있다는 생각이 듭니다.

여전히 《인디고잉》에 담고 싶은 이야기가 너무 많습니다. 쓰고 싶었던 글이 기사로 들어갈 수 있는 것은 영광입니다. 그리고 쓰고 싶었던 내용이 《인디고잉》에서 함께 고민하던 그 맥락과 맞닿아 있는 것이라는 사실에 또 한 번 삶과 괴리되지 않은 《인디고잉》에 한 발짝 다가섰다는 마음까지 듭니다. 그 즐거운 마음이 우리 《인디고잉》을 더욱 아름답고 청소년답게 해줄 텐데요. 여러분, 그 마음이 없다면 너무나 아쉽고 섭섭한 것 아니겠습니까.

이번에 제가 쓴 페트라 켈리의 글은 별로 마음에 들지 않습니다. 늘 딱딱하고 정제된 글들을 써온 탓인지, 아니면 원래 사고구조가 그렇게 생겨먹어서인지 《인디고잉》 창간 이래 처음 '꿈꾸지 않는 자는 청소년이 아니다' 코너에 글을 쓰는 저는 어색함에 짓눌려 '사랑' 이라는 말을 자주 해야겠다, 나를 사랑하겠다, 라는 말을 너무나도 멋대가리 없게 하고 말았습니다. 그러나 그 서툰 마음이나마 《인디고잉》에 싣는 것으로 저는 아마 그렇게 하지 않은 것보다 수백 배, 수천 배는 더 사랑을 할 수 있는 사람이 될 수 있을 것이라고 믿습니다. 그만큼 《인디고잉》은 진실만이 담기는 우리의 소중한 보고이기 때문입니다. 나의 편지가 얼마나 여러분의 마음에 가 닿을지는 모르겠습니다. 별로 감흥이 없어 댓글 하나 둘 달리고 마는 그런 글이 되어버릴지도 모르지요. 그러면 아마 저는 상처를 받을 것입니다(나름 그런 것에 약한 사람입니다). 그리고 더 여러분과의 소통을 위해 진실한 마음을 내비치기 위해 노력할 것이고 그 노력을 표현하는 방법을 강구할 것입니다. 그것이 글이든 문자든, 말이든, 표정이든.

주인의식은 가지라고 해서 생기는 것도 아니고 잘 쓰고 싶다는 마음만 갖고 있다고 해서 쓸 수 있는 것도 아닙니다. 다만 여러분이 기자를 하고 있는 이유만 조용히 집중해서 생각해보세요. 무엇이라도 써야 한다는 마음이 불쑥 생겨나지 않을까, 생각합니다. 중요하고 진솔한 것들은 누군가에 의해서 생길 수 있는, 바깥에 있는 것이 아닙니다. 그것은 여러분에게 있고, 여러분들이 찾아낼 수 있는 것입니다.

사랑으로 충만한 것이 어떤 것인지 잘 몰라 사랑으로 충만한 글을 쓰지 못해서 참 미안합니다. 그러나 여전히 《인디고잉》에 담길 여러분들의 마음을 더 아름답고 진실하게 보고 싶습니다.

하루 종일 앉아 있어 허리가 아파오는 서울 조그만 방에서

윤영 씀

《인디고잉》을 만드는 이유

• • 2010.4.29

김미현

초등학교 1학년이었던 것 같습니다. 집에 처음 전화기가 생긴 날이었어요. 어머니께서 직접 수놓아 뜨개질해서 만드신 고운 받침대 위에 에메랄드색 동그란 전화기를 올려두고 가족 모두 모여 뿌듯해하던 기억이 납니다. 전화기가 생기고 처음 일주일 동안은 새로운 기계에 적응하느라 한바탕 소란을 떨었습니다. 따르릉 전화가 울리면 동생과 저는 서로 받으려고 부리나케 전화기로 뛰어갔죠. 엄마를 바꿔달라는 말에 "잠깐만 기다리세요." 하고 수화기를 내려놓고 기다리면 엄마가 오셔서 "전화는 왜 끊었어." 하시기 일쑤였습니다.

우리의 일상에서 소통의 도구들, 매개물들, 매체들을 늘려가는 것은 사실 엄청난 삶의 변화를 예고하는 일이기도 합니다. 세탁기, 냉장고 같은 가전이 아니라 사람과 사람 사이의 소통을 목적으로 하는 통신기기들은 더욱 그렇습니다. 과거의 전자기기들이 일차적으로 생활의 불편을 시정하고 줄여주는 역할을 했다면 컴퓨터가 발달하고 인터넷이 보급된 이후부터는 정보를 얻거나, 여가시간을 즐기는 수단이 되었습니다. 생존의 욕구가 아니라 인간의 욕망을 충족시키며 일상에 더욱 깊숙이 들어왔습니다. 한 개의 기사가 TV, 라디오, 신문, 인터넷, 휴대전화, 책 등 수많은 매체를 거치면서 확대 재생산되다 보니 그 내용물은 정성들여 세공한 다이아몬드처럼 가장 섬세하고 치명적인 모습으로 우리 사회의 가치들을 분명하게 보여줍니다. 부익부 빈익빈의 양극화된 사회 속에서 가난한 사람들의 목소리, 힘없는 자들의 목소리는 더욱 더 들리지 않게 되고, 그 반대에 있는 이들의 목소리는 그것이 전부인 것처럼 수많은 매체를 통해 울려퍼집니다. 이런 악순환은 그 사안이 전 지구적인 차원으로 바뀐다 해도 크게 달라지지 않습니다. 아이티 강진이나 중국 칭하이성 지진 같은 사건도 정치 · 환경 · 경제적인 문제가 복잡하게 얽혀 있음에도 부각되는 것은 거의 대부분 자연재해, 긴급구호, 기부 등의 협소한 범위에 머무릅니다.

새로운 도구, 매체의 발달은 관점의 다양성을 보장할 것 같지만 사실은 우리 사회의, 우리 세계의 지배적인 가치들을 더욱 경직된 모습으로 강화시킵니다. 우리는 오직 '나'의 삶을 살 뿐이지만 다양한 매체와 도구들 속에서 어릴 때부터 일상적으로 기존의 가치들에 노출되면서, 정작 삶의 주인인 나는 사라지고, 이렇게 저렇게 살아야 한다는 거부하기 힘든 인생사용설명서만을 손에 쥐고 가슴을 졸이게 됩니다. 한 번도 설명서를 손에서 놓아본 적이 없는 우리는 그것을 놓아버리거나 혹은 찢어버리는 사람을 보면 운이 나쁘거나 세상물정을 모르는 어리석은 사람으로 치부하곤 합니다.

사랑과 혁명의 투사 체 게바라와 대학거부선언을 한 김예슬 씨가 낡아빠진 인생사용설명서를 과감히 찢어버린 사람이라면, 조르바와 장발장은 우리에게 왜 설명서가 필요했는지 다시 묻는 사람입니다. 낡고 삭아서 앞장이 떨어져 나간 설명서의 앞부분을 들춰 처음 설명서를 만들고자 했던 이유인 삶에 대한 순수한 열정, 진리를 향한 진지한 성찰을 찾아낸 사람입니다. 삶에 대한 가장 근원적이고도 원초적인 사랑으로 기존 사회의 어떠한 가치틀에도 굴하지 않는 자유로운 인간으로 거듭난 사람입니다. 《인디고잉》이 이들을 통해 말하고자 하는 것은, 잊히고 지워진 삶의 주체로서 '나'에 대해 다시 관심 갖는 것, 이를 바탕으로 한 가치들의 회복입니다. 가치틀의 회복이 아니라 가치들의 회복인 것이죠.

기존의 가치틀을 거부하며 새로운 가치틀을 만드는, 형식과 권위의 재생산이 아니라 우리가 사는 삶, 그 자체만을 말하고 싶습니다. 중요한 것은 말보다 실천이며, 말과 행동의 방식은 오직 말하고자 하는 바 행동하고자 하는 바에 따라 결정되는 것입니다. 그렇기에 중요한 것은 어떻게 알리느냐가 아니라, 무엇을 누구에게 왜 알리고 싶은가가 먼저라는 것을.

잡지를 만들고 책을 쓰는 사람으로서 가져야 할 기획의 방향은 무엇일까요. 어떤 사람에게 어떤 글을 읽힐 것인가요. 우리의 책이 가난한 사람들, 고통받는 사람들에게 갈 수 없는 근본적인 한계를 가지고 있는 사회구조 안에 있다면 우리는 어떤 사람들에게 우리의 잡지를 주목할 것을 의무와 책무로서 지울 것인가요. 우선 우리가 할 수 있는 일은 가난하지도, 아프지도, 글을 몰라 무지하지도 않을, 이 잡지를 읽을 대다수의 '일반인'에게 이 잡지가 가지고 있는 근본적인 한계, 시야의 결손을 인식하고 있으며, 그렇기 때문에 결손을 없애는 것이 아니라 그러한 전 지구적인 구조 안에서의 시야의 결손을 드러내고 파헤치고자 한다는 것을 말할 수 있어야 할 것입니다. 그리고 이 글을 읽는 당신에게 당신의 삶 또한 한 권의 잡지와 같음을 말하고자 합니다. 그것은 무서운 형벌이 아니라 오직 그것만이 사랑이며 자유이기 때문입니다.

INSPIRATION, ENGAGEMENT AND VISION
INDIGO
Humanities Magazine for Young People
Vol.1
INDIGO
Common
Struggles
Vol. 2
INDIGO
Shared
Visions
Vol. 3
INDIGO
Against Injustice
Vol. 4
INDIGO
Possible Impossibilities
Vol. 5
INDIGO
Where Hope Begins
Vol. 6
INDIGO
Occupy World Street
Vol. 7
INDIGO
The Task of Living
Vol. 8
INDIGO
Blind State
Vol. 9

Humanities Magazine
for Young People
《INDIGO》

세계에 일어나는 모든 일에 대해 주체적으로 발언하고 책임지는 것, 이것은 집단적 참여 가능성으로서 국제 잡지의 창립의의이다. 우리는 끊임없이 불화해야 하고, 또 소통해야 한다. 사유의 지평을 확장하고 공유하며, 역사의 증언을 넘어 진리의 과정에 참여하고자 하는 모든 이들에게 이 잡지의 공간은 열려 있다. 전 지구적 변화를 꿈꾸고, 인간적 연대의 힘을 믿는 자들이라면 당당히 세상에 정의를 요구하고, 진실 추구를 멈추지 않아야 할 것이다. 이러한 쓸모 있는 인문주의의 실천은 우리 시대의 젊은이들이 응당 가져야 하는 책무이자 소명이며, 새로운 가능성을 준비하는 과정임을 믿는다.

이 새로운 소통의 장이 지구상의 보다 많은 젊은이들이 밤을 새워 뜨겁게 논쟁하고, 함께 연대하여 변화를 이끌어내는 공간이 될 수 있기를. 인간 본성의 소중한 가치를 귀하게 여기는 감수성과 정의를 건설하고자 하는 용기를 지닌 청년들이 서로의 마음을 열고 우리의 삶 깊은 곳까지 성찰할 수 있게 되기를. 자유로운 영혼들이 자신의 건강한 생명성을 무기로 삼아 새로운 역사의 가능성 그 자체가 될 수 있기를. 그래서 우리 모두가 생의 아름다움에 경탄하고 사랑을 통한 혁명의 가능성을 가슴 한켠에 간직할 수 있게 되기를.

새로운 인문적 연대의 시작

• • 박용준

왜 국제 인문학 잡지인가? 이 물음에 답하기 위해 우리는 먼저 세계의 변화가 어떻게, 그리고 왜 시작되는지를 물어야만 한다. 세계의 지속과 발전을 위해 세상은 매 순간 변화하고, 또 변화해야만 한다. 새로운 시대에는 새로운 변화의 주체가 필요한 법이고, 그 변화의 진원지에는 늘 하나의 창조적 사건이 자리한다. 결국 변화란 하나의 창조적 행위와 같으며, 창조란 영감을 얻은 주체가 상상력을 통해 보다 나은 세상을 꿈꾸는 것으로 시작된다.

국제 잡지의 기획은 바로 이 창조적 변화의 가능성에 대한 하나의 실험이다. 인디고 국제 인문학 프로젝트팀이 인간정신의 지도 위를 거닐며 만난 창조적 개인들은 모두 이러한 변화의 가능성을 굳게 믿고, 인간적 가치들을 자신의 삶 속에서 실천하는 사람들이었다. 이들과 함께 우리는 새로운 인문적 연대를 시작한다. 이제 세계는 인종과 국경으로 분리된 경계의 땅이 아닌 오직 하나의 평평한 지구가 된다. 세상 어디에 있든, 우리는 인간이라는 보편성을 공유하고 있기에, 그러한 인간적 진실과 정의에 진정성 있게 다가가고자 한다.

지금 우리가 살고 있는 세상에는 여전히 가난하고 굶주린 자들이 있다. 기아와 가난, 전쟁과 폭력 속에서 인간적 존엄과 배려의 진정한 의미가 다시금 문제시 되는 시대적 상황에서 이제 우리는 함께 그 속으로 뛰어들어, 공동선을 향한 사랑과 우정의 정치를 시작하고자 한다. 자신의 아픔을 세상을 향해 말할 수 없는 자들, 몫 없는 자들, 그리고 권력으로부터 배제되고 소외된 자들의 목소리에 귀 기울이고자 한다. 이러한 노력이야말로 시대의 증언이자 역사의 기록이 될 것이라 믿는다.

우리가 결코 잊지 말아야 할 하나의 희망이 있다면 그것은 세계 곳곳에 이미 인간적 가치를 실천하고 있는 사람들이 많다는 사실이다. 희망의 증거인 이들의 경험과 꿈들을 공유한다는 것은 그러한 실천들 속에 잠재된 가능성들을 재발견하고, 시야의 결손을 최소화하며, 소통을 통한 공동의 전망을 모색하는 것을 의미한다. 공동선의 실현, 이것이 바로 이 기획의 발걸음이 향하고 있는 본원적 지점이다.

세계에 일어나는 모든 일에 대해 주체적으로 발언하고 책임지는 것, 이것은 집단적 참여 가능성으로서 국제 잡지의 창립의의이다. 우리는 끊임없이 불화해야 하고, 또 소통해야 한다. 사유의 지평을 확장하고 공유하며, 역사의 증언을 넘어 진리의 과정에 참여하고자 하는 모든 이들에게 이 잡지의 공간은 열려 있다. 전 지구적 변화를 꿈꾸고, 인간적 연대의 힘을 믿는 자들이라면 당당히 세상에 정의를 요구하고, 진실 추구를 멈추지 않아야 할 것이다. 이러한 쓸모 있는 인문주의의 실천은 우리 시대의 젊은이들이 응당 가져야 하는 책무이자 소명이며, 새로운 가능성을 준비하는 과정임을 믿는다.

새로운 역사의 가능성을 위한 이러한 혁명적 시도는 사회악을 없애는 단순한 개혁도 아니며, 형식과 제도를 단순히 재편하는 것도 아니고, 이상향을 제시하는 독보적인 행보도 아니다. 이는 오히려 인간 가치를 재평가하여 새로운 가치관을 발명하는 노력으로 귀결되어야 한다. 인간적 관계의 회복을 가져오고, 삶에 새로운 의미와 가치를 불어넣는 것, 그리고 세상의 고통에 윤리적으로 대응할 수 있는 주체가 되는 것, 이것이 바로 이 기획이 가져올 혁명적 변화일 수 있다.

오로지 배고픈 자들을 위해 글을 쓰지만, 먹고 마실 것이 충분한 자들만이 존재의 의미를 깨달을 여유가 있다는 사실을 발견하게 되는 작가의 패러독스를 우리는 종이와 잉크로 이루어진 잡지의 출판을 통해 극복하고자 한다. 과학기술에의 접근성이 또 다른 배제와 차별을 낳는 부당한 문명의 시대에 우리는 본질적인 나눔의 방식을 단호히 선택해야만 한다. 세상의 모든 아이들의 손에 자신의 꿈을 그릴 수 있는 연필과 종이를 쥐어줄 수 있는 방식으로.

이 새로운 소통의 장이 지구상의 보다 많은 젊은이들이 밤을 새워 뜨겁게 논쟁하고, 함께 연대하여 변화를 이끌어내는 공간이 될 수 있기를. 인간 본성의 소중한 가치를 귀하게 여기는 감수성과 정의를 건설하고자 하는 용기를 지닌 청년들이 서로의 마음을 열고 우리의 삶 깊은 곳까지 성찰할 수 있게 되기를. 자유로운 영혼들이 자신의 건강한 생명성을 무기로 삼아 새로운 역사의 가능성 그 자체가 될 수 있기를. 그래서 우리 모두가 생의 아름다움에 경탄하고 사랑을 통한 혁명의 가능성을 가슴 한켠에 간직할 수 있게 되기를.

왜 전 지구적 인문학 잡지인가

•• 브라이언 파머

잡지를 만든다는 것은 친구를 만드는 방법이다. 20년 전, 나는 스톡홀름에 있는 작은 서점에서 《스웨덴 전형(The Swedish Example)》이라는 잡지를 우연히 발견했던 순간을 기억한다. 나는 그 잡지가 스웨덴 사회제도 근저에 있는 인문학적이고 평등한 사고를 전달하는 방식에 큰 감동을 받았고, 나는 그 편집장과 친분을 쌓게 되었다. 그 후로 지금까지 그와 나는 좋은 친구이자, 때론 공동으로 작업을 진행하는 동료이기도 하다.

잡지 《INDIGO》는 병 속에 담긴 편지처럼, 헬륨 풍선에 달려 하늘 높이 떠 있는 메시지처럼 세계를 향해 나아갈 것이다. 같은 문제의식에 대해 궁금해하고, 같은 것들을 고민하는 사람들의 손에 이 잡지가 가닿을 수 있기를 희망한다. 즉 우리는 친구를 만들기를 희망하는 것이다. 이 미래의 친구들을 위해 나는 환영과 소개의 글을 몇 자 적어보고자 한다.

독자들은 인디고의 배후에 누가 있는지 궁금할 것이다. 인디고 프로젝트는 한 이상주의자 선생님인 허아람과 학생들, 그녀에게 배웠던 졸업생들로부터 시작되었다. 대학입학시험을 위한 암기와 벼락치기 공부를 강조하는 한국 교육시스템의 한가운데서 교사 허아람의 학생들은 문학과 예술을 논하고, 세상의 고통받는 타인들에게 어떻게 응답할 것인지를 고민한다. 이러한 그들의 관심들은 성장하였고, 곧 독서토론, 출판, 서점, 문화공간, 그리고 대부분이 한국어로 쓰인 잡지 출판 등의 활동들로 나타났다. 지금 당신의 손에 있는 것이 바로 세계 곳곳의 많은 사람들을 포용하고 논의를 확장하고자 하는 희망에서 만들어진 새로운 영어 잡지인 것이다.

나는 지금 시민적 용기와 사회적 참여에 대한 강의를 하고 있는 스웨덴에서 글을 쓰고 있다. 이전에 나는 하버드대학교에서 교편을 잡았었는데, 그때의 강의를 엮은 책이 한국어로 번역되어 인디고 친구들과 인연을 맺게 되었다. 인디고의 목표 중 하나는 전 세계 실천가들과 대중적 지성인들 간의 대화의 장을 만들고자 하는 것인데, 나 또한 그 소통의 장에 초대되는 영광을 얻었다.

인디고 프로젝트가 고양시키고자 하는 소통의 장은 대의와 희망에 대한 것이다. 수전 손택이 "극명하게 대비되는 인간 운명의 공존"이라고 칭한 부정의와 고통의 세계 속에서 우리는 과연 어떻게 살아야 하는가? 고통받는 이들에 비해 충분히 많은 것을 누리고 있는 사람이 갖는 책임이란 무엇인가? 동시에 우리는 개인적 투쟁이나 딜레마 속에 있는 우리 자신의 삶에 대해 질문을 던진다. 우리는 문학과 음악, 그리고 다른 예술들 속에서 어떻게 정신적 생명성을 찾을 수 있을 것인가? 우리는 과연 경쟁과 물질주의에 물든 사회에서 억눌렸던 인간관계와 공동체의 가능성을 되찾을 수 있을 것인가? 우리는 어떤 인간이 되고자 하며, 어떻게 서로를 배려할 수 있을 것인가?

이러한 질문들(이보다 더 많은)을 이어가기 위해 영어로 쓰인 이 국제 잡지는 열린 소통의 장을 제공할 것이다. 이 장은 인터넷에 접속할 수 없는 사람들에게까지도 열려 있다. 병 속에 담긴 메시지나 헬륨 풍선에 달린 편지처럼, 그리고 어느 도서관의 책꽂이에, 혹은 누군가의 식탁 위에 놓인 인쇄된 잡지는 당신에게 아주 흥미로운 초대를 제안할 것이다. 이것이 세상을 향해 소리친다. 이것이 바로 우리가 하고자 하는 책무이자, 당신이 우리의 길에 동행할 수 있기를 바라는 희망임을. 우리는 친구들을 만들기를 희망한다.

영감, 참여 그리고 비전: 개인적 회고

• • 마크 데이비스

내가 바우만연구소—지그문트 바우만 교수를 기리기 위해 설립한 국제 연구 및 교육 기관—의 소장 직책을 맡는 행운을 누린 이후에 나는 전 세계로부터 온갖 문의를 받는 것에 익숙해져 있었다. 이들 중 대부분은 바우만 교수에게 컨퍼런스의 참석을 부탁하거나, 시대적인 중대 사안에 대해 그의 생각을 묻기 위한 것들이다. 그리고 세계 각지의 사람들이 바우만연구소의 존재를 알게 되면서, 더 많은 사람들이 연구소의 발족 자체에 많은 관심을 보이기 시작했다. 2009년 6월 1일, 나는 대한민국 부산에서 발행하는 청소년 인문학 잡지의 편집장인 박용준에게 이메일을 받았다. 나는 한국의 젊고 열정적이며 창조적인 한 단체가 '가치를 다시 묻다'라는 질문의 필요성을 이해하기 위한 그들의 여정 중 하나로 유럽의 위대한 지성들을 만나러 올 예정이라는 사실을 알게 되었다. 다행스럽게도, 그들의 유럽 여정은 (나의 전공 분야인) '자유'의 개념에 초점이 맞추어져 있었다.

나는 마침 지그문트 바우만 사회학에서 자유의 개념에 대한 박사논

문을 끝냈었고, 인디고 프로젝트 팀으로부터 자신들의 여정 중에 내가 있는 영국의 리즈를 방문할 계획이라는 소식을 듣고는 매우 기뻤다. 젊은 우리는 함께 모여 자유의 개념과 생각들을 공유할 수 있었고, 우리가 갖고 있는 공통의 문제들과 고민들에 대해 논의하며, 공유된 질문들을 함께 탐구할 수 있었기 때문이다. 그것이 바로 용준에게서 온 첫 번째 메일이 나에게 준 충격이었다. 서로 완전히 다른 지리적 · 문화적 맥락에도 불구하고, 우리는 21세기 초의 세계화된 소비사회를 지배했다고 할 수 있는 이슈들과 문제들을 이해하기 위해 각자의 방식으로 노력하고 있었다. 이러한 사실에서 최소한 리즈와 부산과의 거리는 전혀 중요한 것이 아니라는 사실을 알게 되었고, 이에 매우 기뻤다. 이러한 인디고 친구들의 작업은 보다 원대한 꿈을 위해 뿌려놓은 씨앗들과 같은 것이었고, 이 씨앗들은 이제 젊은 세대를 위한 국제 인문학 잡지로 탄생했다. 리즈에서 있었던 인디고 친구들과의 만남에서부터 나는 바로 이 원대한 포부를 공유하기 시작했던 것이다.

나의 대학교 작은 사무실에서 함께 앉아 있는 이 젊은 친구들의 영감과 비전에 나는 완전히 빠져들었다. 나의 사무실은 바우만 교수가 리즈 대학교에서 1990년 은퇴하기 전까지 쓰던 공간인데, 분명 우리는 이미 그렇게 영감을 주는 장소에서 첫 번째 만남을 가졌던 것이다! 인디고가 답을 구하고자 하는 질문과, 한국에서 청년으로 살아가는 그들의 삶과 영국에서의 나의 경험이 놀랄 만큼 유사하다는 사실에서 비롯된 열정은—이는 인간의 자유가 소비사회의 쓰레기인 상품들을 점점 더 많이 선택할 수 있는 능력이 아닌 훨씬 넓은 의미를 가져야 한다는 것에 대한 공통된 믿음이었다—우리가 이 어렵고 도전적인 시대에 모든 인류가 직면하고 있는 문제에 대한 비전을 공유하고 있다는 것을 나에게 증명해주었다. 첫 번째 만남 이후로 나는 인디고와 지속적인 관계를 맺고 있고, 영광스럽게도 나는 인디고의 국제 인문학 잡지 기획에 미약하나마 힘을 보탤 수 있게 되었다. 매우 흥미롭고 영감을 주는 비전을 제시하고 그로부터 미래를 향한 공동의 비전에 대해 창조적으로 고민하고자 하는 젊은 청년들의 연대를 이끌어낼 이 국제 인문학 잡지의 기획에 말이다.

지금 당신이 손에 들고 있는 이 잡지는 전세계의 젊은이들이 만들어갈 새로운 여정의 출발을 의미한다. 걷잡을 수 없이 만연한 쾌락주의적 형태의 소비주의로 인해 발생한 현재의 전 지구적 위기를 넘어 우리는 인간적 상상력과 창조력을 최대한 발휘할 수 있는 지점으로 나아가야만 한다. 우리는 새로운 시대에 걸맞은 방식으로 인간 가치가 다시 한 번 우리의 삶을 의미 있게 만들어 줄 것이라는 희망과 함께, 더 깊이 사유하고, 우리의 신념들을 재평가해야 하는 것이다. 바로 이 잡지가 우리 앞에 펼쳐진 도전들을 헤쳐 나가는 데 도움을 줄 것이다.

2010년 3월 19일, 리즈에서

INSPIRATION, ENGAGEMENT AND VISION

INDIGO

Humanities Magazine for Young People

Blind State

Education and the Democratic Public Sphere
Neo-liberalism as a Historical Stage
Ancient Society and the New Politics
The War for Nothing
A Precariat Charter and Basic Income
A Way to Face the Disaster

Vol. 9
SPRING/SUMMER 2015

사랑과 혁명의 공부 공동체, 인크Ink

인크(InK)는 인디고 서원에서 인문학을 공부한 청소년들이 청년으로 성장하여 인문학 공부와 그에 따른 실천을 함께 지속해나가고자 2008년 12월 28일에 만든 공부 공동체입니다. 개인의 삶이 어떤 하나의 중심 가치로 수렴하듯, 인디고라는 공동체에서 이루어지는 여러 활동들이 수렴하는 가치는 무엇인지 고민하고 또 그것을 끊임없이 발전시켜 다시 여러 활동들에 새롭게 반영될 수 있게 노력하고 있습니다. 인문학 공부를 통해 세상을 향해 본질적인 질문을 던지고, 그 질문에 함께 답하기 위한 공적 대화의 장을 열며, 그를 통해 더 나은 세상을 위한 쓸모있는 창조적 실천을 이끌어내는 것, 이것이 인크가 하고자 하는 것입니다.

사랑의 공동체, 그 존재의 중심을 재건한다

•• 윤한결

인디고 그라운드는 청소년 독서토론수업에서 시작하여 책의 저자를 직접 초청해 소통하는 자리인 '주제와 변주', 청소년이 직접 만드는 인문교양지 《인디고잉》, 전 세계의 창조적 실천가들과 청소년들을 부산에 초청해 전 세계적인 문제들에 대해서 함께 소통하는 '인디고 유스 북페어', 청소년들을 위한 열린 소통의 장인 '정의로운 세상을 꿈꾸는 청소년, 세계와 소통하다' 등으로 그 활동영역을 확장시켜왔다. 기획에서부터 진행까지 청소년들의 주체적인 참여로 이루어진 이 모든 활동들을 통해 청소년들은 소통을 통한 몸과 마음 그리고 영혼의 성장과 함께 그들이 꿈꾸는 정의롭고 아름다운 세상의 모습을 세계를 향해 외쳐왔다. 이러한 공동체의 확장은 우리 삶의 장에서 배움과 소통의 장을 갈망하는 청소년들의 창조적 열정으로 인해 자연스럽게 만들어지고 또 지속되어온 것이다.

"사랑은 존재의 중심을 재건한다." —존 버거

"각자의 삶은 어떤 중심으로 수렴한다." —에밀리 디킨슨

인디고 그라운드에서의 주체적인 참여를 통해 청소년들이 가장 먼저 경험하는 것은 스스로에 대한 재발견과 반성, 그리고 변화이다. 삶의 다양한 순간에서 발현되는 자신의 행동들, 그 행동들을 결정하는 자신 내면의 근원적인 존재방식에 대해서 스스로 돌아보면, 많은 경우 그 존재방식은 내가 스스로 세운 것도 아닐뿐더러 그 때문에 스스로가 가장 중요하게 생각하는 가치를 토대로 한 것도 아니다. 이러한 반성은 '그렇다면 내가 삶에서 가장 중요하게 생각하는 가치들은 무엇인가?' 라는 물음으로 연결되고 그에 대한 답을 찾기 위해 공부하기 시작한다. 책을 통해, 다른 사람과의 대화를 통해 자신이 추구하고자 하는 가치를 발견하면 이제는 그 가치들에 근거한 새로운 존재방식을 꿈꾼다. 그리고 그 꿈꾸는 존재방식을 자신의 일상에서 실현하려고 치열하게 투쟁한다. 이같이 스스로를 재발견하고 반성하고, 변화시켜나가는 과정은 결코 혼자 진행되는 것이 아니라 인디고 그라운드에서 활동하는 청소년들 사이에서 서로 영향을 주고받으며 함께 진행된다. 이러한 과정을 통해 청소년들은 개인의 변화는 물론, 중요한 가치를 공유하고 그것을 실현하기 위해 함께 연대하여 공동체를 형성해 나간다.

이번에 새롭게 탄생한 '사랑과 혁명의 공부공동체, 인크(Ink)' 는 이러한 개인의 성장과정을 인디고 그라운드라는 공동체의 장에 적용하고자 탄생하였다. 즉 '인크' 는 인디고 그라운드에서 다양하게 진행되고 있는 활동들, 그 활동들이 수렴하는 인디고의 중심가치에 대해서 고민하고 발전시켜 나가는 장으로서 역할을 하게 될 것이다. 그리고 그 가

치를 다시 인디고 그라운드의 여러 활동에 적용시키는 역할도 할 것이다. 개인의 삶이 그러하듯, 인디고가 추구하는 가치도 시간이 흐름에 따라 공동체의 주체들에 의해서 더욱 발전되어야 할 것이며 그 가치가 각각의 활동들에서 구체적으로 실현될 수 있도록 노력해야 할 것이다. 이같은 공동체의 끊임없는 존재 중심의 재건이야말로 그 자체로서 살아 있는 공동체의 이상적인 모습이며 그 근원에는 물론 구성원 간의 사랑이 바탕이 되어 흐르고 있을 것이다.

6

사랑이 아니면
인생은 아무것도 아니야

죽란시사첩 머리말

죽란시사첩 머리말

나해철

다산 정약용 선생이
시 짓는 친구들과 함께 만든
죽란시사첩이라는 동인지의 머리말을 보면
"모임이 이루어지자 우리는 이렇게 약속하였다
살구꽃이 처음 피면 한 번 모인다
복숭아꽃이 처음 피면 한 번 모인다
한여름에 참외가 익으면 한 번 모인다
가을이 되어 서늘해지면 서지에서 연꽃을
구경하러 한 번 모인다
국화꽃이 피면 한 번 모인다
겨울에 큰 눈이 내리면 한 번 모인다
한 해가 저물 무렵에 화분에 심은 매화가
꽃을 피우면 한 번 모인다
……"는 말이 있다.
젠장! 시 쓰는 친구들아
다들 잘 있느냐
가까이 살구꽃도 봉숭아꽃도 참외밭도 없어서
이렇게 사느냐
매화 보는 대신에 곗돈을 부어서라도
얼굴 보고 목소리 듣자
죽란시사 혀 차는 듯한 소리
늦가을 비 내리는 창밖에서 들린다.

그대들의 낮과 나의 밤

• • 2003.5.30

황수진

그대들의 낮이 내게 밤인 지금, 멀리 풀냄새 가득한 땅에서 이제야 인사글 올립니다. 도망치듯, 모두에게 연락 없이, 이곳으로 와서야 소식 전하게 되어 너무 미안해요. 죄송해요. 평화스럽고 조용한 이곳이지만 얼굴 마주한 채 밤새워 얘기한 지 오래인 너무나 그리운 이들 때문에 이곳의 낯설음이 어쩌면 더 깊어질지도 모르겠습니다. 어린, 순수한, 쉼없이 달렸던 학창 시절이 지나가고 새로운 경험과 세상의 존재에 입 다물 수 없던 대학 4년이 지나고 나니 마치 이곳에 가만히 아무것도 하지 않고 서 있는 나는 내가 아닌 것만 같아서 자꾸만 조바심이 듭니다. 늘 어리고, 늘 순수하고, 늘 쉼없이 달리고, 늘 죽을 만큼 사랑하고, 분명 시보다 아름다운 시인일 아람샘 보고 싶어요. 어쩌면 글로도 표현하지 못할 말들이 가슴속에 너무 많아 차라리 얼굴 보고 그저 한번 껴안아도 좋을텐데. 그저 옆에 서서 걷기만 한데도 좋을 텐데…… 아, 보고 싶다.

인사합니다

•• *2003.5.24*

목정원

당신이 오래전에 있었던 어떤 일에 대하여 생각하고 있다면, 예를 들어 누군가 당신에게 어떤 질문을 했는데 당신은 그 대답을 알지 못했다. 그것이 내 이름이다.

—박정대, 〈열두 개의 촛불과 하나의 달 이야기〉 중에서

안녕하세요. 오랜만에 선생님과 통화하고 추천받은 시집을 참 기쁜 맘으로 샀는데 첫 번째 시 첫 몇 구절부터 진하게 감동적이라 돌아오는 전철 안에서 뭔가에 놀란 사람처럼 책을 덮어버리고 덜컹거리며 온 밤입니다. 어떤 자세로, 어떻게 눕거나 엎드려 읽으면 좋을까, 아직 알 수 없는 이 아름다운 시들을 앞에 두고 나 여기 오래 미뤄왔던 글을 올립니다. 오래 망설였던 인사를 합니다. 아람샘으로 인해 맺어진 인연의 사람들은 이름도 모르고 본 적도 없어도 참 아름다운 사람들일 거라는 생각했습니다. 저는 목정원이라고 합니다.

중3 여름에 잠시 아람샘 수업 들었어요. 지금은 고3, 서울에서 혼자

학교 다닙니다. 안녕하세요. 여기 자주 들어오진 못하지만 간간이 들어올 때마다 깨끗하고 맑은 글들 많이 읽고 갔습니다. 실은 때로 얼굴 마주하고 이야기해본 기억 속의 사람들이 아닌 것에 서먹하기도 했고 너무 그리운 선생님과 같이 수업했던 이제는 제법 오래된 그 여름의 날들이 눈물겹기도 했습니다. 그렇지만 나, 아람샘의 이름으로 함께하는 자리에 어색함 없이 모두와 섞여 하나된 채 오래도록 앉아 있어볼 언젠가를 생각해보기도 합니다. 그리고 아람샘과 지금 수업하는 고3 친구들 너무 부러운 친구들, 이 말 꼭 전해주고 싶습니다. 나 여기 서울에 올라와서 지내는 동안 참 좋은 사람들 많이 만나고 참 좋은 생각들도 많이 하고 참 좋은 날들 보내고 있는데, 그 모든 것들의 기쁨과 버금가는 크기로 아쉬운 것 한 가지 있습니다. 그게 아람샘과의 수업입니다. 이 아름다운 시절에 내 약한 생각들을 깊게 뿌리내리게 하고 굳건하게 하고 가장 눈부신 잎을 위해서 높이 뻗어갈 수 있게 할 소중한 기초를 쌓아가는 일, 나도 아람샘과 누구인지 알지 못하는 먼 친구들과 함께하고 싶어 참 안타깝습니다.

소행성에서 함께할 수 있는 동안, 너무 많은 숙제에 늦은 시각까지 깨어 책을 읽거나 글을 쓰거나 할 수 있는 동안에, 부디 그 순간에 행복하시기를 바랄게요. 이렇게 조금은 샘나하는 마음 갖고 부러워하고 또 그리워하는 먼 곳의 친구도 있다는 것 가끔은 기억해줬으면 좋겠습니다. 아, 오늘은 참 많은 일이 있던 하루였습니다. 하늘이 잔뜩 흐리더니 이제 잠자리에 들고 나면 한 차례 기다리던 비가 쏟아질지도 모르겠습니다. 모두들 즐겁게 지내세요. 나 이제 익숙한 이처럼 간혹 인사해도 받아주시길.

존 레논 씨에게 쓰는 편지

• • *2007.12.10*

윤한결

Sharing all the world

탐욕을 부릴 필요도 없고

굶주릴 필요도 없으며

인류애로 넘쳐나는

세상을 함께 공유하는

사람들을 상상해봐요

안녕하세요, 존 레논 씨.

제가 모든 사람이 행복하게 사는 아름다운 세상을 상상하기 시작한 건 분명 어느 날 밤 당신의 노래를 들었을 때부터일 겁니다. 그저 막연히 상상하고 꿈꿨습니다. 그때마다 제 머리 속에 떠오르는 건, 서로의 눈을 바라보며 환히 웃는 사람들이었습니다. 존 레논 씨, 당신은 상상할 수 있나요? 그것이 현실이 되는 장면을. 신기해요. 다른 건 몰라도 인류애로 넘쳐났어요. 꿈이 아니라 현실에서요. 서로 다른 피부와 다른 말을 쓰는 사람들의 다른 색깔의 눈 속에서요. 그 인류애라는 것이. 빛났다니까요. 정말 어느 유행가 가사처럼, 사람과 사람이 서로 만나 눈을 마주 보고 웃으면 마음속에 꽃이 피는 것 같았어요. 그 느낌 하나만으로도 저는 모든 사람이 행복한 아름다운 세상을 믿을 수 있을 것 같아요.

이매진 = 상상 = 꿈

저는 꿈의 힘을 믿어요. 꿈이 노래가 되고 노래가 꿈이 되고 결국은 현실이 되겠죠. 고마워요. 노래 불러줘서. 꿈꾸고 상상할 수 있게 해줘서. 저도 다른 사람에게 그렇게 하고 싶어요. 그렇게 되기를 꿈꿔요.

그럼 존 레논 씨. 제가 그렇게 되면, 꿈이 현실이 되면 다시 한 번 편지할게요.

p.s.
하지만 역시 꿈이 현실로 뿅하고 바뀐 건 아니었어요.
함께 꿈꾸는 많은 분들의 아름다운 수고.
(아름다운 세상을 위한 과정이 아름다워서 다행이에요.)
저는 수고하셨습니다, 라고 밖에 인사할 수 없었지만,
사실 너무 고맙고 미안했어요. 저는 정말이지 꿈만 꿨었거든요.
꿈을 현실로 만들기 위해선 수고해야 한다는 것도 배웠어요.

러브레터

••*2008.3.1*

김신혜

저는 아람샘 홈피에 글 남기는 게 너무너무 어려워요. 우리 반 숙제공지 아니면 소행성B612 게시판에 댓글 남기는 것조차 어려워서 소심하게 댓글 달았다 나중에 다시 들어와서 지워버리곤 해요. 제가 끼어들어 인디고라는 세계에 혼란이 생길까 하는 걱정인 걸까요? 그래서 이번만은 저를 이곳에 포함시켜보기 위해 이렇게 글을 남겨요.

저는 인디고를 만난 지 1년 조금 더 넘었지만, 그전의 삶이 이상하진 않았나, 하는 생각이 들어요. 사람들 앞에서 주목받는 거 무지무지 싫어하고, 말하는 거 무지무지 싫어하고, 혼자만의 세계에 꼭 갇혀서 아무도 날 건드리지 않았으면 좋겠다고 언제나 간절히 바랐죠. 누군가가 제 삶에 끼어들려고 제 세상을 향해 손을 뻗으면 헤실거리면서 피하기만 했죠. 그래서 아버지가 홈스쿨을 제안하셨을 때 옳다구나, 하고 덥석 시작했어요. 혼자 있는 시간이 많아지면 저 산과 햇볕과 새와 구름을 바라볼 시간이 많아질 테고, 혼잡한 곳에서 유치하고 창피한 감정들을 느끼는 일도 없어질 테고, 그렇게 저 혼자만의 알에 갇혀서 영원히 살았으면 좋겠다고 생각했어요.

홈스쿨링 첫 1년은 한겨울 내내 미친 듯이 스노보드 타러 혼자서 용평 가던 기억밖에 안 나요. 그때 처음으로 짝사랑이란 걸 해봤고 너무 너무 아프면서 행복했다는 기억하고요. 짝사랑에 미친 건지, 스노보드에 미친 건지, 아니면 둘 다에 미친 건지 너무너무 열심히 다녀서 손목도 부러지고, 무릎도 빠지고, 멍은 낫지도 않고……근데 그때 내 속에도 열정이라는 게 존재하는구나 하고 느꼈어요.

홈스쿨링 두 번째 1년은 여름에 스킨스쿠버 배우러 바다를 가던 기억이 나요. 아, 쑥스럽지만 사실 짝사랑하던 아저씨가 4계절 스포츠 여행사 직원이었거든요. 스노보드는 정말 좋아해서 타러 다녔지만 스킨스쿠버는 아저씨 보러 간 거예요, 사실. 근데 생각해보니까 2번밖에 못 봤어요. 무거운 납이랑 공기통 때문에 허리가 아파서 미칠 지경이고 파도치는 태종대에서 뼛속까지 차가운 물에 풍덩 하고 들어가 건조한 공기를 들이마시면 정말 힘들다고요. 그래서 한여름 내내 바다 가자고 전화하시는 강사님께 둘러대느라 정말 진땀 뺐어요.

나 되게 얄밉죠. 다른 친구들은 학교에서 공부하고 있을 때 저는 저렇게 열심히 놀러다니기만 하니까. 근데요 나는 공휴일날 태어난데다 학교도 안 가니 친구들이 생일파티 열어준 적도 없고 친구들끼리 신나게 수다도 못 떨었으니까, 안 미안할래요.

근데요, 나 이제 조금 있으면 고등학교 입학해요. 전 학교 안 가고 인디고 서원 다니면서 독특하게 살아보려고 했는데, 올해 대학교 입학하는 오빠가 학교 가래요. 부모님이 절 설득하시기 전에 저는 오빠의 제안에 대한 불만들을 얘기하려고 정리하다가 오히려 제가 절 설득해

버렸어요. 그래서 학교 가요.

처음에는 무지 무서웠어요. 여태껏 연락하지 않은 친구들을 학교에서 만나면 뭐라고 해야 하는지, 그리고 그런 걸 고민하고 있는 내가 구차해서 짜증났고, 가끔 나타나는 개념 없는 애들이랑 이해심 없는 선생님 만날까봐 걱정되었어요. 지금 보니까 내가 개념 없는지도 모르겠어요. 이제는 당분간 오후 2시의 햇살을 쬐지 못하겠죠. 저는 한여름 아침 10시에 시원한 공기 마시면서 깨끗한 빨래 너는 걸 좋아하는데, 이번 여름은 그것도 못하겠어요. 엄격한 아버지 안 계시는 날에 엄마랑 도시락 싸들고 살짝 하던 일탈도 못 하고, 집안행사 있으면 요일에 상관없이 언제나 쪼르르 달려가는 것도 못하겠죠. 평일에 부산 가서 예전 살던 동네 돌아보고 사랑하는 송정에 가서 여러 가지 복잡했던 감정을 묻는 것도, 맛있는 것 실컷 먹고 엄마랑 아빠랑 팔짱끼고 영화관도 못 가겠죠.

근데요, 나는 너무너무 행복해요. 학교생활, 아직 시작하지도 않았는데 겁쟁이처럼 울상짓는 거 싫어요. 사실 겁쟁이인데, 내색하면 더 겁쟁이 될 거 같아서 싫어요. 왜 행복한줄 알아요? 나는 살아 있고, 사랑하는 가족들이 함께 있고, 아직 지구에게 희망은 남아 있고, 곧 매화랑 제비꽃이 필테니까요. 근데요 진짜 중요한 이유는요, 제가 이곳, 인디고와 아람샘을 알아서예요. 이 세상에서 난 하찮은 존재가 아니다라고 가르쳐준 인디고와 아람샘을 만났기 때문이에요. 사랑하는 법, 숨쉬는 법, 생각하는 법, 정의로워지는 법, 용감해지는 법, 눈물 흘리는 법, 웃는 법, 살아 있는 법을 가르쳐주는 인디고와 아람샘을 만났기 때문이에요.

마지막 홈스쿨링을 한 1년은, 인디고를 빼놓고는 아무 이야기조차 할 수 없어요. 하다못해 여름날 혼자 다녀왔던 여행도, 그곳에서 박원

순 변호사님과 여러 번 개인적으로 얘기할 수 있었던 것도 인디고 덕분이었고, 모순이라고 생각했던 문제를 제일 처음 손 들어 최열 아저씨한테 여쭤볼 수 있었던 것도 인디고 덕분이었고, 너무 열정적이라 무섭기까지 한 대학생 언니 오빠들이랑 매일 밤마다 토론하는 자리에 끼어 있을 수 있었던 것도 인디고 덕분이었으니까요. 그리고 여행을 다녀온 후, 인디고가 얼마나 사랑이 넘치는 곳인지 마음으로 깨달을 수 있었어요. 그 후로 인디고에 대한 저의 사랑은 그전보다 더 성숙해졌다고 할 수 있을 것 같아요.

그래서요. 감사합니다. 너무 사랑해서 심장이 터질 수 있다면, 지금 제가 그래요. 아람샘도, 선배님들도, 후배님들도, 친구들도, 인디고를 거쳐 가시는 분들도, 너무너무 사랑합니다.

지금, 당신께 드리는 편지

•• 2011. 2. 27

김미현

전국적으로 폭설이 내린 2월의 어느 날. 쏟아지는 눈을 맞으며 기차역을 향해 버스도 멈춰버린 길을 걸었습니다. 한참을 걸어 목도리 위까지 하얗게 눈이 앉았을 즈음에야 겨우 시간 맞춰 부산행 기차를 탈 수 있었지요. 기차는 마치 시간이 존재하지 않는 세계를 관통하듯 철컹거리며 새하얀 세상 속으로 미끄러지기 시작했습니다. 멈춰서 있는 시간이 길어지면 시간이 멈춘 그곳에도 소리 없이 눈이 쌓였습니다.

경주에서 작은 여자아이가 엄마와 함께 탔습니다. 하지만 좌석은 제 옆의 한 자리만 예매를 했나봅니다. 다행히 빈자리가 많아서 모녀에게 자리를 내어주고 뒷자리로 옮겨 앉았습니다. 아이의 엄마는 귀가 멀었습니다. 엄마가 화장실에 다녀오겠다고 수화를 하자 아이가 킥킥거리며 의자 사이로 얼굴을 쏙 내밀고는 저에게 "엄마 오줌 누고 온대." 하고 소리칩니다. 만난 적이라도 있는 것처럼 아이의 발가벗은 말이 불쑥 찾아온 순간, 서른 남짓 지나온 내 삶의 시간들이 기차가 지나온 반대편 세상으로 연기처럼 흩어지는 것 같았습니다. 엄청난 질문과 친밀함을 쏟아내는 아이의 갑작스러운 등장이 제 마음속 낯선 문을 활짝 열어 세상에 처음 나온 사람처럼 본능에 충실한, 진실한 대화를 할 것을 요구하는 것 같았지요.

아이의 엄마가 돌아왔지만 아이는 그 많은 이야기를 어떻게 참고 있었나 싶을 정도로 쉴 새 없이 중얼거립니다. 가지고 있던 작은 초콜릿을 아이에게 주었습니다. 그리고 그 포장지로 함께 비행기를, 조각배를, 새를 접었습니다. 울산에서 내린다던 아이는 내릴 역을 잘못 알고 있었는지 예상치 못한 순간에 엄마의 손에 이끌려 일어섭니다. 허둥지둥 내리느라 종이새만 겨우 챙겼을 뿐 짧은 작별 인사를 남긴 채 올 때처럼 그렇게 갑자기 떠났습니다.

눈처럼 하얀 쌀밥을 먹다가 와작 돌을 씹은 순간처럼 내 삶이 정체를 알 수 없는 어떤 것에 낯설게 부닥칠 때, 그리고 가슴속에 낯설음의 차가운 물기가 차올라 강물처럼 찰랑일 때, 저는 갑자기 보고 듣고 말하는 것을 처음 배우는 아기처럼 새롭게 깨어나는 것 같습니다. 아이와 헤어지자 꿈을 꾼 것 같은 기분이 들었습니다. 방금 내가 지나온 시간이 정말 세상에 존재한 걸까, 밤새 내린 눈이 흔적도 없이 사라진 아침처럼 금세 익숙하고 답답한 세상으로 되돌아올 신기루 같은 것이었을까, 생각했습니다. 그리고 내가 세상에 온 이유는 무엇인지 생각했습니다. 별안간 세상에 내던져져 시간과 삶을 부여받은 인간일 뿐인 나는 어떻게 살아야 할까 생각했습니다.

권력에 은폐된 진실, 백화점 안에서만 허락된 자유처럼 알지도 못하는 사이에 나의 생각과 행동을 지배하는 수많은 장애물 속에서 늘 깨어 있기란 어렵습니다. 그럼에도 매 순간 진실에 깨어 있는 삶을 살기 위해 노력하는 많은 사람들이 있고, 그들의 뜨거운 삶이 있습니다. 누구도 주목하지 않았던 소외된 90%의 삶에 관심을 가지는 깨어 있는 한 사람이 있고, 지금 이 순간 이집트와 리비아에서 몸으로 맞서 혁명의 순간을 기적처럼 창조하는 사람들도 있습니다.

갑작스럽게 시작되었지만 언젠가 분명하고 확실한 진리로서 죽음을 맞고야 말 인간 삶의 비밀을 아는 이들은 매 순간 생의 본질적인 감각에 깨어 있는 삶을 살아갑니다. 하지만 어리석게도 또다시 잠에 빠져버리는 무수히 많은 삶의 역설 속에 수수께끼 같은 삶의 질문들이 숨어 있습니다. 내가 이 세상에 태어난 것은 우발적인 사건일지라도, 나에게 주어진 시간과 삶을 이렇게 복잡한 인간 존재의 근원을 깨닫는 데에 온전히 바칠 수 있다면, 그것을 사랑이라고 부를 수 있지 않을까요. 우리는 어떻게 그런 존재로 나아갈 수 있을까요.

여기 그런 인간이 되기를 꿈꾸며, 미숙하고 여린 발걸음이지만 멈추지 않고 지난 5년여의 시간을 걸어온 이들이 있습니다. 《인디고잉》을 거쳐 간 110여 명의 청소년 · 청년 기자들, 이들의 실험을 응원하며 흔쾌히 무료로 글을 기고해주신 150여 명의 선생님들. 판매 부수가 많지 않아도 마음을 나누어주셨던 전국의 인문학 책방과 향토 서점들. 그리고 무엇보다 서투르고 투박하지만 자신의 삶과 이 사회에 대한 진지한 사유를 고민하는 청소년들을 지지하며 때때로 골치 아프기도 한 이 잡지를 구독하고 계신 전국의 340명의 독자 여러분이 바로 그러한 사랑의 주체들이라고 믿습니다.

그리고 마지막으로 《인디고잉》의 지나온 5년여의 시간 중에 4년의 시간 동안 '청소년이 직접 만드는 인문교양지, INDIGO+ing'이라는 기획을 세상에 펼칠 수 있도록 물심양면으로 지원을 아끼지 않았던 부산상호저축은행 임직원 여러분께도 이 미약한 지면을 통해 감사의 인사를 드리고 위기의 운명을 앞둔 마지막 순간까지 보내주신 고마운 지원을 기억하고자 합니다.

서른여덟 번째 인디고 러브레터는 지금까지 《인디고잉》과 함께 해주신 이 모든 분들과 전국에 더 많은 청소년들 그리고 부모님들, 선생님들께 띄우는 편지입니다. 잠든 일상에 초대받지 않은 낯선 손님처럼 《인디고잉》이 여러분께 찾아가 작은 파문을 던지고 숨겨진 생의 아름다운 비밀을 함께 고민할 수 있기를 꿈꾸고 있습니다. 세련된 글은 아닐지라도 청소년부터 성인까지 타인의 고통에 눈 감지 않고, 비판적 지성과 도덕적 품성, 예술적 감성을 지닌 인간이 되기를 꿈꾸는 이들을 위해 진정성 있는 글을 쓰고자 눈물을 삼키며 온몸으로 온 맘을 다해 노력하고 있습니다. 자본주의 사회에서 그런 글은 돈벌이가 되지 않으니 수익을 내지 못한다면 폐기되는 것이 마땅하다는 논리로 이 소중한 공론의 장을 멈추게 할 수는 없습니다.

이제 《인디고잉》은 중요한 순간의 기로 앞에 서 있습니다. 그동안 부산상호저축은행의 지원으로 돈과 스펙을 위한 글이 아니라 지금 우리 사회에 필요한 청소년들의 진실한 목소리를 글로 담을 수 있었던 《인디고잉》은 갑작스럽게 맞은 지원 중단의 상황을 여러분께 솔직히 말씀드리고 도움을 청하고자 합니다. 지금 이 편지를 받으신 당신께, 《인디고잉》을 구독해주시기를 부탁드립니다. 이미 구독하고 계시다면 정기구독 기간을 연장해주시거나 주위 분들께 정기구독 선물을 해주시기를 부탁드립니다. 정기구독을 하셨다가 중단하셨다면 다시금 구독을 이어주시길 부탁드립니다. 정기구독을 포함하여 매호 1천 5백 명이 《인디고잉》을 돈을 주고 구입한다면 한 기업이나 한 개인의 용기 있는 기부가 아니라 1천5백 명의 숫자에 더해진 더 큰 연대의 가치로 위기의 순간을 커다란 한 걸음으로 건널 수 있을 것입니다. 그리고 이 순간이 신기루처럼 역사의 시간 앞에 사라진 폭설의 아름다운 한 장면이 되지 않도록 《인디고잉》을 만드는 모든 삶의 순간마다 분명히 깨어 있는 삶을 살고, 성찰하고 비판하는 글을 쓰겠습니다. 1천 5백 명의 힘이 더 큰 힘이 될 수 있도록 쓸모 있는 인문학을 향한 어렵고 하염없는 여정을 더 많이 알리고, 책임 있게 동참할 영혼의 동지들을 모으는 것에도 게으르지 않겠습니다.

긴 편지를 마치며 편지로 맺어진 이 우연의 인연이 삶에 대한 지속적이고 충실한 뜨거운 사랑으로 창조되기를 꿈꾸며 당신께 시 한 편을 드립니다. 《인디고잉》의 뜨거운 청혼을 받아주십시오. 답장 기다리겠습니다.

인디고 서원 김미현 드림

추운 겨울 어느 날 나는 문득
서산으로 넘어가버린 태양이 보고 싶었다.

겨울의 태양은 한 여름의 그것과는 달리 생의 뜨거움을 주진 못하지만,
그 어느 때보다 불안한 대지에게 온기를 선사한다.
그래서 나는, 겨울의 태양이 보고 싶었다.
발밑에서 부러지는 섬뜩한 나뭇가지 소리가
불안하게 주위를 기웃거리던 고라니를 겁주어 달아나게 했고,
새들은 고달픈 생의 비명을 지르며 날아갔다.
나는 그 고독함 속에 오직 홀로 서 있었고,
그리하여 그 어느 때보다도 온기를 갈구했다.

내가 태어나서 세운 가장 구체적인 계획

• • *2008.9.8*

윤한결

24살까지 본질적인 삶을 위한 혁명이론을 완성하겠다.
그 후 10년 동안 혁명을 이루겠다.
남은 여생은 모두가 행복한 세상을 여행하겠다.

정의

•• *2009.1.7*

이소연

인간의 이기심에서 정의를 찾으려고 했던 처음의 시도는 인간 인식의 한계로 인해 부분적인 해결책에 머물 가능성이 크다는 것을 알게 되었다. 비록 인간은 생존이라는 가장 기본적인 욕망으로 인해 결국은 부정의한 상황이 자신의 생존을 위해 불리하다는 것을 알게 되지만, 그 과정에는 엄청난 시간과 노력이 필요하다. 타인의 고통을 간접 경험한다고 해서 그때의 경험이 타인을 위한 행위(정의)로 바로 연결되지 않는다는 것이 그 증거이다. 정의에 관해 『니코마코스 윤리학』에서는 "정의는 무엇보다도 완전한 탁월성인데, 그것은 정의가 완전한 탁월성의 활용이기 때문이다."라고 말한다. 즉, 정의가 훌륭한 이유는 정의가 인간의 행위와 밀접한 관련을 갖기 때문이다.

결핍과 욕망에 관하여

생물학적으로, 결핍을 충족시키려는 욕망이 있다고 생각한다. 한국의 개고기 문화는 단백질이 부족한 그 시대와 장소의 환경 때문이다. 특정한 종교가 번성한 지역에서의 할례 문제 역시 그 지역과 시대에 어떤 무엇인가가 부족하기 때문이다. 우리 사회에 이제 단백질은 풍부하다. 지금으로서는 단지 사람들의 기호가 행위 판단/선택의 기준이 된다. 생존+역사적 배경으로부터 생겨난 기호 문제로 하여 개고기를 먹는 사람이 존재한다. 실천윤리학을 하는 분들은 개고기를 먹을 때의 도덕적 문제점을 지적한다. 그에 따라 반성이 일어나고 있는 동시에 공동체에 대한 고려가 없는 판단이라는 비판이 나온다. 할례 문제도 이와 별반 다르지 않은 문제이다. 그런데 한편으로는 비판에 대한 의견이 양분된다는 것 자체가 이제 효용이 낮아지고 있다는 걸 보여준다. 당연하게 여겨지던 문제점들에 의문을 가하게 되는 바로 그 순간이 가치 및 상황의 변화 가능성을 의미한다.

인간 인식의 한계에 관하여

구세군 자선냄비의 훈훈함과 사랑의 열매가 주는 따뜻함. 길거리에서, 혹은 지하철에서 도움을 요청하는 사람들을 볼 때 느끼는 당혹스러움과 회의감. 정의롭지 못한 상황이 불러일으키는 감정, 현실을 마주할 때의 답답함. 실질적으로 어려운 처지에 처한 사람들의 절박함이 똑같다고 가정할 때, 우리 행동의 선택은 어떻게 이루어져야 하는가? 공적 행동이 만들어내는 믿음, 신뢰문제가 권력 탄생의 시작인가? 오히려 직접적이지 못할 수도 있는 것인데 말이다. 또한 지구 반대편 국가에서 일어나고 있는 전쟁 등의 상황을 접하고 있음에도 불구하고 우리가 평화, 기후변화에 대해 무감각하고, 문제의 시급성을 느끼지 못한다는 것은 인간 인식의 한계와 오류가 존재함을 증명하는 일이다.

정의라는 기준

(『니코마코스 윤리학에서』) "흔히 어떤 한 상태(hexis)는 그것과 반대되는 상태로부터 알려지고, 또 품성상태들은 자주 그것을 가지고 있는 기체로부터 알려진다." 롤스의 원초적 입장 실험이 중요한 이유도 같은 맥락이다. 비록 우리는 총체적 진실을 파악할 수 없을 가능성이 크고 무엇이 정의라고 명확히 말할 수도 없지만, 비교적으로 인지하기 쉬운 부정의한 상태를 통해 정의로움에 가까워질 수 있다. 물론 정의로운 상태가 더 명확히 인지되는 순간도 있지만 말이다.

역설적인 말이지만, 아무래도 우리가 부정의한 상황을 원하지 않는 정도가 더 크기 때문에 그 상황을 더 잘 인식할 수 있는 것이 아닐까? 행동을 하고, 하지 않고를 떠나서 우리가 부정의를 인식할 수 있는 것만으로도 우리는 감사하게 생각해야 한다. 변화의 가능성이니까.

또한 위에서 본 바와 같이 인간 인식의 한계가 있다면 상황에 대한 더욱 지속적인 노출과 눈으로 보고 확인할 수 있는 지식이 필요하다. 그리고 정의가 행동이라는 탁월성의 성격을 지니고 있으므로, 실질적 정의 상태를 달성하기 위한 방법을 강구해야 한다.

제도를 통해 개선하기 혹은 개인의 덕성을 키우기

만약 모든 인간이 롤스의 정의론에 나오는 원초적 입장에 처해 있다면 많은 문제가 정의롭게 해결될 것이다. 왜냐하면 제도를 만드는 것도 결국은 인간의 선택에 의거하기 때문이다. 북페어 기간 동안에 오사가 했던 말이기도 한데, 기후 문제를 해결하기 위해 이산화탄소 등의 가스를 적게 배출하는 비행기(즉, 제도)가 운행되는 것이 개인의 선택을 기다리는 것보다 더 효과적으로 지구의 환경을 지킬 수 있다는 것이다.

그렇다면 그러한 비행기를 만드는 사람 역시 덕성이 뛰어난 사람, 혹은 이기성을 가진 사람이 이윤추구를 위해, 과학자의 순수한 열망 등에 의해 가능해지는 것일 텐데, 그렇다면 인간의 덕성을 기르는 것이 가장 어렵지만 근본적인 문제 아닐까.

긴장을 유지하면서도 덕성을 기르기 위해 어떻게 할 것인가

1 • 아람샘이 들려주신 하워드 진 이야기에 따르면 결국 덕성을 기르기 위해서는 현재를 잘 느끼고, 지금의 과정을 포기하지 않아야 한다고 생각한다. 아까 "적극적인 행동을 중단하지 않는 인내심"에 대해 말씀하신 것처럼, 뾰족한 제도와 결론을 찾기보다는, 가장 상식적인 방법을 찾는 것, 오에 겐자부로의 말처럼 묵묵히 "우리는 나지막이 나지막이 움직이기 시작해야 한다".

2 • 결국 서로를 통해서 배운다는 말이겠지. 정의로운 상태를 우리는 갈망하기 때문에, 우리는 우리에게 모자란 부분을 채울 수 있어야 한다.

30대 0

• • 2010.3.26

김미현

김예슬 씨 사건은 시간이 지날수록 자꾸 생각난다. 이제는 분노 비슷한 감정들이 마음속에 쌓이기도 한다. 처음 사건을 접했을 때는 그의 행동이 우리 사회에서 너무나 어마어마한 결단으로 느껴져 정말 깜짝 놀랐었다. 그러나 이내 신문 속의 다른 사건들처럼 시들해지고 무덤덤해졌을 무렵. 우리가 이 사건을 어떻게 보고 또 기억할 것인가, 그래서 우리는 무엇을 할 것인지를 고민할 수 있어야 우리가 제대로 된 공부, 북페어를 하고 있는 것이 아니겠냐고 아람샘이 호통치셨을 때, 그제야 이 문제가 내 삶의 문제로 이해되기 시작한 것 같다.

우리 모두 인디고 서원 홈페이지에 올라온 이 사건에 대한 토론 발제글에 부랴부랴 댓글을 달았지만 0이었던 댓글은 10개를 겨우 넘기고 우리가 단 댓글 숫자만큼 다시 멈춰 있었고, 댓글에 대한 댓글 하나 없이 댓글의 숫자가 우리가 이 사안을 얼마나 의무감으로 대하는지 보여주는 것처럼 그렇게 또 며칠이 지났다. 또다시 아람샘이 우리가 이 문제를 더 진지하게 고민한다면 왜 너희가 아는 사람들에게 같이 이야기하자고 하지 않느냐, 인디고의 청년모임 사람들에게 함께 이야기 하자고 권하지 않느냐. 이 문제에 대해 이야기하는 사람이 10명이 아니라 50명 아니 500명이 되게 더 치열하지 않은지 물으셨을 때는 "아, 정말 왜 그렇게 하지 않았지." 하는 멍청한 질문과 함께 나 스스로도 댓글 한 개 달았다는 것만으로 김예슬은 대학을 그만두는 결단까지 하면서 사회를 향해 던지고자 하는 질문과 문제의식을 던지는 용기에 슬쩍 올라탈 티켓을 따낸 것 마냥 그렇게 자족한 것이 아닌가 하는 생각이 들어 부끄러웠다.

정말 10명이 100명이 되고 또 1천 명이 되면. 그런 열정과 그런 정직한 믿음으로 믿는 바, 공부한 바를 이루려는 노력을 한다면 혁명은 드라마나 영화의 서사 같은 거대한 전복을 통해서가 아니라 바로 나부터 그렇게 퍼져가는 것이겠구나 하는 생각이 들었다. 그런 생각을 하다가 우리 팀원들, 인디고 서원 홈피에 오는 사람들이 아니라 내가 알았던 사람들, 친했던 사람들, 대학 나온 사람들은 무슨 생각을 하고 있는지 무지무지 궁금해졌다. 현재 대학생인 후배부터 직장 다니는 선배까지 20, 30대들 30명에게 장문의 문자를 보냈다. 김예슬 씨 사건을 알고 있느냐고. 거기에 대해 어떤 생각을 하고 있는지 정말 궁금하다고. 여기 좋은 토론의 장이 있으니 들어와서 같이 이야기하자고.

친한 친구들은 주의 깊게 듣는 듯 시간 내어 홈페이지에 들러보겠다고 더러 답장을 해왔고, 한 선배는 지금 세상에 돈 벌기가 얼마나 힘든데 거부를 하냐며, 성추행+비싼 등록금이 이유가 아니라면 아직 철이 없는 것 같다는 충격적인 답장을 보내왔다. 고려대에서 대학원을 다니는 한 친구는 관심 없는 주제라 잘 모르겠다는 답장을 보내오기도 했다. 댓글을 달아준 친구는 새벽 2시인 지금까지 아무도 없고, 그나마 홈페이지에 가입한 친구가 1명이 있을 뿐이었다.

오늘의 이 사건은 굉장히 충격적이었다. 이 세상이, 이 나라가 이 모양인 것은 자기 삶, 자기 밥그릇밖에 모르는 사람들 때문이라고 생각했지 그 사람들 속에 내 친구들, 내가 번호를 저장해놓은 사람들이 거의 다 들어 있을 것이라고는 생각해보지 못했기 때문에. 최근에 굉장한 이슈가 된 시사 문제임에도 이제는 더이상 이런 시사 문제를 잘 모르고 있다는 사실로라도 수치스럽게 느끼거나 교양 없다고 생각해서 그러한 티냄을 숨기는 사람도 별로 없는 것 같다.

나는 김예슬 씨 사건을 보며 우리가 할 수 있는 실천은 이러한 사건을 기획하고 많은 사람들이 함께 할 수 있는 장을 만드는 것이라 막연히 생각했는데, 오늘을 기점으로 그것이 차라리 10대의 문제라면 가능할지 몰라도 20대 이상이라면 그렇게는 어려울 수 있겠다는 생각을 하게 됐다. 정세청세가 성공할 수 있었던 것은 우리 사회 누구나 인정하고 공감하는 억압된 교육현실 속에 청소년들이 자유롭게 토론할 장이 필요하다는 명백한 전제에 기반을 두는 것이 아닐까. 때로는 아주 강한, 직접적이고 적극적인 다수의 합의 또는 지지표명이 없더라도 암묵적으로 공감되는 영역을 택할 때 그 장이 애초에 의도한 취지대로 왜곡 없이 나아갈 수 있는 여지가 생기는 것이 아닐까.

적어도 10대의 문제에 대해서는 어른이나 청소년 스스로나 그래 우리에겐 이런 게 좀 필요해, 정말 절실하지, 그래도 하나는 있어야 되지 않겠어. 이런 다양한 공감대가 있는데 이것이 20대 이상으로 넘어와서 김예슬 씨 사건처럼 먹고 사는 문제가 되어버리면 이제부터는 꿈에 대한 향수도 이상에 대한 동경도 전혀 없는 자본주의적인 삶을 어떻게 잘 체득해서 멋지게 살아볼 것인가, 하는 노골적인 야욕만으로 이글거리는 것 같다. 그리고 그때의 욕망과 야욕은 더 이상 감추고 쉬쉬해야 하는 것이 아니며 어느 누구도 부끄러워하지 않는다. 그런 욕망을 가지지 못하거나 박탈당한 자들은 '루저' 라는 말로 불리기도 하지만 이는 또 다른 세상을 꿈꾸는 변화의 주체가 탄생했음을 알리는 것이 아니라 말 그대로 1등부터 꼴등까지 늘어선 자본주의적인 삶의 등급표에 가장 밑바닥에 있는 사람들을 가리킬 뿐이다. 변화의 의지도 꿈꾸지도 않는 사람인 것이다.

이렇게 노골적인 현실에서 20대로서, 청년으로서 김예슬 씨 사건에 대해 발언하고 이와 연장선상에 있는, "당신은 어떤 삶을 살 것인가", "당신은 어떤 실천을 할 것인가"를 던지는 사건을 만났을 때 오히려 가장 중요한 것은 급하게 서둘러 수많은 20대, 청년, 다수를 끌어안고 설득하고 그들이 호응해주기를 바라는 것이 아니라, 이 문제를 아주 치열하게 느끼는 소수라도 그것을 뜨겁게 내면화하고 강한 추동력으로 삶의 의지를 만들어 나가야 한다는 것. 그렇게 해서 정세청세와는 조금 다르게 처음부터 '일반인', '타인' 을 염두에 둔 장이 아니라 노골적인 현실 속에서도 거침없이 나아갈 수 있는 힘과 에너지로 우리들 스스로가 가장 하고 싶은 것, 해야 한다고 생각하는 것들을 아주 절실하고 진실하게 거짓 없이 해나가는 것이다. 우리가 발언해야 한다고 생각하는 사안 앞에서의 무감과 면책으로서 댓글 한 개를 달려고 한다거나 쉽게 방관자가 되는 태도를 반성하고 겸손한 태도로 앎과 삶에 거짓이 없도록 나아가는 것, 그리고 이와 같은 에너지를 가지고 있을지도 모르는, 비록 소수일지라도 그런 사람이 있다면 기꺼이 이 장에 함께 할 수 있도록 그에 대한 아주아주 활짝 열린 연대의 마음과 자세, 또는 형식은 있어야 한다는 생각을 했다.

로시난테의 갈비뼈

• • 2010.4.11

윤한결

로시난테의 갈비뼈가 발뒤꿈치를 간지럽히는 밤이 있다
나는 그런 밤이면 온몸을 뒤흔드는 전율에 오금을 저린다.
그러면 어느새 눈앞에는 몽고의 대초원이 펼쳐지고……

비쩍 마른 말을 타고 있는 나는
별이 헤엄치는 바닷속을 하염없이 달린다
다그닥…… 다그닥……
말의 발굽소리에 맞춰서 흔들리는 나의 두 다리

나의 발뒤꿈치가 부드럽고 딱딱한 그 갈비뼈에
다그닥 다그닥 닿았다 떨어졌다 하는 것을 느낄 때
나는 미치도록 자유로워서,

잠 같은 건 올 수가 없는 것이다.

잡담

•• 2011.4.14

김미현

내가 울고 웃는 곳,

인디고에 대한 속상한 이야기를 들으면

사탕 뺏긴 아이처럼 서운하고 속상하고 그렇다.

아직 입가에 달달함이 남아 있는데

오직 내 혀가 닿는 그것만이 진실 같은데

원래 맛이 없었다는 둥, 잘못된 맛이었다는 둥 하면

뭔 개소리 하다가도, 어, 내 혓바닥이 잘못 됐나 하는 것이다.

그냥 한 귀로 듣고 한 귀로 흘려야지 하면서도

한 번 생각해보는 것은

나와 너 사이에도 있을

수없이 많은 이런 먼지 같은 의심들과 서운함 같은 것.

근래에 기초과학책을 보다

아! 이런 게 과학의 세계였나 하는 놀라운 것들을 많이 알게 되었다.

내 방 창가에 보름도 넘게 빨갛게 피어 있는 저 제라늄의 빨강이
오직 인간인 내 눈에만 빨강일 수도 있다는 사실.
색깔을 품은 수많은 광자들이 대기에 가득하지만
저 빨강 제라늄만은 빨간색 광자를 흡수하지 못하고 반사해서
인간인 내 눈에 빨갛게 보이게 한다는 사실.
같이 사는 고양이 노을이는 이 작은 방 안의 것들을 어떤 모습으로 보고 받아들일까.
참 놀라운 세계.

이렇게 발밑만 봐도, 고개만 들어도
애초부터 나와 다른 눈과 귀와 코로 세상을 살아가는 것들이 지천인
참 놀라운 세계.

그런 사소한 자연의 진리 하나하나가 이 세계의 중심에 굳건하게 서 있는 나의 자리를 흔들어 나의 발밑과 주변을 상기시킨다.
내가 소유하고 욕망하는, 나의 공간에 있는 꽃 한 송이를 보는 것에도
사실은 각자의 역할이 톱니바퀴처럼 유기적으로 맞물려 돌아가는 이 세계의 노력과 수고가 있어야만 가능하다는 사실을 너무나 쉽게 잊고 산다.

나를 구성하는 세포, 그리고 그 세포를 이루는 분자들, 그리고 분자를 구성하는 원자들.
결국 나도 플러스와 마이너스 따위로 이뤄진 분자의 덩어리인데
나는 사람이 되었고 제라늄은 붉은 꽃을 피우고 창가에 있다.

노을이는 저렇게도 선명한 갈색 줄무늬를 하고 침대에 엎드려 있다.

인터넷 세상이 0과 1이라는 분자로 이뤄진 곳이라면,

동지애도 사랑도 관계의 온기도

오직 인터넷에 접속해서만,

그것도 잘 알려지고 유명한 어느 웹사이트 따위의 아이피 주소를 가진 어딘가에서만, 얻을 수 있다면.

내가 만약 그것을 해독하는 0과 1의 암호 같은 광자를 흡수하지 못해

제라늄처럼 빨강을, 아니면

우주처럼 칠흑 같은 검정을 반사하고 있다면

나의 본질들은 누구에게 가닿을 수 있을까.

어쩌면 우리에게 필요한 것은

"서로 끌어당기고 아주 가까이 다가가면 서로를 밀어내며 영원히 움직이는 작은 입자들"처럼

우리의 삶을 창조적으로 변화시킬 수 있는 원자처럼 역동적인 삶의 태도와 각성일지도 모르겠다.

el amor conquista todo

Love & Share

더하기 빼기 곱하기 나누기

사칙연산 중에서도 나누기를 제일 나중에 가르쳐주잖아. 왜 그럴까?

나랑 너랑 우리 모두 함께

누려야 할, 나누어야 할

기똥찬 것들을 서로 나누기! 함께하기!

사랑만 스물다섯 스푼 넣은 이야기

주기도 받기도 힘든 사랑이라지만

우리 마음속에 뿌려진 사랑의 씨앗은

누군가의 팔과 다리가 그리고 심장이 되기도 합니다.

함께 새해를 맞고 친구의 생일을 축하하고

감사의 편지를 쓰고 더불어 나누는

행복한 일상 속에서

착하고 씩씩한 어린이처럼

무럭무럭 자랍니다.

돼지, 아니 뚱땡이 되기, 러브레터

• • *2004.1.1*

박용준

아, 벌써 2004년이 되었습니다.
바뀐 새해에 적응하기 위한 기간이 또 좀 필요하겠군요.
2003년으로 썼다가 다시금 아 참, 아니야, 아니야, 하며 2004년으로 고쳐 쓰는 그러한 실수는 지나간 시간에 대한 미련, 아니 습관이겠지요.
내 몸짓의 습관, 아니 본능.

어느덧 내 일상의 습관이, 아니 이미 일상이 되어버린 인디고.
인디고에서 함께 책 읽고 함께 이야기하는 시간,
내 영혼과 일상을 살찌우는
내 상처와 아픔을 씻어내는
영원한 순간입니다.
아람샘 가족들. 다, 늘, 감사하고 감사합니다.
왜 그런 거 있잖아요.
그냥 보고만 있어도 기분 좋아지는 사람.

그냥 생각만 해도 괜히 미소 짓게 만드는 사람.

그냥 그냥 무조건 좋은 사람.

제겐 그런 존재들입니다.

아 참, 오늘 인디고에서 다 함께 빙 둘러앉아 점심을 먹는데,

그 모습이, 그 순간이 어찌나 행복하던지요.

아, 눈물 나게 좋아요. 정말. 지금도 생각하니 괜히 웃음 나요. 눈물 나요.

선생님,

당신께서 저희들에게 나누어주시는 사랑과 행복이 저희들을 살찌웁니다.

마구마구 먹을 수 있으면 좋겠어요. 돼지처럼. 허허.

포동포동 살찐 돼지. 너무 보기 좋잖아요.

저도 당신이 베푸시는 그 사랑과 행복과 진실된 마음과 아름다운 영혼의 음식들 배부르게 먹고 살찐 영혼이었으면 합니다.

선생님, 늘 저보고 뭐 많이 먹는다고 돼지라고 하시잖아요. 그 말이 얼마나 듣기 좋던지요. 사랑과 너른 품으로 이 한평생 뚱뚱하게 살겠습니다.

아람샘, 그리고 아람샘 가족 모두 늘 건강하시고 사랑하시길.

• • *2004. 5. 16*

이민석

한 명 한 명씩 모여 이렇게 반이 뭉쳐져서 같이 생활해온 지도 어언 1년이 됐습니다. 우리는 아람샘이라는 생소하지만 아름답고 왠지 이름만 들어도 즐거워지는 이 공간에서 함께 토론하고 이야기하며 꾸준하게 지내왔습니다. 이 얼마나 즐거운 일입니까? 오늘을 기념하기 위해서 짧은 글을 썼습니다.

저는 사실 여기에 오면 행복합니다. 학교에서 아무리 힘들고 짜증이 나더라도 여기에 오면 편안하고, 기분이 뭐랄까, 정화되는 걸 느낄 수 있죠. 수업시간에도 그렇습니다. 주입식 위주의 수업에서 벗어나 내가 어떤 이야기를 펼칠 수 있다는 것이 좋기 때문입니다. 생각해보면 매 수업이 저에게는 보물입니다. 아람샘이 해주신 한 마디 한 마디가 저에겐 큰 버팀목이 되고 있거든요.

여러분, 우리는 행복해할줄 알아야 합니다. 비록 일주일에 한 번뿐이지만 이렇게 소중한 곳에서 친구들과 같이 뜻을 모아 생활할 수 있다는 사실에. 한 주의 힘들었던, 즐거웠던 일들을 모든 구성원들과 함께 나눌 수 있다는 사실에, 날마다 우리의 생각이 성숙되고 커간다는 사실에, 서로의 사랑을 나눌 수 있다는 사실에.

오늘은 스승의 날입니다. 운이 좋게 제때 이 글을 읽을 수 있어 기쁘네요. 선생님, 저희는 이 수업이 너무나도 소중합니다. 매 시간 소중한 것을 배우기 때문입니다. 저의 경우는 사랑과 관용의 정신을 배운 것이 가장 값진 것이었어요.

선생님, 요새 저희가 맡은 숙제를 해오지 않아 실망하게 해드린 점 죄송합니다. 숙제뿐만 아니라 수업시간에도 저희가 수동적이었습니다. 저희가 게을렀고 나 하나쯤 안 해와도 되겠지라는 생각이 있었던 것도 사실입니다. 그러나 실제 마음은 그게 아닙니다. 선생님. 멋진 수업을 하고 싶은데, 선생님을 실망시키지 않고 싶은 것이 저희의 마음입니다.

선생님이 아픈 몸으로 고3 수업을 하신 후 힘들어하는 모습을 보면서 가슴이 많이 아팠습니다. 아람샘! 선생님 옆에는 항상 저희들이 있다는 걸 잊지 마세요. 저희들이 항상 선생님을 생각한다는 것도 잊지 마세요. 사랑이 없다면 인생은 아무것도 아니지 않습니까?

아람샘 사랑합니다.

5월 15일

돋을볕 일동 뜻을 모아 선생님께 드리는 편지

답가

•• 2004. 5

아람샘

나는 혼자다. 지금의 선비들이야 나처럼 혼자인 자가 있는가. 홀로 세상을 가나니 벗 사귀는 도리를 어찌 어느 한편에 빌붙으랴. 한편에 붙지 않기에 나머지 넷, 다섯이 모두 나의 벗이 된다. 그런즉 나의 무리가 또한 넓지 않은가. 그 차가움은 얼음을 얼릴 정도이지만 내가 떨지 않고, 그 뜨거움은 흙을 태울 정도이나 내가 애태우지 않는다. 가한 것도 불가한 것도 없이 오직 내 마음을 따라 행동할 뿐이다. 마음이 돌아가는 바는 오직 나의 자아에 딸린 것이니 나의 거취가 느긋하게 여유 있지 않겠는가.

— 유몽인

자네들은 나의 벗이네. 가난할 때 곤궁을 논하는 자가 진정한 벗이라 했으니 정신과 영혼과 물질의 가난 속에 진실로 마음을 나누는 그대들이 내겐 진정한 벗이라네.

오늘 받은 자네들의 아름다운 서한을 눈물겹게 읽었네. 아름다웠네. 고맙네.

내 마음은 항시 한결같도록 바람 속에 서서 나무처럼 살 것이네.

고마우이.

리처드 용재 오닐 & 울트라 인디고 아람

•• *2005. 5. 15*

이슬아

안녕하세요.

어버이날이라고 효도하는 척하고,

어린이날이라고 어린 척하고,

크리스마스라고 교회 가는 척하고,

석가탄신일이라고 절 가는 척하고,

스승의 날이라고 존경하는 척하는 걸 무지 싫어하는 슬아입니다.

지금 이 글은 스승의 날이라고 올리는 단순한 이벤트성 글이 아닌

진실된 마음의 글임을 밝힙니다.

리처드 용재 오닐의 연주회.

오늘 선생님께서 저희에게 정말 과분한 선물을 주셨습니다.

늘, '이 반은 나랑 한 책이 없네.'

'그러니까 우린 안 친하다니까.'

'안 하면 해체다.'

같은 말을 밥먹듯 들어온 아람샘 수업 이후 '최악의 고2' 로 불리는 반의 반장으로서, 참으로 무거운 책임감을 느끼고 있습니다.

오늘 리처드 용재 오닐의 연주회는 너무나 좋은 시간이었습니다.

숨막히듯 진지한 표정에서 '격정적인 연주' 가 무엇인지 직접 느꼈습니다.

숨소리마저 조심스런 분위기에서 '진지함' 을 느꼈습니다.

연주가 끝난 후 연신 웃는 그의 얼굴에서 '편안함' 을 느꼈습니다.

그런 그를 첫사랑중인 소녀 마냥 쳐다보시는 선생님에게서
'순수함' 을 느꼈습니다.

"책임지고 사인 꼭 받아라" 하는 말에서 '사랑' 을 느꼈습니다.

아아, 무슨 말을 더 할까요.

인디고든 아람샘이든 한 번 가면 쉽게 떼놓기 힘든 발걸음인 걸요.

선생님을 통해 사람은 진정으로 하고 싶은 것을 하며
살아야 한다는 걸 알았습니다.

선생님을 통해 진심은 반드시 전해진다는 걸 느꼈습니다.

선생님을 통해 내실이 꽉 찬 사람은 향기로운 꽃에
벌이 날아오듯 매력 있다는 걸 알았습니다.

리처드 용재 오닐의 맑은 웃음처럼, 어중간해서 더 멋진 비올라처럼,
슈퍼초울트라왕왕멋진 아람샘. 지금처럼 계속 곁에 있어주세요.

감사합니다. 감사합니다. 저를 만나주셔서 감사합니다.

제 스승이 되어주셔서 감사합니다.

나의 영원한 당신, 아람샘께

• • *2003.12.25*

박용준

6년 전 어느 날, 지구 위의 바늘에 하늘에서 내려온
실 한 올이 만나는 그 기고한 운명으로 우린 만났습니다.
이 숭고하고, 경건한 인연의 끈, 놓지 않을 겁니다.
물론 아직 어리고, 젊지만, 보다 더 어린 시절,
젊은 별이 되라며 주셨던, 시 한 편을 다시 제가
선생님께 드리고자 합니다.
착하고, 씩씩하고, 용감한 어린이처럼 살겠습니다.

젊은 별에게
이승하

시야에 출렁이는 겨울 별자리 어디
자전과 공전의 질서를 깨뜨릴 수 없어 고뇌하는
젊은 별이 있다면 지금, 나에게 신호하라

내 짙푸른 꿈 하나 쏘아올릴 터이니

멀고 먼 시간의 바다인 황도
12궁이 가리키는 세상을 향해 떠났었다. 그날 이후
내 죄악의 유혹에 얼마나 자주 굴복했던가
소리내어 울면서 버린 동정을
얼마나 오래 저주했던가
나보다 더 오랜 질서이신 신을 저주한 사람이 있으면
만나고 싶다. 그를 힘껏 포옹하리

지금은 밤이다. 끝 모를 어둠
몸부림치는 서로의 존재를 인식할 수 있는 것은
언제나 밤이지. 시작 모를 어둠이
지상에 가득 찰 종말의 날이
내 생의 어느 날이 될지라도
어둠 속에서 표류하는 젊은 별이여
너를 축복하리. 환하게 웃으며 반기리. 환히
환희의 날이 나와 너의 사후에 올지라도

광년의 거리 밖 너의 괴로움과
내 바람의 외투를 걸치고 길 나서던 날들의 절망감이
만나서 녹아내릴 수 있다면
내 아무런 확신 없이 떠돌던 삶이
네 울분으로 들끓는 코로나

100만 도가 넘는 뜨거움을
만나서 녹아내릴 수 있다면

고생대, 중생대, 참 얼마나 많은 화석된 시간을 지나
겨울 별자리와 나는 이 밤에
이 우주의 한 귀퉁이에서
대좌하고 있는가, 밤마다
내 참 얼마나 많은 별에다
기성에 대한 증오의 화살을 쏘아올렸던가
어디를 가도 안주할 곳은 없었으니

왜 이리 두려울까, 두렵지만 지금은 밤이니
질서에 길들기를 거부하는 젊은 별이여
희뿌연 새벽이 오기 전에
내게 신호하라, 내 온몸으로 뜨겁게,
뜨겁게 너와 결합하고 싶다.

지금까지의 나를,
그리고 앞으로의 나를 완성해주실
아람샘께 이 시를 바칩니다.

눈물이 날개가 될 때까지

• • 2007.5.17

이윤영

요새 눈물이 너무 많아졌다. 학교에서 수업하다 덜컥, 점심시간 창밖을 보다 덜컥, 친구에게 문자를 보내다 덜컥. 그렇게 덜컥덜컥 눈물이 나서 죽을 것 같다. 남에게는 강해 보이려는, 쓸데없는 그런 생각이 버릇이 되어 초등학교 때부터 남 앞에서는 절대 울지 않는 나였기에, 그렇게 갑자기 나오는 눈물을 하품해서 나온 눈물처럼 보이려고 애쓰는 것이 이제는 힘들다.

고3이라서? 공부하는 것이 힘들고 외로워서? 아닌 것 같다. 고등학교 들어와서 제일 편한 생활을 하고 있는 것 같다. 선배들 눈치도 안 봐도 되고, 선생님들도 웬만해선 3학년은 뭐라고 하지 않는다. 자습시간에 떠들어대는 아이들도 없고, 오히려 이래저래 더 여유로워진 것 같다.

오늘도 몇 번의 하품을 하고 집에 돌아와서, 언니의 편지와 글을 보고는 엉엉 울었다. 오랜만에 소리 내어 울었다. 글을 쓰고 있는 지금도 눈물이 멈추지 않아 이제는 눈이 아파서 짜증스럽기까지 하다. 나의 눈물은 아마도 내가 요즘 머리와 가슴이 터지도록 느끼고 있는 어떤 것 때문이겠지.

요샌 수능 잘 봐서 좋은 대학 가는 것이 내가 진정으로 원하는 것인가라는 생각이 끊이질 않는다. 점수 1,2점에 울고 웃는 것이 나쁜만은 아니겠지만, 이렇게 아등바등 열심히 할 만큼 그것이 가치 있는 일인지, 모르겠다. "네가 하고 싶은 공부를 하고, 가고 싶은 곳에 가고, 배우고 싶은 사람에게 배우면 네 생각과 신념을 펼칠 수 있는 길이 있을 거야."라고 누가 말해줬으면 좋겠다고 생각한 것이, 그런 삶을 증명해 보일 수 있는 사람이 있었으면 좋겠다고 생각한 것이 한두 번이 아니다. 그럼 내 능력껏, 뭐든 열심히 한 만큼에 만족할 수 있을 텐데. '이건 괜한 욕심이 아닌가' 라는 생각이 끊이질 않는다.

그리고 친구 한 명의 생각도 바꾸지 못하는 내가, 과연 세상과 사회에서 옳은 목소리를 낼 수 있을까, 겁쟁이 같은 생각 또한 멈추질 않는다. 학교에선 한없이 가벼워지고, 진지하지 못하고, 내 입으로 이야기한 것과 다른 삶을 살고 있는 것 같다는 괴리감은 사람을 미치게 하지만, 또 언제 그랬냐는 듯 친구들과 웃고 떠들고 있는 내 모습이, 마치 두개의 삶을 살고 있는 것 같아서 싫다. 어느 것이 진짜 내 모습인지 나도 잘 모르겠다. 그래서 눈물이 나는가보다.

진실을 외칠 줄 알고, 옳은 것에 손을 들어줄 수 있는 지성인이 되라고 가르치시는 일요일 수업 때 아람샘의 목소리가 아직 귓가에, 가슴속에 선명한데. 그렇게 커다란 감동을 받았으면서, 그렇게 큰 부끄러움을 느꼈으면서, 왜 친구들에게 '이상한 아이' 로 생각될까봐 내 생각을 움츠리고 떳떳하게 말하지 못하는 건데, 그러면서 정의를 외친다고? 빌어먹을 인간이다. 빌어먹을. 이런 걸 빌어먹을 놈이라는 거다.

안다. 이런 고민을 뛰어넘기 위한 공부를 하고 있다는 것을. 바보 같은 일상 속에 나의 생각을 실천할 수 있을 때까지 나는 더 치열하게, 더 열정적으로 살아야 한다는 것을 안다.

아이들에게 생각하는 과정을 설명하고, 그 설명대로 생각하게 하는 학교 논술시간을 싫어하는 나를 보며 "갈등론자냐"며 놀려대는 내 친구들이, 옳은 생각을 함께 공유하도록 하기 위해 더 열심히 공부하고 살아야 한다는 것을 안다.

두렵다. 만약 내가 아람샘을 만나지 않았다면, 난 아마 TV와 신문이 말하는 세상을 곧이곧대로 믿으며 나 잘난 맛에 살고 있겠지. 그런 생각을 하면 두렵다. 감사합니다. 감사합니다. 감사합니다. 해운대인 우리 집에서 남천동의 아람샘까지 내 목소리가 닿을 만큼 크게 말하고 싶은 말. 윗사람 대하는 것이 어색한, 마음속의 것을 잘 표현 못하는 바보 같은 내가 눈물을 흘리며 하고 싶은 말.

아람샘.

내가, 아직 잘 모르고 이겨낼 수 있는 것이 별로 없는 내가 진정한 지성인이 될 때까지 나를 믿어주고 격려해주고 손을 잡아줄 나의 스승. 선생님. 지금도 멈추질 않는 나의 눈물이 나중에는 아름다운 날개가 되어 날 수 있을 거라고 격려해주세요. 용기를 주세요. 아직은 너무 높아 보이는 벽이지만, 함께라면, 뜻이 맞는 사람들과 함께라면 언젠가는 뛰어넘을 수 있을 수 있을 거라고 손을 내밀어주세요. 지금까지 그래왔듯이.

언젠가는 선생님께 기대지 않고도 홀로 우뚝 서서 진실과 정의의 편에 설 수 있는, 가끔 샘이 힘들 때면 샘을 업고도 갈 수 있는 강한, 단단한 청년이 될 그날까지. 선생님. 감사합니다. 도저히 상상할 수 없을 만큼, 가슴이 뛰어서 터져버릴 만큼. 감사하고, 감사합니다.

아람샘을 처음 만난 날

• • 2008.3.10

전소현

나이를 한 살 더 먹었다,
더 이상 초등학생이 아니다,
라는 사실이 와닿는 오늘이다.

어제의 오늘은 어제이고
오늘의 오늘은 오늘이고
내일은 내일이 오늘이고
내일의 내일은 모레인 것.

너무나도 확고한 불변의 사실임에도,
다음의 내일이 찾아올 때마다
헷갈리고는 한다.

여태 인디고 아이들이라는 열차를 타면서

보람 칸에서 다섯 정거장을 지났고
지영 칸에서 두 정거장을 지났고,
이제, 보이지 않는 종착역을 향해 달리기 위해
인디고 서원 열차로 환승해서, 아람 칸에 올라탔다.

오늘의 아침 햇살이 밝은 것은
어제 별의 따스함이 미처 전해지지 못함이고
내일의 바람이 쌀쌀한 것은
오늘 잔가지가 흔들리며 심술을 부림일 것이다.

아람샘의 첫 이미지는
따뜻한지 차가운지 느끼지 못하겠다는 것이다.
하얗고 뽀얀 피부를 보면 따스하고
조곤조곤한 말씀을 들으면 녹녹한 얼음이 있다.

아직은 잘 모르겠지만 분명 소문만큼 무서운 분은 아니다.
그것만큼은 확실한 것 같다.

선생님께서는 매일매일 첫사랑을 한다고 말씀하셨다.
자신의 인생에 있어 처음 찾아온 사랑이 첫사랑일 수도 있지만
누군가를 처음 사랑하면 그것 또한 첫사랑이라고.
학생 한 명, 한 명을 볼 때마다 사랑을 느끼고 설레이고 떨리고 부끄럽고
그렇게 매일매일 첫사랑을 한다고 말씀하셨다.

아람샘 비밀 홈페이지에 가보면 모두에게 인디언식 이름이 있는데
선생님의 인디언식 이름은 금빛 물고기 한 마리다.
그 물고기는 쪽빛 바다를 헤엄치며 다른 금빛 물고기를 찾아나선다.
아직까지는 자신과 같은 금빛 물고기가 많이 없기 때문이다.
외로워서가 아니라, 소통하고 싶어서이다.
다른 금빛 물고기는 어떻게 생각하고 있을까 궁금해서이다.

그러다가 멀리, 빛나는 어떤 것을 발견한다.
열심히 두 지느러미를 저어 쪽빛 바다 저편으로 건너갔더니
그곳에는 금빛 별이 있었다.

금빛 물고기 한 마리가 금빛 별에게 물었다.
"여기서 뭐하시는데요?"
금빛 별이 귀찮은 듯이 대답했다.
"여기 가만히 있어요."

다시 금빛 물고기가 물었다.
"가만히 있으면 살아가는 의미가 없잖아요."
다시 금빛 별이 대답했다.
"나는 그냥 제자리에 있어도 빛이 나거든요."
마지막으로 금빛 물고기가 물었다.
"근데 어느 날 갑자기 당신의 빛이 사라지면은요."
마지막으로 금빛 별이 대답했다.
"사라지는 거죠."

금빛 물고기는 금빛으로 빛나는 모든 것이
그 속까지 금빛이 아니라는 것을 알게 되었다.
그러다가 멀리, 빛나는 어떤 것을 발견한다.
열심히 두 지느러미를 저어 쪽빛 바다 저편으로 건너갔더니
그곳에는 쪽빛 물고기 한마리가 있었다.

금빛 물고기 한 마리가 쪽빛 물고기에게 물었다.
"여기서 뭐하시는데요?"
쪽빛 물고기가 금빛 물고기에게 대답했다.
"당신같이 금색으로 빛나는 물고기를 찾고 있었어요."

금빛 물고기가 흥미로워하며 쪽빛 물고기에게 물었다.
"왜 나를 찾고 계셨는데요?"
쪽빛 물고기가 부끄러워하며 금빛 물고기에게 대답했다.
"다 같은 물고기인데 뭐가 나랑 달라서 금빛인지 궁금했어요."

이번에는 쪽빛 물고기가 금빛 물고기에게 물었다.
"당신은 왜 금빛인가요?"
금빛 물고기는 대답을 않고 쪽빛 물고기에게 되물었다.
"내가 옆에 있으면 당신은 금빛이 될까요?"

쪽빛 물고기가 웃으면서 대답했다.
"나는 이 쪽빛 바다를 비추거든요.
사실 나는 은빛 물고기인데 사방이 온통 쪽빛이니

거울만큼 맑은 색인 은빛이 도통 자기 색을 낼 수가 있어야죠."

그러자 금빛 물고기는 자신의 한 쪽 지느러미를 내밀었다.
쪽빛 물고기는 금빛으로 빛나는 지느러미를 잡았다.
"다를 게 없군요. 내게도 이런 지느러미가 있거든요."
쪽빛 바다를 비추어 쪽빛으로 빛나던 물고기는
어느새 금빛으로 빛나고 있었다.

건방지게도, 선생님에 대한 이야기를 나름대로 끄적였지만
말한 것처럼 아직도 선생님을 잘 모르겠다.
차근차근, 앞으로 알아가고 싶다.

선생님 반갑습니다.

솔직하게 말하겠습니다

• • 2009.8.4

조주영

세계에 대한 인간의 관계를 인간적 관계라고 전제한다면, 그대는 인간을 인간으로서만, 사랑을 사랑으로서만, 신뢰를 신뢰로서만 교환할 수 있다. 그대가 예술을 향유하고자 한다면 그대는 예술적인 교양을 갖춘 인간이 되어야만 한다. 그대가 다른 사람에게 영향력을 행사하고자 한다면, 그대는 현실적으로 고무하고 장려하면서 다른 사람에게 영향을 끼치는 인간이 되어야만 한다. 인간에 대한-그리고 자연에 대한-그대의 모든 관계는 그대의 의지의 대상에 상응하는, 그대의 현실적 개인적 삶의 특정한 표출이어야 한다. 그대가 사랑을 하면서 되돌아오는 사랑을 불러일으키지 못한다면, 다시 말해서 사랑으로서의 그대의 사랑이 되돌아오는 사랑을 생산하지 못한다면, 그대가 사랑하는 인간으로서의 자신의 생활 표현을 통해서 자신을 사랑받는 인간으로 만들지 못한다면, 그대의 사랑은 무력한 것이요 하나의 불행일 뿐이다.

—『상처받지 않을 권리』 중에서

이 글을 읽는 순간 제가 왜 당신을 사랑하는지 사랑해야 하는지 깨달았습니다.

마르크스처럼 제가 꿈꾸는 삶은
신뢰를 신뢰로서만
인간을 인간으로서만
사랑을 사랑으로서만 교환될 수 있는 것이니까요.

솔직하게 말하겠습니다.
저는 당신을 사랑합니다.
그리고 당신이 제 사랑을 받아주길 바랍니다.
제가 준 만큼 사랑을 받고자 하는 게 아닙니다.
단지 제 사랑이 온전히 사랑으로 남길 바라는 것입니다.

엄마가 좋은지 아빠가 좋은지,

닭이 먼저인지 달걀이 먼저인지는 잘 모르겠다.

넌? 넌 어때? 행복하니?

그래. 사실 알고 모르고의 문제는 아니지.

근데 너 망설이고 있구나

퍼뜩 기억이 나질 않아? 뭐 어때.

오늘부터 누구에게도 지지 않을 만큼 행복해지기로 할까, 우리?

소설낭독의 밤 - 잊지 못할 삶의 한 순간

• • 2008.1.30

김지현

행복합니다. 사랑합니다.

그날 밤 내 머릿속엔 이 말밖에 떠오르지 않았다. 그 어떤 아름다운 말로도 내가 느낀 행복의 순간을 표현하기엔 모자랄 것만 같았다. 은은한 노란 등불 아래, 우리 모두는 한 친구의 영혼의 울림을 듣고 있었다. 그 순간, 그 친구의 진실함은 우리 모두를 울렸고, 때론 가슴 벅찬 기쁨을, 때론 미어질 듯한 아픔을 전해주었다.

『지상의 양식』, 『삶의 한가운데』. 이 두 책은 우리들을 잇는 연결고리였다. 일요일 밤. 밖은 어두웠지만 우리가 함께하는 공간에선 아름다운 빛들로 넘쳐나고 있었다. 추운 겨울, 모두의 마음을 따뜻하게 해줄 수 있는 그 순간 함께한 친구들의 이야기를 담아내면서 그때의 아름다움을 많은 사람과 함께, 오래도록 간직하고 싶다.

파도의 꿈

수십 마리의 파도가
간다.
지상으로.
그리고
지상으로 올라오려고
떼지어서
쉴 새 없이
지상으로 간다.
그러나.
파도들은
지상을 밟을 수 있는 우리의 발만 적시고.
죽 는 다.
하지만
그 파도는 그 죽음을 무서워하지 않는 것 같다.
그들 대신에 지상을 밟아줄 우리 인간이라도 만날 수 없다면
그걸로 족하다는 듯이.
지금도 끊임없이.
우리에게. 지상으로 오고 있으니 말이다.
—박제준

지상을 양식을 읽은 한 친구는 영혼의 자유를 찾아 바다로 떠났다. "정말 저 구름 보고 싶다, 그래서 간 게 바다예요. 그냥 그 바다가 너무

시원했어요. 전 '이 책을 읽은 후 이 책을 던져라. 너 자신의 자세를 찾아라. 이 순간을 감각적으로 느낄 줄 아는 사람이 되라.' 라는 그의 말을 온몸으로 실천하고 싶었어요. 바다는 감각으로 느끼기에 충분했던 공간이었어요. 너무나 행복한 일탈이었어요."

몇 주 전이었다. 갑자기 어디론가 떠나고 싶어졌다. 그냥 막 그랬다. 지하철에 붙은 광고에 적힌 시외버스터미널 노선을 보고 가슴이 두근거렸다. 기차를 보고 가슴이 두근거렸다. 그냥 나도 모르게 그랬다. 그런데 나는 왜 떠나고 싶었던 것일까. 난 그냥 마음이 무거웠다. 무엇인지 모르는 어떤 것이 내 마음을 짓눌렀다. "이제 고3이니깐, 하는 그런 말들을 나에게 하진 말아줘." 나는 그런 것들이 싫다. 고3이 마치 뭐 대단한 것인 듯이 말하는 그런 것들. 그저 내 생의 일부분일 뿐인 걸. 차라리 그런 것들이라면 오히려 괜찮을 거다. 내가 문제 삼는 것들을 나는 알 수가 없다. 무엇 때문에 내 가슴이 짓눌리는지 나는 알 수가 없다. 가슴속에서 무언가가 둥둥 떠다니는데, 난 도대체 그것이 무엇인지 알아볼 수가 없다. 형태가 보일 듯 말듯, 보일 듯 말듯. 퍼즐조각처럼 모으면 알아볼 수 있을 듯한데, 나는 모을 수가 없는 것 같다.

혹시나 하는 나의 추측으로, 내가 떠나고 싶었던 그 이유는 차이를 견디지 못해서일지도 모른다. 다른 사람들이 나에게 바라는 것들과 그것을 받아들이기 부담스러워하는 나의 마음이 일으키는 갈등. 그래서 나는 사랑하는 법을 배우고 싶어졌다. 어떻게 하는 것이 사랑하는 것인지 모르겠다. 다른 사람을 위로해주는 것 다른 사람에게 피해를 주지 않는 것 가슴이 무거울 때면 정말 힘들다고 말하고 싶어. 다른 사람이 내 마음의 짐이 가벼워지도록 나를 꽉 안아줘서 내 마음의 짐을 함께 나눠줬으면 싶어. 하지만 나는 말하지 못했어. 안아달라고 말하지도 못했어. 왜냐면 다른 사람은 나보다도 더 힘들지도 모르니깐. 나는 내 마음의 모든 것을 열지 못했어. 그래서 이제 나는 내 마음을 다 열고 싶어. 그런데 나는 아직도 겁이 난다. 너무 이기적인 행동은 아닌지. 철없는 행동은 아닌지. 그래서 도움을 받고 싶어. 내가 어떻게 하는 것이 좋은지, 어떻게 해야 내가 사랑하면서 살 수 있는지 도움 받으며 내 마음의 짐들을 덜어주고 나도 그 아이의 마음의 짐을 덜어줄 친구를 찾고 싶어. 지금까지 그래왔듯이 내 친구가 되어줄 거지.
—김민규

자신의 삶의 한가운데서 한 친구는 자기를 돌아보며 삶의 아픔을 털어놓는다. 하지만 그는 그 이야기를 우리에게 들려주면서 스스로 자기 상처를 극복하고 사랑의 회복을, 우정의 회복을 다짐하고 있었다. 그는 몰랐을지도 모른다. 그의 이야기가 우리 모두의 이야기였고, 그가 상처를 치유하는 것처럼 우리도 각자의 마음속에 담긴 아픔을 치유할 방법을 찾게 되었단 것을.

언젠가 낯선 무엇인가 내 안에 들어와 살고 있었습니다. 그것은 점점 무거워졌고, 숨통을 조여왔습니다. 상대가 무엇인지 모르는 공포에, 내 몸은 썩어 들어갔고 내 말을 듣지 않았습니다. 빠져나올 수 없다는 것에 절망했고, 그렇게 식물인간의 삶을 살고 있었습니다. 그러던 날 우연치 않게 저는 한 가수의 외침을 들었고, 소통했습니다. 그렇게 소통이라는 것은 엄청난 힘을 제게 주었고 저는 이겨낼 수 있었습니다. 전 생각했습니다. 세상 어디서, 무엇이든 그것은 자기만의 표현을 하고 있다는 것을, 그리고 충분히 열린 마음을 가지고 있다면 그 표현을 받아들이고 소통할 수 있다는 믿음을, 그리고 나의 믿음은 『지상의 양식』에서 확실해졌습니다.

지드는 나에게 소리쳤습니다.

"그대가 꿈꾸는 행복이 '그런 것'이 아니었다고 해서 그대의 행복은 사라져버렸다고 생각한다면, 그리고 오직 그대의 원칙과 소망에 일치하는 행복만을 인정한다면 그대에게 불행이 있으리라."

소통이라는 것은 수심이 딱 내 키만한 수영장 안에서 발꿈치를 든다는 것이라고 말하고 싶습니다. 살짝 뒤꿈치를 들면 머리가 떠올라 달콤한 산소를 마음껏 들이마셔 삶을 살아갈 수 있게 합니다. 다시 뒤꿈치를 내리면 잠겨서 아무것도 보이지도 느껴지지도 않는다는 것.

전 그렇게 느꼈습니다. 물밑에서 숨을 참는 것은 옳지 않은 행동이라는 것입니다. 우리는 살기위해 발버둥쳐야 하고 숨을 쉬어야 합니다. 그렇게 우리는 소통하기 위해 발꿈치를 처음 드는 시도가 어려울 뿐 산소를 마시고 난 다음엔 살기 위해서 행하는 삶의 한부분이 되어버립니다. 그래서 저는 종아리가 끊어질듯 발꿈치를 들었고, 낭독에 충분히 취했습니다. 그날 밤은 저에게 너무도 즐거운 시간이었습니다.

—안법유

난 그가 고마웠다. 자신의 삶의 한 부분을 솔직하게 드러내고 그의 진심을 우리와 소통하고자 하는 그의 용기가 이 공간을 더욱 눈부시게 만들어주는 것만 같았다. "힘들 땐 잠시 움츠렸다가 다시 뛰어보세요. 그럼 그 벽을 충분히 넘을 수 있을 거예요. 지나고 나면 별것 아닌, 고통, 시련, 힘겨움들이에요." 내가 힘든 순간, 이 말이 언제나 내 곁에서 힘이 되어줄 것만 같았다.

니나의 이야기를 읽으며, 그녀의 삶을 느끼며 그녀처럼 살고 싶다고 생각했다. 물론 내가 꿈꾸는 삶과 다르지만 내가 오랫동안 고민해왔던 부분들이 그녀의 삶에 녹아 있었다. 그녀는 굳이 스스로를 드러내려 애쓰지 않아도, 나는 이런 사람이라고 보여주려고 노력하지 않아도 그 모습 그대로, 있는 모습 그대로였다. 사람을 만나고 관계를 맺는 데 있어서 내가 그 사람에게 "나는 이런 사람이에요."라고 보여주려 노력하지 않아도 내가 사랑하는 내 삶, 그대로이고 싶다. 사랑을 통해 내가 삶에 대해 치열하게 고민할 수 있었던 것은 사랑은 결국 그때의 감정으로 끝나지 않고 내 삶의 아주 깊은 곳과 맞닿아 있기 때문이었다.

느닷없이, 나는 지옥을 뚜렷이 상상할 수 있어. 언니도 그래라고 물었다.

나는 한 번도 그런 생각을 해본 적이 없고, 그에 관한 어떤 상상도 해보지 않았다고 고백하지 않을 수 없었다. 그렇지만 나는, 하고 니나는 낮은 목소리로 말했다. 나는 지옥을 알고 있어. 사람이 완전히 비참해져서 결코 다시는 사랑할 수 없다는 것을 느끼고, 그리고 어떤 한 사람과 영원히 더 이상 만날 수 없으리라는 것을 아는 것, 그것이 지옥일 거야.

그리고 더 이상 사랑받지 못하는 것도, 나는 덧붙였다.

니나는 고개를 저었다. 그건 중요하지 않아. 다시는 사랑할 수 없다는 것, 그것이 중요해.

—『삶의 한가운데』 중에서

두려웠다. 다시는 사랑할 수 없게 될까봐. 하지만 다시 사랑할 수 있다면, 상처받더라도 아프더라도 다시 한 번, 진심을 다 하고 싶다. 정말 하루하루에 나를 담아 온 마음을 다해 살아간다면, 내 삶을 사랑할 수 있다면 나도 할 수 있을 거라고 생각했다. 완전하게 삶을 산다는 것, 그것이야말로 내가 진정으로 니나의 삶에서 배우고 싶었고 오랫동안 원하던 삶의 방식이자 내 모습이었다.

—윤수민

니나의 삶을 깊이 사랑하게 된 한 소녀. 그녀가 니나의 삶과 접하게 된 순간부터, 그녀처럼 살겠다고 다짐하는 그 순간부터 그녀는 이미 니나를 닮아가고 있단 걸 그녀는 알았을까. 열정적이고 생의 기쁨으로 넘쳐나는 삶. 니나만큼 그녀도 멋진 삶을 살 수 있을 것 같다. 그리고 나도, 우리 모두도. 그날 밤 니나와 그녀의 이야기 속에서 진실한 인간의 모습과 마주한 우리들은 진실한 삶을 살지 않을 수 없을 것 같다. 진실한 소통이 주는 아름다움, 그 황홀함 속에 우린 너무나도 깊숙이 몸을 담그게 되었기에.

그날 밤. 나는 내 삶 속에서 한 줄기 희망의 빛을 발견했다. 세상은 그렇게 어둡고 삭막하지만은 않다는 것. 인간이 진솔한 모습으로 교감할 때 느낄 수 있는 행복의 깊이를, 충만한 기쁨을 느낄 수 있었다. 진실한 이야기가 울려퍼지는, 영혼의 울림을 들을 수 있는 이 공간을, 영원히 지켜내고 싶다. 그 시간이, 그 공간이 우리 삶의 한켠에 존재하는 한, 내 마음속의 솔직함과 진실함 또한 끊어지지 않을 것이길.

크리스마스 파티 - 인디고 연말 초대박 시상식

• • 2009.12.30

이윤영

여기는 후끈한 인디고 크리스마스 퐈~뤼 현장입니다. 우열을 가릴 수 없을 만큼 뜨겁습니다. 총 13팀이 참가한 이번 파티장에는 누구에게 그 영예의 대상이 돌아갈지 눈치와 경쟁의 눈빛 대신 환호와 행복만이 가득합니다. 많은 분들이 직접 후보자를 선정하시고 일일이 선정 이유까지 밝혀주셨는데요, 이제 수상만을 남겨놓고 있습니다.

먼저 첫 번째 시상을 해보도록 할까요? 첫 번째 시상 부문은 '완소상' 입니다. 이 부문에서 두 팀이 매우 치열한 경쟁을 벌였다고 하는데요,

최종 수상자는, 고 2 사랑샘반!

네, 고2 사랑샘반은 소설 『청동해바라기』를 각색하여 뮤지컬스러운 무대를 연출, 각종 정성가득 소품과 맛깔스런 대사들을 구사, 매우 참신하고도 깜찍한 무대를 만들었습니다. 수업에서 한 내용을 파티에 적절하게 응용하고 승화시킬 줄 아는 당신들은 완소쟁이들!

다음 시상할 부문은 '미관상' 입니다. 이 상은 미관을 환하게 해준 팀에게 주어지는 상인데요, 수상자는 중1 아라온반!

아라온반은 깜찍발랄 산타 소품을 통해 자신들의 귀여움을 극대화, 굉장히 소박한 무대에도 불구하고 많은 호응을 이끌어냈습니다. 깜찍발랄함은 우리 모두의 미관의 주름을 쫙쫙 펴게 하는 순수한 마음을 불러일으켰기에 이 상을 수여하게 되었습니다.

다음 시상 부문은 '치명상' 입니다. 이 부문은 아주 격렬한 경쟁이 있었는데요. 이 경쟁을 뚫은 수상자는, 중2,3 이변반! 이변반은 우아하고 아름다운 선율로 마음을 가라앉히는 고도의 수법을 사용, 관객들이 방심한 틈을 타 초절정울트라캡숑마징가제뜨 섹시 웨이브와 레이니즘을 울릴 비마니즘을 연출, 치명적인 매력에 정신을 차리지 못하게 하였기에 수상을 하게 되었습니다. 춤추다 찢어진 스타킹을 끝내 눈으로 목격하지 못한 것이 천추의 한이 될 것 같군요.

자, 이제 정신을 차리고 다음 시상을 하도록 하지요. 다음 시상 부문은 '전설상' 입니다. 전설상은 경력이 오래되어야 하는 베테랑에게만 주어지는 유서 깊은 상인데요, 수상자는 희동군과 아람샘!

자리를 빛내주지 못한 욘사마, 용준 선배를 대신하여 센스만점 욘사마 코스프레를 하고 나타나신 희동선배의 무반주 저음 오래된 노래와 그에 화답하는 완벽한 MR, 가사, 무대, 조명 속에서 아름다운 음색을 뽐내신 아람샘의 노래는 전설에 길이길이 남을 것이기에 상을 수상하게 되었습니다.

와, 벌써인지 아직인지 절반이 지나왔군요! 조금 더 속도를 내보도록 할까요? 다음 시상 부문은 '비상' 입니다. 앞으로의 발전과 미래를 기원하는 팀에게 주어질 상이라고 하는데요, 수상자는 인디고 합창단! 우여곡절 산전수전 겪을 것 다 겪고도 꿋꿋하고 순수하고 아름답게 합창단을 이끌어가고 있는 멋진 친구들! 노래 선곡도 어찌나 눈물이 나던지 흑흑. 앞으로 더욱더 비상하는 합창단이 되길 바라며! 함께 불러요! "태양처럼~ 아름다운 그대여~"

다음 시상 부문은 바로바로 '화상' 입니다. 이 상은 매우 뜨거운 무대를 보여준 팀에게 돌아가는 상인데요, 수상자는 박씨 커플, 박나원 박재연! 이 둘은 소리 소문 없이 커플로 나타나 모두를 깜짝 놀라게 함과 동시에 놀라운 가창력으로 또 한 번 깜딱 놀라게 하는 진풍경을 만들었는데요, 그 뜨거운 사랑이 아주 그냥 뜨겁더군요. 으이그 이 화상들! 후후후.

다음 시상 부문은 화상으로 데인 마음 차갑게 마사지해준 팀에게 부여하는 상인 '동상' 입니다. 이 부문 수상자는, 고1 사랑샘반! 고1 사랑샘반은 멋지고 깜찍한 겨울 분위기 흠씬 나는 노래들을 주룩주룩 불러주어 마음을 진정시키고 시원한 분위기를 만끽하게 해주었습니다.

자, 이제 정말 막판을 달리고 있는 시상식! 언제쯤 저는 시상을 끝낼 수 있을까요! 다음 부문은 '향상' 입니다. 이 상의 뜻은 아주 오묘한데요, 과연 향기가 나는 팀에게 부여하는 걸까요? 향상을 기원하는 상일까요?

어찌됐건 수상자는 중2 아워반! 아워반은 리코더와 오카리나, 클라리넷과 피아노라는 놀라운 합주연주를 보여주었는데요. 매우 조화로운 합주를 통해 정말로 훈훈한 공연을 해주었습니다. 오카리나와 피아노 합주 때 박자 너무 느려서 박수치는 것이 참말로 고난이도였다는 후문! 아무쪼록 이 연주를 통해 반의 화합이 더욱 향상되었을 것이라고 믿습니다요~

다음 상은 '초비상' 입니다! 이 상은 무대가 너무나 환상적이라 온전한 정신을 갖추는데 어려울 정도의 팀에게 부여하는 매우 큰 상인데요, 영예의 수상자는 중3 오즈반! 오즈반은 여러 가지 패러디와 요소들을 섞은 잡탕밥 같은 '레디오즈(Radios)' 를 연출, 질보다는 양이다! 를 매우 명확히 보여준 팀이었는데요, 질보다는 양이기도 했지만 질도 매우 좋아서 여성분들의 "꺅꺅!" 을 멈추게 하지 않기도 하였습니다.

자! 이제 두 개의 상만을 남겨놓고 있습니다. 남은 두 팀은 늙수구래 노땅 인디고 유스 북페어 팀과 무려 초빙강사까지 두며 야심차게 나타난 졸업한 선배들로 구성된 요가팀인데요. 이 두 팀이 각각 받게 될 상은 무엇일까요? 여러분의 탁월한 센스와 절묘한 아이디어로 이 두 팀에게 상을 주세요! 우리도 상 받고 싶어요!

라디오, 소행성 B612에 잠시 쉬어가다

•• 조주영

'진실은 상대적이지 않습니다. 진실은 정의 내리기 힘들 뿐만 아니라 숨어 있어서 포착하기 어려울 수도 있습니다. 또한 사람들이 진실을 외면하고 싶어 할 수도 있지요. 하지만 진실은 분명히 존재합니다.'

안녕하세요. 여기 '라디오, 소행성 B612에 잠시 쉬어가다' 에 진실이 분명 존재한다는 것을 믿는 저는 DJ 조주영입니다. 오늘도 저희 소행성을 찾아주셔서 감사합니다. 이 자리는 책 『라디오 쇼』에서 출발하게 되었습니다. 조금 더 자세하게 김미현 님께서 설명해주신다고 하네요.

내가 믿는 이것 | 김미현 |

어릴 때부터 어른들에게 가장 많이 받는 질문은 아마도 "커서 뭐가 되고 싶니?"일 겁니다. 이 질문에 으레 여자아이들은 선생님, 남자아이들은 과학자라고 대답합니다. 그러나 결국 이 말이 "어떻게 살고 싶니?"를 묻는 것이라면 바꾸어서 "당신의 삶에서 가장 중요한 가치는 무엇입니까?"라고 물을 수 있지 않을까요. 어렵고 거창해보이는 이 질문을 이렇게 바꿀 수도 있겠죠. "당신이 믿는 것은 무엇입니까?" 이때 "매일 저녁 붉게 타오르는 노을을 믿습니다"라고 대답하고자 한다면 저는 자연의 경이와 아름다움에 깨어 있는 사람이 되어야 합니다. 그러기 위해서는 사회가 강요하는 적자생존의 경쟁원리에 대응할 수 있는 나만의 신념을 가져야 합니다. 그 신념의 자리에는 평화나 아름다움이란 가치가 자리할 수 있겠지요.

저희가 묻고자 하는 이 질문은 벌써 오래전부터 많은 사람들에 의해 진행되어 온 기획입니다. 2009년에 출간된 『라디오 쇼』라는 책은 1950년대 미국의 애드워드 R. 머로라는 사람이 진행하던 〈내가 믿는 이것〉이라는 라디오 프로그램에 대해 소개합니다. 평범한 사람들이 그들의 신념과 생각을 짧은 에세이로 써서 직접 낭독하는 프로그램이죠. 그로부터 50년이 지난 후 이 프로그램을 다시 부활시킨 지은이가 그동안 세상에 소개된 사람들의 에세이들을 선별해 엮은 책이 『라디오 쇼』입니다. 책 속에는 아인슈타인이나 헬렌 켈러와 같이 유명한 사람들도 있지만, 그들이 믿는 것은 지극히 평범한 사람들의 것과 다르지 않습니다. 50년이나 지난 세월이지만 여전히 사람들은 자신의 신념을 지키기 위해 노력하고 있으며, 그 노력과 진심들은 아름답습니다. 그리고 이것은 오늘날에도 여전히 옳은 가치와 신념을 되물어야 함을 보여줍니다. 평화라는 이름으로 전쟁이 일어나고 경제라는 이름으로 인권이 유린되는 현실은 50년이 지나도, 어쩌면 100년, 200년이 지난 미래에도 계속될지 모릅니다. 그래서 그러한 잘못된 가치들에 현혹된 삶을 살지 않기 위해서 즉, 인간이 아닌 삶을 살지 않기 위해 여전히 우리는 '우리가 믿는 것'에 대해 늘 생각하고 묻고 답해야 합니다.

학자, 선생님, 부모님, 청소년, 어린아이 등 남녀노소 모두 어떤 일을 하고 어떤 삶을 살아가든 자신의 삶에서 가장 중요한 가치가 무엇인지 늘 스스로를 향해 또는 타자를 향해 묻고, 그 질문에 성실하고 진실하게 답한다면 세상은 좀 더 그 가치를 닮은 모습을 하고 있지 않을까요? "당신의 삶에서 가장 중요한 가치는 무엇입니까?" 이 물음이 정말로 세상을 변화시킬 수 있을지는 장담할 수 없습니다. 그러나 아름답고 본질적인 삶을 향한 흔들림 없는 믿음이야말로 바로 희망이라 생각합니다. 삶의 소중한 가치와 의미를 여러분과 함께 나눌 수 있기를 진심으로 바랍니다.

청취자님들의 '내가 믿는 이것' 에세이를 엽서와 인터넷으로 받아 방청객으로 모셔 자신이 믿는 것을 낭독해보는 시간, '라디오, 소행성 B612에 잠시 쉬어가다' 입니다.

내가 믿는 이것, 모노드라마의 한 장면을 연출한 출연진들은 자기고백의 시간을 통해 생의 한가운데서 가슴 뛰는 경험을 했을 것입니다. 인간 모두의 귀함과 가능성에 대해, 자기 안의 형제에 대해 착함에 대해, 상처주지 않으려 노력하는 자세에 대해, 고민하고 치열하게 사는 삶의 자세에 대해 여행에서 얻는 행복과 가치에 대해, 자신을 이끌어주는 자기 안의 스승에 대해 일상에서 만나게 되는 날것 그대로의 아름다움에 대해, 인간의 존엄에 대해, 독서의 힘에 대해, 믿음에 대해 다시 돌아보며 믿음이 사라진 현실과 자신을 돌아보며 우리는 웃기도 눈물을 찍어내기도 했습니다.

저는 라디오 쇼를 통해 우리의 믿음이 참으로 솔직하고 진지하다고 느꼈습니다. 많은 사람들 앞에서 자기 속내를 드러내고 상처를 드러내기란 쉽지 않은 법인데 주저함이 없었지요. 이것이야말로 기본 믿음 위에서 이루어진 일이 아닐까 합니다. 행여 이 이야기를 하면 다른 사람이 어떻게 생각할까 하고 내심 걱정했다면 진솔한 이야기는 무대 뒤로 사라지고 피상적이고 속살이 만져지지 않는 건조하고 별 감동이 없는 무대가 됐을 것입니다. 얼마나 다행스럽고 고마운 일인지요. '믿는 것'에 대해 겪어온 일들과 상처를 달래고 아물게 하기까지의 과정이 글 속에 녹아 있음을 보았습니다. 믿음이란 하루아침에 생겨나는 것이 아니므로 그것이 몸을 갖추기까지의 일들에 대해서 의심해보고 견주어보며 생각을 다졌을 것입니다. 그래서 귀합니다. 저는 '내가 믿는 이것'에 대해 내 인생의 변곡점을 이루었던 일이 무엇이었을까를 생각해봤습니다. 삶과 동떨어진 이야기는 구체성을 확보하기 어려울 것이고 내 삶의 변화를 이끌어낸 독서의 힘이야말로 내가 가장 믿는 이것에 해당하지 않을까? 한 치의 의심도 없이 나는 믿음의 증언자로 무대에 섰습니다. 책을 읽음으로써 내 자신이 얼마나 강해졌는지 세상을 얼마나 깊고 넓게 보게 되었는지 저는 알고 있기 때문입니다.

350

꿈꾸지 않는 자는
청년이 아니다

영원한 소년, 영원한 순간

똑똑한 학생이었는지 훌륭한 학생이었는지 몰라도 항상 조용히 따뜻한 시선으로 같은 자리에 앉던 고요했던 너의 고등학교 시절, 내게 네가 처음 말 걸었을 때가 언젠지 아니?
내가 일주일 간 나의 은사를 만나서 호주 여행을 떠난다고 말한 그 한 주 전에, 조용히 다가와 '여행하면서 들으시면 좋을 거예요', 삐죽거리며 쑥스럽게 내민 CD 한 장이, 유키 구라모토였는지 이사오 사사키였는지 아니면 토이의 앨범이었는지 그건 기억이 안 나.
다만 그 조용한 목소리로 떨며 내게 속삭이던 '좋은 여행 되세요'. 그 순간부터 너는 나의 영원한 소년이었어. 마치 영화 〈비포 선라이즈〉에서 남자 주인공이 어린 시절 정원에 물 뿌리기를 하다가 그 물 번지는 무지개 사이에서 돌아가신 할머니를 봤다고 말했을 때 여자 주인공이 반한 것처럼, 그 순간처럼, 나에겐 너의 그 떨리는 손길과 목소리로 처음 다정함을 전해줬을 때 그 순간이 너와 나에겐 영원한 순간이 아니었을까.

영원한 소년, 준섭에게

'영원한 소년'이란 말을 새겨서 두고두고 되뇌게 된 건 진중권 선생이 주제와 변주에 오셨을 때였어. '어떤 어른이 되고 싶으세요?' 라는 질문에 '영원한 소년'이라 대답하셨지. 『놀이와 예술 그리고 상상력』의 마지막 글에 보면, '창조적 인간이 되고 싶은가? 그럼 성숙의 지혜를 가지고 어린 시절의 천진함으로 돌아가라. 500년 전에 이미 기술적 상상력을 갖고 있었던 다빈치. 그는 호기심에 한계가 없고 상상력에 구속이 없는 '영원한 소년'이었다' 라고 적혀 있어.

창조적 사유(Creative thought), 창조적 열정(Creative passion)이란 말은 언제 들어도 내 가슴속에서는 늘 파닥거리고 때로는 펄떡거리는 문구임에 틀림없어. 그런 나에게도 아픈 순간, 힘든 순간을 따뜻하게 위로해 주고 격려해 주고 돌아보게 하는 뜨겁고 서늘한 편지는 온통 너의 글이 대부분이야. 답장을 하지 못한 적이 훨씬 많았지만, 오늘은 너에게 긴 답장을 하려고 해.

무슨 말이라도 해보려고 입을 뻥긋했지만,

머릿속에선 이 단어 저 단어가 이리저리 박치기를 하며,

결국 입 밖으론 나오질 않았어요.

선생님이 교통사고로 죽는다면!?

당연히 몇날 몇밤을 새서 울겠죠.

하루종일 지금보다 더 많이 입을 벌리고 멍하니 앉아 있겠죠.

아까 지섭이가 말한, 선생님의 꿈을 계속 잇자는 이야기 따위,

그 꿈이 선생님의 꿈이기에 따르는 거라고 소리치고 싶어요.

교육혁명?! 그런 거 난 잘 몰라요, 아시면서…… 그냥 나는 토토라구요.

'너는 착한 아이란다' 라는 한 마디에 선생님을 졸졸 따라다니는……

사회에 보여줘야 한다고요? 베풀어야 한다고요? 나눠줘야 한다고요?

기부?! 물론 알고 있어요. 선생님이 목숨 걸고 살고 계신 거……

하지만, 정말 선생님이 없으면, 나의 경우엔, 아무것도 아니에요.

내가 인디고 서원의 실장인 것도, 선생님이 인디고 서원의 대장님이기 때문이죠.

선생님이 없으면 안 돼요.

선생님은 심장을 기부하려는 것 같아요. 사회를 위해, 교육 혁명을 위해.

하지만, 난 정말 그런 거 몰라요.

그것들과 맞바꾸고 싶은 생각은 떨어지는 빗방울이 바다 위에 떨어지며

튀기는 파편만큼도 없어요.

선생님의 기억력처럼 정확하진 않지만,

내가 가슴속에 품고 사는 한마디는 선생님의

'네가 가장 소중하다' 입니다.

내가 소중하니까 선생님도 그만큼 소중하단 걸.

인디고 서원이 전국 여기저기서 열리건 안 열리건 그런 건

나는 잘 모르겠어요. 근데 아까 선생님 우셨잖아요.

슬퍼하셨잖아요. 안 슬프면서 혁명할 수는 없는 건가요?

우리는 부메랑이에요. 힘껏 던져도 다시 돌아와요.

그러니까, 걱정 말고, 좀더 소중히 생각하세요.

선생님은 정말 소중하다니까요!

그러고 나서 무슨 홈페이지든 무슨 비전이든,

선생님이 안 슬프고, 관계의 확장에서 상처를 받지 않았으면 좋겠어요.

작은 바다 마을에서 소근소근 교육 혁명을,

매일 매일 노력하며 이뤄갈 순 없을까요?

선생님이 지금보다 슬프지 않을 만큼씩……

어쨌든 안녕히 주무세요.

2005. 2. 8.

인디고 서원을 연 후 제일 큰 고비였던 홈페이지 문제로 며칠이고 긴 회의 끝에 한 번은 나도 모르게 눈물을 흘리며 지친 영혼을 들킨 저녁, 네가 나한테 보낸 메일이야. 이보다 더한 위로도 격려도 충고도 내겐 없었어. 단연 최고의 선물이었고 동지적 힘을 실어준 글이었어. 고등학교 1학년 말부터 너를 만났으니 우리의 관계는 적어도 5년 동안 지속

성을 가졌다. 그지?

똑똑한 학생이었는지 훌륭한 학생이었는지 몰라도 항상 조용히 따뜻한 시선으로 같은 자리에 앉던 고요했던 너의 고등학교 시절, 내게 네가 처음 말 걸었을 때가 언젠지 아니?

내가 일주일 간 나의 은사를 만나서 호주 여행을 떠난다고 말한 그 한 주 전에, 조용히 다가와 '여행하면서 들으시면 좋을 거예요', 삐죽거리며 쑥스럽게 내민 CD 한 장이, 유키 구라모토였는지 이사오 사사키였는지 아니면 토이의 앨범이었는지 그건 기억이 안 나.

다만 그 조용한 목소리로 떨며 내게 속삭이던 '좋은 여행 되세요'. 그 순간부터 너는 나의 영원한 소년이었어. 마치 영화 〈비포 선라이즈〉에서 남자 주인공이 어린 시절 정원에 물 뿌리기를 하다가 그 물 번지는 무지개 사이에서 돌아가신 할머니를 봤다고 말했을 때 여자 주인공이 반한 것처럼, 그 순간처럼, 나에겐 너의 그 떨리는 손길과 목소리로 처음 다정함을 전해줬을 때 그 순간이 너와 나에겐 영원한 순간이 아니었을까.

때로는 문자로 나에게 무지개를 선물하고 긴 편지를 주고받던 네 청춘의 빛나는 순간 순간을 내 맘에 꾹꾹 사진 찍어두던 어느 날, 내게 불쑥 나타나 1년 반의 대학생활을 접고 다시 수험생이 되겠노라며 하고 싶은 건축 공부를 할 수 있었으면 좋겠다고 했지. 그때도 너는 영화 〈-ing〉의 OST 안에 이 쪽지를 넣었어.

그리고 지금 네 여자친구가 된 윤희 반에서 고3들과 함께 열심히 공부하고 맏형 노릇을 하고 나와 서로 마음을 나누며 힘겹지만 행복한 가을을 보냈지.

맨날 골골하는 나에게,

'……힘들게 그러나 행복한 선생님이 보고 싶었음.

우리의 선생님으로서 아프면 안 됨.

허아람으로서 아파서는 더욱더 안 됨. 죽어도 안 됨.'

어떤 연인의 깊은 사랑의 말보다 위로와 힘이 되었던 너의 편지들.

우린 함께 겨울을 보내고 너는 인디고 서원의 실장으로 정말 행복한 노동을 자발적으로 해주는 일꾼이었어. 그러나, 입시 결과는 안타까웠고 너는 아무데도 적을 두지 않은, 이 땅의 청년으로 스물두 살의 청년으로만 인디고 서원에서 반 년 동안, 네 청춘의 방황 속에서도 우리 모두에게 멋있는 친구로 선배로 후배로 사랑을 나누었어.

힘들 때마다 남궁연의 힘나는 연주 CD를 틀어주고 혹독한 나의 충고 뒤엔 달콤한 초콜릿으로 서로의 마음을 녹이고 햇살 좋은 아침마다 땀을 뻘뻘 흘리며 마치 고독한 마라토너처럼 바닷가를 달리는 너를, 나는 차를 타고 지나가며 몇 번이나 보았지만, 달리는 너를 멈추게 하고 싶지 않았고 그것을 보는 것만으로도 나는 네 자신과 끝없이 대화하고 극복하고 위로하는 너의 정신을 엿볼 수 있어서 눈물이 났다.

입영 하루 전날 집앞까지 너를 태워주고 내리기 직전 머리통을 내 가슴으로 밀어대더니 한 번만 어루만져 달라고, 내일이면 그 고운 머리털이 잘려 나갈테니, 그리고 괜찮다고 괜찮다고 말해달라고, 하자 나는 미친놈, 하고 머리통을 퍽퍽 쓰다듬고는 너를 내려놓고 얼마나 울었는지 모른다. 차를 돌려 네 눈앞에서 내가 사라질 때까지 너는 도로 한가운데 엎드려 내게 큰절을 했고 그리고 건강하게 살아 돌아오라 말하는 내 기도는 너에게 들리지 않았을지 모르지만 어김없이 넌 내게 군대에서 편지를 보냈고 편지 보낸 모든 인디고 친구들에게 하나같이 사랑스런 답장을 부쳐왔다. 우리가 너에게서 받은 'HANH from Plumvillage'

라 쓰인 외국 우편 봉투에서 심상치 않는 너의 장난기를 엿볼 수 있었고 모두 다 각자의 편지를 읽는 동안 목젖이 보이는 웃음판을 벌였다.

내 친구 아람이는요.

운동을 게을리 합니다만, 제법 날쌔게 달린답니다. 신기하게도요. 밥을 적게 먹습니다만 뚱뚱해요. 근데 있잖아요. 약은 많이 먹어요. 그래서 뚱뚱한 것 같아요. 그래서 나는 아람이가 약을 안 먹었으면 좋겠어요. 응. 나는요. '아람이는 동화책을 많이 읽어서 머리가 크다!' 고 생각했는데요. 있잖아요. 이건 정말 비밀인데요…… 글쎄. 아람인 머릿속에 새를 키운데요! 그래서 머리가 큰 거 같아요. 아마 동물을 사랑하라고 선생님이 그러셔서 그러나봐요. 그런데 머릿속에 동물을 키우는 건 사랑하는 게 아니고 못살게 구는 거잖아요. 그래서 나는 내일 아람이 손을 잡고 뒷산에 가서 새를 날려 보내자고 할 거랍니다. 히히. 만약 싫다고 하면…… 어쩔 수 없죠 뭐. 뭐 어때요. 운동을 게을리 하건, 뚱뚱하건, 머리가 크건 아람이는 내 친구인 걸요. 근데 운동도 열심히 하고 약도 조금 먹고 새도 파닥파닥 날려줬으면 좋겠다. 정말로 속상한 건 따로 있어요. 아람이는 맨날 좋아하는 남자애가 바뀐답니다. 미워. 쳇. 나는 그래도 아람이가 좋아요. 그래서 내일도 아이스케키 할 거예요!

후아. 태어나서 이렇게 글자를 많이 적은 건 처음이에요. 그래서 손가락 아프니까 이제 좀 자야겠군요. 오늘은 세계지도를 그려야지.

귀신은 안 나왔으면 좋겠다.

짧은 하루 외박에도 Indigo week 행사인 지하철 홍보 퍼포먼스에도 참가해 멋있게 우리를 이끌어주었고 다음날은 내게 한 권의 책과 CD

와 편지를 남기고 군대로 돌아갔다.

그런데 말입니다.

군가가 아닌 내가 좋아하는 음악들 속에서 쏟아져 나오는 글입니다.

한 시간 후면 1박 2일 1.2초 간의 감질맛 나는 특박이 쫑입니다. 장마나 사냥개 같은 교관보다 바보 같은 짓에 익숙해지는 나 자신이 가장 무서웠던 훈련소를 떠나 이제는 배를 타고 바다로 갑니다. 그다지 겁이 나거나 두렵지는 않은 마음 상태이고요.

그런데 말입니다. 어제는 말입니다. 선생님을. 내 친구를 마주하기 힘들었습니다. 선생님이 삶을 사는 것이 아니라 삶이 선생님을 잠식해가고 있는 모습이었더랬습니다. 언제나, 치열한 모습은 봐왔지만 말입니다, 어제는 금방이라도 파도에 휩쓸릴 듯한 위태로운, 방파제 위의 꼬마 같았습니다. 오랜만이어서 그랬나. 변했습니다. 물론 제가 변했을 수도 있겠지만, 솔직히, 좀 날카롭게 말한다면 영혼이 없는 육체 같았습니다.

요새 많이 피곤하신지요? 무엇이 나의 친구를 피곤하게 하는지요? 기억이 납니다. 제가 행복하지 않으면 남을 행복하게 할 수 없다는 말씀 말입니다. 저는 행복합니다. 윤희가 저에게 있다는 걸 압니다. 그래서 전 행복합니다.

절친한 아람. 그 어떤 고얀 자식이 선생님을 다그치고 조급하게 만드는지요? 늪으로 늪으로 오라 손짓하는지요! 거울을 볼 시간도 없는 겁니까? 두 다리 양팔을 벌리고, 가슴을 펴고 숨쉬기 운동을 해보는 시간을 가지는 걸 용납하지 않는지요! 그러지 마세요. 부탁입니다. 제발.

05년 08월 24일 ㅈㅜㄴㅅㅓㅂ

8월의 끝에 지친 내 모습을 들킨 것 같아 부끄럽고 창피했지만, 또 한 장의 편지에서 우리의 건강한 미래와 꿈과 사랑을 엿볼 수 있었다.

이틀 전 Must Do List에 있던 일인데, 내일은 안 될 것 같아서, 아니면 이 시간부터 이렇게 할 것이란 게 미리 정해져 있는 듯한 느낌으로 펜을 듭니다. 막상 쓰려고 하니까 머릿속이 울퉁불퉁해져서, 이 펜(선생님께 빌린 샤프)이 Aram이라고 생각하고 대화하듯 쓸게요.

먼저 '친구'로 '친구'로서의 관계의 지속성을 얘기해주신 건 뭐, 생각해보면 누가 먼저랄 것도 없죠. 2년 전에 선생님이 서른세 살이셨을 때도 전 '나에겐 서른세 살의 친구가 있다'라고 떠벌리고 다닌 걸요.

'나는 관련의 내용인 동시에 관련하는 것 그 자체이기도 하다.' 헤겔은 '자기의식'이라는 걸 이렇게 규정했지. 인간은 단순히 자기와 객체를 따로따로 인식할 뿐만 아니라, 그 중간에서 자기와 객체를 연결해 객체에 자기를 비춤으로써, 행위적으로 자기를 더욱 깊이 있게 이해할 수 있다고 생각했어. 그게 자기 의식이지.

요즘 읽는 소설과 하고 있던 생각들이 만나서 합쳐졌어요. 지난번에 말씀하신 것처럼. 선생님이 말씀했던 게 아직도 기억나는 걸요. 가족 안에서, 우리 안에서 다른 사람들 속에서만 Aram이 존재한다고. 생각해보면 Aram은 껍데기일 수도, 아무것도 아닐 수도 있다고 하신 말. 전 그런 의미에서 남을 위한 배려는 없다고 생각해요. '자기'와 '타인' 사이의 관계에서 '자기'는 '타인' 속 '자기'를 만나요. 그리고 그 '타인 속 자기'와 관계를 가지죠. '타인'을 '타인'으로써 이해하게 하는 것이 '사랑'인 것 같구요. 뭐, 요 몇 달 간의 생각들이 생각보다 간단하게 정리되어버렸네요. 선생님 관이든 부케든 제가 다 받아드릴게요.

선생님. 허대장님이 지적하신 저의 한계, 몸이 마음을 따라가주지 못하는 그것을 극복할 몸과 마음을 '군대' 라는 곳에서 만들어보겠어요. 몇 시간 뒤면 들어가겠지만 No Fear.

선생님이 말씀하신, 편지 10가지 목록에도 적어주셨던, '청년' 으로서의 준섭이도 '군대' 가서 찾아볼게요. 용감해지고 싶어요. 부조리의 파도가 치는 곳에 자그마한 비치 파라솔을 마련해주셔서 고마워요. 사실, '인디고 서원' 실장 자리는 마치 나를 위한 자리인 것같이 혼자 생각해 왔었지만, 꽤나 재미있고 재미있는 곳이죠. 편안하고…… 사실, 아무것도 아니고 별 것 아닐 수도 있는 나, 한준섭인데, 항상 소중하다고, 특별하다고, 뛰어나다고 속삭여주신 거 생각보다 많은 의지가 되었고 힘이 되었어요. 속상한 일이나 모르는 일만 데리고 선생님께 달려간 저를 미워하지 않으시고 끝까지 보듬어주셔서 고마워요.

홈페이지 관해선 디자인 팀장이라는 이름표까지 달고서 제대로 한 게 없어서…… 꼭 이 다음에 리뉴얼할 때 혼신의 힘을 다할게요. 약속!

아, 간사하다. 아직도 난 습관처럼 '다음' 을 기약하네요. 그 '다음' 이란 녀석은 내가 원하는 시기에 나타나줄 만큼 호락호락한 녀석이 아닌데…… 고맙다는, 감사하다는 마음 입 밖으로 백만 번 내지 않은 거 잘못했어요. (다음으로 미룬 거.)

나는 생각보다 강인하고 지기 싫어하니까 잘 해낼 거예요. 걱정은 조금만 해요. 많이 웃어요, 꼴록거리는 기침소리보다 웃음소리! 약 보따리보단 웃음 보따리! 워낙 기억력이 좋으셔서, 위에 적는 거 다 기억하시고 제대한 후에 조목조목 물어봐주실 것 같아 미리 겁을 찔끔 집어먹는 것도 즐거워요.

휴가 나오면 봅시다.

p.s 자전거! 새로 장만하세요.

p.s의 p.s You Can Do It !!

군대 가기 직전에 비오는 날 옥상에 올라가 발가벗고 비 맞고 서 있어보니 자신이 비인지 뭔지 모르겠다 말하던 준섭, 햇살 좋은 날 잔디밭에 누워 하루키의 소설 『해변의 카프카』를 읽고 '사람이 가장 순수할 때 해봐야 하는 것은 집 떠나기' 라고 말하던 준섭, 내 생일파티를 지휘하며 생애 처음으로 케이크로 뒤집어쓰게 한 주동자 준섭, 크리스마스 때 빨간머리 앤으로 둔갑했던 준섭, 여자친구 보러 목숨 걸고 서울과 부산을 밤낮으로 다니던 준섭, 힘들 때 안아주던 나의 동지 준섭.

2년 뒤 그가 한낱 속된 꿈을 안고 제대하며 초라한 꿈을 말하는, 세상이 말하는 生의 낙오자가 된다 할지라도 그는 이 땅의 아름다운 청년임을, 그와 함께 보낸 영원한 순간들을 결코 내가, 인디고 아이들을 잊지 않을 것임으로, 그리고 영원한 소년으로 자신의 아름다운 생애를 또박또박 걸어갈 게 분명하므로, 영원한 순간마다 함께할 우리의 공간, 인디고 서원이 영원히 존재할 것이므로, 나는 아무것도 걱정하지 않는다.

2005. 8. 28. 절친한 친구 아람

My beautiful girl, Indigo

• • 황수진

그때는 그 순간들이 영원할 것만 같았습니다. 아람샘을 처음 만났던 그 때는 나도 영원히 중학생인 채로, 선생님도 계속 그때의 모습으로 그렇게 영원할 것만 같았습니다. 그때의 선생님과 같은 나이가 된 지금, 저는 그 순간들이 결코 영원하지 않음을 압니다. 나만의 향기를 갖기에는 난 아직 너무 어리지, 하고 더 이상 위안할 수 없는 지금엔 사람이 자신만의 향기를 갖는 것이 얼마나 힘든 일인지도 압니다. 모든 것이 변하고 오늘과 내일이 다른 세상에선 한결같음이 더더욱 어려운 일인 까닭입니다. 그러한 통념에 묻혀 세상의 편견으로 하나 둘 스스로를 감싸고 있는 내게 '그렇지 않아' 하고 말하는 스승이 있습니다. '변하지 않는 게 당연한 거야' 라고 말하는 스승이 있습니다.

그리고 그 스승은 정말 그 말 그대로 처음 만났던 내 기억 속의 그때와 지금이 하나도 다를 것이 없어 그 앞에서만은 나의 편견을 내던지고 고개를 주억거릴 수밖에 없습니다. 변하지 않는 것, 진실, 그 희망에 대한 수긍은 행복한 것이지요. 나의 유년기를 감싸주던 그 한결같은 향기는 이제 곧 세상을 향해 퍼져나갈 것입니다. 조금 아쉬운 것은 사실입니다. 누군가 물어봐도 가르쳐주기조차 싫었던 나만의 스승이고 나만의 친구인데, 이제 그런 알량한 이기심 따위는 던져버릴 나이가 되었으면서, 좋은 것은 모두와 함께 나누는 그런 마음을 이제는 좀 배울 때가 되었으면서도 괜한 오기가 생깁니다. 빼앗기면 어쩝니까. 혹여 내가 소외되기라도 하면 어떡합니까. 그럼에도, 나는 여기 나의 아람샘을 기꺼이 모두에게 알리겠습니다. 그건 바로, 아람샘이 곧 우리이기 때문입니다. 이 땅의 많은 청소년들이기 때문입니다. 또한, 그들이 미래이기 때문입니다.

10년이 다 되어가는 작은 화분이 있습니다. 잊을 만하면 꽃이 피고, 잊을 만하면 또다시 꽃이 피는 작은 화분은 아람샘께 받은 선물입니다. 그 작은 몸 어디에서 그런 힘이 나오는지, 매년 지치지도 않고 꽃을 피워내는 그 화분을 보면 지쳐 쓰러질 것 같다가도 어디에서 그런 기운이 솟는지 곧 일어나 아이들 꽃을 피워내는 아람샘이 늘 생각납니다. 하지만, 조금은 천천히 했으면 좋겠습니다. 이 작은 우리의 목소리가 세상에 퍼져 모두의 마음에 가닿을 때까지, 선생님이 오래오래 건강하도록, 조금은 천천히 했으면 좋겠습니다.

가끔 의미 없는 일에 시간을 빼앗겨 자신을 소모시키는 스스로를 느껴 화들짝 놀랍니다. 그럴 때마다 나를 다잡게 하는 누군가를, 얼기설기 다 헤어진 누더기처럼 풀어진 마음을 가지고 지친 채 찾아가면 그 해어진 사이마다 한 마디 말로, 때로는 말 없는 아름다움으로 쓰다듬어주는 마르지 않는 샘 같은 누군가를 가진다는 건 어쩌면 생에서 누릴 수 있는 가장 커다란 행복일지도 모릅니다. 내가 감히 선생님과 똑같이 살아가겠노라 말할 수 없겠지만, 그저 그 삶의 향방을 좇는 것만으로 나의 향기가 더욱 깊어지고 풍요로워질 거라는 걸 망설임 없이 말할 수 있습니다. 누구나 살아갈 수는 있지만 그들 모두가 진정한 의미를 찾는 것은 아닙니다. 어쩌면 생 자체가 모두 그러한 의미를 찾아가는 과정일 테니 나는 빛나는 지름길 위에 서 있는 것이라고. 그렇게 말할 수 있을 것 같습니다.

선생님,

선생님은 그랬어요. 뭘 해도 목숨을 걸고 했죠. 할머니를 돌보는 것도, 책을 읽는 것도, 아이들을 가르치는 것도, 함께 이야기하는 것도, 노래하는 것도, 사랑하는 것도, 식물을 키우는 것까지도. 고1쯤이었던가요. 선생님이 저를 데리고 할머니들께 봉사하러 가셨지요. 그 시절의 저는 어쩌면 봉사의 의미를 정확히 알지도 못했을 거예요. 분명 마음 한구석으로 귀찮다고도 했을테죠. 그날, 할머니들 보살펴드리고 와서 많이 울었지요. 아이처럼 아무것도 할 수 없어 밥 먹는 것부터 배변까지 모두 다른 사람의 손을 빌어야 하는 게 막막한 듯, 말도 잃은 채 쳐다보시던 할머니의 초점 없는 눈을 잊을 수가 없어서 그날 밤 선생님께 작은 메모지에 편지를 썼죠. 그 밤에 들었던 뱃고동 소리는 아직도 생생해요. 그걸 계속 지갑에 넣어 다니셨잖아요, 그 지갑을 잃어버릴 때까지. 난 지금 그때 선생님의 나이가 되었는데, 아직 그 마음을 실천하지 못하고 있어요.

가장 아낀다셨던 시집에 작은 글을 적어 선물해주시고는 그 시집만 몇 번째 샀는지 모르겠다며 웃으셨죠. 가장 좋아하고 아끼는 책은 어김없이 정성 어린 글귀와 함께 소중한 누군가에게 전해졌겠죠. 어느 4월엔 벚꽃터널 속을 거닐며 벚꽃나무를 오르고 깔깔거리며 웃었죠. 차가운 독서실 작은 책상에 온몸이 묶인 듯 답답하게 앉아 있는 우리에게 찾아와 늘 말 걸어주셨어요. 어쩌면 그때, 선생님은 우리보다 더 우리를 안타까워하고 힘들어하며 응원해주셨던 거라는 생각이 들어요. 10년이 훌쩍 지난 지금도 그 밤의 시원한 공기는 여전히 변함없고 화사하게 피어나던 벚꽃들도 변함이 없죠. 대학에 진학한 뒤의 어느 날 홍대 앞 작은 카페테라스에 앉아 무릎에 담요를 덮고 소곤거리던 우리 만남도, 기억 속에서 영원히 변하지 않아요.

어느 날 홀연히 떠났던 유럽 여행에서 돌아오신 선생님은 갑작스레 청소년을 위한 인문학 서점을 세워야겠노라고 말씀하셨죠. 길섶의 작은 풀에도 참 예쁘다, 하며 아무리 아파도 농원에 들러 예쁜 꽃들을 인디고로 데려오는 선생님인데, 유럽 곳곳에 있는 주인의 소신과 장인 정신이 깃들인 작고 강한 아름다운 서점들을 보셨을 때 얼마나 가슴이 뛰셨을까요. 게다가 선생님 마음속에는 늘 그런 작고 강인한 서점들이 즐비했으니 세상에 내놓겠노라 선언하는 건 전혀 이상할 게 없는 일이었지요. 하지만 맙소사 선생님, 인문학이라니요. 요즘 아이들은 그냥 서점도 잘 가지 않는답니다. 저는 이 말을 입 밖에 내지 않았어요. 그간, 다름 아닌 내가 선생님 곁에 있는 동안 수많은 아이들을 봐왔으니까요. 세상 사람들이 모두 어리석은 호기라 말할 때 당당히 그렇지 않다고 말할 수 있는 힘이 선생님께는 있으니까요. 그간 닦아온 영혼은 어쩌면 이 순간을 위해서라는 것을 알고 있었기 때문이죠.

영원히 함께하겠노라 호언장담하지는 않았지만 작은 일에 함께 웃고 울며 뜻을 같이할 자신은 있다 생각했죠. 그렇게 선생님과 인디고에서 함께했던 4개월 동안 저는 이제까지 배워온 모든 것들 중 가장 소중한 것을 배웠습니다. 자신의 소신을 지켜 나가기 위해 변함없는 모습으로 꿋꿋이 나아가는 것, 그 앞에선 어떠한 장애물도 소용없을 뿐이라는 사실. 꿈을 위해 노력하지 않았을 때 치르는 대가는 온전히 그 자신의 몫이죠. 그런 것들을 느끼고 생각하면서 그 어느 순간 분명 도움이 되고 있다는 걸 알면서도, 무언가 내게 맞지 않는 옷을 입고 있는 듯한 느낌이 들기 시작했어요. 하고 싶어했던 일들이 떠오르기 시작하고, 아무도 그것을 말린 적이 없는데도 꼭 누가 말리고 못 하게라도 한 듯 뒤늦게야 더 이상 늦출 수 없음을 알았어요. 선생님이 뜻을 펼치는 데 없어서는 안 되는 그런 존재로서 내 의미를 찾고 싶은 욕심도, 내가 하고 싶은 일에 대한 욕심도 어느 것 하나 포기하지 않으면서 섣불리 함께하겠노라고 약속드리고 지키지 못한 데 대한 죄송한 마음은 지금도 너무나 커요. 지금에 예전 선생님의 나이가 되어보니 그렇게 많지도, 모든 것을 깨달은 나이도 아닌 이십대의 후반에 너무나 버거웠을 선생님의 삶의 무게도, 함께 울었던 그 많은 밤도, 지금도 생각하면 가슴이 저릿한 슬픔들도 전 왜 그렇게 까맣게 잊은 것처럼 선생님께 약속을 지키지 못하고 큰 상처를 드렸을까요. 후회하고 죄송스럽다 하지만, 선생님이 어느 밤에 자신의 기억 속에 남아 있지 않다면, 그 잘못은 잘못이 아니라고 말씀해주셨죠. 그 말이, 언젠가는 모두 품고 이해할 수 있을 거라고 그렇게 타일러주시는 것 같아서 그 저녁엔 눈물이 참 많이 났어요.

나의 꿈을 팽개치지 않고 품어 나가는 것. 그건 제가 배운 가장 큰 교훈이고 그것이 바로 제가 선생님께 드릴 수 있는 가장 큰 보답이겠죠. 그렇게 나아가다 보면 그 끝엔 반드시 언젠가 더욱더 닮아 있기를. 닿아 있기를. 내 작은 소망은 그 하나뿐이니. 뭐가 되어야겠다, 무엇을 어떻게 해야겠다, 하고 생각하지 않는다고, 그렇게 순간을 열심히 최선을 다해 살아가다 보면 무언가 되어 있는 거라고 하셨죠. 오랜 세월 마음속에 꿈을 품고 사는 사람은 그 꿈을 닮아간대요. 하루에도 수십 번, 수백 번 생각하는 것도 모자라 꿈속에서조차 그 모든 일상을 놓지 않는 선생님이 이제 그 꿈 자체가 되어 있는 건 결코 어떠한 우연도 아니겠죠.

듣고 있으면 가슴을 먹먹하게 하는, 머리가 아니라 가슴으로 느끼게 하는 감동을 주는 책이 있고 음악이 있지요. 존재 자체로 수많은 사람들에게 감동이 될 수 있는 사람이 있다면, 무언가를 만들어내서 그것으로 많은 사람들에게 감동으로 다가가는 사람도 있겠죠. 선생님은 그 자리에 있음으로 모두에게 의미가 되는 그런 사람이에요. 내가 곧 선생님이 아님을 알았을 때, 진작 최선을 다해 무언가를 만들어내기 위해 노력했다면 조금쯤은 더 달라져 있을지도 모른다는 생각도 해요. 말로도 어떤 것에도 끝은 없다고, 영원한 것이라 하기는 쉽지 않은데, 늘 온몸으로 보여주는 스승 앞에서 한없이 작아지는 건 어쩌면 당연한 일인지도 몰라요. 그럼에도 내겐 아람샘이라는 가장 멋진 친구가 있다고, 내 친구라고 말할 수 있도록 저는 아름다운 것을 만드는 사람이 될게요. 모두가 편지를 읽던 그 밤, 선생님이 하셨던 말씀처럼.

"강물을 거스르지 않을 것, 그러나 내가 가고 싶은 방향으로 갈 것."

선생님, 커간다는 건 무엇이 진정으로 소중한 것인지 알아가는 과정이 아닐까 해요. 어리고 미숙함으로 인해 진정한 소중함을 놓치고 그 순간 깨닫지 못한 적이 얼마나 많은지, 그리고 지금 이 순간에도 수없이 많은 것들을 흘려 보내고 있는지 몰라요. 신뢰와 믿음이라는 것이 어느 한쪽만 가진다고 해서 이루어질 수 있는 것이 아님을 알기에, 지금의 변함없는 마음이 선생님이 나에게 먼저 준 믿음과 사랑의 결실이라는 것 또한 너무나 잘 알기에 저 역시 늘 변하지 않을 거예요.

먼 미래의 일처럼, 막연한 어느 때인가에 일어날 일처럼 인디고 서원에 대한 계획과 이야기를 나눴던 기억이 나요. 그리고 지금, 그 먼 미래의 희망일 것 같은 인디고는 벌써 1년이라는 시간 동안 달려왔지요. 봉오리 속에 숨은 꽃이 때가 되면 너무나 자연스럽게 피어나듯, 또한 때가 되면 열매를 맺듯 그렇게 자연스럽게 인디고는 피어났던 것 같아요. 그리고 인디고 가지엔 무수한 씨앗들이 하나둘 모여들어 때가 되면 피어날 준비를 하며 옹기종기 모여 하루하루 맑은 꿈을 꾸지요. 그 아이들의 꿈이 인디고의 양식이 되고 또 다른 씨앗이 되어 세상의 구석진 곳까지 하늘하늘 날아 인디고의 꿈을 전하고 또한 새로운 씨앗의 토양이 되겠죠. 어린 동지들에게서 희망을 봅니다. 나의 부족함을 메우고도 넘침이 분명한 어린 친구들은 선생님처럼 존재자체가 희망입니다. 인디고 서원 일을 하며, 선생님 곁에 있으며 만난 소중한 어린 인연들은 앞으로 살아가는 모든 시간들에 영원한 보물일 거예요.

누군가에게 진심을 전달할 수 있는 능력. 그 마음의 진실을 다른 사람에게 눈빛으로 말하고 목소리로 전할 수 있는 능력. 그게 선생님이 가진 가장 큰 힘이에요. 함께 책을 읽고, 그에 대한 이야기를 하고 글을 쓰는 것 말고, 설령 노래방에서 노래를 부르고 함께 놀러 가서 밤을 새워도 그 모든 시간이 더할 수 없이 소중한 건, 선생님과 함께이기 때문이니까요. 그 진심을 느끼는 과정이니까요. 언젠가 하신 말씀처럼 진실은 가만히 놓아두어도, 굳이 말하지 않아도 그 자체로 진실이므로. 그러니 조금만 천천히, 늘 건강하게 했으면 좋겠어요. 그리고 때론, 진심이 곧장 받아들여지지 않을 때도 있을 테니까요, 그런 사람들도 있을 테니, 그럴 때 상처받지 말고 조금쯤 기다려주면 안타깝고 속상하겠지만 언젠간 알게 될 테니 말이에요. 언젠가 바닷가 옆의 작은 인디고 서원이 뜻있는 모두에게 회자되며 누군가의 집 옆 작은 골목에서도 또 다른 인디고 서원들이 하나 둘 들어서고 아이들이 저마다 모여 책을 펴들고 앉아 작은 아름다움을 발견할 그때까지. 늘 건강히. my beautiful girl, indigo. 영원히.

닫는 글

한 기자가 저에게 물었습니다. 인디고 서원의 일을 해나가면서 외부의 시선이 저를 평가하기를 한낱 사교육에서 일하는 사람, 아니 더 노골적으로 학원 선생이라는 점에 대해 불편을 느낀 적은 없는지……. 낯선 질문이었지만 그렇게 질문하실 수도 있다는 입장을 먼저 이해했습니다. 교육을 시장바닥으로 끌어내린 천박한 사회적 환경에서 인디고 서원도 아람샘도, 결국 학원 선생이 좀더 나은 가치를 추구하는 것이 도드라져 보일 뿐이라고 평가될 수 있는 것에 대해 불쾌하지 않느냐는 질문으로 이해했습니다. 근데 저는 저 자신을 단 한 번도 부정적 의미로 쓰이는 사회적 의미에서의 학원 선생이라고 생각한 적도 폄하시킨 적도 없습니다.

교육에 있어서 공교육과 사교육은 옛부터 있어왔던 것이고 사교육이 부정적인 인상으로 평가된 것은 오늘날 천박한 자본주의의 논리이고 재단된 이름일 뿐이지, 교육에 있어서 학원 선생이든 학교 선생이든 교육 주체로서 존엄하고 귀한 노동이라는 생각을 하기 때문에 타인의 시선으로 내 자신을 옭아매야 할 이유가 없습니다.

저는 언제나 세상에서 가장 귀한 일, 가치 있는 일을 열심히 노동하는 자일 뿐이고, 그것이 가르치고 배우는 일이어서 교육이라고 이름할 수 있다면 어떤 위상의 이름이든 개의치 않고 있었기에 그 기자의 질문은 제게는 부질없는 우문일 뿐이었습니다.

내가 일개 학원 선생이라는 말을 듣게 된 것은 그 기자로부터 처음 듣게 된 것이라 할지라도 아람샘이라는 공간을 알고 있는, 다니고 있는 모든 이에게 그것이 학원이라 불리는 것에 대한 거부반응을 가진 사람들이 많다 해도 문제될 것이 없다는 생각입니다. 어떤 한 공간이, 공동체가 그것의 형식적 틀이나 모습이 어떠하든, 그 안에서 이루어지는 의미와 가치가 귀하고 참되냐에 따라 평가되어야 하는 것이라고 생각하기 때문에 남들이 뭐라 부르느냐, 평가하느냐의 문제는 적어도 제게는, 우리 아이들에게는 문제될 것이 없습니다.

참된 것은 굳이 그것을 설명할 필요도 없고 소리 높여 주장할 필요도 없이 그냥 있는 그대로 자연스럽게 살아가다 보면 그것 자체로도 귀한 뜻이 전달될 것임에도 불구하고 아이들과 함께 너무 많은 말들을 늘어놓은 게 아닌가 약간의 걱정이 앞섭니다.

그러나, 아이들 마음속에 얼었던 강물이 풀리고 제 안의 소리에 귀 기울이게 하면 너나 없이 생긴 대로 행복하고 성실하게 아름답게 살아가는 것을 오랫동안 봐왔습니다. 그 모습이 온전히 이 글들에 녹아 있기를 바라며 오늘도 모두 아름다운 아이들과 함께 행복한 일상을 꾸리는 인디고 서원의 대장이 되겠습니다.

My Beautiful Girl, Indigo

1판 1쇄 펴냄 2005년 12월 15일
2판 1쇄 펴냄 2011년 6월 7일
2판 2쇄 펴냄 2013년 9월 28일
3판 1쇄 찍음 2018년 12월 17일
3판 1쇄 펴냄 2018년 12월 28일

지은이 아람샘과 인디고 아이들

주간 김현숙
편집 변효현, 김주희
디자인 이현정, 전미혜
영업 백국현, 정강석
관리 김옥연

펴낸곳 궁리출판
펴낸이 이갑수

등록 1999년 3월 29일 제300-2004-162호
주소 10881 경기도 파주시 회동길 325-12
전화 031-955-9818
팩스 031-955-9848
전자우편 kungree@kungree.com
홈페이지 www.kungree.com

ISBN 978-89-5820-563-0 03810

값 20,000원